BASTEI LÜBBE
TASCHENBUCH

Weitere Titel der Autorin

Zum Teufel mit David
Im Garten meiner Liebe
Wilde Rosen
Wellentänze
Eine ungewöhnliche Begegnung
Glücksboten
Eine Liebe in den Highlands
Geschenke aus dem Paradies
Sommernachtsgeflüster
Festtagsstimmung
Eine kostbare Affäre
Cottage mit Aussicht
Glücklich gestrandet
Sommerküsse voller Sehnsucht
Botschaften des Herzens
Das Glück über den Wolken
Sommer der Liebe
Fünf Sterne für die Liebe

Titel in der Regel auch als E-Book erhältlich

Über die Autorin

Katie Fforde lebt mit ihrer Familie in Gloucestershire und hat bislang 21 Romane veröffentlicht, die in Großbritannien allesamt Bestseller waren. Ihre romantischen Beziehungsgeschichten wurden erfolgreich für die ZDF-Sonntagsserie *Herzkino* verfilmt.

Katie Fforde

EINE UNERWARTETE AFFÄRE

Roman

Aus dem Englischen von
Gabi Reichart-Schmitz

BASTEI
LÜBBE
TASCHENBUCH

BASTEI LÜBBE TASCHENBUCH
Band 17 240

Dieser Titel ist auch als E-Book erschienen

MIX
Papier aus verantwortungsvollen Quellen
FSC® C083411

Vollständige Taschenbuchausgabe

Deutsche Erstausgabe

Titel der englischen Originalausgabe: »A French Affair«
Originalverlag: Century/The Random House Group Limited, London

Titelillustration: © mauritius images/Robert Harding
Umschlaggestaltung: Kirstin Osenau
Satz: Urban SatzKonzept, Düsseldorf
Gesetzt aus der Goudy
Druck und Verarbeitung: CPI books GmbH, Leck – Germany
Printed in Germany
ISBN 978-3-404-17240-5

3 5 7 6 4 2

Für alle Liebhaber von Antiquitäten,
unabhängig davon,
ob sie nun damit ihren Lebensunterhalt verdienen oder nicht

1. Kapitel

»Ich möchte dir ja nicht zu nahe treten, Süße, aber willst du wirklich in diesem Aufzug fahren?«, fragte Sally eher entsetzt als verärgert.

Gina warf ihrer Schwester einen kurzen Blick zu, der eine Mischung aus Gereiztheit, Belustigung und Verzweiflung ausdrückte. Sie befanden sich im Auto auf der Hauptstraße nach Cranmore-on-the-Green, und es kam nicht infrage umzukehren, um sich umzuziehen. Sallys kleine Töchter schliefen auf der Rückbank, und Gina fiel die Autofahrt wesentlich leichter, wenn sie nicht sangen oder sich kabbelten und Saft im Auto verschütteten. Daher wollte sie so viele Kilometer wie möglich zurücklegen, bevor die beiden wieder aufwachten.

Jetzt erwiderte Gina: »Da wir ja schon unterwegs sind, werde ich wohl auch so weiterfahren. Was stimmt denn nicht mit meinem Outfit? Im Kofferraum habe ich auch noch eine Jacke.«

Sally war achtzehn Monate jünger als ihre Schwester. Sie genoss den Altweibersommer in vollen Zügen und trug einen langen Rock, ein leicht transparentes Top, Römersandalen und jede Menge Perlenketten und Armbänder. Der Hippie-Look stand ihr aufreizend gut. Gina spürte, wie sie kritisch gemustert wurde.

»Du siehst sehr geschäftsmäßig aus«, sagte Sally. »Ein schwarzer Hosenanzug und eine strenge weiße Bluse mögen für deine Geschäftstermine angemessen sein, aber hier …«

»Es handelt sich ja auch um einen Geschäftstermin.« Gina warf einen schnellen Blick auf das Navi. »Außerdem steckt der größte Teil meiner Kleidung noch in den Umzugskartons.

Wenigstens ist die Bluse sauber und anständig gebügelt. Das kann man vom Rest meiner Sachen nicht behaupten.«

»Das ist nicht direkt ein Geschäftstermin«, widersprach Sally, nachdem sie einen prüfenden Blick auf ihre Kinder geworfen hatte, um sicherzugehen, dass sie noch schliefen. »Es geht um ein wichtiges Schreiben von unserer verrückten Tante Rainey.«

Gina hatte das Gefühl, Sallys Begeisterung einen kleinen Dämpfer verpassen zu müssen. »Es *ist* etwas Geschäftliches. Unsere liebe verstorbene Tante hatte einen Verkaufsstand in diesem Antiquitätenzentrum. Also geht es ums Geschäft, meinst du nicht? Wahrscheinlich handelt der Brief, den wir noch nicht kennen, nur davon.«

Sally mokierte sich über Ginas nüchterne Haltung. »Ja, aber es ist gewissermaßen ein Kontakt aus dem Jenseits.« Sie sprach, als moderierte sie eine besonders gruselige TV-Sendung an.

Gina kicherte unwillkürlich. »Unsinn! Wir haben bloß ein Schreiben von ihrem Anwalt bekommen. Man könnte nur dann von einem Kontakt aus dem Jenseits sprechen, wenn wir eine Séance hätten.«

»Glaubst du, das wäre eine gute Idee?«

Jetzt musste Gina richtig lachen, auch wenn sie gleichzeitig den Kopf schüttelte. »Also wirklich, Sal, du bist einfach unmöglich! Ich halte eine Séance für keine gute Idee. Außerdem wäre so etwas völlig überflüssig, weil wir ja Briefe bekommen haben. Briefe aus richtigem Papier, im Hier und Jetzt verfasst.« Sie warf Sally einen liebevollen, wenn auch leicht verzweifelten Blick zu. »Manchmal frage ich mich, ob es dein Gehirn geschädigt hat, als Künstlerin und Mutter ständig zu Hause zu sein.« Sie hielt kurz inne. »Das soll nicht heißen, dass du nicht alles perfekt hinbekommst, du machst das wirklich prima, und das mit so wenig Geld. Aber manche deiner Ideen und Vorstellungen sind ein bisschen absurd, das musst du zugeben.«

»Na ja, irgendwie muss man sich ja bei Laune halten, wenn man den ganzen Tag damit beschäftigt ist, Kinderklamotten unter den Betten hervorzuangeln und die Mädels davon abzuhalten, sich gegenseitig umzubringen.« Sally seufzte.

Gina schämte sich für ihre gedankenlose Bemerkung. »Du bist eine ganz tolle Mutter, Sal, wirklich. Und die Mädchen machen dir alle Ehre.«

»Aber? Ich spüre doch, dass jetzt ein ›Aber‹ kommt!«

»Das hat nichts mit dir zu tun, aber ich glaube wirklich, dass es bei diesem Termin nur um die Unterzeichnung eines Schriftstückes geht, damit das Antiquitätenzentrum wieder über den Verkaufsstand verfügen kann oder so. Es ist bestimmt keine spannende Sache.«

»Also rechnest du nicht damit, dass für uns dabei Geld herausspringt?«

Gina schüttelte den Kopf. »Das kann ich mir kaum vorstellen. Du hast Tante Rainey öfter gesehen als ich, doch wir hätten es sicher gewusst, wenn sie wohlhabend gewesen wäre, oder? Sie besaß kein Haus und hatte offensichtlich auch keine großen Ersparnisse.«

Sally seufzte erneut. »Weißt du, ich vermisse sie. Tante Rainey war ein richtiges Original, hat immer von den Beatles und all den alten Bands gesprochen, als wären sie ihre besten Freunde gewesen. Man hatte so viel Spaß mit ihr! Ich wünschte, ich hätte sie häufiger sehen können, aber nachdem die Zwillinge so kurz nach unserem Umzug auf die Welt gekommen waren, ist es nicht einfach gewesen.« Sie grinste. »Einige Male ist sie zum Tee gekommen, sie war immer wie eine ehemalige Rock-'n'-Roll-Braut gekleidet. Insgeheim habe ich stets gedacht, dass die Mädchen sie lieben würden, wenn sie ein bisschen älter sind. Und jetzt ist sie tot.«

»Sie war wirklich lustig und auch ziemlich exzentrisch. Und wenn du nicht aufpasst, dann wirst du genauso wie sie«, fügte Gina hinzu.

»Das würde mich nicht stören, sie war einfach großartig.«

»Ich weiß. Es sollte auch irgendwie ein Kompliment sein.«

Sally musterte ihre Schwester, als wüsste sie nicht genau, wie sie das jetzt verstehen sollte. Schließlich wechselte sie das Thema. »Wie war er denn, dieser Matthew Ballinger?«

»Ich habe ihn doch gar nicht kennengelernt.«

Sally machte eine Handbewegung, als wäre das nur ein nebensächliches Detail. »Aber du hast doch mit ihm gesprochen. Wie klang er?«

»Ganz okay. Eigentlich klang seine Stimme sogar ganz nett, obwohl er sich auch ein bisschen mürrisch anhörte ... Du kannst es nicht lassen, habe ich recht?«

»Was denn?« Sallys übertrieben unschuldige Miene erinnerte Gina an ihre Nichten, wenn sie dabei erwischt wurden, wenn sie etwas ausgefressen hatten.

»Du willst mich mal wieder verkuppeln«, erwiderte Gina streng. »Deshalb machst du auch so einen Wirbel um mein Outfit. Du musst endlich damit aufhören.«

Ihre Schwester blickte ein bisschen verlegen aus dem Seitenfenster. »Na ja, es ist höchste Zeit, dass du mal wieder einen Freund findest.«

»Nein, ist es nicht. Ich lege gerade eine Männerpause ein. Der letzte war eine richtige Katastrophe, er hat mir doch tatsächlich Geld gestohlen und mir auch sonst alles Mögliche angetan. Aber du kennst ja die Einzelheiten.« Gina machte eine kleine Pause. Es fiel ihr immer noch nicht leicht, entspannt über ihre gescheiterte Beziehung zu reden. »Die ganze Geschichte hat dazu beigetragen, dass ich aus London hierher gezogen bin, falls du das vergessen haben solltest. Und ich gehe nicht wieder dorthin, jedenfalls sehr lange nicht mehr.«

»Wohin? Nach London?«

Gina zog ein finsteres Gesicht.

Sally gab ihrer Schwester kurz Zeit, sich wieder zu beruhigen. »Das war aber nicht der Hauptgrund für deinen Umzug. Schließlich ist London eine riesige Stadt. Du hättest Egan durchaus aus dem Weg gehen können, wenn du es versucht hättest.«

»Oh, und ob ich das versucht habe! Aber wenn man dieselben Leute kennt, ergibt es sich einfach zwangsläufig, dass man immer wieder genau dem Mann begegnet, den man eigentlich nicht mehr sehen will.«

»Das ist bloß eine Ausrede. In Wahrheit bist du umgezogen, weil du miterleben willst, wie deine Nichten aufwachsen«, entgegnete Sally ruhig.

Gina lächelte. »Das möchte ich auf jeden Fall. Und dann ist da noch die Tatsache, dass die Geschäftslage derzeit so schwierig ist und mein einziger großer Kunde ebenfalls in diese Gegend umgezogen ist. Außerdem ist die Miete für meine Wohnung in die Höhe geschossen, und ich musste wegen der Konjunkturkrise ohnehin umstrukturieren. Doch das alles weißt du ja ohnehin schon.«

»Du hast noch was ausgelassen: ›Und du, geliebtes Schwesterherz, hast mich so lange bekniet, bis ich gar nicht mehr anders konnte‹«, fügte Sally schmunzelnd hinzu.

»Das auch.« Gina lachte.

»Du wirst es hier lieben, ich weiß das einfach.«

Zögernd stimmte Gina ihr zu. »Ich hab es auch im Gefühl. Eigentlich genieße ich es jetzt schon, in meinem Cottage aufzuwachen und jenseits des Gartens die Felder zu sehen statt der Rückseite einer heruntergekommenen Pommesbude.«

»Trotzdem wird es Dinge geben, die du vermissen wirst«, meinte Sally großmütig. »Schließlich hast du in der pulsierenden Hauptstadt gelebt, und jetzt wohnst du in ...«

»In der tiefsten Provinz? Wo ich nicht so ohne Weiteres ein gutes Curry bekommen kann?« Noch nie zuvor hatte Sally auch nur einen einzigen Nachteil des Landlebens zugegeben. Fühlte sie sich jetzt auf einmal verantwortlich für das Glück ihrer Schwester?

»Wir haben ein hervorragendes baltisches Restaurant, aber vielleicht vermisst du ja den Trubel der großen Stadt? Hoffentlich nicht! Ich freue mich jedenfalls wahnsinnig, dass du jetzt hier wohnst. Wir alle sind begeistert.«

»Aber doch nicht nur, weil ich jetzt babysitten kann, oder?«

»Natürlich nicht! Wie kommst du denn darauf?«

Gina lachte leise. Sie liebte ihre Nichten, und obwohl sie sie ziemlich anstrengend fand, war sie sehr gern mit ihnen zusammen. »Ich glaube, ich bin im Grunde genommen ein Landmensch; zudem sind die Mieten hier tatsächlich viel niedriger als in London.« Sie schwieg einen Moment. »Aber du versuchst nicht, mich zu verkuppeln, hörst du? Wenn ich mich jemals wieder bereit für eine Beziehung fühlen sollte – sagen wir mal, in ungefähr zehn Jahren ...«

»Wenn du vierzig und damit fast jenseits des gebärfähigen Alters bist.«

»... dann sage ich dir entweder Bescheid, oder ich mache mich im Internet auf die Suche.«

»Das ist ja so unromantisch!«

»Gut, denn ich habe die Nase voll von Romantik.«

»Das meinst du nicht wirklich ernst. Jeder hat eine romantische Seite, die meisten wollen es nur nicht zugeben.«

Gina zog die Augenbrauen hoch und verkniff sich ein Lächeln. Ihre Schwester war die Romantikerin von ihnen beiden. Sie selbst war eine abgebrühte Geschäftsfrau, die ihren Lebensunterhalt verdienen musste. Für Romantik gab es gar keinen Platz in ihrem Leben, weder jetzt noch irgendwann in der Zukunft. Als sie sich verliebt hatte, war sie in eine Katastrophe geschlittert. Ab sofort würde sie sich von ihrem Verstand leiten lassen, nicht von ihrem Herzen. Und um ganz sicherzugehen, würde sie sich erst gar nicht auf eine neue Beziehung einlassen.

»Nachdem du mich hast wissen lassen, dass du dich nie wieder einem Mann nähern wirst, können wir uns ja ohne Risiko Gedanken über diesen Matthew Ballinger machen«, fuhr Sally fort. »Ist er jung oder alt? Vielleicht ist er ungefähr in Tante Raineys Alter, was meinst du?«

»Er hörte sich an, als wäre er mittelalt. Und, nein, ich konnte an seiner Stimme nicht erkennen, ob er verheiratet oder alleinstehend ist.«

»Das habe ich gar nicht gefragt!«

»Hat Tante Rainey je über ihn gesprochen, wenn sie dich besucht hat?«

Sally verzog nachdenklich das Gesicht. »Ich kann mich nicht daran erinnern, aber meistens haben wir ohnehin über die Babys geredet.«

»Dad wusste auch nichts über ihn. Ich habe ihn deshalb angerufen. Er hat bloß gemeint, dass Rainey sich gern mit jüngeren Männern umgeben hat.«

»Vielleicht war er ein junger Liebhaber.« Sally seufzte. »Möglicherweise werde ich ja auch junge Liebhaber haben, wenn ich über fünfzig bin.«

Gina lachte. »Oh nein, wenn du noch mit Alaric zusammen bist, dann ganz bestimmt nicht!«

Cranmore-on-the-Green war ein Städtchen in den Cotswolds, das wegen seiner malerischen historischen Gebäude, seiner Antiquitäten, seiner Teestuben und der Touristen bekannt geworden war. An diesem strahlenden Frühherbsttag tummelten sich hier zahlreiche Menschen, die die letzten sonnigen Tage auskosten wollten.

Gina und Sally hatten einen großen Parkplatz gefunden, der gefühlt kilometerweit vom Stadtzentrum entfernt lag. Nach einigen Minuten war es ihnen schließlich gelungen, die beiden Mädchen, die eigentlich lieber laufen wollten, in den Zwillings-Buggy zu verfrachten und sie anzuschnallen. Jetzt bahnte sich die kleine Gruppe einen Weg durch das Gedränge.

»Du warst noch nie im French House, oder?«, wollte Gina wissen.

Sally schüttelte den Kopf. »Nein. In Granmore-on-the-Green gibt es keinen Supermarkt, deshalb komme ich nicht so oft hierher. Außerdem wimmelt es geradezu von Antiquitätenläden, die mich interessieren. Daher wüsste ich es gar nicht mehr, falls ich es doch schon mal gesehen hätte. Wenn Alarics Eltern zu Besuch sind, schicke ich sie immer zu einem kleinen Ausflug nach Granmore-on-the-Green, sie lieben es. Aber warte mal! Ich habe einen kleinen Stadtplan, damit müssten wir den Laden eigentlich leicht finden … Wirklich schade, dass Alaric nicht auf die Mädels aufpassen konnte«, fuhr sie fort und steuerte den Buggy auf die Straße, um einer Gruppe älterer Damen Platz zu machen, die offensichtlich in einem Pub zu Mittag gegessen hatten und nun dem Busparkplatz zustrebten.

»Nein, es ist gut, dass er das nicht angeboten hat«, widersprach Gina entschieden. »Er hat schließlich ein Treffen mit einem Kunden, aus dem sich ein Geschäft mit einer guten Provision ergeben könnte.« Gina fand, dass ihre Schwester und ihr Schwager, die beide künstlerisch veranlagt und hoffnungslos romantisch waren, etwas geschäftstüchtiger sein könnten. Manchmal versuchte Gina, diesen Mangel durch ihre eigene Geschäftstüchtigkeit auszugleichen. Insgeheim verglich sie die beiden mit zwei Häschen aus einem Kinderbuch, die sorglos und fröhlich durchs Leben hoppelten.

»Ja, aber nicht jeder mag Kinder, und wir wollen doch, dass

dieser Termin gut läuft«, entgegnete Sally und bugsierte den Wagen auf den Gehsteig zurück.

»Ach, komm! Die beiden sind doch hinreißend. Außerdem gehe ich davon aus, dass es nur fünf Minuten dauern wird. Sieh mal, wir sind da! Das ist das French House.«

»Du meine Güte!«, stieß Sally hervor. Gemeinsam betrachteten sie das große, alte Gebäude. Es war ziemlich imposant und hob sich von den georgianischen Bauwerken zu beiden Seiten ab. Die Fenster des French House lagen dichter zusammen und waren wesentlich größer. Wilder Wein bildete einen dunkelroten Vorhang vor dem Mauerwerk, und an leicht verrosteten Halterungen hing ein Schild, das verkündete, dass es sich tatsächlich um das *FRENCH HOUSE* handelte. Ein Paar hoher Lorbeerbaum-Hochstämmchen in Kübeln stand auf den Stufen der Eingangstreppe, die zu einer großen Flügeltür führte. Das Schild könnte einen neuen Anstrich vertragen, und die Lorbeerbäume hatten ihre ursprüngliche Kugelform verloren, doch in Ginas Augen ließ diese angedeutete Vernachlässigung das Ganze noch schöner und romantischer wirken.

»Sieht tatsächlich französisch aus, nicht wahr?«, meinte Sally.

Gina nickte. »Das stimmt.«

Sally seufzte. »Lass uns probieren, ob wir den Buggy die Stufen hinaufbekommen!« Das Haus machte nicht den Eindruck, als kämen regelmäßig Kinder zu Besuch.

Als sie die Eingangstür erreichten, ertönte eine Glocke. Gina registrierte ein ziemlich großes Loch im Teppich, doch der Messinggriff der Tür war auf Hochglanz poliert.

Eine freundlich aussehende Frau mittleren Alters kam auf sie zu. »Hallo, ich bin Jenny Duncan. Matthew Ballinger erwartet Sie beide bereits. Soll ich mich um den Kinderwagen kümmern? Mr. Ballinger ist oben.«

»Danke, das ist sehr nett von Ihnen«, sagte Sally, nachdem sie sich vorgestellt hatten.

Nachdem sie sich geeinigt hatten, welcher Zwilling mit Gina und welcher mit Sally gehen wollte, schnappten sie sich jeder eins der goldhaarigen Mädchen und folgten Jenny Duncan die imposante Treppe hinauf. Als Jenny oben an eine Tür klopfte, straffte Gina entschlossen die Schultern. Zwar wusste sie nicht, was sie erwartete, doch die Situation war auf jeden Fall ein wenig einschüchternd.

2. Kapitel

Bei ihrem Eintreten erhob sich Matthew Ballinger hinter seinem gewaltigen Schreibtisch. Er sah erstaunt und nicht sonderlich begeistert aus, als er die geballte Weiblichkeit registrierte, die sich in sein Büro ergoss. Er war sehr groß und hatte dunkle Augen und dunkles Haar, das dringend einen Haarschnitt benötigte. Sein Blick wirkte wachsam und etwas skeptisch.

Einen Moment lang hatte Gina den Eindruck, dass er selbst auch eine Antiquität war, doch dann wurde ihr klar, wie verrückt dieser Gedanke war – so alt war er gar nicht. Wahrscheinlich lag es an dem Raum, der mit Möbeln vollgestopft war, obwohl er nicht groß war. Unwillkürlich dachte sie an eine Szene aus einem Dickens-Roman und stellte sich Matthew Ballinger mit hohem Stehkragen und Frack vor. Er räusperte sich.

Gina empfand Mitleid mit ihm und streckte die freie Hand aus. »Hallo! Sie wundern sich bestimmt über so zahlreichen Besuch. Wir sind Gina und Sally Makepiece – Sie haben uns erwartet. Die Mädchen, Persephone und Ariadne, sind nicht angekündigt. Es sind Zwillinge«, fügte sie hinzu, als könnte ihm diese Erklärung weiterhelfen. Um die Situation nicht noch komplizierter zu gestalten, hatte sie Sally und sich mit ihrem Mädchennamen vorgestellt.

Ein Ausdruck huschte über sein Gesicht, den sie als nacktes Entsetzen interpretierte, das er jedoch schnell hinter seinen guten Manieren versteckte. »Matthew Ballinger. Wie geht es Ihnen? Bitte nehmen Sie doch Platz! Ich hole weitere Stühle.« Ganz offensichtlich fühlte er sich äußerst unwohl.

Obwohl er sich so zurückhaltend gab, warf Sally Gina mehrmals einen vielsagenden Blick zu, während er einen weiteren Stuhl organisierte. Ihr Mienenspiel und ihre lautlos mit den Lippen geformten Worte ließen darauf schließen, dass sie ihn »umwerfend« fand.

Gina hatte kaum Zeit, die Augen zu verdrehen und die Stirn zu runzeln, bevor Ballinger zurückkehrte. Manchmal war ihre Schwester einfach unmöglich! Eine düstere Miene in Verbindung mit markanten Gesichtszügen war nicht automatisch »umwerfend«. Doch in diesem Fall musste sie zugeben – ganz objektiv betrachtet –, dass der Mann tatsächlich nicht übel aussah.

Als Gina und Sally mit Persephone und Ariadne auf den Knien Platz genommen hatten, zog Matthew Ballinger sich wieder hinter seinen Schreibtisch zurück. »Tut mir leid, ich habe nicht mit so vielen Besucherinnen gerechnet.«

»Sie müssen sich keine Gedanken wegen der Mädchen machen«, erklärte Gina. »Für sie ist es einfach nur ein Ausflug.«

»Wir haben niemanden gefunden, der sich um sie kümmern konnte«, meinte Sally entschuldigend und streichelte Persephone liebevoll über den Rücken.

»Nun denn«, sagte der Gastgeber und legte eine Mappe auf den Tisch. »Der Anwalt Ihrer Tante hat mir ein Schreiben zugesandt; vermutlich hat es denselben Inhalt wie die Briefe, die Sie beide erhalten haben. Und dann ist da noch der Brief, den wir gemeinsam öffnen müssen.«

»Richtig«, meinte Gina. Hätte man ihr einen derartigen Brief anvertraut, hätte ihre Neugier mit Sicherheit die Oberhand gewonnen. Zumindest hätte sie ihn gegen das Licht gehalten. Sally hingegen hätte den Umschlag innerhalb weniger Minuten über Wasserdampf geöffnet. Vielleicht hatte Tante Rainey das geahnt. Wie konnte Matthew Ballinger bloß so ruhig bleiben?

»Sollen wir den Brief dann jetzt lesen?«, schlug Sally nach kurzem Schweigen vor.

»Ja, warum eigentlich nicht?«, erwiderte Matthew Ballinger und zog das Schreiben aus der Mappe hervor. Dann nahm er einen Brieföffner zur Hand, schlitzte den Umschlag mit quälender Sorgfalt auf und warf einen kurzen Blick auf den Inhalt.

»Ach du liebe Zeit!«, sagte er schließlich. »Das ist ... das ist ein wenig kompliziert. Hören Sie, möchten Sie vielleicht eine Tasse Tee?«

Gina und Sally sahen sich an. Kompliziert? Was meinte er genau damit?

»Wir möchten jetzt keinen Tee. Wir möchten lieber ...«, setzte Gina an.

»Ich glaube trotzdem, wir sollten etwas trinken«, fiel Matthew ihr ins Wort. Dann stand er auf und ging in Richtung Tür. »Ich werde sehen, ob wir auch Saft für die Kinder haben.«

»Bitte reinen Saft!«, sagte Sally. »Sie sollen keinen Nektar trinken – wegen der Zusatzstoffe«, erklärte sie. »Davon werden sie hyperaktiv.«

Er erschauderte sichtlich. »Jenny?«, rief er die Treppe hinunter. »Können wir bitte Tee bekommen? Und ein bisschen Saft für die Mädchen. Reinen Saft.«

»Saft«, sagten die Zwillinge beinahe einstimmig. »Saft haben!«

Gina hätte Matthew gern gedrängt, doch seine Miene war so verschlossen, dass sie davon Abstand nahm. Sally war durch die Kinder abgelenkt, die zusehends unruhiger wurden. Da zu ihren mütterlichen Fähigkeiten auch diverse Zaubertricks gehörten, konnte sie aus ihrem Ärmel ein paar Reiswaffeln hervorzaubern, um die Zwillinge zu besänftigen.

Auf dem Kaminsims tickte eine alte Uhr laut vor sich hin und schien die Zeit zu verlangsamen. Plötzlich war ein lautes Seufzen zu hören. Gina fragte sich, ob sie es wohl selbst ausgestoßen hatte – oder vielleicht das Mobiliar.

Schließlich ging die Tür auf, und die nette Dame, die sie bereits unten getroffen hatten, trug ein Tablett herein.

»Das ist Jenny Duncan«, stellte Matthew Ballinger sie vor. »Sie ist die tragende Säule des Geschäfts.«

»Oh, wir haben uns bereits bekannt gemacht, Matthew«, sagte Jenny. »In meinem Kabuff steht ein Buggy von der Größe eines Familienautos.«

Im selben Augenblick kam es zum Eklat. Direkt hinter dem Teetablett tauchte etwas auf, das wie ein ziemlich dünner Esel aussah. Bei seinem Anblick brüllten beide Mädchen laut los.

Sallys Mutterinstinkt riet ihr, Persephone aus der Gefahrenzone zu heben, doch das vermeintliche Untier war zu groß dafür. Gina, die sich um Ariadne kümmerte, trug das Mädchen schnell aus dem Raum. Zwar glaubte sie nicht an eine echte Gefahr, doch das Geschrei der Kinder war ohrenbetäubend.

»Er tut nichts!«, sagte Matthew mit lauter Stimme, aber man konnte ihn dennoch kaum hören. »Das ist doch bloß Oscar.«

Gina kehrte zaghaft wieder in das Büro zurück.

Dann begann Oscar zu bellen. Das Gebell klang so tief und schrecklich, dass es direkt aus dem Bauch der Erde zu kommen schien. Obwohl Gina nicht geglaubt hätte, dass die Mädels noch lauter schreien konnten, bewiesen sie ihr jetzt das Gegenteil.

»Ruhe!«, ertönte die Stimme Gottes, die sich als Matthews Stimme entpuppte.

Ganz kurz herrschte Schweigen. Oscar sah verlegen weg und gähnte, als hätte er nichts mit dem Gebell zu tun. Die Mädchen hörten abrupt auf zu schreien – eher vor Schreck als aus Gehorsam. Sie waren es nicht gewohnt, dass jemand ihnen vorschrieb, was sie zu tun hatten, erst recht nicht, wenn dieser Jemand ein Fremder war.

»Jenny, würde es dir etwas ausmachen, den Hund wegzubringen?«, bat Matthew ruhig. »Und ihr beide«, sagte er zu Ariadne und Persephone, auch wenn Gina das Gefühl hatte, dass er Sally und sie genauso meinte, »wenn ihr aufhören würdet, so einen Lärm zu veranstalten, könnten wir das Geschäftliche schnell und effizient erledigen. Dann können wir die Sache ad acta legen.«

Wie auf Knopfdruck brachen beide Kinder in Tränen aus. Während sie lautlos weinten, liefen ihnen dicke Kullertränen aus den weit aufgerissenen Augen. Unwillkürlich musste Gina daran denken, dass Sally als Kind auch so hatte weinen können, und sie fragte sich, ob sie dieses Talent wohl an ihre Töchter vererbt hatte.

»Es tut mir leid«, meinte Sally. »Ich kann mich nicht konzentrieren, wenn die Kinder so außer sich sind. Wir müssen die Angelegenheit vertagen.«

»Aber es dauert bestimmt nicht lange«, widersprach Gina, die das Ganze gern hinter sich gebracht hätte.

»Ich finde, Mrs. ... äh ... Sally hat recht«, warf Matthew schnell ein. »Ein anderes Mal wäre sicher besser, vielleicht abends, wenn die Mädchen schlafen?«

»Eine großartige Idee!«, antwortete Sally. »Wir können uns bei Gina treffen. Falls die Zwillinge nicht schlafen, kann es uns egal sein. Ihr Dad wird sich um sie kümmern. Deine Visitenkarte, Gina!«

Gina war eigentlich daran gewöhnt, die Schwester zu sein, die das Sagen hatte. Doch nun kramte sie schnell eine Visitenkarte aus ihrer Tasche hervor. Zum Glück war sie so gut organisiert, dass sie sofort nach ihrem Umzug neue Karten bestellt hatte. Jetzt reichte sie Matthew eine davon. »Es ist überhaupt nicht weit, nur ungefähr zwanzig Minuten. Wie wäre es mit morgen Abend? Sally, würde dir das passen?«

Matthew nahm die Karte und musterte sie aufmerksam. Ganz kurz wünschte Gina, dass sie nicht ganz so poppig ausgefallen wäre, aber sie arbeitete in der PR- und Werbebranche und musste das entsprechende Image vermitteln. In einer derart würdevollen und altmodischen Umgebung wirkte die Visitenkarte allerdings ein wenig fehl am Platz.

»Oh ja – doch lass uns die Mädels schnell rausbringen!«, bat Sally nervös. Das lautlose Weinen ging allmählich in Wimmern über. Aus Erfahrung wusste Gina, dass es jeden Moment wieder zu lautem Gebrüll anschwellen konnte.

»Ist acht Uhr in Ordnung?«, fragte Matthew.

Gina nickte. Ariadne hatte gerade tief Luft geholt, um gleich einen markerschütternden Schrei auszustoßen. Während Oscar, der sich bereits mehrmals erfolgreich unter Jennys Hand weggeduckt hatte, sie mit leiser Neugier beobachtete, legte Ariadne los. Gina rannte mit dem kleinen Mädchen auf dem Arm fluchtartig aus dem Raum. Wie eine mobile Alarmanlage, dachte sie dabei flüchtig.

Nachdem sie sich kurz mit dem Kinderwagen abgemüht hatten, fanden Gina, Sally und die Zwillinge sich vor dem French House wieder.

»Ruhe!«, donnerte Gina, die beeindruckt gewesen war, wie gut das zuvor funktioniert hatte. Das Geschrei verebbte schlagartig. »Ich weiß nicht, wie es dir geht«, fuhr sie fort, »aber da wir keine Flasche Pinot trinken können, um uns zu erholen, brauche ich jetzt ein verdammt großes Stück Torte!«

Nach dem Genuss von Torte und Eiscreme und dem Erwerb von Glitzerhaarspangen für die Zwillinge hatten sich alle wieder so weit beruhigt, dass die Schwestern sich über das Erlebte austauschen konnten.

»Ich weiß, dass die Mädchen ein bisschen hysterisch auf Hunde reagieren«, sagte Sally, »aber du musst zugeben, dass dieses Exemplar riesig war.«

Gina nickte. Dieses Monster hatte sogar sie beunruhigt, als es ohne Vorwarnung hinter dem Teetablett aufgetaucht war.

»Und Matthew war auch kaum weniger Furcht erregend«, fügte Sally hinzu, die zu Übertreibungen neigte.

»Ich glaube, wir haben ihn einfach ein bisschen überfordert«, erwiderte Gina. »Er hat nicht mit vier Personen gerechnet, und wir haben quasi von seinem Arbeitszimmer Besitz ergriffen.«

»Na ja, ich finde, er ist ein richtiger Mr. Rochester: schroff und grüblerisch.«

»Und unheimlich?«

»Oh, nein, nicht unheimlich!«, widersprach Sally beleidigt. »Charlotte Brontës Mr. Rochester war doch umwerfend! Nicht nur im Roman – auch in der Verfilmung.«

»Meine Süße«, kicherte Gina, »ich weiß, dass du von Matthew Ballinger sprichst. Doch er ist Antiquitätenhändler, hat also einen ausgeprägten Sinn für die schönen und edlen Dinge, was heißt, dass er unter Umständen homosexuell ist. Und wenn nicht das, dann ist er aber bestimmt verheiratet. Selbst falls keins von beidem zutrifft, bin ich trotzdem nicht interessiert. Wie oft muss ich dir noch sagen, dass ich eine Pause in Sachen Männer mache? Du würdest ja auch einem Alkoholiker keine Drinks aufdrängen.«

Ihre Schwester betrachtete sie mit zusammengekniffenen Augen. Zwar hatte Sally nur wenig Zeit und wenig Geld, doch sie liebte ihren Mann und war glücklich mit ihm. Daher wollte sie alle anderen Menschen in ihrer Umgebung ebenfalls glücklich sehen. Und sie war überzeugt, dass der einzige Weg zum Glück über die Liebe eines anständigen Mannes führte. Doch bevor sie zu ihrer ausführlichen Rede darüber ansetzen konnte, dass Erfolg im Beruf nichts bedeutete, wenn man ihn mit niemandem teilen konnte, sagte Gina:

»Jetzt hat Matthew das Schreiben gelesen und wir nicht. Hoffentlich entsteht uns daraus kein Nachteil!«

»Das glaube ich nicht«, entgegnete Sally und hob eine der neuen Haarspangen vom Boden auf. »Schließlich scheint er Tante Raineys Vertrauen genossen zu haben. Sie hätte ihm ihr Testament sonst bestimmt nicht überlassen.«

»Sie war exzentrisch«, sagte Gina. »Vielleicht würde sie doch so etwas tun.«

Sally schüttelte den Kopf. »Sie hat in den Sechzigerjahren länger in Frankreich gelebt und ihr Haar auch noch in einem Alter orange gefärbt, als ihr die Farbe schon lange nicht mehr stand. Aber man kann ihr nicht nachsagen, dass sie nicht alle Tassen im Schrank hatte. Deshalb hat Dad fast alles geerbt, und wir haben diese mysteriösen Briefe bekommen.« Sie warf Gina einen schnellen Blick zu. »Und sie hat dafür gesorgt, dass wir Matthew kennenlernen.«

Doch Gina ließ sich nicht ködern. Stattdessen stand sie auf und nahm ihre Jacke von der Stuhllehne. »Wir sollten uns jetzt auf die Socken machen. Ich möchte gern zu Hause sein, bevor es dunkel wird. Diese Landstraßen sind mir unheimlich. Außerdem brennen unsere Eltern bestimmt darauf zu erfahren, was heute passiert ist. Ich rufe sie an.«

»Ich bin nicht so sicher, dass sie das sonderlich interessieren wird«, widersprach Sally. Sie hatte ihren Eltern bis heute nicht verziehen, dass sie nach Spanien ausgewandert waren, als sie gerade schwanger geworden war.

Gina, die damals auch irgendwie das Gefühl gehabt hatte, von ihren Eltern im Stich gelassen zu werden, nickte. »Ich erzähle es ihnen trotzdem.«

Auf dem Heimweg sahen die kleinen Mädchen aus dem Fenster und sangen vor sich hin. Gina und Sally sprachen kaum. Gina dachte an das Chaos, das derzeit bei ihr zu Hause herrschte, und überlegte, welche Aufgabe sie als Erstes in Angriff nehmen sollte. Sally starrte abwesend vor sich hin. Aus Erfahrung wusste Gina, dass sie wahrscheinlich im Geiste an etwas Kreativem arbeitete, und beneidete sie kurz darum, Künstlerin zu sein. Zwar liebte Gina ihre Arbeit als freiberufliche PR-Beraterin, die durchaus anspruchsvoll und kreativ war, doch es fehlte der künstlerische Aspekt. Das vermisste Gina viel mehr als einen Freund.

Als sie bei Sally zu Hause ankamen, trug Alaric seine Töchter ins Haus, während Sally ihrer Schwester wie üblich ein Abendessen und ein Bett anbot.

»Ganz ehrlich, ich muss nach Hause.« Gina musste diesen Satz mindestens dreimal wiederholen, bevor Sally Ruhe gab. »Ich muss unbedingt Platz schaffen, denn bisher ist nur ein schmaler Weg zwischen der Tür und meinem Bett begehbar.«

»Heute Abend schaffst du ohnehin nicht mehr viel. Bleib lieber hier bei uns! Alaric kann die Mädchen baden, und wir machen eine Flasche Wein auf.«

»Ich gebe zu, das klingt verlockend, doch ich muss irgendetwas Nützliches tun. Das ist das Problem eines Freiberuflers, man hat nie richtig frei. Und ich muss wirklich Kartons auspacken. Bis bald!« Sie stieg in den Wagen und startete den Motor.

Ihre Schwester sprach durch das geöffnete Fenster. »Zumindest eine Sache ist sicher ...«

»Und die wäre?«

»Mein Schwulenradar, der immer einwandfrei funktioniert, sagt mir, dass Matthew nicht homosexuell ist! Und bevor du nachfragst, du weißt doch ganz genau, von wem ich spreche!« Sie zwinkerte ihr vielsagend zu.

Gina lachte und fuhr los. Ihre Schwester blieb vor dem kleinen Cottage stehen, das sie mit ihrer Familie bewohnte, und winkte ihr wild hinterher. Gina schmunzelte vor sich hin. Sally war einfach unverbesserlich! Doch sie konnte über Matthew Ballinger sagen, was sie wollte: Sie, Gina, war nicht interessiert. Schließlich hatte sie der Männerwelt abgeschworen.

3. Kapitel

Am nächsten Vormittag rief Matthew an, um zu fragen, ob er Oscar am Abend mitbringen könne.

»Normalerweise kann ich ihn problemlos zu Hause lassen, oder Jenny passt auf ihn auf. Leider ist sie heute anderweitig beschäftigt, und um diese Zeit im Jahr gibt es immer so viele Partys mit Feuerwerk. Und Oscar hasst die Knallerei.«

Gina, die eigentlich sicher gewesen war, dass er anrief, um abzusagen, sagte, ohne nachzudenken: »Oh, das ist schon in Ordnung! Bringen Sie ihn ruhig mit, die Mädchen werden ja schließlich nicht da sein! Übrigens habe ich für die Knallerei auch nicht viel übrig.«

»Gut, vielen Dank. Dann sehen wir uns heute Abend um acht.«

Nachdem sie das Gespräch beendet hatten, blieb Gina noch eine Weile nachdenklich sitzen. Was hatte Tante Rainey sich bloß dabei gedacht? Was zum Teufel war in ihr vorgegangen, als sie diese Briefe geschrieben und diese seltsamen Anweisungen bei ihrem Anwalt hinterlegt hatte? Würde sie, Gina, noch mehr Änderungen in ihrem Leben hinnehmen müssen? Und wenn ja, war sie überhaupt dazu bereit?

Sie ging ins Wohnzimmer, das ihr gleichzeitig auch als Arbeitszimmer diente. Das kleine Cottage war zwar bezaubernd, bot jedoch nicht genug Platz für ein separates Büro. Ihr Freund Dan, ein Immobilienmakler, der ihr neues Heim für sie gesucht hatte, war deswegen besorgt gewesen. Gina hatte ihn jedoch beruhigt, dass sie sich im Obergeschoss ein Arbeitszimmer würde einrichten können, sobald das kleine zweite Schlafzimmer nicht mehr mit Umzugskartons zugestellt wäre.

Allerdings würde es nicht einfach werden, geschäftlich in einer Region Fuß zu fassen, in der sie bis jetzt nur über eine einzige Geschäftsverbindung verfügte. Ihre erste Amtshandlung nach ihrem Umzug in der vergangenen Woche hatte darin bestanden, sich einen Internetzugang einzurichten und einen Nachsendeantrag für ihre Post zu stellen.

Ihr derzeitiger Kunde würde dafür sorgen, dass sie ungefähr einen Monat lang ihre Rechnungen bezahlen konnte, doch darüber hinaus würde nicht viel übrig bleiben. Daher musste sie so bald wie möglich neue Aufträge an Land ziehen. Wenigstens hatte sie als PR-Frau, die auf Marketing spezialisiert war, jede Menge Ideen, wie sich das bewerkstelligen ließ. Sie entschied, dass eine Broschüre die Lösung war. Im Falle von Durststrecken war es umso wichtiger, seinen Namen ins Spiel zu bringen – das würde sie tun, indem sie jeder Firma in der Umgebung ihre Firmenbroschüre zukommen ließ. Später, als sie mit ihrem Entwurf zufrieden war, machte sie eine Druckerei in der Nähe ausfindig und vereinbarte noch für denselben Tag einen Termin.

Sally erschien um Viertel nach sieben, beladen mit Körben und Schachteln.

»Willst du damit mein Haus verschönern?«, fragte Gina, während sie Begrüßungsküsschen austauschten.

»Ich weiß doch, dass du gerade erst eingezogen bist und noch keine Zeit hattest, aus diesem Cottage ein richtiges Heim zu machen. Ich will dir bloß helfen.« Kritisch ließ sie ihren Blick schweifen.

»Ich habe den ganzen Tag fieberhaft gearbeitet!«, erwiderte Gina. Sie ärgerte sich ein bisschen, dass sie sich anhörte, als müsste sie sich rechtfertigen, weil sie sich vorrangig um praktische Dinge und nicht um Ästhetik gekümmert hatte.

Leute, die die Schwestern zum ersten Mal trafen, nahmen oft an, dass Gina den stärkeren Charakter hatte. Doch jetzt kapitulierte sie vor dem sanften Bulldozer, zu dem Sally wurde, wenn sie eine Mission hatte.

Gina räumte Kartons zur Seite, suchte Stühle und Teppiche zusammen und unterstützte ihre Schwester, die die Art von Wunder vollbrachte, die man sonst nur im Fernsehen sah. Nur dass in den Fernsehshows üblicherweise dafür ein vielköpfiges Team und ein Prominenter zur Verfügung standen.

Um zehn vor acht sank Gina in den einzigen Sessel und sah sich um. »Wow!«

»Hm, nicht übel, wenn man bedenkt, dass ich nicht viel Zeit hatte«, bemerkte Sally zufrieden, wenn nicht sogar ein wenig selbstgefällig.

Überall leuchteten Teelichte. Vor dem Kamin lag ein Läufer, und Ginas Arbeitsbereich war mit einem dunkelroten Tuch abgedeckt, auf dem winzige Spiegel angebracht waren, die das Kerzenlicht reflektierten. Das, was bis eben noch ein Schreibtisch gewesen war, sah nun wie eine Mischung aus einer Anrichte und einem Schrein aus. Alle Unterlagen waren in einer Schachtel verstaut, die Sally in einen Ablagekorb verwandelt hatte; der Computer war ins Schlafzimmer verbannt worden.

Auch Ginas Kissen waren in rote Tücher gehüllt worden – Sally hatte Dutzende davon von einer Studienreise aus Indien mitgebracht –, sodass das Sofa und der Sessel höchst einladend wirkten. Auf der Fensterbank stand ein Strauß aus Astern und Herbstanemonen aus Sallys Garten, daneben waren weitere Teelichte arrangiert.

Sally zupfte ein Kissen zurecht. »Sieht doch gut aus, oder nicht?«

»Offen gestanden wirkt es ein bisschen wie in einem Bordell, aber in einem sehr gemütlichen«, kommentierte Gina trocken.

»Jetzt brauchen wir nur noch ein Feuer. Funktioniert der offene Kamin?« Sally ignorierte die Bemerkung ihrer älteren Schwester einfach.

»Ja, und die Vermieterin hat den Schornstein fegen lassen.« Sie zögerte. »Allerdings ist es nicht sonderlich kalt, und die Heizung funktioniert einwandfrei. Brauchen wir wirklich ein Feuer?«

»Dadurch wird das Zimmer einladender wirken«, erwiderte Sally und durchwühlte den einzigen Korb, der noch nicht leer war. »Streichhölzer, Streichhölzer, wo seid ihr?« Sie warf ihrer Schwester einen ungeduldigen Blick zu. »Mach du dich mal auf die Suche nach Gläsern! Ich habe Wein mitgebracht.« Wenn Sally etwas arrangierte, dann musste es einfach perfekt sein.

Gina fand die Gläser und polierte sie mit einem Tuch. Weil sie wusste, dass Sally ihr nicht zuhören würde, wies sie sie erst gar nicht darauf hin, dass es sich um einen Geschäftstermin und nicht um eine Party handelte. Sally vertrat die Meinung, dass eine Ansammlung von mehr als einer Person eine Feier war – das bedeutete, dass alles hübsch aussehen und, falls es später als sechs Uhr war, Wein angeboten werden musste. Diese Gabe der Gastfreundschaft hatte sie von ihrer Mutter geerbt. Das konnte man von Gina nicht im gleichen Maße behaupten: Zwar sorgte sie immer dafür, dass sich alle Gäste bei ihr wohlfühlten und die Wohnung aufgeräumt war, doch konnte sie einen Raum nicht so schön dekorieren wie ihre Schwester.

Nachdem Sally alles zusammengesucht hatte, was zum Vorbereiten eines Kaminfeuers nötig war – einschließlich Kerzenstumpen, Zeitungspapier und Anzündholz –, sah sie ihre Schwester an. »Okay, du bist dran, zünde das Feuer an!«

Lächelnd kniete Gina sich auf den Kaminvorleger. Ihre Schwester war ein wahrer Deko-Meister, doch sie selbst brachte ein Feuer schneller in Gang als jeder andere, den sie kannte.

Als das Holz gut brannte, das Sally mitgebracht hatte, unterzog sie ihre Schwester einer kritischen Musterung. Gina trug Jeans und Pulli.

»Mein Outfit ist in Ordnung«, erklärte Gina schnell und klopfte sich ein bisschen Holzstaub von der Hose. »Die Jeans ist sauber, der Pulli ist ziemlich neu, und außerdem habe ich mir die Wimpern getuscht. Sieh mal!« Zur Demonstration klimperte sie mit den Lidern. »Wenn ich mehr Make-up auflege, hält Matthew Ballinger mich für sonderbar. Bei unserem ersten Zusammentreffen war ich überhaupt nicht geschminkt.«

»Ich weiß«, entgegnete Sally tadelnd. »Du legst nie Make-up auf. Doch du bist jetzt dreißig, vielleicht ist es an der Zeit, dich nicht mehr ausschließlich auf deinen wunderbaren natürlichen Teint zu verlassen.«

Beunruhigt spähte Gina in den Spiegel. »Sehe ich etwa alt aus?«

»Natürlich nicht! Im Kerzenschein siehst du sogar fantastisch aus. So, jetzt lass mich noch abschließend kontrollieren, ob auch wirklich alles perfekt ist ...«

Als es schließlich kurz nach acht an der Tür klopfte, wirkte das Cottage sicher gemütlicher als seit Jahren; ganz bestimmt jedoch hatte es seit Ginas Einzug noch nicht so wohnlich ausgesehen. Sogar gemessen an Sallys hohen Maßstäben war alles außerordentlich hübsch und einladend.

In dem Trubel, die perfekte *Landlust*-Atmosphäre zu schaffen, hatte Gina es versäumt, Oscar zu erwähnen. Sie hatte ihn sogar selbst vergessen, bis sie die Tür öffnete. Zum Glück schaffte Sally es, nicht wie ihre Töchter zu reagieren, als Oscar ins Cottage sprang; sie stieß lediglich ein unterdrücktes Quieken aus.

»Matthew, herzlich willkommen!«, sagte Gina, um ihrer Schwester Zeit zu geben, einmal tief durchzuatmen. »Sally hat darauf bestanden, das Cottage wie für eine Party herzurichten. Daher hoffe ich, dass Sie ein Glas Wein mit uns trinken.«

Währenddessen machte Oscar es sich unaufgefordert vor dem Kaminfeuer bequem und nahm damit den größten Teil des freien Raumes in Beschlag.

»Danke, sehr gern«, antwortete Matthew.

»Warum ist Ihr Hund nur so riesig?«, hörte Gina Sally fragen, während sie selbst rasch in die Küche ging, um den Wein zu holen.

Als sie zurückkehrte, erwiderte Matthew gerade: »Er ist zum größten Teil ein Irischer Wolfshund, und die sind eben so groß. Aber obwohl er so riesig ist, hat er schreckliche Angst vor lautem Knallen. Deshalb kann ich ihn um diese Zeit im Jahr nur schlecht allein lassen, weil ständig irgendwo Partys mit Feuerwerk stattfinden.«

»Oh, ich verstehe.« Sally wirkte etwas besänftigt.

Gina reichte erst Matthew und dann ihrer Schwester ein Glas Wein. Sally saß in dem Sessel und hatte die Füße unter sich gezogen. Diese Haltung nahm Gina immer ein, wenn sie eine Spinne sah, aber nicht wenn ein Hund von der Größe eines Kaminvorlegers vor ihren Füßen lag.

»Und woraus besteht der Rest?«, wollte Gina wissen, nachdem sie auf einem Küchenstuhl Platz genommen hatte. Matthew war ihr nicht vertraut genug, um sich neben ihn auf das Sofa zu setzen.

»Technisch gesehen, ist er ein Lurcher. Das ist keine Hunderasse im eigentlichen Sinn, eher eine Gebrauchskreuzung unter Beteiligung von Windhunden«, erklärte Matthew. »Doch zum größten Teil ist Oscar eben ein Irischer Wolfshund, was ihn für Lurcher-Aktivitäten ziemlich untauglich macht.«

»Ich werde nicht nachfragen, worin Lurcher-Aktivitäten bestehen, ich will es gar nicht wissen – aber er ist großartig«, fügte Gina hinzu. Ganz plötzlich war ihr klar geworden, dass sie den Hund mochte. Er war ein sanfter Riese. Matthew war auch ein Riese – gemeinsam mit seinem Hund beanspruchte er beinahe den ganzen freien Platz im Raum –, aber war er auch so sanft wie sein Hund? Schnell verdrängte sie den Gedanken wieder. Auf jeden Fall wirkte Matthew hier weniger respekteinflößend als in seinem Büro.

»Oscar liebt ein schönes Feuer«, meinte er. »Wie nett, dass Sie eins angezündet haben!« Er hatte sich auf der Sofakante niedergelassen, als würde er am liebsten bald wieder flüchten.

»Das war eigentlich die Idee meiner Schwester. Sie meint, der Raum wird dadurch behaglicher. Ich finde, es könnte ein wenig zu warm werden.«

»Dann können wir ein Fenster öffnen«, warf Sally ein, die inzwischen offensichtlich den Mut aufgebracht hatte, die Füße auf den Boden zu stellen.

»Was ist denn nun mit Tante Raineys Brief?«, fragte Gina, deren Anspannung wuchs. Sie hatte vergessen, dass ihre Schwester Angst vor Hunden hatte; jetzt hatte sie ein schlechtes Gewissen, weil sie ihr so ein großes Exemplar zumutete. Matthew war anscheinend ebenfalls unbehaglich zumute. Nur Oscar fühlte sich sichtlich wohl.

»Ich habe mir erlaubt, Fotokopien zu machen, sodass jeder von uns ein Exemplar des Briefes in Händen hat.« Er reichte jeder der jungen Frauen ein Blatt Papier.

Beide warfen einen kurzen Blick darauf.

»Um ehrlich zu sein«, bemerkte Gina, »kann ich bei diesem Licht nicht lesen.«

»Ich auch nicht«, pflichtete Sally ihr bei, »aber Matthew, Sie sitzen doch neben der Stehleuchte. Lesen Sie das Schreiben doch einfach laut vor! Das wäre ohnehin besser.«

»In Ordnung«, stimmte er zu und sah auf sein Blatt hinunter. »*Meine Lieben ...*« Er blickte mit gerunzelter Stirn auf, wohl um zu verdeutlichen, dass er selbst niemals diese Anrede benutzen würde.

»Wahrscheinlich wundert ihr euch, was all das soll. Nehmen wir doch einfach an, dass ich eine alte Frau bin, die sich einmischen will, aber bitte habt Nachsicht mit mir! Ich möchte, dass meine entzückenden Nichten die Freuden des Antiquitätenhandels entdecken. Manche Leute sprechen diesbezüglich auch von einer ›Krankheit‹, aber es handelt sich um eine derart wunderbare Krankheit, dass ich keine Skrupel habe, andere damit anzustecken.

Deshalb gebe ich den Mädchen fünfhundert Pfund als Starthilfe, und dich, Matthew, bitte ich, dich ihrer anzunehmen. Überlass ihnen meinen Verkaufsbereich und die Antiquitäten, die noch auf Lager sind, und helfe ihnen durch die kniffelige erste Zeit! Wenn ihr innerhalb von vier Monaten einen Gewinn erwirtschaftet, bekommt ihr alle noch ein wenig mehr Geld. Viel Spaß!«

Matthew hörte auf zu lesen und sah die beiden jungen Frauen an.

»Fahren Sie bitte fort!«, forderte Sally ihn auf.

»Das ist alles. Mehr steht dort nicht«, antwortete er.

Eine Weile waren die einzigen Geräusche im Raum Oscars leises Schnarchen und das Knistern des Kaminfeuers.

»Tante Rainey war ein kleines bisschen verrückt«, sagte Gina schließlich. »Findet ihr nicht auch?«

»Nun ja, sie war ganz schön exzentrisch«, stimmte Matthew zu. »Doch sie machte ihre Sache gut und war eine echte Bereicherung für das Zentrum. Als Käuferin war sie unberechenbar, aber sie fand immer interessante Stücke. Die Kunden kamen regelmäßig, um zu sehen, was sie wieder Interessantes aufgetan hatte.«

»Wie funktioniert ein Antiquitätenzentrum denn genau?«, fragte Sally. »Als wir gestern dort waren, schienen kaum Leute da zu sein.«

»Es ist nicht wie in einem Kaufhaus, in dem sich in jedem Bereich Verkaufspersonal befindet. Die Besitzer mieten Verkaufsflächen und tun abwechselnd Dienst. Bei uns sind immer zwei Personen anwesend, doch manchmal kommen noch weitere Händler, um ihre Bestände zu kontrollieren. Insgesamt gibt es im French House zehn Händler.«

»Aber warum sind sie denn nicht alle ständig anwesend?«, wollte Sally wissen. »Man sollte meinen, dass es einfacher wäre, seine eigenen Stücke zu verkaufen, wenn man selbst vor Ort ist.«

»Händler müssen auch Ware einkaufen und möglicherweise Restaurierungsarbeiten durchführen. Außerdem haben die meisten auch noch Verkaufsflächen in anderen Zentren. Das mag einem seltsam vorkommen, wenn man an normale Geschäfte gewöhnt ist, doch das Konzept funktioniert hervorragend«, erklärte Matthew. Er saß wieder ganz vorne auf der Kante des Sofas und musterte die beiden Frauen mit gerunzelter Stirn.

»Ich glaube nicht, dass wir Tante Raineys Wunsch erfüllen können«, meinte Sally, nachdem sie etwa dreißig Sekunden darüber nachgedacht hatte. »Wir kennen uns mit Antiquitäten überhaupt nicht aus, und ich kann mir nicht vorstellen, dass man so schnell entsprechende Kenntnisse erwerben kann.«

Matthew gab ein Geräusch von sich, das sich anhörte, als stimmte er ihr voll und ganz zu, doch dann schaltete Gina sich ein.

»Ich bin anderer Meinung. Ich finde, wir sollten es versuchen. Auf diese Erbschaft kann ich auf jeden Fall nicht verzichten, und bei dir ist es genauso, Sal.«

Fassungslos starrte Sally ihre Schwester an. »Wie bitte? Kannst du das noch mal wiederholen?«

Gina spürte, wie sie errötete. Normalerweise war sie die Vernünftigere von ihnen beiden, daher sah es ihr gar nicht ähnlich, dass sie diese verrückte Idee befürwortete. Doch während Sally Matthew Fragen gestellt hatte, hatte sie über Tante Raineys Brief nachgedacht. Offensichtlich hatte ihre Tante gewollt, dass sie ihre Verkaufsfläche übernahmen – sonst hätte sie ihren Wunsch nicht ausdrücklich geäußert. Sie mochte zwar exzentrisch gewesen sein, doch sie war kein Dummkopf gewesen. Und aus irgendeinem Grund hatte sie beschlossen, dass sie beide mit diesem ziemlich schwierigen Mann zusammenarbeiten sollten – der seinerseits ganz offenbar davor zurückschreckte, Gina und Sally aufgebürdet zu bekommen. Doch sie würde sich nicht einschüchtern lassen. »Ich finde einfach, dass wir die Idee nicht von vorneherein verwerfen sollten«, sagte sie leise, aber bestimmt.

Sally runzelte die Stirn. »Bestimmt können wir das Testament anfechten – man müsste nur überzeugend darlegen, dass Tante Rainey nicht bei klarem Verstand war oder so. Und es geht ja wohl nicht um besonders viel Geld, oder doch?«

»Jedenfalls ist es nicht genug, um es auf den Versuch zu verschwenden, das Testament anzufechten«, meinte Matthew. Er zuckte mit den Schultern. »Vermutlich würde es niemand erfahren, wenn ich einfach nur ihre Waren für Sie beide verkaufen würde. Dann müssten Sie sich um nichts kümmern.«

Nach langem Schweigen erwiderte Gina schließlich: »Das wäre doch Betrug.«

»Ja«, pflichtete Sally ihr bei. »Zwar bin ich nicht so gesetzestreu wie Gina, doch wenn Tante Rainey sich all die Mühe gemacht hatte, um uns ins Antiquitätengeschäft einzuführen, dann ist es genau das, was sie sich wünschte. Wir können ihren Wunsch nicht einfach ignorieren.«

Gina spürte, dass ihre Schwester einen für sie typischen, blitzschnellen Stimmungsumschwung durchmachte und sich allmählich für die Idee erwärmte.

Matthew seufzte. »Der Antiquitätenhandel floriert momentan nicht gerade. Es wird schwierig sein, überhaupt einen Gewinn zu erzielen. Außerdem gibt es sehr viel zu lernen.«

»Das glaube ich Ihnen aufs Wort. Aber wir sind sehr wohl in der Lage, neue Dinge zu lernen«, entgegnete Gina und fragte sich verwundert, warum sie plötzlich so entschlossen war, eine weitere Herausforderung anzunehmen.

»Ich wollte damit nicht andeuten, dass ich Ihnen das nicht zutraue«, sagte Matthew, »ich überlege nur, was am besten wäre.«

»Hören Sie«, meinte Gina, »ich kann gut verstehen, wie abschreckend das Ganze für Sie sein muss. Wir sind zwei völlig Fremde für Sie, und unsere verstorbene Tante wünschte sich, dass Sie uns das lehren, wofür Sie wahrscheinlich Ihr ganzes Leben gebraucht haben.« Nachdenklich hielt sie inne. »Wenn Sie sich allerdings vorstellen könnten, ihre Bitte zu erfüllen, würden wir unser Allerbestes geben, um eine Erfolgsgeschichte daraus zu machen.«

Erneut entstand eine qualvoll lange Pause. »Ich will mich nicht querstellen«, wandte Matthew endlich ein, »aber ich möchte verhindern, dass Sie die Sache mit der Vorstellung angehen, es handele sich um eine Folge von *Die Schnäppchenjäger*. In Wirklichkeit ist das Geschäft viel langweiliger und alltäglicher.«

»Okay. Und weiter?«, ermunterte Sally ihn und nahm sich ein paar Kartoffelchips.

»Nun ja«, fuhr Matthew fort, als bereiteten die Worte ihm körperlichen Schmerz. »Ich war zwar nicht verwandt mit Rainey, doch sie war sehr gut zu mir. Als mein Vater vor einigen Jahren starb, war sie mir eine große Stütze. Wenn es das ist, was sie wollte, und wenn Sie wirklich bereit sind, hart zu arbeiten und auch Enttäuschungen hinzunehmen, nehme ich die Herausforderung an.«

Gina atmete geräuschvoll aus. Man konnte erkennen, dass diese Entscheidung ihn große Überwindung gekostet hatte – und wer konnte es ihm verdenken? Warum sollte Matthew zwei Schwestern unter seine Fittiche nehmen wollen, die keine Ahnung vom Antiquitätengeschäft hatten und von denen er ansonsten nur sehr wenig wusste? Vor allem, da er doch offensichtlich ein ernsthafter Mensch war, der auch seinen Beruf sehr ernst nahm? Doch die Schwestern konnten ihre Ziele ebenfalls mit großem Ernst verfolgen, vor allem Gina. »Das ist sehr, sehr freundlich von Ihnen.«

»Wir werden uns wirklich große Mühe geben, Sie nicht zu enttäuschen«, fügte Sally hinzu.

Matthew sah auf Oscar hinunter und streichelte ihm mit dem Fuß das Hinterteil. Dann seufzte er. »Ich vermisse Rainey. Obwohl sie für mich nicht wie eine Mutter war, hat sie dafür gesorgt, dass ich nicht zu schwermütig wurde. Sie war es, die mich ermuntert hat, mir Oscar anzuschaffen, obwohl alle anderen meinten, ich müsste verrückt sein, weil er so groß ist. Doch es war die richtige Entscheidung. Wenn sie möchte, dass ich Sie beide unter meine Fittiche nehme, dann bin ich es ihr schuldig, ihren Wunsch zu erfüllen. Sie war sehr weise.«

Für jemanden, der normalerweise kein Freund vieler Worte war, war das eine lange Rede. Es war sehr still im Raum. Ein Holzscheit im Feuer rutschte zur Seite, und Oscar stöhnte im Schlaf.

»Lasst uns auf unsere neue Partnerschaft anstoßen!«, schlug Gina vor und hob ihr Glas.

»Ja. Auf uns! Wir sollten uns übrigens duzen, wenn wir zusammenarbeiten«, sagte Sally.

»In Ordnung. Auf uns!«, wiederholte Matthew etwas leiser. Ganz offensichtlich musste er sich erst noch an die neue Situation gewöhnen.

Nachdem sie miteinander angestoßen hatten, meinte Sally: »Wir sind wie die drei Musketiere!«

»Tatsächlich?«, fragte Matthew etwas verwirrt.

»Na ja, nicht wirklich ...«, warf Gina ein.

»Oh, natürlich werden wir keine Schwertkämpfe ausfechten, aber wir sind immerhin zu dritt«, erläuterte Sally. »Und Oscar kann D'Artagnan sein.«

Gina war daran gewöhnt, dass ihre Schwester ein bisschen kauzig rüberkam, und warf Matthew einen verstohlenen Blick zu. Vielleicht zog er sich jetzt aus ihrer Übereinkunft zurück, oder er stempelte Sally als komplette Idiotin ab.

Doch er lachte.

»Also dann.« Gina räusperte sich, stand auf und legte Holz nach. Dabei tätschelte sie Oscar die Flanke. »Wie sieht der erste Schritt in unser neues Abenteuer aus?«

»Ihr müsstet ins Zentrum kommen, und dann sehen wir mal, was Rainey noch auf Lager hatte. Außerdem zeige ich euch eure Verkaufsfläche, und wir sehen, wie es läuft«, sagte Matthew. Obwohl er nicht unbedingt begeistert klang, schien er es doch ernst zu meinen. »Üblicherweise mieten die Händler eine bestimmte Verkaufsfläche – entweder einen Bereich oder einen Raum, abhängig davon, womit sie handeln – und leisten Dienst im Zentrum, um die Miete abzuarbeiten. Wenn man gut verkaufen kann«, er schaute Sally an, »kann man auch mehr Stunden absolvieren.«

»Ich kann sehr gut verkaufen«, gab sie unverblümt zurück, »ich habe nur leider schrecklich wenig Zeit, wegen der Zwillinge und all dem. Trotzdem werde ich tun, was ich kann. Ich werde es genießen«, fügte sie ein wenig sehnsüchtig hinzu.

Gina war sich durchaus bewusst, dass ihre Schwester es manchmal vermisste, kein anderes Leben zu haben – obwohl sie es liebte, Mutter zu sein. »Ich werde aushelfen, so oft ich Zeit habe«, warf sie ein und sah erst Sally und dann Matthew an.

»Ich bin es gewohnt, Vertragsverhandlungen zu führen, daher gehe ich davon aus, dass ich auch verkaufen kann. Doch was mir Sorge bereitet, ist die Tatsache, dass ich absolut keine Ahnung von dem habe, was ich verkaufen soll.«

»Ich werde euch einen Crashkurs geben müssen – euch beiden«, meinte Matthew.

»Welches ist der beste Weg, um die wichtigsten Dinge zu lernen?«, wollte Gina wissen, die gern Nägel mit Köpfen machte.

»Die Praxis, ganz klar«, antwortete Matthew. »Es gibt kein entsprechendes Fernstudium – nun ja, wahrscheinlich doch –, aber wenn man Antiquitäten einkaufen und verkaufen will, bleibt eigentlich nur Learning by Doing.«

Sally stand auf. »Möchtest du noch Wein? Oder soll ich Tee kochen?«

»Nein, danke, für mich nichts mehr«, erwiderte Matthew höflich. »Ich muss morgen sehr früh zu einem Antiquitätenmarkt aufbrechen.« Als er sich erhob, stand Oscar ebenfalls auf. Sally trat unwillkürlich einen Schritt zurück, doch immerhin sprang sie nicht panisch auf ihren Sessel.

»Ich sollte auch gehen. Meine Mädels wachen immer schrecklich früh auf.«

Gina lächelte. »Offensichtlich bin ich die Einzige, die nicht im Morgengrauen aus den Federn muss.« Sie reckte sich ein wenig. »Ich werde mich morgen früh sehr wohlfühlen.«

Matthew zog die Augenbrauen hoch. »Ich finde, du solltest mich zu dem Markt begleiten. Ich hole dich um halb sieben ab, wir müssen um sieben da sein.«

Diese Eröffnung wirkte wie eine kalte Dusche. Gina öffnete schon den Mund, um Matthew all die Gründe zu nennen, warum dieser Vorschlag vollkommen unsinnig war. Doch es waren so viele, dass sie gar nicht wusste, mit welchem sie beginnen sollte. Also klappte sie den Mund wieder zu.

»Du musst unbedingt mitfahren!«, rief Sally begeistert. »Wir sollten das Projekt sofort in Angriff nehmen.«

»Aber wir haben doch noch gar nicht überprüft, was Rainey noch an Ware hatte«, wandte Gina ein. Sie war froh, dass ihr doch noch ein vernünftiger Einwand eingefallen war.

»Sie hatte einen sehr vielseitigen Geschmack«, sagte Matthew. »Ich rate dir, keine zu ausgefallenen Stücke zu erwerben. Und nimm nach Möglichkeit Bargeld mit, wir können aber auch unterwegs an einem Geldautomaten anhalten. Du musst auch nichts kaufen; der Markt wird auf jeden Fall dazu beitragen, dein Auge zu schulen. Dieser Besuch ist ein guter Anfang.«

Halt suchend umklammerte Gina ihr Weinglas. »Ich finde, wir sollten uns langsam vortasten und nicht auf Einkaufstour gehen, bevor wir überhaupt das Zentrum richtig gesehen haben.«

»Oh, um Himmels willen, sei doch nicht so vernünftig!«, schimpfte Sally. »Meine Güte, wenn ich auf Shoppingtour gehen könnte, wäre ich hin und weg.«

»Auf einem Antiquitätenmarkt?«, wollte Gina alles andere als überzeugt wissen.

»Na ja, ein Markt für Stoffe oder Farben oder so was in der Art wäre mir lieber, aber ich würde trotzdem sofort mitfahren. Also wirklich, Gina, wenn wir das durchziehen wollen, dann sollten wir sofort anfangen, uns weiterzubilden.«

Gina streckte die Hand nach Oscars Kopf aus, der sich auf ihrer Kinnhöhe befand, und streichelte ihn gedankenverloren.

»Dann hole ich dich also morgen früh um sechs Uhr dreißig ab«, wiederholte Matthew und schubste Oscar in Richtung Tür. Sein bestimmtes Auftreten ließ Gina erkennen, dass eine weitere Diskussion zwecklos wäre.

Nachdem sie die Tür hinter ihm geschlossen hatte, kehrte sie zu ihrer Schwester zurück.

»Damit hätte ich nie gerechnet«, sagte Sally.

Gina biss sich auf die Lippe. »Es war ein Schock, das stimmt. Aber irgendwie hat es auch sein Gutes, finde ich. Meine Gefühle sind sonderbar positiv, es fühlt sich richtig an.« Auf einmal meldete sich ihr schlechtes Gewissen gegenüber Sally. »Findest du die Sache denn auch wirklich in Ordnung?«

Sally zuckte die Schultern. »Na ja, mein Bauchgefühl war zunächst nicht gerade positiv, andererseits habe ich Lust auf alles, was mir eine kleine Erholungspause von meinen reizenden Töchtern verschafft. Und man kann ja nicht wissen, vielleicht machen wir tatsächlich Gewinn und bekommen das zusätzliche Geld, das Tante Rainey uns versprochen hat.«

Und damit schlang sie sich ihren Schal um den Hals, schnappte sich ihre Tasche und die Körbe, warf ihrer Schwester eine Kusshand zu, und weg war sie.

4. Kapitel

Es war eine Frage des Stolzes, dass Gina gewaschen und fertig angezogen war, als Matthew am nächsten Morgen an die Tür ihres Cottages klopfte. Doch da sie noch ihren Marmeladentoast in der Hand hielt und der Kaffee zum Abkühlen auf dem Tisch stand, wollte ihr kein wirklich herzliches Lächeln gelingen. Es reichte vielmehr gerade zu einem geschäftsmäßigen Verziehen der Lippen.

»Hallo. Haben wir noch Zeit für eine Tasse Kaffee, bevor wir aufbrechen?«, fragte sie und gab sich Mühe, nicht zu verzweifelt zu klingen.

Matthew schüttelte den Kopf. »Nein. Komm, lass uns gleich starten!«

Offensichtlich war er ebenfalls kein Morgenmensch. Sie hängte sich ihre Tasche über die Schulter, nahm die Kaffeetasse in die Hand und folgte ihm zu seinem etwas ramponierten, alten Volvo. Die Rückbank war umgeklappt, vermutlich, um gegebenenfalls Platz für den Transport einer Kommode oder einer kleineren Anrichte zu haben.

»Oscar ist heute nicht mit von der Partie?«

»Jenny passt auf ihn auf, ich brauche den Platz im Wagen.«

Die beiden stiegen ein und gurteten sich an. Dann warf Matthew ihr einen unergründlichen Blick zu.

»Nimmst du immer deinen Kaffee mit, wenn du unterwegs bist?«, fragte er.

»Nur wenn ich nicht selbst fahre. Ich trinke nie, wenn ich hinter dem Steuer sitze.«

Da er nicht auf ihren Scherz reagierte, fand sie ihre Bemerkung auch nicht mehr so lustig. Trotzdem war sie der Meinung, dass nichts dabei war, seinen Kaffee mitzunehmen – schließlich hatte Matthew ihr keine Zeit gegeben, ihn zu Hause zu trinken.

»Wie weit ist es noch?«, erkundigte sie sich kurz darauf. Sie hatte ihr Frühstück beendet und ihre schmutzige Kaffeetasse mit einem Papiertaschentuch ausgewischt und in ihrer Tasche versenkt. Jetzt versuchte sie gerade, die Marmelade von ihren Fingern zu entfernen, indem sie sie an ihrem Schal abputzte.

»Nicht mehr weit. In der Nähe gibt es eine öffentliche Toilette, wo du dir die Hände waschen kannst.«

Sie lachte leise. »Ich hasse klebrige Finger. Eigentlich hätte ich mir gern etwas anderes auf meinen Toast gestrichen, aber ich konnte nichts finden.«

»Hast du dich inzwischen einigermaßen eingerichtet?«

»Nein. Das wird noch eine Ewigkeit dauern, aber wenigstens habe ich meine Arbeitsunterlagen sortiert.«

»Was machst du noch mal beruflich?«

Gina zögerte ganz kurz, bevor sie antwortete. Manche Menschen – Menschen wie Matthew Ballinger, den sie trotz der sehr kurzen Bekanntschaft als etwas konservativ einschätzte – zeigten sich häufig überheblich in Bezug auf die PR- und Werbebranche.

»Ich arbeite in der Werbebranche«, erwiderte sie betont munter.

»Was bedeutet das genau?«

Sein Kommentar war unverbindlich, doch Gina merkte sofort, dass sie recht gehabt hatte. Sie atmete tief ein und gab ihm die Antwort, die sie für Menschen reserviert hatte, die PR für Zeit- und Geldverschwendung hielten. »Ich unterstütze Geschäftsleute bei ihrer Öffentlichkeitsarbeit, um ihre Geschäfte voranzutreiben, damit sie mehr Menschen einstellen können und die Wirtschaft in Schwung bleibt.«

Nach kurzem Schweigen sagte er: »Ich verstehe.«

Gina seufzte, denn ganz offensichtlich verstand er es nicht. Es war klar zu erkennen, dass die PR-Branche nicht seine Billigung fand. Wahrscheinlich hielt er auch nichts von vielen Erfindungen neueren Datums – von sozialen Netzwerken, von Internet und Google. Bestimmt handelte er aus diesem Grunde mit Gegenständen, die mindestens hundert Jahre alt waren. Sie musste wohl ein Teufelchen reiten, denn sie fuhr fort: »Das Antiquitätenzentrum könnte auch ein paar PR-Maßnahmen vertragen.«

Entsetzt sah er sie an. »Ganz bestimmt nicht! Wir kommen wunderbar ohne zurecht.«

»Wirklich? Du hast doch gesagt, dass die Geschäfte im Moment nicht besonders gut laufen. Vielleicht brauchst du ein wenig Unterstützung?«

»Nein, nicht diese Art von Unterstützung, vielen Dank.«

»Nun, falls du deine Meinung ändern solltest, weißt du ja, wo du mich erreichst.«

»In der Tat.«

Den Rest der Strecke legten sie schweigend zurück. Obwohl es nicht unbedingt ein kameradschaftliches Schweigen war, fühlte Gina sich wohl damit. Interessiert betrachtete sie die Landschaft, die an ihnen vorüberflog.

Nach ungefähr fünfunddreißig Minuten erreichten sie eine große Marktgemeinde. Matthew parkte den Wagen auf einem öffentlichen Parkplatz und zeigte ihr den Weg zur Damentoilette. »Ich warte hier auf dich.«

Die Toilette war überraschend sauber; Gina war froh, sich kurz frisch machen zu können, bevor sie den Sprung ins Ungewisse wagte.

»Folge mir einfach!«, schlug Matthew vor, als sie sich wieder zu ihm gesellte. Er führte sie durch einen schmalen Durchgang, in dem eine Bäckerei und ein Pub ihre Müllcontainer deponiert hatten.

»Offenbar zeigst du mir nur die hübschesten Orte«, kommentierte sie, während sie sich einen Weg zwischen leeren Fässern, Brotsteigen aus Plastik und weniger appetitlichen Dingen suchte.

Er blieb kurz stehen, drehte sich um und lächelte.

Überrascht stellte sie fest, dass sie sein Lächeln ziemlich charmant fand, als sie schließlich den Hintereingang einer großen Halle erreichten. Hoffentlich würde Sally Matthew nie lächeln sehen, sonst würde sie wieder einen Verkupplungsversuch unternehmen.

Die Halle war voller Menschen, die Tapeziertische aufbauten und ihre Waren arrangierten. Alle schienen sich untereinander zu kennen, denn sie tauschten fleißig Sticheleien und spaßhafte Beleidigungen aus, während sie sich gegenseitig nach Familienangehörigen ausfragten und voneinander wissen wollten, wie die Geschäfte denn so liefen.

»Der Markt ist von zehn Uhr bis vier Uhr am Nachmittag für den Publikumsverkehr geöffnet, doch die Händler kommen früher«, erklärte Matthew.

Ganz offensichtlich kannte ihn jeder hier, doch obwohl alle freundlich waren, kam Gina nicht umhin zu bemerken, dass er nicht wirklich dazugehörte. Sie begegneten ihm eher mit Respekt als mit Wärme. Sie selbst wurde kritisch beäugt – sie empfand die Blicke als argwöhnisch, so als hätte sie ein Schild um den Hals hängen mit der Aufschrift: *Ich bin keine von euch*. Trotz ihrer Bemühungen, dieses Gefühl in den Griff zu bekommen, ertappte sie sich dabei, wie ein verängstigtes Kind hinter Matthew herzulaufen.

Als ein paar Parfümflakons an einem Stand ihre Aufmerksamkeit erregten, blieb sie stehen und ließ Matthew allein zu einem Verkaufsstand mit Möbeln weitergehen. Gina nahm eine Flasche mit hübschen Rehgravuren und einem geprägten Deckel in die Hand. »Die ist aber hübsch!«

»Das stimmt«, pflichtete die Verkäuferin, die in mehrere Lagen Kaschmir gehüllt war, ihr bei. »Das ist böhmische Glaskunst.«

»Ganz entzückend. Doch wahrscheinlich liegt der Preis weit über meinem Budget.«

»Ich denke an ungefähr vierhundert Pfund«, erklärte die Frau.

Gina stellte den Flakon wieder hin. »Sie sind wunderschön.«

»Sie verkaufen sich gut, auch wenn sie ganz schön teuer sind.« Die Frau hielt kurz inne. »Sie sind mit Matthew Ballinger gekommen, nicht wahr?«

»Ja, so ist es.«

»Die Fußstapfen seines Vaters sind einfach zu groß für ihn«, fuhr die Frau fort. »Das ist sein Problem.«

Gina fühlte sich sofort in die Defensive gedrängt. »Was meinen Sie damit?«

»Sein Vater besaß eine ganz besondere Gabe. Er erkannte sofort, fast intuitiv, ob etwas eine Fälschung war oder nicht. Das machte die Dinge für ihn leichter.«

»Sie meinen, er hatte übersinnliche Fähigkeiten?«

Die Frau zuckte mit den Schultern. »Wahrscheinlich war es einfach nur jahrzehntelange Erfahrung. Auf jeden Fall hat Matthew es deutlich schwerer.« Sie kniff die Augen zusammen. »Sind Sie eine Händlerin?«

Gina wollte gerade verneinen, als ihr einfiel, dass sie tatsächlich eine Händlerin war – wenn auch eine frischgebackene. Deshalb war sie ja schließlich hier. »Ich bin eine Anfängerin. Jetzt suche ich lieber mal Matthew.«

Bis sie ihn gefunden hatte, war ihr klar geworden, wie viel Schrecken die Sache barg, auf die Sally und sie sich eingelassen hatten. Sie wünschte, ihre Schwester wäre hier, um ihr moralische Unterstützung zu bieten. Gemeinsam mit ihr würde es vielleicht Spaß machen. Je weiter der Vormittag fortschritt, desto mehr wuchs ihre Angst. Matthew redete die ganze Zeit mit verschiedenen Leuten über Geschäfte. Zwar wollte sie nicht ständig wie eine Klette an ihm hängen, doch wenn sie ihn nicht bei der Arbeit beobachtete, lernte sie auch nichts. Und es war schwierig, zu schwierig.

Als sie die Halle verließen, war es immer noch ziemlich früh. Auf der Heimfahrt war der Volvo mit kleinen, aber wunderschönen Möbelstücken beladen. Offensichtlich war ein großer Kombi praktisch ein Muss, wenn man mit Antiquitäten handelte. Beklommen beschloss Gina irgendwann, Matthew mitzuteilen, dass sie nicht weitermachen wollte.

»Matthew?«

»Hm.«

»Ich will es nicht machen.«

»Was?«

»Ich möchte keine Antiquitätenhändlerin werden. Das Geschäft ist einfach zu schwierig.« Ginas Verzweiflung wuchs. »Wie kann ich Dinge verkaufen, von denen ich nichts verstehe, während die Käufer sich viel besser auskennen? Wie kann ich überhaupt Ware einkaufen? Heute Vormittag war ich völlig verloren.«

»Ich habe dir gleich gesagt, dass es nicht einfach werden wird.«

»Ich weiß«, antwortete sie kleinlaut.

»Aber du wolltest es Rainey zuliebe probieren.«

»So haben wir gestern Abend darüber gedacht, du, Sally und ich. Doch mir war nicht bewusst, wie schwierig es werden wird.«

Matthew schwieg eine Weile. Dann seufzte er. »Gib dir einfach eine Chance! Das war dein erster Antiquitätenmarkt. Und niemand könnte sich da schon auskennen.« Das war sehr nett von ihm, doch schließlich hatte er selbst jahrelang Zeit gehabt, seinen Beruf zu erlernen – und er hatte es auch nicht leicht gehabt, wenn das stimmte, was die Händlerin gesagt hatte.

»Aber ich wusste *gar nichts* – außer der Tatsache, dass ich es mir nicht leisten kann, einen Parfümflakon für vierhundert Pfund zu kaufen und ihn dann mit Gewinn zu veräußern.«

»Na ja, das zu wissen ist schon mal sehr gut. Du hättest den Preis vielleicht ein wenig herunterhandeln können, doch Parfümflakons sind sehr speziell. Man muss wissen, wo die Käufer dafür zu finden sind.« Er lächelte. »Du bist zu hart zu dir.« Das war das Netteste, was er bisher zu ihr gesagt hatte. Plötzlich spürte Gina, wie etwas von ihrer gestrigen Entschlossenheit zurückkehrte.

»Eigentlich bin ich ganz gut im Verkaufen. Doch Experten Dinge anzubieten, wenn ich selbst keine Ahnung habe und dann noch Geld damit verdienen soll – ich kann das einfach nicht.«

Zu ihrer Überraschung entdeckte sie ein amüsiertes Funkeln in seinen Augen. »Du wirst keine Sachen an andere Händler verkaufen, jedenfalls nicht gleich zu Beginn. Es werden ganz normale Kunden sein, Sammler, Leute, die ein Geschenk für die Rubinhochzeit ihrer Cousine suchen – vielleicht etwas aus Rubinglas. Das ist sehr beliebt für Rubinhochzeiten.«

»Oh«, sagte Gina. »An so etwas habe ich gar nicht gedacht.«

»Es ist meine Schuld. Ich habe dich mit den Profis bekannt gemacht, bevor du die Gelegenheitskäufer erlebt hattest. Hast du jetzt Zeit, mit mir ins Zentrum zu kommen? Natürlich erst nachdem ich dich zum Frühstück eingeladen habe. Zum zweiten Frühstück«, ergänzte er. »Danach gehen wir ins Antiquitätenzentrum.«

Er parkte den Wagen hinter dem French House, führte sie in eine Seitenstraße und öffnete schließlich die Tür zu einem Laden, in dessen Schaufenster Tee-, Kaffee- und Kakaodosen, Köstlichkeiten vom Festland, Kaffeemühlen und Teekannen ausgestellt waren. Die Türglocke läutete, als sie eintraten.

Kaffeeduft hing in der Luft, und Gina blieb einige Sekunden im Verkaufsraum stehen, um ihn zu genießen, bevor sie Matthew in das Café im hinteren Bereich folgte.

»Was hättest du denn gern? Eine Tasse Kaffee? Ich kann dir die Käse-Scones dazu empfehlen.«

Gina setzte sich auf einen Barhocker an die Theke, während Matthew die Bestellung aufgab und mit der Bedienung plauderte. Offensichtlich war er hier Stammgast. Kurz darauf kehrte er mit einem beladenen Tablett zurück.

»Kaffee schmeckt nie ganz so köstlich, wie er duftet, aber dieser hier kommt dem schon sehr nahe«, meinte sie anerkennend, nachdem sie ein paar Schlucke von ihrem Cappuccino getrunken hatte.

»Es ist der Gedanke an diesen Kaffee, der es schafft, mich vor der Morgendämmerung aus dem Bett zu locken.«

»Bist du heute erfolgreich gewesen? Offensichtlich hast du einiges erstanden.« Sie strich Butter auf ihr Scone und biss hinein.

»Ja, ich habe einige hübsche Stücke zu vernünftigen Preisen gefunden. Der Trick besteht darin, Dinge zu kaufen, die sich schnell wiederverkaufen lassen. Wenn es immer wieder etwas Neues zu entdecken gibt, kehren die Käufer regelmäßig zurück. Wenn sie allerdings wissen, dass sie stets nur denselben wuchtigen Kleiderschrank und dieselbe Frisierkommode vorfinden werden, machen sie sich die Mühe erst gar nicht.« Er runzelte die Stirn. »Genau davon haben wir derzeit zu viel im Zentrum.«

»Also sind kleine Stücke reizvoller?«

»Oft ist es so. Die Leute haben heutzutage keinen Platz mehr für große Möbelstücke in ihren Häusern.«

»In meinem Cottage ist ebenfalls kein Platz für etwas Großes, allerdings hätte ich sehr gern eine Anrichte. Sie würde gut an die eine Wand in der Küche passen.«

»Dann müssen wir nach einer Ausschau halten.«

Gina schüttelte den Kopf. »Ich glaube nicht, dass es vernünftig wäre, etwas zu kaufen, was vielleicht in einem anderen Haus keinen Platz findet.« Überrascht stellte sie fest, dass ihre Stimme wehmütig klang. Bisher hatte es sie noch nie gestört, zur Miete zu wohnen. Doch plötzlich wurde ihr klar, dass sie sich ein Zuhause wünschte, das ihr gehörte und für das sie Möbel kaufen konnte. Ihre Gedanken wanderten zu Sallys winzigem Cottage, aus dem sie so ein hübsches, gemütliches Heim gemacht hatte. Genau das würde sie auch gern tun: Wände streichen, alte Sofas neu beziehen und Böden abschleifen. Energisch verdrängte sie diese Gedanken und kehrte in die Realität zurück.

»Manche Händler möblieren ihre Häuser mit ihren Lagerbeständen. Alles darin steht zum Verkauf«, erzählte Matthew. »Sie behalten die Möbel eine Weile und geben sie dann weg.«

»Tust du das auch?«

»Oh, nein. Mein Vater hat das so gehalten, doch mir hat es überhaupt nicht gefallen, wenn plötzlich Lieblingsstühle und Sideboards verschwunden waren. Einmal ist mir mein Schreibtisch unter den Händen weggekauft worden, bevor ich meine Hausaufgaben fertig hatte. In meinem eigenen Heim passiert so etwas nicht.«

»Heute hat jemand Gutes von deinem Vater erzählt«, sagte Gina vorsichtig.

»Ja. Er war ein wunderbarer Mensch. Freundlich, kontaktfreudig – und sehr bewandert, was Antiquitäten anging.« Er warf ihr einen schnellen Blick zu. »Über Antiquitäten weiß ich auch einiges, doch ansonsten komme ich eher nach meiner Mutter.«

Gina lächelte. »Lebt sie noch?«

»Nein, sie starb, als ich gerade ins Teenageralter gekommen war; das hat meinen Vater und mich zusammengeschweißt.«

»Wie traurig, dass deine Mutter so jung gestorben ist!«

»Ja, es war traurig, doch wir sind irgendwann darüber hinweggekommen.« Er ließ ein kurzes Lächeln aufblitzen. »Jetzt verstehst du sicher, warum wir Rainey so gern hatten. Mein Dad und sie waren ... Sie kam häufig zum Dinner, über und über mit Schals behängt, mixte Cocktails, legte Musik auf, die sie mitgebracht hatte, redete, lachte, versuchte, eine Freundin für mich zu finden ...«

»Und hat sie Erfolg damit gehabt?«

»Nicht wirklich. Ich ziehe es vor, mir meine Freunde selbst zu suchen.«

Gina lachte leise. Erstaunt stellte sie fest, dass sie sich amüsierte. Matthew schien heute guter Laune zu sein; er war ganz anders als der mürrische, zugeknöpfte Mann, als den sie ihn kennengelernt hatten. »Wo wohnst du eigentlich, in der Nähe des Zentrums?«

»Sehr nah. In einer Wohnung im oberen Stockwerk. Das ist sehr praktisch.« Erneut schenkte er ihr sein charmantes Lächeln, was ihn viel weniger einschüchternd wirken ließ.

»Und wie kommt Oscar in einer Wohnung zurecht?«

»Er weiß gar nicht, dass es eine Wohnung ist. Er glaubt, das ganze Haus gehört ihm. Möchtest du noch einen Cappuccino? Oder ein Scone?«

»Nein, danke. Es war köstlich, hat aber sehr satt gemacht.«

»Gut, dann zeige ich dir jetzt mein Reich.«

Etwas an der Art und Weise, wie er das sagte, brachte Gina dazu, sich zu fragen, ob sein sogenanntes Reich nicht in Wahrheit eher eine Bürde für ihn darstellte. Irgendwie war er ein komischer Vogel. Normalerweise war es Teil ihres Jobs, die Menschen zu durchschauen, doch bei ihm funktionierte es nicht. Er hatte sich schon wieder in sein Schneckenhaus zurückgezogen.

»Jenny wird inzwischen einen Spaziergang mit Oscar unternommen und den Laden geöffnet haben«, sagte Matthew, als sie sich dem French House näherten. Aufmerksam betrachtete Gina das Haus und dachte bei sich, dass es einst ein prächtiges Zuhause gewesen sein musste.

»Jenny ist ein Geschenk des Himmels«, fuhr Matthew fort. »Sie ist immer bereit, das Zentrum zu öffnen, zu schließen und jede Arbeit zu verrichten, die gerade anfällt. Das hat sie schon für meinen Vater getan, und jetzt tut sie es für mich.«

»Ist das French House immer schon ein Antiquitätenzentrum gewesen?«

»Ja, solange ich es kenne auf jeden Fall. Zu Dads Zeit florierte das Geschäft – na ja, heute läuft es auch zufriedenstellend, doch die Zeiten haben sich geändert ...« Als er auf einmal wehmütig wirkte, fiel Gina ein, was die Händlerin gesagt hatte. Hatte sein Vater von ihm erwartet, dass er in seine Fußstapfen trat? Es gab nichts Schlimmeres, als immer nur zweiter Sieger zu sein. Zum Glück hatten Sally und sie in ihrer Familie nie derartige Erfahrungen machen müssen.

»Wolltest du immer schon Antiquitätenhändler werden?«, erkundigte sie sich, als sie vor der Tür standen.

»Nein, ich wollte eigentlich Sprachwissenschaftler werden. Allerdings habe ich in den Ferien regelmäßig für meinen Vater gearbeitet, und so hat es sich dann ergeben, dass ich bei den Antiquitäten gelandet bin.«

»Das finde ich irgendwie schade, ich meine, du musstest dem Beispiel deines Vaters folgen, obwohl du etwas vollkommen anderes machen wolltest.«

»Man kann nicht wirklich ein Sprachwissenschaftler sein«, erwiderte er. »Ich habe an der Universität Sprachen studiert, doch ich wusste nicht, ob ich Übersetzer oder Dolmetscher oder sonst was werden wollte. Früher bin ich häufig mit meinem Dad nach Frankreich gereist und habe ihm beim Handeln und Feilschen geholfen. Auf die Weise konnte ich meine Französischkenntnisse sinnvoll einsetzen. Dad hat mich nicht gezwungen, bei ihm einzusteigen, wenn du das meinst. So, gehen wir erst nach oben, damit du deine Tasche dort abstellen kannst, dann laden wir die Sachen aus dem Wagen!«

Als sie die Treppen hinaufstiegen, konnte Gina sich des Gefühls nicht erwehren, dass eine Atmosphäre der Vernachlässigung über dem ganzen Gebäude lag, so als wären alle fortgegangen, um einer interessanteren Tätigkeit nachzugehen. Als Sally und sie zusammen hier gewesen waren, hatten sie bereits bemerkt, dass in dem Laden nicht gerade das Leben pulsierte. Gina fand das bedauerlich – und sie hatte Mitleid mit Matthew. Es könnte daran liegen, dass die Geschäfte mit Antiquitäten grundsätzlich nicht gut liefen, doch es gab auch so viele andere Antiquitätenläden in Cranmore-on-the-Green. Nachdenklich fragte sie sich, wie man das French House rentabler machen könnte.

Oscar wartete im Büro. Als er Matthew sah, lief er zu ihm, stellte sich auf die Hinterbeine und legte seinem Herrchen die Vorderpfoten auf die Schultern.

»Meine Güte, er ist so riesig!« Gina lachte. »Er ist fast so groß wie du.«

Als Oscar Ginas Stimme hörte, beschnüffelte er sie ohne große Begeisterung und legte sich wieder auf den Boden.

»Es tut mir leid, er benimmt sich nicht sehr entgegenkommend, wenn er jemanden nicht gut kennt.«

»Ich frage mich, von wem er sich das wohl abgeschaut hat.«

»Wie bitte?«

»Ach, weißt du, man sagt doch, dass Hunde wie ihre Besitzer sind ...«

Matthew machte ein finsteres Gesicht. »Willst du damit andeuten, dass Oscar und ich uns ähnlich sehen? Dabei ist mein Haar nicht vollkommen grau, meine Augenbrauen hängen nicht herunter, und ich habe auch keinen Bart.«

»Ich habe nicht gemeint, dass ihr euch vom Aussehen her gleicht.« Gina biss sich auf die Lippe. Sie kannte Matthew nicht gut genug, um ihn zu necken, doch wenn sie es nicht versuchte, würden sie diesen Punkt vielleicht nie erreichen. Schließlich mussten sie zusammenarbeiten, und das wäre viel schwieriger, wenn sie die ganze Zeit ernst bleiben müssten.

Doch dann runzelte er auf eine Art und Weise die Stirn, die ihr sagte, dass er es verstanden hatte: Er wusste, dass er aufgezogen wurde, und es störte ihn nicht. Ganz kurz erhaschte sie einen Blick auf den entspannteren Matthew, den sie bereits im Café erlebt hatte. Sie hätte diese Seite nicht an ihm vermutet und empfand jetzt unerwartet Erleichterung.

Gina half Matthew, den Inhalt des Volvos in einen Lagerraum auf der Rückseite des Hauses zu bringen. Der Raum war schon gut gefüllt mit einer Ansammlung von Lampen und Möbelstücken, die in verschiedenen Abteilen untergebracht waren. Jedes davon war mit einem Schild versehen, auf dem der Name des jeweiligen Händlers stand, wie Gina annahm.

»Ich habe diese Sachen gar nicht wahrgenommen«, sagte sie verlegen. Es tat ihr nicht leid, dass sie nicht versucht hatte, etwas zu kaufen, doch die einzelnen Stücke hätten ihr zumindest auffallen müssen.

»Man entwickelt mit der Zeit einen Blick für gewisse Stücke und stellt fest, was einen interessiert. Für dich war die ganze Halle voller neuer Dinge. Außerdem hat Bert diese Stücke für mich zur Seite gestellt. Er weiß, dass ich französische Möbel mag, und hat beim Ankauf gleich an mich gedacht.«

»Das ist eine hübsche kleine Kommode«, kommentierte Gina und packte an der einen Seite an, als sie das Möbelstück aus dem Auto hoben.

»Sie stammt aus dem neunzehnten Jahrhundert. Die Beschläge

und die Lackierung wurden später angebracht, doch insgesamt ist sie in einem guten Zustand.«

»Dieses kleine Bett ist auch süß«, meinte Gina. Sie konnte es allein tragen.

»Ja, das stimmt. Es ist handbemalt, etwa von neunzehnhundert, sehr guter Zustand.«

»Und wie viel wirst du ungefähr dafür bekommen?«

»Ich hoffe, so um die fünfhundert Pfund. Vielleicht sogar mehr.«

Gina nickte und griff nach einer großen Steingutschüssel. »Ich könnte mir vorstellen, dass sie für Rahm benutzt wurde.«

»Ja, wahrscheinlich hast du recht. Pass auf! Sie ist ziemlich schwer.«

»Ich muss sagen, der Volvo ist innen viel größer, als er von außen aussieht. Ich hätte nie vermutet, dass all diese Dinge in einen normalen Kombi passen.«

»Deshalb lieben wir Antiquitätenhändler diese Autos.«

Während sie voll beladen in das Gebäude gingen, fuhr er fort: »Ich werde alles kurz überprüfen und mit Preisen auszeichnen, bevor ich die Sachen ausstelle.«

Sobald alles eingeräumt war, sagte Matthew: »So, soll ich dich jetzt herumführen?«

Gina warf einen Blick auf ihre Armbanduhr und stieß einen kleinen Schrei aus. »Ist es schon so spät? Ich habe in fünfzehn Minuten einen Termin beim *Cotswolds-Anzeiger*. Sie sollen meine PR-Broschüren in ihre Zeitung legen. Ich dachte, ich hätte noch jede Menge Zeit.«

»Keine Panik, ich fahre dich gleich nach Hause! Wo findet das Treffen statt?«

»In Summerwick!«

»Kein Problem. Jenny?«, rief er in das Gebäude hinein. »Kannst du dich eine Weile um den Laden kümmern? Ich muss Gina zurückbringen.«

Kurz darauf rasten sie durch die Straßen. Gina war entsetzt, wie Matthew seinen alten Volvo prügelte, doch gleichzeitig freute sie sich, weil sie nun doch nicht zu spät kommen würde.

»Tut mir leid, habe ich dir Angst eingejagt?«, fragte er, als sie vor ihrem Cottage anhielten.

»Alles im grünen Bereich. Jetzt habe ich noch Zeit, um mich umzuziehen und dann in den Ort zu fahren. Vielen, vielen Dank.«

Er hob grüßend die Hand und fuhr davon, während sie die Haustür aufschloss.

»Das war wirklich eine rasante Fahrt«, sagte sie zu ihrem Spiegelbild, als sie sich ein sauberes Shirt überzog. »Matthew Ballinger steckt voller Überraschungen.«

Für den Abend hatte Sally Gina zum Essen eingeladen, um zu erfahren, wie es ihr auf dem Markt ergangen war. Außerdem hoffte sie, dass ihre Schwester zeitig genug eintreffen würde, um ihr beim Baden der Mädchen zu helfen und ihnen noch eine Gutenachtgeschichte vorzulesen. Alaric bereitete derweil das Abendessen vor, und Sally räumte das Spielzeug weg, das überall verteilt war. Dabei fand sie einen passenden Platz für jedes einzelne Schleich-Tierchen. Inzwischen kuschelte Gina mit ihren Nichten im Elternbett und las ihnen vor. Sie wusste, dass ihre Schwester das Spielzeug nicht einfach in eine Kiste werfen würde, das kam für Sally nicht infrage. Ob ihre Liebe zum Detail dazu beitragen würde, aus ihr eine gute Antiquitätenhändlerin zu machen? Das Sortieren von Spielzeug war zwar nicht unbedingt eine Fähigkeit, die sich direkt auf den Antiquitätenhandel übertragen ließ, doch man konnte ja nie wissen.

»Das Problem ist«, erklärte Gina später, nachdem sie ein wunderbares Linsencurry gegessen hatten, »dass Antiquitäten so vielfältig sind. Ich glaube nicht, dass wir genug darüber lernen können, um in der kurzen Zeit, die Tante Rainey uns zugestanden hat, einen Gewinn zu erwirtschaften.« Sie trank einen Schluck von ihrem Wein.

»Und du hattest noch keine Gelegenheit, einen Blick auf die Bestände zu werfen, die sie uns hinterlassen hat?«

Gina schüttelte den Kopf. »Nein, ich musste ganz eilig aufbrechen. Doch der Punkt ist, dass wir nicht einmal erkennen könnten, ob etwas ein Pfund oder tausend Pfund wert ist.«

»Nun, das wird Matthew ja wissen«, erwiderte Sally. »Wir bitten ihn, alle Stücke mit Preisen zu versehen, und dann verkaufen wir sie. So schwierig kann das doch nicht sein, oder?«

Gina seufzte. »Ich glaube doch. In diesen TV-Sendungen über Antiquitäten bieten die Experten immer winzige Beträge für die jeweiligen Stücke. Hauen sie die Händler übers Ohr? Oder verlangen die Antiquitätenhändler viel zu viel? Verstehst du, was ich meine? Wir haben einfach keine Ahnung.« Und obwohl Matthew sie heute durchaus ermutigt hatte, konnte man nicht wissen, ob sich seine Geduld nicht bald erschöpfen würde. Er musste sich schließlich auch um seine eigenen Geschäfte und das Zentrum kümmern.

»Bleibst du über Nacht?«, fragte Alaric und ließ die Flasche über ihrem Glas schweben.

»Ja, gern. Im Laufe der Jahre habe ich euer Schlafsofa richtig lieb gewonnen«, antwortete sie. Eigentlich schlief sie lieber in ihrem eigenen Bett, doch sie musste Sally klarmachen, wie schwierig die Dinge werden würden. Vielleicht wäre da ein bisschen mehr Wein hilfreich. Ursprünglich war Gina diejenige gewesen, die sich für Tante Raineys Vorschlag begeistert und den Versuch hatte wagen wollen, doch sobald Sally sich einmal für etwas entschieden hatte, ignorierte sie häufig »kleine Nebensächlichkeiten« wie beispielsweise die Frage, ob ein Projekt durchführbar war oder nicht. Wenn sie dieses Abenteuer erfolgreich bestehen wollten, mussten sie beide ganz genau wissen, worauf sie sich einließen. »Es wird richtig schwierig werden, Sally.«

»Ach was! Es wird schon gut gehen«, konterte Sally erwartungsgemäß. »Übrigens will ich auch meine eigenen Arbeiten und nicht bloß Antiquitäten verkaufen.«

»Du bist richtig gut geworden, und deine Kreationen sind entzückend, allerdings kann ich mir nicht vorstellen, dass Matthew dich im French House Gegenstände ausstellen lässt, die keine Antiquitäten sind. Ich glaube, dafür brauchst du ein Fachgeschäft.«

Sally beachtete die Komplimente nicht, sondern kam gleich zum Kern der Sache. »Du meinst, alles dort ist älter als hundert Jahre?« Ihre Stimme klang skeptisch.

»Das ist die Definition für eine Antiquität, ja«, unterstrich Gina. »Sieh mal, ich weiß nicht, ob Matthew auch Gegenstände jüngeren Datums zum Verkauf anbietet, doch ich bin mir ziemlich sicher, dass er moderne Kissen und Lampenschirme nicht durchgehen lassen wird.«

»Seine Gewohnheiten sind offensichtlich ziemlich festgefahren«, stellte Sally fest.

Gina war davon nicht so überzeugt, doch sie behielt ihre Gedanken für sich. »Wann könnten wir hinfahren, um uns die Bestände anzusehen, was meinst du?«

»Sobald mein reizender Gatte sich um seine hübschen Töchter kümmern kann«, antwortete Sally und streichelte liebevoll seinen Arm. »Wann hast du denn Zeit, Gina?«

»Fast immer. Momentan habe ich kaum Aufträge.« Sie seufzte.

»Du hörst dich besorgt an, Süße«, bemerkte Sally.

»Das bin ich auch ein wenig. Wir müssen dafür sorgen, dass diese Antiquitätengeschichte funktioniert. Die Leute geben momentan nicht genug Geld für PR aus.«

»Du kannst jederzeit bei uns einziehen. Die Mädels wären begeistert.«

»Das ist furchtbar lieb von euch, aber ich würde euch schon nach wenigen Tagen verrückt machen.« Gina ließ unerwähnt, dass es sie selbst noch viel schneller in den Wahnsinn treiben würde. Dennoch rührte sie das Angebot.

»Nun, wenigstens wirst du nie obdachlos werden.«

Einen Augenblick erinnerte Gina sich daran, wie ihr Leben noch vor Kurzem ausgesehen hatte. Das Geschäft hatte floriert, sie hatte einen Freund gehabt, sie hatten Urlaubstrips unternommen und in entzückenden Hotels übernachtet. Doch dann hatte Egan gefunden, dass eine Freundin nicht genug war, und irgendwie hatte sie die Hinweise übersehen. Abgesehen von allem anderen kam sie sich heute unendlich naiv vor. Und er schuldete ihr immer noch Geld – sogar eine durchaus beachtliche Summe.

»Ich hätte morgen Zeit, oder, Darling?« Sally hielt die Hand ihres Mannes und spielte mit seinen Fingern. Sie verknüpfte ihre Bitten gern mit kleinen zärtlichen Gesten. »Die Mädchen sind am Vormittag im Kindergarten in der Zwergengruppe, also könntest du in der Zeit ja arbeiten.«

Alaric zog eine Augenbraue hoch. »Dann soll ich sie wohl abholen?«

Sally nickte. »Wir können sie nicht den ganzen Tag dort lassen, das ist zu teuer. Wenn Gina und ich einen Tag Zeit hätten, um uns einen Überblick zu verschaffen, wäre das einfach großartig.«

Nachdem Alaric ihnen seinen Segen gegeben hatte, rief Gina Matthew an. Er willigte ein, allerdings ohne große Begeisterung, was Gina bezeichnend für ihn fand.

Als sie in die Küche zurückkehrte, stellte sie fest, dass Alaric den Tisch abgeräumt hatte und sich in sein Atelier zurückgezogen hatte. Sally brühte gerade Tee auf.

Schweigend tranken sie ihn, bevor Sally schließlich meinte: »Weißt du, ich kann mir nur schwer vorstellen, dass Matthew und Tante Rainey zusammengearbeitet haben. Sie war so temperamentvoll und unorthodox, und er ist so … spießig!«

Gina überlegte kurz, warum Matthew und Rainey sich wohl so gut verstanden hatten. »Ich glaube nicht, dass er wirklich spießig ist. Irgendwie ist er ein komischer junger Kauz.«

»So jung auch wieder nicht. Er muss mindestens vierzig sein!«

Gina kicherte. »Vierzig ist trotzdem zu jung, um ein komischer Kauz zu sein. In meiner Vorstellung sind komische Käuze mindestens siebzig.«

»Egal. Was hat unsere verrückte und unkonventionelle Tante in ihm gesehen?«

Gina schüttelte den Kopf. »Wahrscheinlich werden wir es nie erfahren. Doch irgendetwas Liebenswertes hat sie offensichtlich an ihm entdeckt. Vielleicht brauchte sie jemanden zum Bemuttern, und er wiederum brauchte Bemutterung.«

Als Gina sich später auf dem Schlafsofa ausstreckte, dachte sie darüber nach, wie sehr sie ihre Schwester doch schätzte. Sie war lustig, dachte stets positiv und sah nicht überall Probleme – ganz anders als sie selbst. Morgen würden Sally und sie möglicherweise entdecken, dass Tante Rainey ihnen einen Schatz hinterlassen hatte, mit dem sie ein Vermögen machen könnten. Vielleicht würde ihre Rechnung ja aufgehen? Das Ganze könnte sogar Spaß machen!

5. *Kapitel*

»Ich hatte ganz vergessen, wie vollgestopft mit altem Krempel diese Läden sind«, sagte Sally, als sie am folgenden Morgen hinter Gina die Treppen des French House hinaufstieg. »Bei unserem ersten Besuch war ich zu sehr mit den Mädchen beschäftigt, um mich richtig umzusehen.«

»Antiquitäten neigen dazu, alt zu sein. Das ist Teil ihrer Jobbeschreibung.«

Sally grinste. »Ich weiß, aber ich bin nicht sicher, ob ich sie überhaupt mag. Mir gefallen eher neue Dinge. Hier drin wirkt alles ein bisschen alt und mottenzerfressen.«

Gina musste zugeben, dass es sich anfühlte, als wäre seit Jahren niemand mehr hier gewesen, doch trotzdem hatte sie plötzlich das Bedürfnis, das Zentrum zu verteidigen. »Die Sachen sind alle sauber«, erklärte sie. »Sieh mal, wie dieser Tisch glänzt!«

»Hm. Ich habe auch nicht gesagt, dass die Sachen schmutzig wären. Ich weiß nicht ... es wirkt nur alles ein bisschen – tot.«

Gina verstand haargenau, was ihre Schwester meinte. Abermals schien niemand da zu sein, weder Händler noch Käufer. Zwar wusste sie, dass die Standinhaber abwechselnd Dienst taten und nicht alle gleichzeitig anwesend waren, doch es war eindeutig zu wenig los.

Zu Ginas Erleichterung gelang es Sally, Oscar relativ entspannt zu begegnen. Man musste ihm zugutehalten, dass er sich nicht rührte, als sie Matthews Büro betraten. Die Tür stand offen, und sie klopften nicht an, da sie sich jetzt als dazugehörig fühlten. Oscar lag heute wie ein großer Fellteppich gleich neben der Tür.

»Eigentlich«, flüsterte Sally ihrer Schwester zu, als sie auf Zehenspitzen an ihm vorbeischlichen, »eigentlich ist er so groß, dass er mir gar nicht wie ein Hund vorkommt. Eher wie ein kleineres Pferd.«

Matthew hatte diese Bemerkung offenbar nicht gehört, und selbst als er von den Büchern auf seinem Schreibtisch aufblickte, schien er ihre Anwesenheit im ersten Moment nicht wahrzunehmen. Schließlich entdeckte er die Schwestern, aber er wirkte nicht erfreut, obwohl er höflich lächelte und grüßte.

»Hallo!«, sagte Gina. »Haben wir dich gestört? Ich dachte, du würdest uns erwarten.« Das war kein guter Beginn.

»Tut mir leid, natürlich habe ich euch erwartet. Ich war in die Geschäftsbücher vertieft, sie sind wenig erquicklich als Lesematerial.« Er sah auf die Seite vor ihm hinunter, dann klappte er das Buch zu und stand auf. »Kommt, wir suchen Raineys Sachen und sehen nach, wie viel es ist!«

»Sind die Sachen nicht noch irgendwo ausgestellt?«, wollte Sally wissen.

Matthew schüttelte den Kopf. »Nein. Wie ich ja bereits erklärt habe, mieten die Händler Ausstellungsfläche und präsentieren dort ihre Waren. Dann kümmern sie sich wechselweise um den Laden. Als Rainey starb, mussten wir ihre Antiquitäten zusammenpacken und in das Abteil bringen, in dem sie ihren Lagerbestand aufbewahrt hat.« Er machte eine Pause. »Jenny hat sich darum gekümmert. Vielleicht finden wir ja etwas unter den Stücken, mit dem wir unser Glück machen werden. Doch um ehrlich zu sein, Jenny hätte es mir bestimmt gesagt, wenn sie etwas Wertvolles entdeckt hätte.«

»Sollten wir nicht lieber einen richtigen Rundgang machen?«, schlug Gina vor.

Er blieb stehen und zuckte mit den Schultern, offensichtlich war er nicht sonderlich darauf erpicht. »Okay.«

Matthew ging voraus in die Mitte des Hauses. Schränke und

größere Ausstellungsstücke füllten die breiten Durchgänge und alle Ecken und Winkel der Räume, deren Türen allesamt offen standen.

»Das hier ist Harolds Bereich – er ist heute nicht hier. Harold ist Experte für antikes Messing, was ein besonderes Talent darstellt, weil es nicht gepunzt wird.« Im nächsten Raum befanden sich viele Möbel. »Hier stehen einige entzückende englische Stücke, doch die Inhaberin, Margaret, hat auch noch einen Stand in einem anderen Zentrum. Dort ist sie häufiger als hier.«

Obwohl ihnen in jedem Raum wunderschöne Objekte gezeigt wurden, war der Mangel an Energie, der den beiden Frauen schon beim Betreten des French House aufgefallen war, überall spürbar. Das Zentrum hatte mehr von einem Museum als von einem Geschäft.

Schließlich erreichten sie ein Lager im hinteren Teil des Gebäudes. Es war kleiner als jenes, das Matthew Gina am Vortag gezeigt hatte, und roch leicht nach Terpentin.

»So, da wären wir.«

Tante Raineys Vermächtnis war in einem alten Koffer verstaut, der in einem Regal lag. Als Matthew ihn herunterhob, wurde offensichtlich, dass er recht schwer sein musste. Er legte ihn auf einen Tisch, auf dem sich eine Chenilledecke befand, und drückte auf die Schnappverschlüsse. »Nun, was haben wir denn hier?«

Schweigend schauten alle drei in den Koffer. Gina war zutiefst enttäuscht. Es gab nichts, was auch nur entfernt wertvoll aussah. Der größte Teil des Kofferinhalts bestand offenbar aus alten Flaschen, aber auch andere Gegenstände befanden sich darin. Die Schwestern wechselten einen Blick und verzogen das Gesicht.

»Jetzt weiß ich, warum sie diesen Kram nicht ausgestellt hat«, kommentierte Matthew nach einer Weile. »Sie ist unter die Sammler gegangen.«

Man musste kein Experte für Körpersprache sein, um zu erkennen, was Matthew davon hielt.

»Und das ist schlecht«, sagte Sally wie zur Bestätigung.

Er nickte. »Wir wollen, dass unsere Ausstellungsstücke echte Antiquitäten sind, obgleich wir uns nicht immer streng an die Maßgabe halten. Wahrscheinlich hatte Rainey geplant, diese Sachen woanders anzubieten.«

»Bringen die Leute am ersten Januar jede Menge neue Stücke herein, wenn diese Dinge ihren hundertsten Geburtstag feiern?« Mit dieser scherzhaften Bemerkung wollte Gina die Atmosphäre auflockern, doch Matthew lächelte nicht. Stattdessen seufzte er und nahm den ersten Gegenstand aus dem Koffer.

»Nun«, meinte Sally voller Überzeugung. »Sogar ich erkenne, dass das hier nicht wertvoll ist. Es ist ein hässliches Modell eines Cottages, das ich nicht mal geschenkt haben wollte. Weiter bitte!« Damit verlieh sie den Gedanken ihrer Schwester Ausdruck, wenngleich Gina die Äußerung nicht eben taktvoll fand.

Du hast ja keine Ahnung, besagte der Blick, den Matthew Sally zuwarf. »Wahrscheinlich stammt dieses Stück von Goss und ist mehr als hundert Pfund wert«, erläuterte er, bevor er es Gina reichte. »Sieh es dir genau an, es ist entzückend!«

Als sie das Modell inspizierte, entdeckte Gina, dass es tatsächlich etwas hatte. »Irgendwie hast du recht, ja, aber wie kann es hundert Pfund wert sein?«

»Weil die Leute diese Modelle mögen – sie sammeln sie. Manche davon sind bis zu tausend Pfund wert, sogar mehr, wenn man Glück hat. Also, was ist hiermit?«

»Das ist ein Korkenzieher«, rief Sally fröhlich. »Ich bin schon eine Expertin.«

Matthew reichte ihr den Korkenzieher. »Okay, erzähl mir etwas darüber.«

Vorsichtig nahm Sally ihn in die Hand. »Er gehört zu der

Sorte, mit der man sich die Hand verletzt, wenn man eine Flasche damit öffnen will«, kommentierte sie schließlich.

Jetzt nahm Gina das Werkzeug in die Hand. Aus irgendeinem Grund wollte sie gern ein bisschen mehr dazu sagen. »Nun ja, es ist alt. Vielleicht viktorianisch?«

Matthew nickte. »Wie kommst du darauf?«

»Ich weiß nicht. Es ist nur so ein Gefühl.«

»Wie viel ist das Stück wert, was meinst du?«

»Ich habe nicht die geringste Ahnung. Ungefähr fünfzig Pfund? Oder ist das jetzt lächerlich?« Sie kam sich vor wie bei einem Ratequiz über ein Thema, über das sie nicht Bescheid wusste.

Als Matthew erneut nickte, freute Gina sich richtig. »Das könnte man dafür bekommen. Man müsste den Preis etwas höher ansetzen, damit noch Verhandlungsspielraum bleibt. Was kannst du mir dazu sagen?« Er gab Sally das nächste Stück.

»Das ist ein Schwein«, antwortete sie, »doch offenbar steckt noch mehr dahinter.«

»Es ist ein Kännchen«, bestätigte Matthew und hob einen kleinen Deckel an, der sich hinter dem Nacken des Schweins befand. »Recht modern, aber ganz lustig.«

»Recht modern? Von welcher Zeit sprechen wir denn?«, hakte Gina nach, die gern mehr über diesen skurrilen Gegenstand erfahren wollte.

»Von 1950 ungefähr, würde ich schätzen, ich bin kein Fachmann. Zu modern für mich.« Sein Lächeln wirkte bedauernd.

»Das ist mitten im letzten Jahrhundert«, warf Sally bestimmt ein. »In der echten Welt gilt das nicht als modern.«

»Wahrscheinlich nicht«, gab Matthew zu. »Man hat mir schon mal vorgeworfen, nicht nur ein Antiquitätenzentrum, sondern auch ein antikes Gemüt zu besitzen.«

Gina seufzte. »Wie bereits erwähnt, du brauchst wirklich einen guten PR-Berater, der dem Zentrum zu Ansehen verhilft.«

»Wir genießen Ansehen bei den Menschen, die uns kennen. In der Branche haben wir einen guten Ruf.«

»Ja, das mag sein, aber was ist mit neuen Kunden?«

»Wir kommen zurecht«, erwiderte er knapp.

Gina hätte ihn am liebsten geschüttelt. Kein Wunder, dass seine Geschäftsbücher ihn depressiv machten, wenn er von Kunden abhängig war, die das Zentrum schon kannten, sowie von einigen wenigen Interessenten, die zufällig über den Laden stolperten. So würden sie nie auf einen grünen Zweig kommen!

Sally, die den Inhalt des Koffers mit einem leichten Stirnrunzeln durchgegangen war, sagte jetzt: »Es gibt ziemlich viele alte Parfümflaschen hier drin.«

»Ich glaube, Rainey hat sich erst seit Kurzem dafür interessiert.« Matthew griff in den Koffer und zog etwas heraus, das wie eine Porzellankatze aussah. Dann nahm er den Kopf des Tieres ab. »Ganz niedlich. Könnte ungefähr hundert Pfund einbringen.«

»Raineys Interesse galt anscheinend Tierfiguren, die auch eine praktische Funktion haben«, sinnierte Sally. »Aber wer hätte gedacht, dass sie so wertvoll sind?« Als Nächstes nahm sie einen leeren Flakon von Chanel No. 5 in die Hand. »Ich glaube, meine Mädels haben etwas sehr Ähnliches in ihrer Spielzeugkiste. Ich hätte sie niemals Zaubertränke darin mixen lassen, wenn ich gewusst hätte, dass die Fläschchen wertvoll sind.«

»Es müsste sich schon um ein sehr frühes Exemplar handeln, um viel wert zu sein«, sagte Matthew.

»Trotzdem werde ich mir die Flakons zurückholen«, erwiderte Sally. »Sie werden sie gar nicht vermissen.« Jetzt steckte sie beide Hände in den Koffer und drehte und wendete die Kleinteile hin und her. Inzwischen zeigte sie schon mehr Begeisterung für die alten Sachen.

»Vielleicht sollten wir all das mit Preisschildchen versehen«, schlug Matthew vor. Er war eindeutig entweder gelangweilt oder hatte noch viel zu tun. »Da drüben liegen Preisetiketten.«

»Bist du denn überhaupt bereit, diese Gegenstände hier auszustellen?«, fragte Gina. »Obwohl sie gar nicht alt genug sind?«

Sein Blick verriet nichts von seinen Gefühlen. Wenngleich ihr seine Fähigkeit, seine Gedanken zu verbergen, mittlerweile vertraut war, ärgerte sie sich trotzdem darüber.

»Ja«, antwortete er schließlich. »Rainey wollte es so, das sollten wir respektieren.«

Gina äußerte sich nicht dazu, doch sie fand es immer merkwürdig, dass die Leute die Wünsche der Toten achteten, obwohl sie deren Gefühle zu Lebzeiten wahrscheinlich ignoriert hätten. Andererseits könnte es ja auch sein, dass Matthew Tante Rainey immer respektiert hatte. »Das ist sehr freundlich von dir«, sagte sie daher.

»Das ist schon okay«, wehrte er in schroffem Ton ab.

Da Sally die schönste Handschrift besaß, schrieb sie die Preise auf die Schildchen, und Gina brachte sie an den Stücken an, die Matthew auswählte. Fragend betrachtete sie die winzige blaue Flasche, die Gina versteckt in einem anderen Gegenstand gefunden hatte.

»Erneut viktorianisch«, erläuterte Matthew und nahm sie vorsichtig in die Hand. »Irgendwo zwischen dreißig und fünfzig Pfund. Zeichnen wir das Fläschchen mit achtundvierzig Pfund aus und warten ab, was passiert!«

»Diese Preisfestsetzung scheint zum großen Teil auf Mutmaßung zu beruhen«, meinte Gina.

»Jedenfalls häufiger, als mir lieb ist«, gab Matthew zurück.

Als sie fertig waren, trugen sie die Ausstellungsstücke hinunter in Raineys Bereich. Sie hatte einen Schaukasten in einem der kleineren Räume.

»Ich bin überrascht, dass der Schaukasten leer steht«, sagte Gina.

»Das war keine bewusste Entscheidung, um ehrlich zu sein«, entgegnete Matthew. »Wir haben viele sehr loyale Kunden und Händler, doch wir gewinnen keine neuen.«

»Wenn wir uns erst besser kennen«, konterte Gina, »werde ich mich darum kümmern.«

Mit resignierter Miene schloss Matthew den Schaukasten auf. »Das bezweifle ich.«

Nachdenklich musterte Gina Matthew und fragte sich, warum er so pessimistisch war. Sie war sich ganz sicher, dass sein Antiquitätenzentrum genauso gut laufen könnte wie jedes andere Zentrum, wenn man nur ein wenig Energie und Begeisterung investieren würde. Währenddessen entstaubte Sally die Antiquitäten und arrangierte sie in dem Schaukasten.

Ganz offensichtlich hatte sie ein Händchen dafür. Augenblicklich wollte Gina den Krempel besitzen, den sie eben in dem Koffer noch mit leichter Verachtung betrachtet hatte.

»Das sieht hübsch aus«, kommentierte Matthew mit meisterlicher Untertreibung.

»Die Vitrine wirkt ziemlich leer«, meinte Sally. »Sollen wir noch mehr Sachen hineinstellen?«

»Nein«, antwortete Matthew. »Zu viele Parfümflakons würden sich nicht gut machen. Wir brauchen entweder eine gelungene Mischung oder ausschließlich Parfümflakons.« Er schwieg einen Moment. »Ihr solltet mehr Ware ankaufen.«

»Wirst du für uns einkaufen?«, fragte Sally sofort. »Wir haben die fünfhundert Pfund. Damit könnten wir Dinge erstehen, mit denen sich Geld verdienen lässt.«

»Das könnte ich«, stimmte Matthew zu, »doch was würdet ihr beide daraus lernen? Nein, ihr müsst zu einem richtigen Antiquitätenmarkt gehen. Der Markt, den Gina und ich gestern besucht haben, war sehr klein – für einen Einstieg durchaus in Ordnung –, aber wir müssen unbedingt nach Newark fahren. Dort findet die größte Antiquitätenmesse Europas statt. Ich bin es Rainey schuldig, euch anständig zu schulen, und auf der Messe bekommt man einen Intensivkurs verpasst.«

»Oh! Das klingt nach einer Menge Spaß«, rief Sally aus.

»Vergiss nicht, dass es dort nur alte Sachen gibt!«, bemerkte Gina schmunzelnd.

»Weißt du was?«, konterte Sally, die sofort merkte, dass ihre Schwester sie aufziehen wollte. »Irgendwie habe ich meine Meinung inzwischen geändert. Ich mag alte Sachen.«

»Wann ist denn diese Antiquitätenmesse? Wenn ich dorthin fahre, muss ich möglicherweise meine beruflichen Angelegenheiten umorganisieren.«

»Wie es der Zufall will, findet die Messe nächste Woche statt«, erklärte Matthew. »Ihr seid genau zum richtigen Zeitpunkt ins Geschäft eingestiegen – jedenfalls aus Sicht eines Einkäufers«, fügte er hinzu.

»Das ist aber schrecklich kurzfristig«, murmelte Gina. »Wir sind noch nicht so weit.«

Unerwarteterweise war auf einmal ein Funkeln in Matthews Augen zu sehen. »Rainey würde sagen, du bist feige. Aber ich glaube das nicht. Ich denke, du bist bereit, dich der Herausforderung zu stellen.«

»Das bin ich – das sind wir beide«, gab Gina zurück. »Doch die Messe ist schon so bald ...«

»Newark findet nun mal jetzt statt. Die nächste Antikmesse ist erst wieder nach Weihnachten.«

»In Ordnung.« Gina traf ihre Entscheidung, bevor sie ihre Meinung ändern oder Matthews Gründe für seine Unterstützung hinterfragen konnte. Half er ihnen Rainey zuliebe, oder wollte er sie ins kalte Wasser werfen, um etwas zu beweisen – und zwar, dass sie für diese Arbeit nicht geschaffen waren? »Wir werden das durchziehen.«

6. *Kapitel*

Am frühen Nachmittag holte Matthew Gina von ihrem Cottage ab. Sie hatten beschlossen, dass er fahren würde und sie dann in der Frühstückspension übernachten würden, in der er auch mit Rainey zusammen immer abgestiegen war. Sally hatte die Zwillinge im letzten Moment doch nicht verlassen können und würde am nächsten Morgen auf der Messe dazustoßen.

Matthew wirkte entspannter als sonst, er schien sich sogar ein wenig zu freuen. »Wir werden so viel wie möglich sofort mitnehmen, aber große Sachen können wir auch liefern lassen. Gut, dass wir Sallys Auto ebenfalls zur Verfügung haben werden!«

Nachdem Gina die Haustür abgeschlossen hatte, ging sie den Pfad entlang zum Auto. Sie trug Turnschuhe und hatte Matthews Anweisung befolgt, eine große Tasche mitzunehmen, in der sich jede Menge Plastiktüten befanden. Außerdem hatte sie eine Reisetasche dabei. »Wieder kein Oscar«, stellte sie fest. Sie spürte, dass Matthews gespannte Erwartung auf sie übersprang und sie es trotz ihrer Zweifel, ob sie das Geschäft zum Laufen würden bringen können, kaum erwarten konnte.

»Wir sind nicht unzertrennlich, weißt du. Auch wenn er das Ganze genießen würde, denn er kann sehr gesellig sein, wenn er will. Eigentlich müsste ich einen kleineren Hund haben, den ich besser mitnehmen könnte. Oder einen Lieferwagen«, fügte er hinzu, stellte ihre Tasche in den Kofferraum und stieg ein.

Gina lachte leise, dann fragte sie: »Nimmst du keine Stücke zum Verkauf mit?«

»Nein, das hier ist eine Einkaufstour. Ich habe nur selten selbst einen Stand auf diesen Märkten.«

Er schaltete das Radio ein. »Du kannst einen Sender auswählen, alles außer Radio One. Dafür bin ich zu altmodisch.«

»Unterhältst du dich nicht gern, während du Auto fährst?«

»Gina, die Fahrt dauert ungefähr drei Stunden. Wenn wir versuchen, so lange höfliche Konversation zu betreiben, sind wir noch vor unserer Ankunft völlig erschöpft. Und Newark ist auch so schon anstrengend genug.«

Gina nickte. »Na gut, ich verstehe.«

Matthew legte den ersten Gang ein und fuhr los.

Drei Stunden und zehn Minuten später hielten sie vor einem entzückenden alten Bauernhaus. Gina vertrat sich die Beine, während Matthew ihre Reisetaschen aus dem Kofferraum holte.

»Clare, die Besitzerin, ist eine ganz reizende Frau«, erklärte er. »Sie beherbergt schon seit vielen Jahren Antiquitätenhändler, wenn die großen Messen stattfinden.«

»Tatsächlich?«, fragte Gina erstaunt und nahm Matthew ihre Tasche ab. »Liegt denn nicht nur Newark in der Nähe?«

»Nein, es gibt noch andere Antikmessen, und sie finden in der Regel kurz nacheinander statt, damit die Leute im Laufe weniger Tage alle Messen besuchen können.«

»Das klingt nach harter Arbeit.«

»Es ist sinnvoll. Wenn man mit einem gemieteten Transporter von London oder aus dem Süden hierherkommt, dann will man ihn auch gut füllen.«

Als sie Matthew durch den Hintereingang ins Haus folgte, dachte Gina, dass es nicht eben einfach war, seinen Lebensunterhalt als Antiquitätenhändler zu bestreiten. Man musste kilometerweit fahren, um sein Lager zu bestücken, und man hatte keine Garantie, dass man tatsächlich mit irgendeinem der erworbenen Stücke auch einen Gewinn erzielte. Nichtsdestotrotz mussten die Fixkosten bezahlt werden. Man musste Glück haben und ein paar gute Geschäfte abwickeln, um überhaupt zu überleben.

»Hallo, wir sind da!«, rief Matthew, als sie das Haus betraten. Die Tür war nicht verschlossen, und offensichtlich fand er nichts dabei, einfach hineinzuspazieren. Eine Frau mit lachenden Augen und jeder Menge Halsketten strahlte sie in der großen Bauernküche an. Köstlicher Essensduft hing in der Luft. Alles wirkte sehr heimelig und einladend.

»Clare, das ist Gina Makepiece. Sie ist Raineys Nichte – eine der beiden, die ihren Verkaufsraum im Zentrum übernehmen. Gina, das ist Professor Clare Elwell, die in ihrer Freizeit schon seit Ewigkeiten Gastgeberin für Antiquitätenhändler spielt.«

Clare Elwell, die jedes Alter zwischen fünfzig und fünfundsechzig haben könnte, umarmte Matthew, dann schüttelte sie Gina kurz die Hand und lächelte. »Herzlich willkommen! Ihr müsst erschöpft sein. Ihr esst doch beide mit mir, nicht wahr? Es gibt ein köstliches Schmorgericht, falls ihr nicht lieber außer Haus essen wollt.«

Gina warf Matthew einen Blick zu, denn sie hatte sich noch gar keine Gedanken über das Abendessen gemacht.

Matthew, der es sich gerade bequem machte, nachdem er seine Tasche auf einem Stuhl abgestellt hatte, streichelte die Katze, nickte in Richtung des Aga-Herdes und zog eine Augenbraue hoch.

Gina nahm das als Zeichen für ihren Einsatz. »Wenn wir Ihnen damit nicht zur Last fallen, fänden wir es wunderbar, mit Ihnen zu essen.«

»Rainey und ich haben immer mit Clare zusammen das Essen eingenommen«, erzählte Matthew mit einem leicht verlegenen Lächeln. »Es ist gut, dass du jetzt dabei bist, Gina. Auf diese Weise werden Clare und ich davon abgehalten, uns zu betrinken und uns in sentimentalen Erinnerungen an Rainey zu verlieren.«

»Rainey und ich haben uns Ende der Sechzigerjahre eine Wohnung in London geteilt«, fügte Clare hinzu. »Sie hat sich als Musikjournalistin versucht – Rockmusik war ihr Spezialgebiet –, und ich habe studiert. Nun, Matthew, sei so lieb und öffne eine Flasche Wein für uns – du weißt ja, wo du ihn findest. In der Zwischenzeit zeige ich Gina ihr Zimmer.«

Als sie die Treppe hinaufstiegen, die von zahlreichen Fotos und Gemälden gesäumt war, bat Clare: »Kommen Sie einfach wieder runter, wenn Sie fertig sind! Und sagen Sie mir Bescheid, falls Sie noch etwas brauchen sollten!« Sie öffnete die Tür zu einem sehr hübschen Doppelzimmer.

Gina sah sich um, bemerkte ein Radio am Kopfende des Bettes, mehrere Flaschen Wasser, Kekse, Zeitschriften, eine Auswahl an Büchern und die üblichen Utensilien für die Zubereitung von Tee und Kaffee. »Es ist perfekt. Alles ist da, was das Herz begehrt.«

»Dann sehen wir uns unten. Sie müssen sich nicht abhetzen, Matthew und ich haben uns sicher eine Menge zu erzählen, und bis zum Essen dauert es noch eine Weile.«

Nachdem Clare gegangen war, musste Gina gegen ihren Willen an das letzte Mal denken, als sie an einem so hübschen Ort gewesen war. Es war mit Egan gewesen, bevor sie entdeckt hatte, dass er mit ihrer Bankkarte Geld von ihrem Konto abgehoben hatte, um anderen Frauen den Hof zu machen. Gina zwang sich, die Erinnerung zu verdrängen. Als sie ihn damit konfrontiert hatte, hatte er den Diebstahl zugegeben und versprochen, ihr das Geld zurückzuzahlen. Er hatte sie sogar dazu überredet, ihn nicht anzuzeigen. Aus irgendeinem Grund ertappte sie sich jetzt dabei, dass sie sich vorstellte, wie es wohl wäre, mit Matthew als Freund herzukommen. Sofort verdrängte sie den Gedanken wieder. Ein Mann war für sie so überflüssig wie ein Kropf.

Als sie die Toilettenartikel im Bad inspizierte, dachte Gina, dass ihr Zimmer nicht wie das in einer Pension wirkte. Sie fühlte sich vielmehr so, als übernachtete sie bei Freunden, die ein richtig komfortables Gästezimmer besaßen.

Sie befolgte Clares Rat und brühte sich erst einmal eine Tasse Tee auf. Danach machte sie sich frisch, bürstete sich das Haar und ging dann hinunter in die Küche.

Vergnügt sah sie sich um. Die Küche war groß, warm und gerade eben unordentlich genug, um gemütlich zu wirken, ohne dass man sich Gedanken wegen mangelnder Hygiene machen musste. Eine geöffnete Flasche Rotwein stand auf dem Tisch. Matthew hielt ein Weinglas in der Hand, während Clare in einem großen, gusseisernen Topf rührte.

»Hier.« Er stand auf. »Trink ein Glas!« Offenbar kannte er sich in Clares Haus sehr gut aus.

Gina setzte sich an den Tisch und nahm den Wein dankend entgegen.

»Dann sind Sie also neu im lustigen Antiquitätengeschäft?«, fragte Clare, während sie in den Backofen spähte und dann ein paar Ofenkartoffeln herauszog.

»Ja. Aber ich hätte wohl nichts damit zu tun, wenn Tante Rainey nicht gewesen wäre.«

Clare lachte. »So haben Sie sie genannt? Nicht Tante Doris?«

Gina schüttelte den Kopf. »Nur wenn wir sie ärgern wollten. Es ist komisch, der Name Doris ist eigentlich wieder recht beliebt, aber offensichtlich gefiel er ihr nicht.«

»Als wir zusammen in London wohnten, haben wir oft versucht, einen angesagteren Namen für sie zu finden. Dabei habe ich sie immer Rainey Rainbow genannt, und das ist dann schließlich hängen geblieben.«

»Sie wissen nicht zufällig, warum sie nie geheiratet hat? Dad konnte es uns nicht sagen, aber wahrscheinlich kannten Sie sie viel besser als ihre Familie.«

»Sie hatte jede Menge Freunde, doch ihre Beziehungen haben nie gehalten, bis sie nach Frankreich ging.«

»Wir wissen, dass sie ziemlich lange dort gelebt hat.« Gina beugte sich vor. »Erzählen Sie mir davon!«

»Ich weiß nicht viel, außer dass sie einen wunderbaren Geliebten hatte«, berichtete Clare. »Sie kam auch später noch häufig vorbei, wenn sie an etwas arbeitete, und übernachtete auf meinem Sofa. Doch über den Mann in ihrem Leben sprach sie nie; sie sagte, wer er sei, müsse ein Geheimnis bleiben.« Clare lächelte, während sie in Erinnerungen schwelgte. »Doch sie meinte, er sei das Beste in ihrem Leben.«

»Arbeitete sie zu der Zeit als Musikjournalistin oder Antiquitätenhändlerin?«, wollte Gina wissen.

»Sie nannte sich ›Rockjournalistin‹.« Clare lächelte und setzte sich ebenfalls an den Tisch. Matthew schenkte ihr Wein ein.

»Eine Zeit lang war sie ziemlich erfolgreich, nicht wahr?«, sagte Gina. »Dad hat mal so was erwähnt.«

»Das stimmt, doch dann bekam sie irgendwie immer weniger Aufträge. Wie das halt so geht«, sinnierte Clare wehmütig.

»Deshalb tat sie dann das, was viele Leute tun, die keine andere Arbeit haben: Sie handelte mit Antiquitäten.« Matthew lachte. »Das hat sie mir jedenfalls immer erzählt.«

Gina kam nicht umhin zu bemerken, wie viel entspannter er wirkte. Sie musste zugeben, dass er tatsächlich durchaus attraktiv war, vor allem, weil er sich nicht mehr so wortkarg gab – um nicht zu sagen: mürrisch. »War sie erfolgreich?«

»Das war sie. Zwar machte sie kein Vermögen, doch sie konnte gut von ihren Geschäften leben«, antwortete Matthew.

»Ich würde sehr gern mehr über sie erfahren«, meinte Gina und nahm sich von den Chips aus der bereitstehenden Schale. »Ich habe das Gefühl, dass viel mehr in ihr steckte, als ihre Familie wusste.«

»Das stimmt wahrscheinlich«, sagte Clare. »Wir beide haben in London alles Mögliche unternommen. Häufig hat sie mich zu Gigs eingeladen, und danach waren wir bei den Stars in der Garderobe.«

»Aber ihr seid doch keine Groupies gewesen, oder etwa doch?« Gina war schockiert.

»Wir haben nicht mit Gott und der Welt geschlafen, falls Sie das meinen, Liebes«, erwiderte Clare amüsiert. »Allerdings hatten wir jede Menge Spaß.«

Als Gina schließlich ins Bett tappte – unvernünftig spät für jemanden, der am nächsten Morgen sehr früh aufstehen musste und einen langen Tag vor sich hatte –, stellte sie fest, dass sie auch jede Menge Spaß gehabt hatte. Sie konnte es kaum erwarten, Sally zu erzählen, dass ihre Tante Rainey die Beatles persönlich gekannt hatte und sogar mit ihnen befreundet gewesen war!

7. Kapitel

»Jetzt verstehe ich, warum du dir Sorgen gemacht hast, ob Sally uns finden wird«, sagte Gina um acht Uhr am nächsten Morgen, als Matthew auf einen Parkplatz von der Größe eines Flugplatzes fuhr. »Er scheint bis zur Unendlichkeit und noch viel weiter zu reichen, um mit Buzz Lightyear zu sprechen. Wo ist denn das Gebäude?«

Matthew wusste offensichtlich nicht, wer Buzz Lightyear war. Von der *Toy Story* hatte er sicher noch nie gehört. »Es steht auf dem Ausstellungsgelände von Newark und ist riesengroß, aber mach dir keine Sorgen! Wir finden schon einen Weg, uns zu treffen. Außerdem hast du ja auch dein Handy dabei.«

Zu wissen, dass Newark die größte Antiquitätenmesse Europas war, war eine Sache, doch sie im wahren Leben mit eigenen Augen zu sehen war etwas ganz anderes. Matthew stellte seinen Volvo zwischen zwei anderen Kombis ab.

Trotz der frühen Stunde wartete bereits eine recht lange Schlange vor dem Eingang. Die Menschen, die für Tickets anstanden, waren sehr unterschiedlich: Es gab Männer in Tweed und Cord, Frauen mit Wollmützen und Umschlagtüchern über ihrer Fleecekleidung, kichernde junge Mädchen in engen Jeans und mit Stulpen, außerdem Leute aller Couleur. Viele hatten kleine Wagen oder Karren dabei oder aber selbst gebaute Transportmittel. Eine Frau hatte aus Kisten einen Turm gebaut, der höher als sie selbst war, und ihn mit einem Seil fixiert. Andere, und zu diesen gehörte auch Gina, hatten große, leichte Taschen dabei, die sie über der Schulter trugen. Sicher befanden sich darin wie in ihrer Schultertasche weitere Tüten. Auch einige

Hunde waren zu sehen. Gina war enttäuscht, dass keiner der Hunde Tragetaschen im Maul oder am Halsband trug – das hätte hier überhaupt nicht fehl am Platze gewirkt.

»Ist das wirklich der richtige Ort für Menschen, die nicht laufen können?«, raunte Gina Matthew zu, als sie sich dem Ticketschalter allmählich näherten. Sie hatte eine Flotte von Elektromobilen entdeckt.

Er lachte leise. »Ich versichere dir, dass die Leute, die diese Dinger mieten, sehr wohl laufen können. Wegen der großen Entfernungen, die auf dem Ausstellungsgelände zurückzulegen sind, können die Elektromobile durchaus sinnvoll sein. Andere Leute fahren mit Fahrrädern oder Rollern zwischen den Ständen hin und her. Man ist auf diese Weise einfach schneller.«

»Hättest du dir ein Fahrrad mitgebracht, wenn ich nicht mitgekommen wäre?«, fragte Gina und hatte sofort ein schlechtes Gewissen.

»Das ist schon in Ordnung, ich habe einige Freunde, die mir ihr Rad leihen können. Hier ist schon einer von ihnen.«

Ein großer Mann mit Locken, einer Baskenmütze und einem Fahrrad gesellte sich zu ihnen, statt sich hinten anzustellen. »Morjen, Matt«, grüßte er mit Cockney-Akzent und einem schalkhaften Grinsen.

»Jake.« Matthew nickte ihm zu. »Das ist Gina. Sie übernimmt Raineys Platz im Zentrum.«

»Oh, ja, ich habe gehört dass Rainey gestorben ist. Es ist so traurig! Sie war eine tolle Frau. Und so ausgeflippt! Sie hatte in allem ihren eigenen Stil.«

Gina in ihren Jeans, dem Fleecepulli und den Turnschuhen spürte seine Enttäuschung, als er sie musterte. »Meine Schwester Sally, die ebenfalls mit einspringt, gleicht Rainey viel mehr.«

Jake musste lachen. »Nö, du bist schon in Ordnung.« Er wandte sich an Matthew. »Suchst du was Bestimmtes?«

»Nur ein paar gut verkäufliche Sachen.«

Gina konnte nicht heraushören, ob Matthew sich nicht in die Karten schauen lassen wollte – sie beschloss, niemals mit ihm Poker zu spielen – oder ob er ganz einfach die Wahrheit aussprach.

Jake knuffte ihn spielerisch in die Seite. »Suchen wir das nicht alle, Kumpel? Sag mir Bescheid, wenn du dir Dick Van Dyke ausleihen willst!« Er zwinkerte Gina zu. »Das ist mein Fahrrad.« Dann drehte er sich um und stellte sich doch hinten an der Schlange an.

»Er scheint nett zu sein«, meinte Gina.

»Ja, sehr. Und grundanständig. Er lebt drüben in Sussex, weshalb wir nicht so oft Geschäfte miteinander machen, aber ich habe schon ein paar schöne Stücke von ihm gekauft und auch umgekehrt.«

Als Matthew ihre Eintrittskarten bezahlte, piepste Ginas Handy. Es war eine SMS von Sally.

Werde gegen zehn bei euch sein.

Während Gina das Eintrittsbändchen am Reißverschluss ihrer Tasche befestigte, erzählte sie Matthew davon. »Sally muss das Haus gegen fünf Uhr heute Morgen verlassen haben. Sie ist wirklich mit Eifer bei der Sache!«

»Nun, dann sehen wir mal, ob wir schon ein paar hübsche Stücke für euch auftun können, um euch Starthilfe zu geben! Danach lasse ich euch Mädels dann mal für eine Weile allein.«

»Können wir denn mit fünfhundert Pfund viel kaufen?«

»Das will ich hoffen. Wenn man sich auf die kleinen Sachen konzentriert, ist das eine ganz schöne Summe.«

»Wonach sollen wir uns denn umsehen?« Gina ließ ihre Blicke schweifen. Ein Stand reihte sich an den nächsten, man konnte kaum das Ende erblicken. Wie leicht man sich hier verlaufen könnte! »Es gibt so viel zu schauen, man weiß gar nicht, wo man anfangen soll.«

»Diese Reihe hier ist so gut wie jede andere«, sagte Matthew und bog in einen Gang ein.

Völlig überfordert folgte Gina ihm und sah aufmerksam nach links und rechts, um so viel wie möglich aufzunehmen.

»Ich finde, einige Art-déco-Stücke würden sich zusammen mit den Parfümflaschen gut machen«, schlug Matthew vor. »Rainey liebte Art déco.«

»Ich erkenne nicht mal den Unterschied zwischen Art déco und Jugendstil«, gestand Gina. »Genau genommen könnte man mein Wissen über Antiquitäten locker auf der Rückseite einer sehr kleinen Briefmarke zusammenfassen.«

»Jugendstil zeichnet sich durch mehr florale Elemente und Elemente aus der Natur aus; Art déco basiert auf geometrischen Formen und ist ein wenig später anzusiedeln. Aber du musst dir keine Sorgen machen, weil du nicht viel davon verstehst – du wirst ständig dazulernen.«

»Oh, sieh mal!«, warf Gina ein, die etwas verletzt war, weil er bestätigt hatte, dass sie keine Ahnung hatte. »An diesem Stand gibt es ein paar entzückende Sachen.«

»Ja.« Matthew blieb stehen. »Würde es dir etwas ausmachen, wenn ich die Verhandlungen für dich führe? Nichts für ungut, aber du hast nicht genug Geld, um es zu verschwenden. Jeder Händler, der etwas von seinem Geschäft versteht, wird dir die Neueinsteigerin sofort anmerken. Folglich wird er versuchen, dir so viel Geld wie möglich aus der Tasche zu ziehen. Bei mir wird er das nicht probieren.«

»Aber wie soll ich denn Erfahrungen sammeln, wenn ich es dir überlasse?« Eigentlich freute Gina sich über seine Unterstützung, allerdings hatte sie das Gefühl, den Sprung irgendwann wagen zu müssen.

»Wie schon gesagt, wenn Sally eintrifft, lasse ich euch allein losziehen. Bis dahin jedoch sollten wir ein paar hübsche Sachen gekauft haben. Also los! Ich suche ausgewählte Stücke zu Tiefstpreisen aus.«

Obwohl es so einfach klang, war Gina nicht glücklich mit dem Vorschlag. »Aber wenn du Dinge kaufst, die mir nicht gefallen, dann können wir sie bestimmt auch nicht verkaufen. Ich muss die Objekte selbst auswählen«, sagte sie entschlossen.

»Doch wenn der Händler mitbekommt, dass ich für dich einkaufe, wird er trotzdem mehr verlangen.«

Missmutig musste Gina zugeben, dass er recht hatte. »Okay, dann schlendern wir eben scheinbar ins Gespräch vertieft an dem nächsten Stand vorbei, und wenn wir außer Hörweite sind, sage ich dir, was mir gefallen hat.«

Matthew sah auf sie hinunter. »Du bist völlig verrückt, weißt du das? Bist du sicher, dass ich nicht einfach ein paar Sachen kaufen soll, von denen ich weiß, dass ihr einen Gewinn herausschlagen könnt?«

Diese Lösung wäre vernünftig, das sagte Gina ihr Geschäftssinn. Dennoch hatte sie das Gefühl, dass sie nie den Mut aufbringen würde, sich freizuschwimmen, wenn sie ihre Karriere als Antiquitätenhändlerin in völliger Abhängigkeit von anderen beginnen würde. »Ich bin mir sicher. Lass es uns so machen, wie ich vorgeschlagen habe!«

Sie ergriff seinen Arm und beugte sich vor, sodass sie ganz ins Gespräch versunken wirkte, aber gleichzeitig einen guten Blick auf den Stand hatte. »Geh ganz langsam, und tu so, als unterhielten wir uns angeregt!«, forderte sie ihn auf.

»Worüber reden wir denn?«, wollte Matthew wissen.

»Das spielt keine Rolle.«

»Doch. Ich kann nicht bedeutungsvoll aussehen, wenn ich nicht weiß, worüber ich gerade nachdenke. Ich muss mich in meine Rolle hineinfinden.«

Schnell suchte sie nach einem Thema, das sie beide fesseln

könnte. »Könnten wir vielleicht darüber reden, wohin wir in den Urlaub fahren möchten?« Es war das einzige sichere Thema, das ihr spontan einfiel.

»Nicht hier in Newark. Nein, wir diskutieren darüber, ob wir diesen riesigen Schrank kaufen sollen, den wir eben gesehen haben. Würde er ins Esszimmer passen oder nicht?«

Sie hatten gar keinen Schrank gesehen, doch Gina verstand Matthew sofort. »Oh, okay. Dann nehmen wir das als Thema.«

Er stürzte sich in seine Rolle und hakte sie unter. »Schatz, ich glaube, wenn wir alle anderen Möbel rauswerfen, könnte dieser Schrank richtig imposant wirken ...«

Vorübergehend war sie verwirrt über die zärtliche Anrede, doch dann erinnerte sie sich daran, dass er nur eine Rolle spielte. »Aber wie sollen wir essen, wenn wir den Tisch und die Stühle verbannen? Wir hätten einen Schrank, in dem man beinahe herumspazieren könnte, doch das Weihnachtsessen müssten wir auf den Knien balancieren!« Ginas Sinn für Albernheit, der meistens verschüttet war, brach sich Bahn.

»Vergiss nicht, auf den Stand zu gucken!«, mahnte Matthew, als sie direkt daneben angekommen waren.

Gina gab sich große Mühe, die Waren genau in Augenschein zu nehmen, während sie langsam vorbeispazierten. Sie entdeckte eine interessant geformte Vase und etwas, das wie eine große Kachel aussah.

»Okay, können wir umkehren, damit ich einen weiteren Blick darauf werfen kann?«, bat sie.

»Willst du den Arm wechseln? Das würde aber seltsam wirken.«

»Nein, ich kann an dir vorbeisehen.« Gina genoss das Gefühl, Matthew zu berühren. Sein Arm fühlte sich kräftig an, und sein Mantel, der zwar alt genug war, um von seinem Vater zu stammen, war aus Kaschmir.

Sie wendeten, gingen einige Meter in der Gasse zwischen zwei Standreihen zurück und drehten sich erneut um.

»Hast du noch was entdeckt?«, wollte Matthew wissen.

Doch Gina hatte gerade darüber nachgedacht, warum es ihr so gut gefiel, sich an Matthews Arm festzuhalten. Sie schob es auf den langen gestrigen Abend und das frühe Aufstehen. »Tut mir leid«, erwiderte sie, »ich habe mich von der Vorstellung ablenken lassen, mit einem Mann zusammen zu sein, der das gesamte Esszimmermobiliar verbannen würde, um Platz für nichts weiter als einen schicken Wandschrank zu haben.«

»Dann wollen wir einen weiteren Scheinangriff starten.«

Gina kicherte, weil er sich eines Begriffs aus dem Fechtsport bediente, doch diesmal vergaß sie nicht, ihre Blicke schweifen zu lassen.

»Ich habe ein paar richtig schöne Kaffeetassen gesehen ...«

»Becher.«

Er war wirklich ein Pedant. »Okay, dann eben Becher, außerdem noch eine Vase, doch ich glaube, ich muss die Stücke aus der Nähe sehen. Dann bekommst du eine Vorstellung davon, was mir gefällt, und ich habe vielleicht nichts dagegen, wenn du die Verhandlungen führst.«

Sie musste ihm zugutehalten, dass er nicht einmal die Augen verdrehte. »In Ordnung.«

Als Paar näherten sie sich dem Stand. »Oh, Liebling!«, flötete Gina, die sich inzwischen gut in ihre Rolle hineingefunden hatte. »Ich mag diese Kaffeeta...becher. Sie sind so modern!«

Der Händler blickte auf und lächelte. »Ende achtzehntes, Anfang neunzehntes Jahrhundert. Wedgwood.«

»So alt?« Ginas Verblüffung war echt. Die Tassen hatten ein blau-weißes Karomuster, und die weißen Vierecke waren mit kleinen Emblemen verziert. »Man wäre wirklich nicht überrascht, wenn man sie bei Harrods als Teil einer neuen Kollektion sehen würde.«

»In der Tat. Aber wahrscheinlich würdest du doch ein ganzes Service als Hochzeitsgeschenk verschenken wollen – Schatz –, und dieses Paar hier übersteigt bestimmt unser Budget.«

»Oh«, erwiderte Gina, die inzwischen alle Gegenstände gemustert hatte, »man sollte doch meinen, dass Dinge aus zweiter Hand günstiger wären.«

Als Belohnung erntete sie ein Kneifen in den Arm. »Gefällt dir sonst noch etwas, mein Liebling?«, fragte Matthew.

»Diese Vase finde ich recht schön.« Sie zeigte auf einen etwas seltsam geformten Gegenstand, der aus der Ferne betrachtet als Umriss einer Frau ohne Kopf durchgehen könnte.

»Ich glaube nicht, dass sie Evangeline gefallen würde«, wandte Matthew ein.

»Evangeline?« Wie kam er bloß auf einen derartigen Namen für die fiktive Braut? »Oh, ich nenne sie immer Angie, daher hatte ich ihren merkwürdigen Namen ganz vergessen.« Diesmal war sie es, die Matthew in den Arm kniff. Der Körperkontakt hatte durchaus seine Vorteile.

Sie entdeckte eine ganz neue Seite an Matthew, und die gefiel ihr. Doch jetzt beschloss sie, dass es Zeit war, für sich zu sprechen. Sie ließ Matthew los und fragte den Standbesitzer, der einen gutmütigen und freundlichen Eindruck machte: »Was ist mit diesem kachelähnlichen Bild? Ist es teuer?«

»Das ist eine Compton-Pottery-Tafel, gefertigt um neunzehnhundert«, antwortete er.

»Und wie viel kostet sie?«, fragte Gina etwas nervös. Sie fürchtete, Matthew könnte sich als Händler outen, indem er sagen würde: »Was ist bei dem Preis noch drin?«

»Für Sie zweihundert Pfund, Liebes«, erklärte der Händler.

»Und wahrscheinlich viel weniger für jeden anderen«, gab Gina zurück. »Komm, Liebling, lass uns nach einem hübschen Kronleuchter Ausschau halten!«

Als sie weitergingen, spürte sie, dass Matthew am ganzen

Körper bebte. Gemäß ihrer Rolle als verliebtes Paar hatte sie sich wieder bei ihm untergehakt. »Lachst du?«, wollte sie wissen. »Das war meine beste schauspielerische Leistung, dafür sollte ich einen Oscar bekommen.«

»Du hast tatsächlich ein gewisses komödiantisches Talent, es sollte dich nicht stören, wenn ich lachen muss.«

Gina stellte fest, dass es sie nicht im Geringsten störte. »Ich verzeihe dir.«

»Aber wir sind keinen Schritt weitergekommen, wir haben immer noch nichts erstanden«, meinte er und bugsierte sie in eine relativ ruhige Ecke. »Ich habe einen anderen Vorschlag. Du gehst allein zu einem Stand und fragst nach dem Preis für alle Dinge, die dir gefallen. Such dir ein paar aus. Dann machst du einen Rückzieher, so als wäre dir alles viel zu teuer. Ich beobachte dich aus der Ferne und versuche dann, einige der ausgewählten Stücke zu vernünftigen Preisen zu erwerben.«

»Das klingt super, aber wie gut warst du als Kind bei Kim-Spielen?«

»Wie bitte?«

»Du weißt schon, viele verschiedene Gegenstände werden auf ein Tablett gestellt, und du musst dich an so viele wie möglich erinnern, nachdem das Tablett weggebracht worden ist. Hast du das nicht bei Kindergeburtstagen gespielt?«

»Das muss wohl eher ein Spiel für Mädchen gewesen sein«, kommentierte er ein wenig geringschätzig. »Aber meine Merkfähigkeit ist trotzdem gut entwickelt. Das gehört zu diesem Beruf dazu. Los geht's, da drüben ist ein geeigneter Stand!« Er zeigte auf einen Tisch voller Kleinobjekte – ganz wie die Dinge, die Rainey in ihrem Koffer verwahrt hatte. Ginas Augen leuchteten auf. Das war schon besser, bestimmt fand sie hier schöne Stücke zu vertretbaren Preisen.

Es machte ihr Spaß, sich die Sachen anzusehen, und sie hoffte, dass Matthew erkennen konnte, wonach sie sich erkundigte. Sie fand eine kleine Vase, die sogar sie als Moorcroft erkannte. Hoffentlich überschritt sie nicht ihr Budget! Demonstrativ nahm sie das Gefäß in die Hand, wobei sie versuchte, ihre Absicht nicht zu offensichtlich zu zeigen. Allerdings wollte sie sichergehen, dass Matthew es in dem Gewimmel zwischen den Ständen auch sah. Als Nächstes entdeckte sie zwei Kerzenhalter, die sie einfach nur hübsch fand, bis sich herausstellte, dass sie über tausend Pfund wert waren. Kopfschüttelnd richtete sie ihre Aufmerksamkeit auf ein entzückendes Nachtlicht in Form eines Leuchtturms. Für fünfzig Pfund schien es ein echtes Schnäppchen zu sein. Danach fiel ihr Blick auf eine mit Fischen verzierte Schüssel, in die sie sich auf Anhieb verliebte. Als sie allerdings hörte, dass sie fünfhundert Pfund kosten sollte, begriff sie, dass die meisten Objekte an diesem Stand zu teuer für sie waren. Schließlich zog sie sich zurück, damit Matthew seine magischen Kräfte entfalten konnte. Sie hegte jedoch Zweifel, ob er die Preise so weit herunterhandeln konnte, dass sie sie zahlen konnte. Ein Blick auf ihre Armbanduhr sagte ihr, dass es schon neun Uhr dreißig war. Als sie einen Kaffeestand erspähte, fand sie, dass dieser Ort so gut wie jeder andere wäre, um sich mit Sally zu treffen.

Sie betrachtete gerade voller Sehnsucht ein paar kleine, geschnitzte Vögel, als Matthew sich wieder zu ihr gesellte. »Ich habe dir das Nachtlicht und die Moorcroft-Vase gekauft. Du schuldest mir hundert Pfund.«

»Nein!«, keuchte sie. »Ich kann kaum glauben, dass du das geschafft hast. Du bist ein Genie!«

Er sah ein wenig verlegen aus. »Ich mache doch bloß meinen Job. Kannst du die Sachen einstecken?«

Gina verstaute die Päckchen sicher in ihrer Tasche. »Ich treffe mich um zehn mit Sally, und ich dachte, dass dieses Café hier ein geeigneter Treffpunkt wäre. Darf ich dich zu einer Tasse Kaffee einladen, als kleines Dankeschön?«

»Wenn du mir jedes Mal eine Tasse Kaffee spendierst, wenn ich etwas ein bisschen billiger kaufe, dann schwimme ich ja weg! Aber eine Tasse wäre nett. Vergiss nicht, dass wir alle in einem Boot sitzen, Gina! Wir drei befolgen Raineys Anweisungen.«

Gina beendete ihr Telefonat. »Ich habe mir große Mühe gegeben, Sally zu erklären, wo sich der Kaffeestand befindet, doch sie glaubt nicht, dass sie uns in dem Gedränge finden kann.«

»Ruf sie zurück, und sag ihr, sie soll am Eingang warten! Ich hole sie dort ab«, schlug Matthew vor und stand auf. »Eben habe ich Jake hier ganz in der Nähe gesehen. Ich werde mir Dick Van Dyke ausleihen.«

Während Gina ihren Kaffee austrank und den Rest des Brötchens aß, das sie eigentlich gar nicht hatte haben wollen, wurde ihr klar, dass sie Matthew mochte. Sie konnte jetzt verstehen, was Rainey in ihm gesehen hatte. Obwohl er meist reserviert und ziemlich ernst war, hatte er ein gutes Herz und Sinn für Humor. Allerdings musste sie vorsichtig sein, wenn sie ihrer Schwester von ihrer Feststellung berichtete, damit sie nicht innerhalb von Sekunden Anstrengungen unternahm, sie vor den Traualtar zu zerren. Aber jetzt hatte sie tatsächlich das Gefühl, dass sie ein Team bildeten.

Zehn Minuten später traf Sally ein, atemlos und lachend. »Matthew hat mich auf dem Fahrrad mitgenommen. Das war wirklich das Letzte, womit ich bei ihm gerechnet hätte.«

Die Worte versetzten Gina ganz plötzlich einen Stich. Als sie erkannte, dass diese seltsame Anwandlung Eifersucht war, sprang sie auf und umarmte ihre Schwester. Sie war fest entschlossen, dieses Gefühl nie wieder zuzulassen. »Er hat dich auf dem Gepäckträger herkutschiert?«

»Nein, ich saß auf der Fahrradstange, und er hat in die Pedale getreten. So sehr habe ich schon seit Jahren nicht mehr gelacht. Er ist überraschend lustig, nicht wahr?«

Gina kicherte. »Das stimmt. Aber da ich ihn nirgendwo sehe, nehme ich an, dass er woanders hingefahren ist.«

Sally nickte. »Ja. Er meinte, wir wären jetzt eine Weile auf uns allein gestellt. Meine Güte, ist diese Veranstaltung *riesig!* «

»Du musst ja heute Morgen beim ersten Hahnenschrei aufgestanden sein.«

»Sogar noch früher. Du kennst das ja, wenn man weiß, dass man in aller Herrgottsfrühe aufstehen muss, schläft man oft nicht so gut. Doch die Mädchen werden bestimmt ganz brav sein, ich weiß das einfach. Ich habe versprochen, ihnen etwas mitzubringen. Und ich habe im Vorbeisausen auch schon wunderschönen Kristallschmuck gesehen«, erzählte Sally. Eigentlich ist es Weihnachtsdekoration, aber die Mädchen werden ihn lieben.« Sie hielt kurz inne. »Hey! Warum kaufen wir nicht auch was davon? Wenn die Sachen hier angeboten werden, müssten sie ja für das Antiquitätenzentrum akzeptabel sein, meinst du nicht?«

Als die Schwestern sich auf den Weg machten, blieben sie dicht beieinander, um sich nicht zu verlieren.

»Ich habe schon zwei Artikel erstanden«, berichtete Gina. »Ich zeige sie dir später, sie sind gut verpackt. Jetzt haben wir noch ungefähr vierhundert Pfund übrig. Lass uns mal einen Blick auf diesen Stand da werfen!« Sie zog ihre Schwester zu einem Tisch voller Sachen, die Matthew wahrscheinlich als »Krimskrams« bezeichnen würde. »Und lass uns versuchen, nicht gleich die ganze Welt wissen zu lassen, dass wir nicht die geringste Ahnung von Antiquitäten haben!«

»Das wird mir nicht schwerfallen«, erwiderte Sally. »Ich war in der Theater-AG der Schule immer gut.«

»Ich habe heute Vormittag auch schon Schauspieltalent bewiesen. Matthew und ich haben sehr überzeugend ein verheiratetes Paar gespielt.« Noch bevor sie ihren Satz beendet hatte, wurde ihr klar, dass sie das besser für sich behalten hätte.

Sally blieb wie angewurzelt stehen und drehte sich mit entzückter Miene zu ihr um. »Wirklich?«

»Wir haben nur so getan, als ob. Wenn wir an einem Stand als Kollegen aufgetreten wären, hätte ich wie ein Trottel dagestanden, weil ich keine Ahnung habe.«

»Oh, okay«, murmelte Sally und versuchte, sich ihre Enttäuschung nicht anmerken zu lassen. Sie nahm eine hübsche Tasse mit Untertasse in die Hand und stellte sie schnell wieder ab, nachdem sie den Preis gesehen hatte. Ein schneller Blick auf ein paar andere Gegenstände verriet ihnen, dass sie an diesem Stand nicht fündig werden würden. Dann eben kein Krimskrams.

»Warum zeigst du mir nicht den Stand mit den Dekorationsartikeln?«, meinte Gina. »Wenn wir die Geschenke für die Mädchen besorgt haben, können wir uns besser auf unsere eigentliche Aufgabe konzentrieren.«

»Gute Idee. Der Stand ist draußen, es ist nicht weit ...«

Die Suche dauerte länger, als Sally vermutet hatte, doch auf dem Weg dorthin konnten sie sich einen ganz guten Überblick über das Angebot verschaffen.

»Ich glaube, wir sollten uns auf jeden Fall an kleine Dekoartikel halten, so wie die, die Rainey noch auf Lager hatte«, sagte Gina.

»Ich sehe das ganz entspannt, aber ich finde, wir sollten auch ein bisschen Christbaumschmuck kaufen. Ich meine, diese Anhänger sind klein und dekorativ, und außerdem dauert es nicht mehr so lange bis Weihnachten.«

»Aber sie sind nicht antik.«

»Trotzdem meine ich, dass wir sie kaufen sollten«, konterte

Sally. »Und wenn wir sie nicht im Zentrum verkaufen, können wir sie vielleicht woanders anbieten.«

Gina zuckte mit den Schultern. »Vermutlich. Schließlich sollen wir einen Gewinn erwirtschaften, und niemand hat gesagt, dass wir alles über das French House abwickeln müssen.« Auch wenn sie bereits eine gewisse Loyalität gegenüber dem Zentrum empfand.

Der Stand war eindrucksvoll. Die Händlerin bot nicht nur Dekorationsartikel an, sondern alles, was man mit Kristallen und einem Lötkolben fertigen konnte, wenn man geschickt war.

»Diese Haarspangen sind unwiderstehlich«, kommentierte Sally und steckte ihre Einkäufe in ihre Handtasche. »Was sollen wir sonst noch kaufen? Diese Ringe da liegen derzeit voll im Trend.«

»Wir müssen noch Geld für Antiquitäten übrig behalten ...«, protestierte Gina, da Sally sich offensichtlich kaum noch bremsen konnte.

»In gewisser Weise sind sie alt«, erklärte ihre Schwester. »Ich habe mich mit der Frau unterhalten, die die Sachen herstellt. Die Kristalle sind recycelt. Ich finde die Ringe wundervoll.« Sallys Augen strahlten deutlich heller als beim Anblick echter Antiquitäten. Das hier war viel eher ihr Ding.

»Na ja, wenigstens können wir uns diese Sachen leisten, und sie sind wirklich außerordentlich hübsch«, räumte Gina ein.

»Ja«, stimmte Sally ihr zu, »und es ist unser Stand. Wir sollten dort verkaufen dürfen, was uns gefällt. Wenn nicht, sehen wir uns nach einer anderen Verkaufsmöglichkeit um.«

Eine Viertelstunde später hatte sie eine große Menge Schmuckstücke erstanden.

Sally hatte ein erstaunlich gutes Geschäft abgeschlossen. Sie hatte Schmuck und Dekoartikel im Wert von dreihundert Pfund für ganze hundert Pfund erworben.

»Das hast du ganz toll gemacht, aber können wir auch ein paar antike Stücke kaufen? Jetzt gleich, bitte!« Irgendwie hatte Gina das Gefühl, Matthew mit diesem Kauf zu hintergehen, und sie wollte keinen Streit mit ihm riskieren – und ihn auch nicht verstimmen.

Sie führte ihre Schwester zu einem Stand, an dem es zahlreiche kleine, gut verkäufliche Artikel gab, wie sie sie suchten. Sogleich entdeckte Sally ein etwas skurriles, aber durchaus hübsches Teegeschirr.

»Was kostet das?«, fragte sie den Standbesitzer.

»Du musst zuerst fragen, wie alt es ist«, flüsterte Gina ihr zu.

»Es stammt aus den Fünfzigern, das ist inzwischen eine sehr beliebte Periode«, antwortete der Mann. Er war von Kopf bis Fuß in Jeans gekleidet und hatte offensichtlich schnell erkannt, dass sie bereit waren, Geld auszugeben, und nicht nur stöbern wollten.

»Danke, doch das ist nicht wirklich alt«, stellte Gina fest. Matthew hatte ihr deutlich zu verstehen gegeben, dass die Fünfzigerjahre des zwanzigsten Jahrhunderts in ihrer Branche praktisch als modern galten. »Sally, von jetzt an sollten wir nur noch Antiquitäten kaufen.«

»Nun, ich habe jede Menge antike Sachen«, mischte sich der Mann ein. »Was stellen Sie sich denn vor?«

Er wirkte nicht eben wie ein Experte für Antiquitäten, eher wie ein Markthändler.

»Wie wäre es denn hiermit? Ein Fischbesteck, bestehend aus Messern und Gabeln in der Originalbox. Ein entzückendes Geschenk.«

»Ich glaube nicht, danke«, lehnte Gina ab. Zwar war sie erst seit wenigen Minuten im Geschäft, dennoch hatte sie bereits an vielen Ständen Fischbesteck-Sets gesehen, die anscheinend niemand haben wollte.

»Also, meine Damen.« Der Händler beugte sich vor. »Wenn

Sie etwas ganz Besonderes suchen, dann habe ich hier hinten etwas, was nicht jeder sehen soll.«

Sofort wurde Gina misstrauisch. »Entschuldigen Sie, aber warum stellen Sie Ihre Waren denn nicht aus?«

Jetzt gab der Mann sich noch vertraulicher. »Sie wissen sicher, dass es im Antiquitätengeschäft viel Konkurrenz gibt.« Das war Gina auch schon aufgefallen, deshalb entspannte sie sich ein wenig. »Ich möchte meinen Konkurrenten vor Ort keinen Vorteil verschaffen. Aber da Sie beide für mich keine direkte Konkurrenz darstellen, möchte ich, dass Sie diese Stücke bekommen.«

Obwohl Gina immer noch nicht ganz überzeugt war, überwog ihre Neugier. Sally ging es offensichtlich genauso.

»Was ist es denn?«, wollte sie wissen.

»Kommen Sie mit nach hinten, dann zeige ich es Ihnen!«

Weil da, wo der Mann sie hinführte, trotz allem noch viel los war, vergewisserte er sich mehrfach, dass auch wirklich niemand lauschte. Gina fand die Show, die er abzog, überflüssig.

»Teedosen.«

Sally unterdrückte ein Kichern, während Gina sich auf die Lippe biss. All diese Geheimnistuerei wegen ein paar Teedosen – es hätte sich wenigstens um Opiumpfeifen oder ein paar unheimliche Utensilien handeln müssen, die angeblich in der Hexenkunst eingesetzt worden waren!

»Nun, sie sehen hübsch aus«, gab Gina zu. Vielleicht waren das genau die gut verkäuflichen Gegenstände, nach denen sie Ausschau gehalten hatten. »Gibt es Leute, die diese Büchsen sammeln?«

»Oh, ja! Teedosen sind sehr beliebt, allerdings bekommt man diese gute Qualität nicht oft zu dem Preis.«

»Warum nicht?«, hakte Sally nach.

Jetzt sah der Mann beleidigt aus. »Das habe ich Ihnen doch schon erklärt. Wenn die Händler in der Nachbarschaft diese

Dosen zum Verkauf hätten, würden die Leute in Zukunft zu ihnen gehen und nicht mehr zu mir kommen. Aus diesem Grund will ich sie nicht hier an jemanden aus der näheren Umgebung verkaufen.«

Gina versuchte noch einzuordnen, ob diese Erklärung tatsächlich einen Sinn ergab, als Sally schon auf den Punkt kam. »Wie viel?«

»Fünfhundert«, lautete die Antwort, die er ohne das übliche Zaudern und Zögern vorbrachte, das sie inzwischen schon kannten.

»Viel zu viel«, wehrte Sally genauso schnell ab. »Zweihundert!«

»Ich habe Frau und Kinder zu versorgen! Vierhundert.«

»Soll das ein Witz sein?«, fragte Sally, offensichtlich entschlossen, hart zu verhandeln. »Zweihundertundfünfzig!«

»Kommen Sie, Mädel! Seien Sie fair! Ich kann Ihnen diese sehr schönen Teedosen nicht zu einem Preis verkaufen, der unter meinem Einkaufspreis liegt. Dreihundertundfünfzig.«

Gina wünschte, sie könnte schnell einen Crashkurs zum Thema Teedosen machen. In Situationen wie dieser war ihre absolute Unwissenheit ein unüberwindbares Hindernis.

»Wir haben nur zweihundert«, erklärte Sally nun. »Jetzt ist es an Ihnen.« Sie wirkte verblüffend abgebrüht.

Der Händler hatte schon die Hand ausgestreckt, und Sally war im Begriff einzuschlagen, als plötzlich der Vorhang zurückgezogen wurde und jemand mit scharfer Stimme rief:

»Nein, kauft diese Teedosen unter gar keinen Umständen!«

8. *Kapitel*

Es war Matthew.

»He, halt dich da raus, Kumpel!«, sagte der Händler. »Wir schließen hier ein privates Geschäft ab.«

»Diese Frauen sind meine Kolleginnen«, erwiderte Matthew.

»Was?« Der entsetzte Blick des Mannes machte Gina bewusst, dass man ihnen ganz offensichtlich sofort anmerkte, dass sie Neulinge waren.

»Also werden sie diese Teedosen nicht kaufen«, sagte Matthew bestimmt. Dann legte er den Frauen eine Hand auf die Schulter und führte sie weg.

»Ich kann nicht sagen, ob das jetzt unglaublich herrisch oder ziemlich sexy war«, flüsterte Sally, wahrscheinlich laut genug für Matthews Ohren.

»Es tut mir leid, falls dieser Auftritt ein bisschen dramatisch wirkte, doch dieser Mann hätte euch übers Ohr gehauen«, erklärte er.

»Dann waren es also Fälschungen? Wie konntest du das wissen?«, fragte Sally.

»Zunächst einmal sind jede Menge falscher Teedosen im Umlauf. Und die hier waren viel zu billig.«

»Aber woher wusstest du, wie viel er dafür haben wollte?« Sally ließ nicht locker, sodass Gina sich fragte, ob sie verstimmt war, weil er ihnen das Geschäft vermasselt hatte.

»Sie waren mir schon vorher aufgefallen. Denn er hatte sie zuvor öffentlich zum Verkauf angeboten und wohl erst zwischenzeitlich weggepackt. Als ich dann sah, wie er euch hinter den Stand führte, war mir klar, dass er etwas im Schilde führte.

Ich habe sofort an den Beschlägen erkannt, dass sie falsch waren.«

Gina seufzte. »Es ist so schwierig! Ich kann mir nicht vorstellen, wie wir damit je Geld verdienen sollen.«

»Es ist kein schneller Weg zu großen Reichtümern, es sei denn, man hat sehr großes Glück«, meinte Matthew, »doch viele von uns verdienen sich damit seit Jahren ihren Lebensunterhalt.«

»Wie lange hast du denn gebraucht, bis du dein erstes Geld verdient hast?« Inzwischen war Gina ziemlich entmutigt. Zwar hatte sie sich gut amüsiert, doch jetzt fühlte sie sich wieder von der Komplexität der Aufgabe überwältigt, die sie übernommen hatten. Man lief ständig Gefahr, ausgenommen zu werden.

»Ich hatte den Vorteil, dass mein Vater in dieser Branche tätig war«, sagte Matthew ein wenig sanfter, »aber mit meinem ersten Deal habe ich noch nichts verdient. Als alter Hase in diesem Spiel denke ich, dass wir jetzt dringend eine Tasse Tee und eine Sitzgelegenheit brauchen. Dann könnt ihr mir zeigen, was ihr bereits erstanden habt.«

Er führte sie zu einem Café. Als alle mit Tee und Donuts versorgt waren, sah er die beiden Frauen wie ein Oberlehrer an und forderte sie auf: »So, nun zeigt mir mal eure Errungenschaften!«

Noch bevor Sally die Tüten mit der Weihnachtsdekoration und dem Schmuck hervorgeholt hatte, fühlte Gina sich bereits getadelt. Hätte sie eine Gelegenheit dazu gehabt, hätte sie ihre Schwester gebeten, Stillschweigen zu bewahren.

»Sind sie nicht wunderschön?«, rief Sally entzückt aus.

»Vermutlich sind die Sachen ganz nett, aber sie sind nicht antik«, kommentierte er herablassend.

Gina verspürte das Bedürfnis, für ihre Schwester einzutreten. »Die Schmuckstücke wurden aus antiken Materialien hergestellt.«

»Trotzdem können wir sie nicht im Zentrum verkaufen.« Er war unerbittlich.

Als Gina ihm gerade von ihrer Idee erzählen wollte, woanders einen Stand anzumieten, kam ihr plötzlich ein Gedanke. »Wie ist es denn in der Weihnachtszeit im Zentrum?«, fragte sie heiter und tat so, als wollte sie das Thema wechseln.

»Na ja, Weihnachten ist keine gute Zeit für Antiquitätenhändler, das war noch nie so. Kaum jemand plant dann, Möbel zu kaufen, es sei denn, es geht um ein neues Sofa, um sich die Weihnachtssendungen im Fernsehen anzusehen.«

Ganz offensichtlich war dies keine Beschäftigung nach seinem Geschmack. »Aber die Leute sind doch in dieser Zeit auf der Suche nach Geschenken, und nicht alle Antiquitäten sind Möbelstücke.«

Matthew nickte zustimmend.

»Worauf willst du hinaus, Gina?«, fragte Sally herausfordernd, während sie die Schmuck- und Dekoartikel zurück in die Tüten stopfte.

»Ich dachte bloß, dass Weihnachten – werbetechnisch gesehen – eine sehr gute Chance für das Zentrum sein könnte.«

»Wie das?« Matthew runzelte zweifelnd die Stirn.

Obwohl Ginas Respekt für ihn gewachsen war, hätte sie ihn jetzt am liebsten geschüttelt. Nur weil Weihnachten bisher nie eine gute Zeit für Antiquitäten gewesen war, musste das ja nicht so bleiben. »Wir könnten eine Veranstaltung organisieren, für die wir natürlich viel Werbung machen müssten. Alle im Zentrum müssten ihre Kleinartikel zum Verkauf anbieten, die sich als Geschenke eignen. Außerdem könnten wir Hackfleischpasteten und Glühwein verkaufen und Leute ins Zentrum locken, die zuvor noch nie in ihrem Leben ein Antiquitätenzentrum betreten haben.«

»Oh, ja!« Sally hätte vor Begeisterung beinahe ihre Teetasse umgestoßen. »Ich finde deine Idee fantastisch, Gina! Schließlich sind Antiquitäten so romantisch und nostalgisch, und Männer wissen doch häufig nicht, was sie ihren Frauen schenken sollen. Es gibt so entzückende Dinge, die die meisten Frauen lieben würden.« Sie machte eine Pause. »Und wir könnten unseren Weihnachtsschmuck verkaufen«, schloss sie und wich bewusst Matthews Blick aus.

Er zog ein finsteres Gesicht. »Ich weiß wirklich nicht ...«

»Es ist auf jeden Fall besser, als untätig zu bleiben«, meinte Gina. »Wenn in der Weihnachtszeit normalerweise Flaute herrscht, kann eine Veranstaltung doch nichts schaden. Wir denken uns ein Motto aus, bitten die Standinhaber, sich entsprechend zu kleiden, und locken den ganzen Ort ins French House. Wir ködern die Leute mit Musik, Düften, kleinen Köstlichkeiten und vielen hübschen Geschenkartikeln.«

»Ich kann mir nicht vorstellen, wie das funktionieren sollte«, sagte Matthew. Am liebsten hätte Gina ihn geboxt.

Heldenhaft unterdrückte sie diesen Wunsch. »Das liegt daran, dass du nicht genug Vorstellungskraft besitzt. Also wirklich, Matthew, gib mir freie Hand, und ich denke mir etwas Tolles aus, mit dem wir für eine Ankurbelung des Geschäfts sorgen!«

»Das ist ihr Beruf, Matthew«, mischte Sally sich ein. »Und obwohl ich es nicht gern sage, weil sie meine ältere Schwester ist, die mir immer als Vorbild hingestellt wurde: Sie ist sehr gut darin.«

Matthew schluckte den Rest seines Donuts herunter und trank seine Tasse aus, bevor er antwortete. »Ich sage nicht, dass ich einverstanden bin, aber wenn die anderen Standinhaber es wollen, dann könnte ich vielleicht – ganz vielleicht ...«, er sah Gina streng an, die mühsam versuchte, ihr Triumphgefühl zu verbergen, »meine Zustimmung geben. Doch ihr wisst ja, dass immer nur zwei von uns gleichzeitig an einem Tag anwesend sind, nicht wahr?«

»Ja, natürlich wissen wir das«, entgegnete Sally ungeduldig.

Gina überlegte kurz. »An diesem Tag der offenen Tür müssten *alle* kommen.« Sie lächelte. »Keine Sorge – ich werde sie schon überzeugen.«

Nachdem Matthew Ginas Reisetasche aus dem Auto geholt hatte, verabschiedeten sich die Schwestern von ihm. Der Nachmittag war fast vorüber, und sie hatten noch die lange Heimfahrt vor sich. Beide waren erschöpft, als sie schließlich den Ausgang erreichten.

»Es ist wie Schneeblindheit, nicht wahr?«, meinte Sally. »Man kann fast nichts mehr erkennen.«

»Stimmt. Alles fließt ineinander, und man könnte Müll nicht mehr von purem Gold unterscheiden – selbst dann nicht, wenn man etwas von diesem Geschäft verstehen würde.« Sie blieb stehen, um ihre Tasche auf ihrer Schulter zurechtzurücken. Inzwischen war sie ziemlich schwer geworden. Dabei fiel Ginas Blick auf einen Karton, der vor einem Stand auf dem Boden stand. Es war beinahe schon ein Reflex. Sie streckte die Hand aus, um Sally aufzuhalten. »Würde es dir etwas ausmachen, wenn wir uns den Inhalt des Kartons dort einmal kurz anschauten?«

Der Händler verkaufte Kristalllüster, und die Schachtel war voller Einzelteile: geschliffene Glastropfen, Anhänger, Kristalle wie riesige Diamanten in allen möglichen Formen, darunter einige, die wie Eiszapfen aus Kristall aussahen. »Sie sind wunderschön!«, hauchte Gina. Sie war schon genauso schlimm wie Sally, aber schließlich war Matthew nicht in der Nähe, und diese Kleinteile waren wirklich wunderhübsch.

Sally hockte sich neben sie. »Stell dir mal vor, was man damit machen könnte!«

»Du meinst, abgesehen von Kristalllüstern?« Gina erkannte ein kreatives Leuchten in Sallys Augen.

»Weihnachtsdeko – aber nicht nur für die Advents- und Weihnachtszeit. Oh, bitte, lass uns den Kram kaufen! Wie viel kostet der Karton mit Inhalt?« Gewinnend lächelte sie zu dem Verkäufer auf.

»Hundert«, antwortete er.

Sally stand auf. »Wie schade! Wenn sie ›zwanzig‹ gesagt hätten, würden wir Ihnen die Sachen aus der Hand reißen. Aber wir haben keine hundert Pfund.« Gina fand, dass ihre Schwester sich beunruhigend professionell anhörte.

Der Händler seufzte. »Für zwanzig kann ich die Sachen nicht verkaufen, doch wenn Sie mir ein vernünftiges Angebot machen …«

»Dreißig«, konterte Sally sofort.

»Neunzig.«

»Das ist kaum besser als hundert! Fünfunddreißig.«

Erneut schaute Gina in den Karton. Es waren wirklich viele Kleinteile darin, doch als sie jetzt genauer hinsah, schienen ihr auch einige aus Plastik darunter zu sein. Sie erhob sich und gesellte sich zu ihrer Schwester. Sie mussten los. »Komm, Sal, wir haben nicht den ganzen Tag Zeit.« Als sie ihren Mantel zurechtzupfte, spürte sie den Brustbeutel mit ihrem Notgroschen. Schnell zog sie ihn heraus. »Was habe ich denn hier? Fünfundvierzig Pfund. Und das ist alles, was wir noch dabeihaben.« Mit der einen Hand gab sie dem Mann das Geld, die andere streckte sie zum Handschlag aus. »Abgemacht?«

Betrübt schüttelte er den Kopf, doch dann sagte er: »Abgemacht!«

Die Mädchen nahmen den Karton zwischen sich und stolperten davon.

»Ich kann nicht glauben, dass wir all das für fünfundvierzig Pfund bekommen haben!«, meinte Gina.

»Vielleicht hätte ich ihn noch weiter runterhandeln können«, entgegnete Sally. »Ich war gerade so gut in Form.«

»Doch da du eigentlich gar kein Geld mehr hattest ...«

»Ich war mir sicher, dass du irgendwo noch ein Geheimversteck hast«, lachte sie, »dafür kenne ich dich zu gut. Es ist unglaublich, dass du immer noch Geld versteckst, das ist richtig neurotisch. Hat dir je jemand die Handtasche gestohlen?«

»Wie du weißt, habe ich einmal meine Handtasche in einem Taxi vergessen«, antwortete Gina. »Seitdem trage ich immer ein paar Scheine irgendwo am Körper. Manchmal stecke ich sogar eine Kreditkarte dazu.«

Sally schüttelte über so viel Verschrobenheit den Kopf. »Komm, lass uns diese Juwelen nach Hause bringen!«

Nach längerer Suche fanden sie schließlich das Auto und machten sich auf den Heimweg. Sally hatte Ginas Drängen nachgegeben und ließ ihre Schwester ans Steuer. Letztendlich gab sie zu, dass sie nach dem frühen Aufbruch und der langen Hinfahrt doch müde war.

»Offensichtlich hast du dich ein wenig mit alten Dingen angefreundet!«, sagte Gina wenig später.

»Sie gefallen mir besser, wenn ich etwas Neues daraus fertigen kann«, antwortete Sally. »Aus diesem Kleinkram kann ich sensationelle Stücke herstellen und für jedes Teil so viel verlangen, wie wir für den ganzen Krempel zusammen bezahlt haben!«

»Wenn Matthew uns lässt, können wir auch versuchen, deine Kreationen im Zentrum zu verkaufen«, schlug Gina vor. »Vielleicht lässt er sich ja erweichen, falls wir diesen Weihnachtsmarkt organisieren.«

»Meinst du? Er ist sehr stur und puristisch.«

Irgendwie nahm Gina ihrer Schwester die Bemerkung übel, obwohl ihr klar war, dass Sally recht hatte. »Findest du, dass dieser Weihnachtsmarkt eine verrückte Idee ist?«

»Überhaupt nicht! Im Gegenteil! Viele Leute scheuen sich davor, in ein Geschäft zu gehen, wenn sie eigentlich keine konkrete Kaufabsicht haben. Doch wenn sie nur eine Kleinigkeit kaufen könnten – wie beispielsweise eine Zuckerstange –, dann werden sie die Gelegenheit sicher wahrnehmen.«

»Ein viktorianischer Süßigkeitenstand, eine ausgezeichnete Idee!«, schwärmte Gina. »Heiße Maroni, Glühwein und Kakao?«

Sally lachte. »Ich liebe es, wenn du eine Idee weiterspinnst. In der einen Minute bist du übervorsichtig und vernünftig – hast einen Notgroschen in einem altmodischen Brustbeutel dabei, für den Fall, dass dir die Handtasche geklaut wird –, doch in der nächsten Minute fängst du Feuer für eine Idee, und dann wärst du einfach zu allem bereit.«

Gina warf ihrer Schwester einen liebevollen Blick zu. »Nicht kleckern, klotzen! Aber trotzdem habe ich den Gedanken, ein Krippenspiel mit lebenden Figuren aufzuführen, bereits wieder verworfen ...«

9. *Kapitel*

Ginas Bemühungen, Werbung in eigener Sache als PR-Beraterin zu machen, hatten bisher noch keine Früchte getragen, und ihr einziger großer Kunde in der Gegend hatte zurzeit keinen Auftrag für sie. Es war geplant, ein neues Produkt auf den Markt zu bringen, was viel Arbeit bedeuten würde, doch leider würde es erst im Sommer so weit sein. Deshalb beschloss sie, sich auf das French House zu konzentrieren. Sie wollte am Samstag nach ihrer Fahrt nach Newark hinfahren, um ihre neu erstandenen Waren abzuliefern und einige der anderen Händler kennenzulernen. Samstags waren immer drei von ihnen anwesend. Außerdem wollte sie die Chance nutzen, sie für ihre Idee mit der Weihnachtsveranstaltung zu gewinnen.

Als sie Matthews Volvo nicht auf den Stellplätzen vor dem French House entdecken konnte, wusste sie nicht, ob sie enttäuscht oder erleichtert sein sollte.

Die Glocke bimmelte, als sie vorsichtig die Tür öffnete und eintrat.

Jenny war da und nahm Gina gleich den Karton ab, den sie trug. »Guten Morgen! Bist du hier, um zu arbeiten, oder lieferst du nur deine Waren ab?«

»Ich hoffe, ich kann arbeiten. Ich möchte unsere Sachen sichten und alles, was mit einem Preis versehen ist, im Vitrinenschrank arrangieren. Aber ich würde mich auch sonst gern nützlich machen.« Gina mochte Jenny, und ihr war klar, wie wichtig es wäre, sie auf ihrer Seite zu haben. »Wenn es sonst nichts zu tun gibt, kann ich auch gern staubsaugen oder Kaffee für die anderen kochen.«

»Das ist nett. Ich habe schon eine Runde gesaugt, doch wenn du mal irgendwann ganz früh kommst, wäre es toll, wenn du das Staubsaugen übernehmen könntest. Oscar verliert ständig Haare, aber da er heute nicht hier ist, ist es nicht so schlimm. Soll ich dir zeigen, wo du die Utensilien zum Kaffeekochen findest?«

Während Jenny sie zu der kleinen Küche im hinteren Bereich des Gebäudes führte, sah Gina sich neugierig um. Obwohl sie sich inzwischen schon ein wenig an die Atmosphäre gewöhnt hatte, fühlte sie sich erneut leicht deprimiert. Das stärkte ihre Entschlossenheit, die Weihnachtsveranstaltung zu realisieren, egal, wie schwer es werden würde, alle davon zu überzeugen. Das French House brauchte dringend eine Energiespritze. Nach einem kurzen Blick in die Küche arrangierte Gina die Ware an der Stelle, die sie jetzt als Sallys und ihren Stand betrachtete, bis sie sicher war, dass alle Stücke perfekt präsentiert wurden. Dann zog sie los, um die Händler zu begrüßen, die heute Dienst hatten. Als Erstes wollte sie sie fragen, ob sie ein heißes Getränk haben wollten und wie es ihnen hier gefiel.

Zuerst machte sie sich mit Tiggy bekannt, einer attraktiven Frau mittleren Alters, die früher Schauspielerin gewesen war. »Ich schauspielere immer noch, wenn man mich will«, erklärte sie, nachdem sie dankbar den Becher mit grünem Tee entgegengenommen hatte. »Aber eigentlich ist das hier jetzt mein Leben.« Sie besaß eine heisere, sexy Stimme und strahlte Wärme aus. »Erzähl mir was von dir.«

»Nun ja«, begann Gina, »ich bin eine Nichte von Rainey.«

»Oh, meine Liebe, wir alle haben Rainey geliebt! Ihr Tod ist so ein Verlust für die Welt, aber es ist wunderbar, dass du ihr Geschäft übernimmst.«

»Zusammen mit meiner Schwester. Wahrscheinlich ist das eine schreckliche Idee, weil wir beide nichts von Antiquitäten verstehen, doch es ist eine wirkliche Herausforderung.« Sie hatte das Gefühl, dass es am besten war, Tiggy gegenüber ganz offen zu sein. Sie hätte es ohnehin ziemlich schnell herausgefunden, wenn Gina ihr etwas vorgespielt hätte.

»Wir haben alle einmal angefangen, und wenn ihr Raineys Lagerbestände als Startkapital habt ...«, meinte Tiggy, die Gina anvertraut hatte, auf den Namen Antigone getauft zu sein.

»Und Matthew hat meine Schwester Sally und mich nach Newark mitgenommen, wo wir ein paar Dinge erstanden haben.«

»Großartig. Ich bin länger nicht mehr in Newark gewesen, doch als ich das letzte Mal dort war, kam jemand und hat meine gesamten Bestände aufgekauft. Ich war am Boden zerstört.«

Gina runzelte fragend die Stirn. »Aber das ist doch bestimmt etwas Gutes, oder etwa nicht?«

»In gewisser Weise natürlich schon. Schließlich wollen wir ja unseren Kram verkaufen, doch es bedeutete, dass ich nichts mehr zu verkaufen hatte und wie verrückt einkaufen musste, um meine Lagerbestände wieder aufzufüllen.«

»Ach so«, sagte Gina. »Tiggy, darf ich dir eine Frage stellen?«

»Du darfst alles fragen, nur nicht nach meinem Alter und meinem Gewicht.«

Gina kicherte. »Es ist nichts Persönliches, aber ich habe mir überlegt, ob es nicht eine gute Idee wäre, eine Weihnachtsveranstaltung zu organisieren. Matthew hat erzählt, dass die Geschäfte in der Weihnachtszeit nicht besonders gut laufen. Und da ich PR-Beraterin bin, dachte ich mir: Es gibt eine Möglichkeit, das zu ändern.«

»Hm, tja, alles ist willkommen, womit man sich seine Brötchen verdienen kann«, erwiderte Tiggy. »Was schwebt dir denn genau vor?«

»Ich habe mir vorgestellt, dass wir kleine Dinge verkaufen könnten, die sich als Geschenke eignen. Außerdem könnten wir Glühwein und Kakao anbieten, und idealerweise würden alle Händler viktorianische Kostüme tragen.« Tiggy war Schauspielerin – würde sie offen für diese Idee sein? »Mein Plan besteht darin, Unterhaltung zu bieten, um die Menschen ins Zentrum zu locken, die unter normalen Umständen keine Antiquitätenläden besuchen würden. Ich möchte, dass sie Antiquitäten als potenzielle Geschenke betrachten. Sie sollen feststellen, dass es sich dabei nicht zwangsläufig um große Möbelstücke handeln muss.«

»Ich verstehe den Gedanken, und es klingt nach Spaß, dennoch bin ich mir nicht sicher, ob du alle davon überzeugen kannst. Hast du gesagt, Matthew habe zugestimmt?«, wollte Tiggy wissen, während sie sehr hübsche, blau-weiße Tassen und Untertassen neu anordnete.

»Sehr widerstrebend, aber wenn wir alle Geld dabei verdienen, wäre es das wert. Das wird er sicher einsehen. Schließlich haben wir nicht viel zu verlieren!«

»Doch, ein wenig schon«, wandte Tiggy ein. »Glühwein und all das andere, was du anbieten möchtest, kostet ja auch etwas. Jedenfalls würde ich gern Häppchen beisteuern; ich glaube, dass bestimmt auch einige der anderen die Sache unterstützen würden.«

Gina war entzückt, wenigstens einen für ihre Idee gewonnen zu haben – sogar zwei, wenn man Matthew mitzählte –, und nahm sich jetzt ihr nächstes »Opfer« vor, einen Händler, der nur mit Möbeln handelte. Leider war er nicht allzu begeistert von ihrem Vorschlag, obwohl sie ihm einen Schoko-Cookie zu seinem Kaffee serviert hatte. Allerdings räumte er ein, dass er in der Weihnachtszeit kein gutes Geschäft erwartete. Deshalb erklärte er sich bereit, seine Möbel ins Lager zu räumen und so Ausstellungsfläche zur Verfügung zu stellen. Auch das bedeutete eine große Unterstützung.

Der dritte Händler war sehr angetan. Er war ein jüngerer

Mann, der sich den Stand mit seiner Frau, einer Lehrerin, teilte. Sie verkauften kleinere Stücke wie Vasen, Zierkrüge, Schmuck und Ähnliches. »Ich halte das für eine gute Idee. Es ist sehr schade, dass wir bisher nicht von der Kaufwut der Leute profitieren können.« Dann zögerte er ein wenig. »Allerdings sind meine Frau und ich in der Vorweihnachtszeit ziemlich eingespannt. Wir gehören zur Gilbert-und-Sullivan-Gruppe und führen Anfang Januar *Die Piraten von Penzance* auf.« Sein Lächeln verriet Gina, dass er stolz auf diese Leidenschaft war.

»Oh, das macht bestimmt Spaß!«, äußerte Gina. »Wärst du bereit, dich dann für unsere Veranstaltung zu verkleiden? Um für eine besondere Atmosphäre zu sorgen?«

»Sicher. Und wir haben auch noch weitere Kostüme, die wir anderen Händlern leihen könnten, um es ihnen ein wenig leichter zu machen.«

Gina hätte ihn am liebsten umarmt. »Das wäre fantastisch. Entschuldige, aber wie war noch einmal dein Name?«

»Andrew, und meine Frau heißt Sophie. Sie ist hauptsächlich in den Schulferien hier.«

»Würdet ihr beide kommen, wenn es eine Veranstaltung gäbe?«

Er nickte. »Ich denke schon.«

»Großartig. Ihr verkauft genau die Dinge, die als Geschenke interessant wären. Und ich glaube, dass die Leute regelmäßig wiederkommen, wenn sie erst einmal gesehen haben, was für entzückende Gegenstände es hier gibt.« Sie lächelte strahlend. Ihre Argumentation klang sehr überzeugend, doch entwarf sie vielleicht gerade nur dieses Szenario, weil sie unbedingt daran glauben wollte? Sie konnte es nicht sicher sagen. Immerhin jedoch hatte sie jetzt schon die Unterstützung von drei Händlern.

Als sie in ihren Bereich zurückkehrte, stellte sie erfreut fest, dass eine Dame vor dem Schaukasten stand und interessiert hineinblickte. Von hinten wirkte sie erfreulich wohlhabend.

»Kann ich Ihnen weiterhelfen?«, fragte Gina freundlich.

Die Frau drehte sich um und lächelte. Sie war Anfang dreißig, sehr gut gekleidet und überaus gepflegt. Als Gina sie genauer musterte, stellte sie fest, dass sie regelrecht glamourös wirkte.

Sie trug einen Wildledermantel, der bis zu den Knöcheln reichte und aussah, als hätten dafür Hunderte seltene Gämsen ihr Leben lassen müssen. Gina war keine Expertin, doch sie erkannte, dass die Stiefel der Dame sehr, sehr teuer gewesen sein mussten. Ihr Goldschmuck wirkte ziemlich protzig, und der Schal war aus Seide. Es handelte sich nur um klassische Sachen, die auch in zwanzig Jahren noch großartig aussehen würden. Man konnte sich ihre Besitzerin auch gut bei einer Modenschau in der ersten Reihe vorstellen.

Außerdem sah sie sehr gut aus, doch bei näherem Hinsehen fand Gina, dass sie fast zu perfekt zurechtgemacht war. Dadurch wirkte sie älter, als sie wahrscheinlich war.

»Möchten Sie sich etwas Bestimmtes ansehen? Offensichtlich interessieren Sie sich für meine ausgestellten Stücke?«

»Oh, ja!«, antwortete die Frau. »Für die Parfümflakons. Kann ich sie mal sehen?« Gina konnte einen ganz schwachen ausländischen Akzent ausmachen.

»Welche denn speziell?«

»Alle.«

Gina fand den Schlüssel und schloss den Schaukasten auf. Sie hatte ein wenig Mühe mit dem ungewohnten Schloss. Dann nahm sie Tante Raineys Fläschchen heraus und stellte sie auf einen Tisch in der Nähe. Dabei wünschte sie sich, sie hätte ein Samttuch als Unterlage, und nahm sich vor, bald eins zu besorgen.

Während sie zusah, wie die Frau die Flaschen sorgfältig auf eine Art und Weise musterte, als wären sie eher minderwertig, fiel ihr ein, wie unangenehm es war, zu eifrig von einem Verkäufer beobachtet zu werden. Deshalb schnappte sie sich ein Staubtuch, das sie in einer Ecke entdeckte, und staubte die Vitrine eines anderen Händlers ab. Sie musste in Erfahrung bringen, was die anderen taten, um Kaufinteressenten nicht durch ihr Verhalten abzuschrecken.

»Ich nehme alle«, sagte die Frau.

Gina wurde es heiß und kalt. Mit dem Verkauf einer Flasche wäre sie gut zurechtgekommen – schließlich waren alle mit Preisen versehen –, doch wie viel sollte sie um Himmels willen für alle zusammen berechnen? Nervös rückte sie die Flakons auf dem Tisch zurecht. »Ich brauche einen Moment, um einen Preis zu ermitteln ...«

»Ich gebe Ihnen hundert Pfund für alle zusammen.«

Ganz offensichtlich hatte die Frau keine Skrupel, ein unverschämtes Angebot zu unterbreiten.

Gina lachte. »Sie erwarten bestimmt nicht, dass ich diese Ansage ernst nehme!« Gleichzeitig rechnete sie fieberhaft. Bot ihr diese Person halb so viel an, wie sie bereit war zu zahlen? Müsste Gina in dem Fall vierhundert verlangen, damit sie sich dann auf zweihundert einigen könnten? Doch zweihundert war definitiv zu wenig.

»Ich finde, das ist ein fairer Preis.« Anscheinend war die Frau eine gewitzte Feilscherin. Ihre ruhige Annahme, im Recht zu sein, ließ darauf schließen.

Seltsamerweise schöpfte Gina neue Zuversicht, als wäre die Haltung der Frau ansteckend. »Das finde ich ganz und gar nicht. Lassen Sie mich die Einzelpreise für die Flakons zusammenrechnen, dann unterbreite ich Ihnen einen besseren Vorschlag!«

»Oh, seien Sie doch nicht albern! Sie müssen mir einen anständigen Preis machen«, konterte die Frau schnell, als wollte sie vermeiden, dass Gina eine angemessene Summe nannte.

»Ich muss mir erst eine genaue Vorstellung machen«, erwiderte Gina. Ihr war klar, dass sie sich nicht drängen lassen durfte, denn plötzlich war ihr bewusst geworden, dass sie nur

Anspruch auf den Rest des Erbes erheben konnten, wenn sie einen Gewinn erwirtschaftete.

Es kam ihr so vor, als brauchte sie viel zu lange, um die Einzelpreise zu addieren, doch dann stellte sie schließlich fest, dass die Summe sich auf siebenhundert Pfund belief. Sie schenkte ihrer Kundin ein selbstbewusstes Lächeln. »Tut mir leid, dass Sie warten mussten, mein Angebot lautet sechshundert Pfund.«

Die Frau hob eine perfekt geformte Augenbraue. »Tatsächlich? Nun, das kann ich unmöglich zahlen.«

Gina wusste, dass der Markt von den Käufern bestimmt wurde, doch sie wollte nicht den Kürzeren ziehen. Schließlich brauchte sie jeden Penny, und dafür würde sie kämpfen. »Ich kann Ihnen sicher entgegenkommen, allerdings nicht allzu viel. Ich bin ja nicht die Wohlfahrt.« Erneut lächelte sie, diesmal ein kleines bisschen herablassend. Sie hatte sich nicht nur das Selbstvertrauen von dieser beeindruckenden Frau abgeguckt.

»Ich weiß, allerdings würde ich alle Flaschen kaufen, da sollte doch ein Mengenrabatt drin sein.« Offensichtlich wollte die Dame die Flakons unbedingt haben, sonst wäre sie schon lange gegangen.

»Zehn Prozent sind üblich.« Dann fiel ihr die Unterhaltung mit Tiggy wieder ein, und sie fügte hinzu: »Und für mich ist es nicht unbedingt gut, meine ganzen Bestände auf einmal zu veräußern. Ich würde viel mehr für die Flakons bekommen, wenn ich sie einzeln verkaufen würde.«

»Aber wie lange würde das dauern? Man will doch als Geschäftsfrau Bargeld in der Hand haben.«

Hatte sie da tatsächlich eine kleine spöttische Betonung auf dem Wort »Geschäftsfrau« vernommen? Stellte diese Frau etwa ihre Geschäftstüchtigkeit infrage? Etwas stieß leicht gegen Ginas Arm. Als sie runtersah, erschien gerade Oscars Kopf über dem Tisch, als interessierte er sich ebenfalls für die Parfümflaschen.

»Ich hoffe, du verkaufst all diese Flakons nicht zu günstig, Gina«, sagte Matthew hinter ihr.

»Ich habe sechshundert als Preis genannt.«

Er schnaubte verächtlich. »Nun, wenn es dir nichts ausmacht, den Kram zu dem Preis wegzugeben. Komm, Oscar!«

Gina war enttäuscht, weil sie angenommen hatte, eine angemessene Zahl ermittelt zu haben. Offensichtlich war das nicht der Fall. »Nun, ich kann Ihnen kein besseres Angebot machen. Es liegt jetzt ganz an Ihnen.«

»Dann nehme ich das Angebot an«, sagte die Käuferin. »Können Sie das für mich einpacken?«

»Selbstverständlich, gern. Warum sehen Sie sich nicht währenddessen ein wenig um? Ich finde Sie schon, wenn ich fertig bin.«

Eine Weile später ging Gina zu Matthew. Sie hatte die Hände voller Geldscheine und dennoch das Gefühl, versagt zu haben. »Wie viel hätte ich denn für diese Flaschen verlangen sollen?«, wollte sie wissen, als Matthew von seinen Büchern aufsah.

»Rainey wäre über sechshundert entzückt gewesen.«

»Was? Aber du hast doch gesagt ...«

Er lächelte sie an. »Ich dachte mir, ich unterstütze dich ein bisschen.«

»Also sind sechshundert Pfund gut?«

»Verdammt gut sogar! Du bist offenbar ein Naturtalent. Glückwunsch! Ruf Sally an und verkünde ihr die guten Neuigkeiten!«

Gina ließ sich auf einen Stuhl sinken. »Aber wenn ich sie einzeln verkauft hätte, hätte ich viel mehr dafür bekommen können ...«

»Du musstest einfach ein Geschäft abschließen. Die Kundin war sehr angetan von den Flakons, und ganz offensichtlich hatte sie Geld. Du hast ihr etwas davon aus der Tasche gezogen. Rainey wäre so stolz gewesen!«

Allmählich wurde ihr bewusst, wie erfolgreich sie gewesen war. Ihr erster Geschäftsabschluss, und sie hatte gleich einen Gewinn gemacht! »Sollen wir nach Geschäftsschluss etwas trinken gehen? Ich habe das Bedürfnis, ein bisschen zu feiern.«

10. Kapitel

Nachdem er den Laden abgeschlossen hatte, führte Matthew sie durch Straßen, die von alten und historischen Gebäuden gesäumt waren, während Oscar gehorsam neben ihm hertrottete. Gina hatte bereits gewusst, dass die Stadt sich als die Antiquitätenhauptstadt der Cotswolds betrachtete, dennoch fand sie es beunruhigend, an wie vielen Antiquitätengeschäften sie auf ihrem kurzen Weg vorüberkamen. Sie nahm sich vor, die Konkurrenz möglichst bald unter die Lupe zu nehmen. Ein schneller Blick auf andere Läden sagte ihr, dass es schon mal ein guter Anfang wäre, die Fassade und den Eingangsbereich des French House schöner zu gestalten.

Matthew schien seine Konkurrenten nicht wahrzunehmen, als er zu einem alten Gasthaus, einer ehemaligen Poststation, vorausging. »Sie kennen uns hier und haben nichts dagegen, wenn Oscar den ganzen Kaminvorleger für sich beansprucht. Sie behaupten sogar, er trägt zum Flair der Gaststätte bei.«

Gina lachte. »So wie ein Pferdegeschirr oder ein altes Wagenrad?«

Matthew nickte. »Ein Hauch der guten alten Zeit schadet nie. Ich esse hier öfter einen Happen, wenn ich zu faul bin, mir etwas zu kochen.«

Gina betrachtete ihn. Alles, was sie bisher von ihm gesehen hatte, deutete auf einen harten Arbeiter hin. Anscheinend führte er ein ziemlich einsames Leben. Es lag auf der Hand, dass er nicht verheiratet war, und in ihren Unterhaltungen hatte es keinen Hinweis auf eine Lebensgefährtin gegeben. Gina wusste, dass er ein Einzelkind war, dessen Eltern bereits gestorben waren. Nähere Verwandte schien er nicht zu haben. Auch von Freunden hatte sie nichts gehört, doch da er sehr zurückhaltend war, was seine privaten Angelegenheiten anging, würde er ihr bestimmt nichts über sein gesellschaftliches Leben erzählen.

Als Matthew die Tür öffnete, spazierte Oscar sofort hinein. Er machte es sich auf seinem Lieblingsplatz vor dem Kamin bequem, obwohl darin kein Feuer brannte. Matthew suchte einen freien Tisch, während Gina zur Theke ging.

»Also, auf deinen ersten größeren Verkauf und den ersten bedeutenden Gewinn«, sagte Matthew wenig später und hob sein Glas.

»Danke.« Gina lächelte stolz. »Und danke, dass du mich genau zum richtigen Zeitpunkt unterstützt hast, auch wenn ich geglaubt habe, du hättest mir einen Rüffel erteilt.«

Ganz kurz kniff er die Augen zusammen und zögerte. »Ich verspreche dir, Gina, dass kein Zweifel bestehen wird, wenn ich dich tatsächlich einmal tadeln sollte.«

Irgendetwas in seiner Miene gab Gina zu denken – war es eine Herausforderung oder vielleicht eine Warnung? Sie fragte sich, wie es wohl sein würde, von Matthew ernsthaft gerüffelt zu werden. Und mit einem Mal sah Gina mehr in ihm als einen attraktiven, aber etwas spießigen Antiquitätenhändler. Sobald ihr dieses Gefühl bewusst wurde, verdrängte sie es wieder und trank schnell einen Schluck.

»Nun ja, ich hoffe, dass du nie das Bedürfnis haben wirst, mir eine Standpauke zu halten«, sagte sie dann leichthin. Nach einer kleinen Pause fuhr sie fort: »Ich habe mit allen Händlern gesprochen, die heute im Haus waren ...«

»Es waren nur drei.«

»Vier. Einer kam vorbei, um etwas abzuliefern. Und der Mann, der nur antike Sekretäre und Tische verkauft ...?«

»Alfred.«

»Genau, er war der Einzige, der nicht von meiner Idee mit der

Weihnachtsveranstaltung angetan war. Doch er hat zugesagt, dass er gern seine Möbelstücke aus dem Weg räumen würde. Die anderen waren begeistert.« Das war ein kleines bisschen übertrieben. Zwar war Tiggy tatsächlich enthusiastisch gewesen, doch Gina vermutete, dass sie für alles zu begeistern war. »Der junge Mann, der auf Gilbert und Sullivan und ihre komischen Opern steht, fand meine Idee definitiv gut.«

»Andrew.«

»Stimmt. Er sagte, seine Frau Sophie und er wollten auf jeden Fall mitmachen.«

»So. Und hast du ihnen auch gesagt, dass sie sich verkleiden sollen?« Die Art und Weise, wie Matthew die Stirn runzelte und sein Glas nahm, ließ auf seine eigene Skepsis schließen.

Gina nickte. »Das habe ich, und sie haben kein Problem damit. Wie gesagt, sie schwärmen ja für Gilbert und Sullivan; und sie haben nicht nur zugesagt, sich zu verkleiden, sondern zudem noch angeboten, den anderen Händlern Kleidung zu leihen.«

Matthews Blick gab ihr das Gefühl, als wäre sie ein Kind, das für die Erwachsenen eine kleine Show abzieht. Doch dann beschloss sie, sich einfach nicht angegriffen zu fühlen. Allmählich gewöhnte sie sich an seine missbilligende Art. Sie bedeutete nicht immer, dass er absolut gegen eine Idee war; es war sein »Standard-Modus«, und man musste ihn einfach dort rauslocken. Deshalb fuhr sie fort: »Ich muss einen Kostümverleih ausfindig machen, auch wenn einige Leute schon Sachen haben. Schließlich wollen wir ja nicht als eine Firma auftreten.« Sie machte eine Pause. »Meinst du, wir sollten sicherstellen, dass alle sich im Stil derselben Zeit kleiden? Oder geht das ein bisschen zu weit?«

Matthew hüstelte leicht, bevor er antwortete: »Das geht ein bisschen zu weit.«

Diesmal hatte Gina keine Schwierigkeiten, seine Reaktion zu interpretieren: Er lachte.

»Ich weiß, dass du mich mit meinen PR-Ideen für verrückt hältst, doch darüber sollte sich jeder Gedanken machen. Und ich finde auch, dass das Zentrum sonntags geöffnet haben sollte.«

Seine Erheiterung war schlagartig wie weggewischt. »Mein Vater hat nie an Sonntagen geöffnet. Er war der Meinung, dass die Sonntage für die Familien reserviert sind.«

Es war zum Verzweifeln. Bestimmt hatte er schon bei anderen Händlern in der Stadt gesehen, dass er eine Gelegenheit versäumte. »Das war früher so. Doch heutzutage ist es genauso wahrscheinlich, dass eine Familie shoppen geht, wie dass Groß und Klein um einen Tisch sitzen und puzzeln. Eigentlich ist es sogar viel wahrscheinlicher.«

»Ich glaube nicht, dass unsere Händler ihren kostbaren Sonntag aufgeben würden – oder sollten –, um im Zentrum zu hocken und auf Kundschaft zu warten.«

Um ein Haar hätte Gina gefragt, was Matthew denn mit seinen Sonntagen anfing, doch sie konnte es sich noch gerade eben verkneifen. Schließlich wollte sie weder zu neugierig erscheinen, noch wollte sie zugeben, dass ihre Sonntage manchmal ziemlich langweilig waren.

Vorübergehend wurden sie durch einen Windstoß, Gelächter und das Stampfen von Füßen abgelenkt. Eine große Gruppe Männer und Frauen unterschiedlichen Alters betrat die Gaststätte. Ganz offensichtlich waren sie ziemlich durchgefroren. Die Hälfte von ihnen ging an die Theke, der Rest drängte sich um einen großen Tisch im hinteren Bereich des Lokals. Sie trugen Einkaufstaschen und Tüten mit verschiedenen Schriftzügen. Gina erkannte das Logo eines Antiquitätenladens, an dem sie auf dem Weg zum Pub vorbeigekommen waren. Das war noch etwas, was im French House fehlte: Sofortwerbung. Sie seufzte. Nie im Leben würde Matthew sich bereit erklären, diesen Weg zu beschreiten! Allerdings würde sie Druck machen, was den Sonntagsverkauf anging, auch wenn es sie den ganzen Abend kosten würde.

»Sie kommen natürlich nicht, wenn nicht geöffnet ist«, sagte sie.

»Ich wohne im French House, und ich habe noch nie jemanden gesehen, der unbedingt am Sonntag einen Couchtisch kaufen wollte«, widersprach Matthew entschieden.

»Nein, aber du siehst auch jene Leute nicht, die zur Tür kommen, dass *Geschlossen*-Schild sehen und dann zu einem anderen Laden gehen, der geöffnet hat. Und was ist mit all den Touristen, die ihr Wochenende in Cranmore-on-the-Green verbringen? Sie möchten durch die Geschäfte bummeln, bevor sie nach London zurückkehren. Warum sollen wir es ihnen nicht ermöglichen, auch in unseren Laden zu spazieren?«

»Du klingst, als ginge dich das Zentrum persönlich etwas an«, stellte Matthew fest. »Dabei war heute doch erst dein erster Tag.«

»Ich erkenne das Potenzial, das ist alles. Ich bin mir zwar nicht sicher, warum diese Frau, die meine Parfümflakons gekauft hat, hier war, aber sie sah nicht wie eine Einheimische aus. Vermutlich verbringt sie das Wochenende hier, und wenn die Leute freihaben, sind sie in der Regel in Kauflaune. In ihrem normalen Berufsalltag haben sie keine Zeit, bummeln zu gehen. Wenn sie einen Tisch brauchen, fahren sie einfach in irgendein Nullachtfünfzehn-Möbelhaus. Doch wenn sie in ihrer Freizeit die Gelegenheit haben würden zu entdecken, wie viel schöner und stilvoller ein antiker Tisch doch ist – dann würden sie einen kaufen.«

»Verzeih mir, aber du bist ganz, ganz neu im Geschäft. Ich glaube nicht, dass du wirklich in der Lage bist, so weitreichende Aussagen zu machen.«

Hätte sich Matthews Getränk nicht außerhalb ihrer Reichweite befunden, hätte es sehr gut passieren können, dass sie es ihm über den Kopf geschüttet hätte. Stattdessen starrte sie ihn finster an. Zwar mochte er hundert Prozent mehr über Antiquitäten wissen als sie, doch sie kannte sich mit Menschen und ihren Shopping-Gewohnheiten aus.

»Obwohl ich eine absolute Anfängerin im Antiquitätengeschäft bin, kenne ich die Menschen. Es ist mein Job, zu verkaufen oder, besser gesagt, andere beim Verkauf zu unterstützen. Die Leute gehen gern sonntags shoppen.«

»Ich denke nicht …«

»Dass du nicht denkst, ist der Grund dafür, dass sich das Zentrum im Abschwung befindet. Und jetzt sag bloß nicht, dass das nicht stimmt – es ist offensichtlich!«

Als einige Leute sich zu ihnen umdrehten, wurde ihr plötzlich bewusst, dass sie ziemlich laut gesprochen hatte. Aber Matthew machte einfach nicht genug aus dem Zentrum, und als PR-Beraterin war es ihre Pflicht, ihm das klarzumachen. Ganz bestimmt hätte Tante Rainey das auch getan, wenn sie noch leben würde.

Ihre Vehemenz schien Matthew nicht zu beeindrucken. »Niemand möchte sonntags arbeiten. Wenn man eine Garantie hätte, dass tatsächlich gute Geschäfte zu machen wären, dann wäre das etwas anderes. Aber ich glaube kaum, dass viele Kunden kommen würden.«

Er klang so ablehnend, so unwillig, einem verkaufsoffenen Sonntag auch nur eine Chance zu geben, dass sie beschloss, eine drastische Maßnahme zu ergreifen, um ihn zum Zuhören zu bewegen. Sie packte ihn am Handgelenk, beugte sich vor und blitzte ihn an. »Ich biete an, alle Sonntagsdienste ab sofort bis Jahresende zu übernehmen, um dir zu zeigen, dass ich recht habe!«

»Wirklich? Du bist sehr hartnäckig.« Er musterte sie ganz genau, sodass sie das Gefühl hatte, sie wäre eine Antiquität, die sich durchaus als Fälschung erweisen könnte. Als seine Miene schließlich sanfter wurde, hatte sie das Gefühl, eine Schlacht gewonnen zu haben. »Es wird nichts für dich herausspringen. Das Zentrum kann dir die zusätzliche Arbeitszeit nicht gutschreiben, vor allem nicht, wenn wir es nicht in einer Versammlung beschlossen haben. So laufen die Dinge nämlich normalerweise.«

»Das ist mir egal, ich mache es unentgeltlich!« Ihr Temperamentsausbruch brachte ihr Glas in Gefahr – sie konnte es gerade noch vor dem Umkippen bewahren. Etwas ernüchtert holte sie tief Luft. »Aber vielleicht brauche ich eine zweite Person zur Unterstützung«, fuhr sie ruhiger fort. Denn wenn sie recht hatte und die Sonntage sich als gute Verkaufstage erwiesen, wäre sie allein völlig überfordert. »Und hör auf, mich auszulachen!«

Matthew tat völlig überrascht. »Hast du mich etwa lachen hören?«

»Nein, doch inzwischen kenne ich dich gut genug, um zu erkennen, wenn du dich königlich amüsierst. Und ich habe recht mit den Sonntagen, lass dir das gesagt sein!« Sie trank ihr Glas leer und wünschte sich, der Drink enthielte Alkohol. Sie konnte ein bisschen Zuversicht vertragen, selbst wenn sie künstlich erzeugt wäre. Würde jede Idee, dem French House auf die Sprünge zu helfen, einen derart mühseligen Kampf nach sich ziehen? Jetzt lachte er wirklich, woraufhin sie sich bevormundet fühlte und große Lust hatte, ihn einfach zu erwürgen. Um sich zu beruhigen, atmete sie mehrere Male tief durch.

Matthew trank ebenfalls sein Glas aus. »Okay, wir wagen den Versuch bis Weihnachten. Danach kommt ohnehin eine ruhigere Zeit. Falls die Idee sich als gut erweisen sollte ...«, offensichtlich hegte er tatsächlich ernsthafte Zweifel, »... dann können wir im Januar erneut darüber nachdenken.«

Erleichtert seufzte Gina auf. Ihr Instinkt sagte ihr, dass die Idee hervorragend war. Zwar hatte sie den Krieg noch nicht gewonnen, doch immerhin war sie jetzt schon aus der zweiten

Schlacht siegreich hervorgegangen – zuerst hatte sie Matthew die Zustimmung zu der Weihnachtsveranstaltung abgerungen, und jetzt war er mit der Öffnung an Sonntagen einverstanden. Sie empfand ein seltsames Hochgefühl. »Gut. Ich frage Sally, ob sie sonntags mit mir zusammen Dienst schiebt, aber wegen der Mädchen wird es schwierig werden.«

»Meine Rede«, konterte Matthew. »Möchtest du noch etwas trinken?«

Gina schüttelte den Kopf. »Nein, danke. Ich glaube, ich sollte jetzt nach Hause fahren.« Obwohl sie genau wusste, dass sie kein Date hatten und sie auch gar nicht auf Matthew stand, hatte sie keine Lust zu gehen. Trotzdem griff sie nach ihrer Tasche und stand auf.

Matthew erhob sich ebenfalls. »Darf ich vorschlagen, dass du noch bleibst und wir gemeinsam etwas essen? Ich möchte über diese Frau reden, die deine Flakons gekauft hat; ich glaube, ich weiß jetzt, wer sie ist.«

Gina war ganz aufgeregt. »Wenn du mir Klatschgeschichten erzählen willst, ich bin dabei! Aber jeder zahlt selbst, in Ordnung?«

»Gut, wenn dir das lieber ist.«

Als sie beide ihre Teller mit Steak-Gemüse-Auflauf vor sich stehen hatten, fragte Gina neugierig: »Wer ist denn nun die mysteriöse Parfümflakon-Käuferin?«

Matthew lachte leise. »Ich bin mir ziemlich sicher, dass sie einen Laden in der Stadt eröffnen will.«

Ginas gute Stimmung erhielt einen kleinen Dämpfer. »Doch nicht etwa ein Antiquitätengeschäft?«

Er schüttelte den Kopf. »Nein. So einen Laden, der unglaublich teuren ›Interieur‹-Krempel verkauft. Du weißt schon, Duftkerzen, die mehr als fünfzig Pfund kosten, hässliche Lampenschirme in Zebrafelloptik und Überwürfe aus Kunstfell, was auch immer ein Überwurf sein mag.«

»Eine Decke.«

»Warum nennt man es dann nicht einfach Decke?«, wollte er wissen.

»Du klingst, als wäre es dir lieber, wenn diese Frau einen Sexshop eröffnen würde. Warum bist du so empört?« Sie selbst war einfach nur erleichtert, dass das Geschäft keine Konkurrenz für das French House darstellen würde.

»Die Räumlichkeiten, die sie sich unter den Nagel gerissen hat, waren vorher an einen reizenden älteren Herrn vermietet, der mit Antiquitäten handelt. Sie hat eine höhere Miete angeboten, und schon saß er auf der Straße.«

Gina biss sich auf die Lippe, als sie begriff, dass Matthew nur an den armen Menschen dachte, anstatt erleichtert zu sein, einen Konkurrenten weniger zu haben. Trotz ihrer Sorge wegen der großen Konkurrenz in der Stadt musste sie zugeben, dass das reizend von Matthew war.

»Das mit deinem Freund ist traurig. Warum bietest du ihm nicht Verkaufsfläche im Zentrum an?«

Wie üblich war seine Miene undurchdringlich, doch Gina glaubte dennoch, Wehmut entdeckt zu haben. »Das hätte ich getan, aber leider haben wir momentan keinen Platz.«

Sofort bekam Gina Schuldgefühle. »Hättest du nicht Raineys Verkaufs- und Lagerfläche für uns reservieren müssen, hätte es anders ausgesehen.«

»Aber das musste ich tun. Und meine Loyalität gilt in erster Linie Rainey und ihren Nachkommen.«

Um sich davon abzuhalten, Matthews Hand zu drücken, die auf der Tischplatte lag, versteckte Gina ihre Hand schnell in ihrem Schoß. »Ich bin gerührt. Es muss, na ja, ein Schock gewesen sein, als Sally und ich mit den Mädels bei dir aufgekreuzt sind.«

Seine Mundwinkel zuckten. Er wirkte jetzt viel entspannter, wie ein Mann, der nach einem schwierigen Geschäftstermin die Krawatte lockert.

»Ich muss zugeben, das war für mich eine harte Nuss. Andererseits liebte Rainey es, die Leute zu schockieren, deshalb hätte es mich eigentlich nicht überraschen dürfen.«

»Ich wünschte, ich hätte sie besser gekannt. Offenbar war sie allseits beliebt.«

»Sie war ein wundervoller Mensch, und ich vermute, sie hat euch zwei Verrückte zu meinem Wohl auf mich gehetzt.« Seine Augen lächelten ein ganz kleines bisschen, als er sie ansah.

Unwillkürlich erwiderte Gina das Lächeln. »Dann sind wir es ihr schuldig, die Sache zu einer Erfolgsgeschichte zu machen.«

»So ist es. Und du hast einen herausragenden Start hingelegt.«

»Danke. Daran warst du nicht ganz unbeteiligt.« Sie schwieg kurz. »Ich weiß, du hast gesagt, man lernt dieses Geschäft, indem man es ausübt, aber gibt es nicht trotzdem Bücher darüber, die ich lesen könnte? Ich würde den Lernprozess gern beschleunigen!«

Erneut lachte er leise. »Wenn es dich so interessiert, kann ich dir ein paar Bücher leihen. Ich gebe sie dir später, wenn du zu deinem Auto gehst.«

»Das wäre sehr nett von dir.«

Während sie weiteraßen, stellte Gina fest, dass sie sich in seiner Gesellschaft wohlfühlte. Er fühlte sich nicht verpflichtet, ständig charmant und unterhaltsam zu sein, was sie sehr erholsam fand. Und nachdem sie sich jetzt auch eingestand, dass er attraktiv war, war es für sie irgendwie einfacher.

Oscar lag immer noch faul vor dem Kamin. Da die große Gruppe in der Zwischenzeit aufgebrochen war, war es ruhig im Pub. Ganz plötzlich musste Gina gähnen. »Tut mir leid! Ich weiß nicht, wie das passieren konnte.«

Er lächelte. »Ich kümmere mich um die Rechnung.«

»Nein, jeder zahlt für sich. Wir sind Kollegen, vergiss das nicht!«

»Ich habe dich eingeladen, also musst du mich bezahlen lassen.«

»Matthew …«, entgegnete sie behutsam. »Ich hasse es, dir das sagen zu müssen, aber die Dinge haben sich ein wenig geändert, seit Queen Victoria gestorben ist. Frauen sind dieser Tage mehr oder weniger gleichberechtigt. Beispielsweise besitzen sie das Wahlrecht.«

»Wirklich? Wann ist das denn passiert?«

Gina lächelte. »Sag mal, angenommen, ich wäre einer deiner männlichen Kollegen, mit dem du im Pub zu Abend gegessen hättest – hättest du dann ein Problem damit, wenn jeder für sich selbst zahlen würde?«

»Natürlich nicht, doch du bist eine Frau.«

»Danke, dass es dir aufgefallen ist, aber nichtsdestotrotz sind wir Kollegen. Es ist in Ordnung, wenn jeder seine eigene Rechnung begleicht.«

Er zog eine Augenbraue hoch, doch genau in diesem Augenblick stand Oscar auf und stellte sich vor Matthew.

»Dein Hund findet, wir sollten aufhören zu streiten und nach Hause gehen«, sagte sie. Dann gab sie Matthew einen Geldschein, der für ihren Anteil reichen würde.

Mit leichtem Stirnrunzeln nahm er das Geld und ging zur Theke.

Nach einem »Auf Wiedersehen, Matthew, bis bald« seitens des Kellners spazierten sie in kameradschaftlichem Schweigen zum French House zurück.

»Ist es in Ordnung für dich, hier zu warten, während ich schnell die Bücher hole?«, fragte er, als sie ihr Auto erreichten.

»Ach, ja, natürlich ist es das. Du hast ja das Wahlrecht.«

Gina lachte, als sie ihm nachsah. Oscar folgte ihm langsam ins Haus.

11. Kapitel

Den größten Teil des Sonntags verbrachte Gina damit, ihre Unterlagen zu sortieren und darüber nachzudenken, wie sie neue Kunden gewinnen könnte. Als die Arbeitswoche begann, beschäftigte Gina sich mit der Akquisition zahlender Kunden – obwohl die Bücher über Antiquitäten, die Matthew ihr geliehen hatte, sie mit Sirenengesang lockten, dem sie jedoch erfolgreich widerstand. Sich unentgeltlich PR-Maßnahmen für das Antiquitätenzentrum auszudenken war eine gute Sache, doch damit ließen sich leider ihre Rechnungen nicht bezahlen.

Noch während sie frühstückte, schaltete sie den Laptop ein. Überrascht und erfreut stellte sie fest, dass sie eine E-Mail von einer Stiftung erhalten hatte. Ihr derzeit einziger fester Kunde hatte den Kontakt vermittelt. Sofort schrieb sie zurück und schlug ein Treffen vor.

Dann öffnete sie eBay und warf einen Blick auf Parfümflakons, bevor sie sich auf den Weg zu ihrer Schwester machte. Sally hatte angerufen, nachdem Gina am Samstagabend aus dem Pub nach Hause gekommen war. Sie hatte erst überzeugt werden müssen, dass ein Drink und ein Essen mit Matthew nicht zwingend bedeuteten, gleich ein Hochzeitskleid aussuchen zu müssen.

»Oh. Dann ist also nichts zwischen euch passiert?«, hatte Sally gefragt, nachdem Gina ihr von ihrem tollen Verkaufserfolg berichtet und von der Käuferin der Parfümflakons erzählt hatte, die möglicherweise ein Geschäft eröffnen wollte. »Nun, Matthew mag zwar über diesen Laden die Nase rümpfen, doch ich finde, er könnte sich als nützlich erweisen. Ich habe eine richtig coole Lampe mit ein paar Kristalllüsterteilen gefertigt, die wir in Newark gekauft haben. Das neue Geschäft wäre vielleicht perfekt dafür, um sie zum Verkauf anzubieten.«

»Ich dachte, du fertigst Weihnachtsschmuck für unser Event.« Gina war ungehalten. Hatte Sallys Widerwille gegenüber alten Sachen wieder die Oberhand gewonnen?

»Das tue ich auch, ich habe auch schon was fertig. Aber manche von diesen Kleinteilen sind ziemlich groß, ich kann sie nicht alle für Deko nutzen, und ich will sie auch nicht verschwenden. Deshalb habe ich ein bisschen mit meinem Lötkolben herumexperimentiert – gar nicht einfach in einem Haus, in dem kleine Kinder wohnen –, und unter anderem habe ich einige wirklich tolle Lampen hergestellt. Sie tauchen den ganzen Raum in Regenbogenfarben.«

»Donnerwetter, die sind wunderwunderschön!«, staunte Gina jetzt. »Du bist so geschickt! Allerdings sehen sie nicht gerade antik aus, stimmt's?«

Sally betrachtete ihre Kreationen. Insgesamt hatte sie drei Lampen hergestellt, die sehr unterschiedlich waren. »Um ehrlich zu sein, ich bin gar nicht sicher, was ich jetzt damit anfangen soll. Angenommen, dieser Laden eröffnet doch nicht, was mache ich dann?«

Gina, die auf der Kante des Küchentischs hockte, musterte die drei Leuchten, die die ganze Arbeitsfläche einnahmen. »Wir werden sie schon irgendwo anbieten, wir finden was. Sie sind einfach toll, Sal.«

»Wie viel soll ich denn dafür verlangen, was meinst du?«

Nachdenklich kaute Gina auf ihrer Unterlippe. »Na ja, ein Geschäft würde auf jeden Fall einen Gewinnaufschlag hinzurechnen – wahrscheinlich um die fünfzig Prozent. Deshalb sollte man sich überlegen, zu welchem Preis sie die Leuchten verkaufen würden, und dann zurückrechnen. Oder du bringst sie zu Liberty's und schaust, ob sie ihnen gefallen.«

»Das Problem ist, dass sie vielleicht noch mehr davon haben wollen. Und ich habe nur noch Kristallteile für einige wenige kleine Leuchten übrig.« Sally strich mit der Hand über eine Kreation. »Wer hätte gedacht, dass ich mich als so geschickt im Löten erweise?«

»Ja, wer hätte das gedacht? Aber würdest du gern deine ganze Zeit damit verbringen, Lampen herzustellen? Falls ja, könntest du sicher mehr Teile besorgen. Schließlich könnte man auch neue Kristalle kaufen.«

»Ehrlich gesagt macht es mehr Spaß, aus alten Teilen etwas Neues zu kreieren. Ich bin mir nicht sicher, ob ich mit den Leuchten in Serie gehen will.« Sie zögerte. »Wenn man damit allerdings gut verdienen könnte, würde ich nicht Nein sagen.«

»Die Frau, die die Flaschen gekauft hat, hat mir ihre Visitenkarte gegeben. Sollen wir Kontakt mit ihr aufnehmen und nachfragen, ob sie deine Kreationen haben möchte?«

»Vielleicht sollten wir noch abwarten, bis wir mehr über sie wissen. Wir müssen sicher sein, dass sie einen Laden eröffnet. Ah, hier ist Alaric mit den Mädchen. Damit ist der Frieden offiziell vorbei.«

Am nächsten Tag, nachdem Gina ein äußerst zufriedenstellendes Meeting mit der Stiftung hinter sich gebracht hatte, fuhr sie einen recht langen Umweg über Cranmore-on-the-Green. Warum sie sich so sehr vom French House angezogen fühlte, vermochte sie nicht mit Sicherheit zu sagen – vielleicht, weil sie Blut geleckt hatte und der Antiquitätenhandel sie faszinierte? Sie hatte über *Miller's Antiquitäten-Preisführer* gebrütet, dem Werk, das ihr laut Matthew am schnellsten Informationen vermitteln konnte. Dabei hatte sie versucht, sich so viel wie möglich einzuprägen. Jetzt wollte sie sehen, ob irgendeiner der Händler neue Waren bekommen hatte, wer Dienst hatte, was verkauft worden war und wie die allgemeine Stimmung war. Es war die Gemeinschaft im Zentrum, die sie anzog – jedenfalls redete sie sich das ein –, es hatte nichts mit dem Eigentümer zu tun.

Da sie vermutete, dass die Parkplätze vor dem Haus alle belegt sein würden, stellte sie den Wagen auf dem öffentlichen Parkplatz ab und spazierte zu Fuß zum French House. Auf dem Weg dorthin sah sie ein Geschäft, das gerade renoviert wurde. Das musste der Laden sein, von dem Matthew gesprochen hatte – gemietet von der Käuferin der Parfümflakons. Carmella Romera hieß sie, wie Gina inzwischen wusste. In dem Zeitungspapier, mit dem die Fenster abgeklebt waren, klaffte ein Loch, und die Neugier trieb Gina näher heran. Sie konnte nicht widerstehen, einen verstohlenen Blick ins Ladeninnere zu riskieren. Schließlich wäre es gut zu wissen, welche Art von Waren Carmella anbieten wollte.

Als sie gerade versuchte hineinzuspähen, entdeckte sie jemanden im Geschäft, der ihr bekannt vorkam. Er sah Egan unheimlich ähnlich, ihrem hinterhältigen, betrügerischen Exfreund, der ihr Geld gestohlen hatte. Nein – das konnte doch nicht sein! In der Hoffnung, sich getäuscht zu haben, schaute sie genauer hin, aber nein, er war es tatsächlich! Und genau in dem Augenblick, in dem sie das begriff, hob er den Blick und entdeckte sie.

Instinktiv rannte sie los. So schnell sie konnte, überquerte sie die Straße und stürmte auf das French House zu. Dabei hoffte sie, dass er sie in dem Gewühl aus den Augen verlieren würde. Erst nachdem sie die Eingangsstufen hinaufgesprungen und durch die Tür geschossen war, bemerkte sie, dass Egan ihr nicht folgte und das wahrscheinlich auch gar nicht vorgehabt hatte. Trotzdem brauchte sie einige Sekunden, um ihre Panik in den Griff zu bekommen.

»Hallo! Sie haben es aber ganz schön eilig!«

Gina hatte den etwas älteren Mann noch nicht kennengelernt. Sein Haar wurde bereits grau, und er trug einen in die Jahre gekommenen, jedoch perfekt sitzenden Anzug. Sein Akzent verriet, dass er aus der Oberschicht stammte. Sein Lächeln war offen und freundlich.

»Hallo!«, antwortete sie leicht keuchend, während sie sich fragte, wie sie ihren explosiven Eintritt erklären sollte.

»Ich glaube, Sie müssen Gina sein«, fuhr er fort. »Ich habe schon viel von Ihnen gehört.«

Gina atmete tief ein und lächelte. »Das klingt nicht gut.«

Der Mann lachte leise. »So schlimm ist es nicht, glauben Sie mir, außerdem werden Raineys Nichten immer zu unserer Familie hier gehören.«

Nach ihrer melodramatischen Hetze durch die Straßen empfand sie diese Worte als besonders tröstlich. Sie ließ sich auf eine alte Eichenbank sinken, die in der Nähe stand. Nachdem ihre Sorge, Egan nicht entfliehen zu können, etwas verblasst war, fiel ihr wieder ein, warum sie zum Zentrum gekommen war. Diesen eleganten und freundlichen Gentleman kennenzulernen war ein sehr guter Anfang. »Wie freundlich von Ihnen!«

»Ich bin übrigens Bill Morrison.« Sie schüttelten einander die Hand. »Wir sind uns bisher noch nicht begegnet. Ich bin nicht besonders häufig hier, weil ich auch noch Antiquitäten in anderen Zentren habe und alles im Auge behalten muss.« Seine Augen funkelten. »Es wird eine Weile dauern, bis Sie uns alle kennengelernt haben.«

Sie nickte und runzelte die Stirn. »Ich hätte es mir zur Aufgabe machen sollen, mich allen vorzustellen.«

Er schüttelte leicht den Kopf. »Niemand hat das bisher getan. Es gibt keinen Grund, warum Sie damit jetzt anfangen müssten. Was halten Sie davon, wenn wir uns duzen?«

Sie war kurz davor, ihm von ihren Plänen zu erzählen, das Zentrum ein wenig wachzurütteln, doch dann fand sie den Zeitpunkt nicht passend. Stattdessen lächelte sie und stimmte ihm zu.

»Ich bin sehr froh, dass wir uns endlich begegnet sind«, fuhr er fort. »Vor Kurzem habe ich eine Auktion besucht, und dort habe ich einen Restposten erstanden. Vieles davon ist nicht zu gebrauchen, aber einige Teile sind dabei, die Rainey gefallen hätten.« Er lächelte und streckte die Hand aus. »Für einen Zehner gehören sie dir. Wenn du die Sachen nicht haben willst, nehme ich es dir nicht übel.«

Sie schlug ein und schloss damit das Geschäft ab, ohne den Inhalt des Kartons gesehen zu haben. Es wäre ihr unhöflich vorgekommen, sein nettes Angebot auszuschlagen. Außerdem wusste Bill viel mehr über das Geschäft als sie. »Das ist sehr nett von dir.« Sie kramte in ihrer Tasche, fand ihre Geldbörse und zog den vereinbarten Zehner heraus.

»Rainey und ich haben ziemlich oft Dinge füreinander gekauft«, erzählte er. »Man kann ja schließlich nicht jede Auktion besuchen.«

Gina war verzagt. »Ich fürchte, es wird noch lange dauern, bis meine Schwester und ich auch nur annähernd genug wissen, um für dich bei Auktionen mit einzukaufen. Momentan bin ich nicht einmal in der Lage, zuverlässig Dinge für unseren eigenen Stand zu erwerben.«

»Ach.« Er neigte leicht den Kopf. »Aber wie ich gehört habe, kannst du verkaufen – was letztendlich viel wichtiger ist.«

Was hatte Matthew ihm erzählt? Hatten sie alle über die Neuankömmlinge diskutiert?

»Ich hatte einfach nur Glück. Doch nachdem all diese Parfümflakons nun weg sind, haben wir nur noch wenig auf Lager; deshalb bin ich sehr dankbar für deinen Beitrag.« Die Parfümflaschen erinnerten sie daran, dass sie Egan in dem neuen Geschäft gesehen hatte. Schnell verdrängte sie den Gedanken wieder. Sie hatte nun ein neues Leben. »Übrigens, Bill ...«

»Ja, meine Liebe? Kann ich dir irgendwie helfen?«

»Ich plane, vor Weihnachten eine besondere Veranstaltung

zu organisieren, um Leute ins Zentrum zu locken, die normalerweise nicht herkommen würden ...«

Später, nachdem Gina einen kurzen Blick in den Karton geworfen hatte, beschloss sie nachzusehen, ob Matthew im Haus war. Vielleicht war er ja gekommen, ohne dass sie es mitbekommen hatte. Sie brauchte Unterstützung bei der Festsetzung der Preise, außerdem wollte sie ihn wissen lassen, dass Bill Morrison der Adventsveranstaltung durchaus positiv gegenüberstand. Zudem hatte sie noch eine andere Idee, die sie ihm kurz erläutern wollte; dafür war der Karton ein guter Vorwand. In der Zwischenzeit hatte sie den größten Teil der Händler kennengelernt. Aus dem, was Bill Morrison gesagt hatte, hatte sie geschlossen, dass die meisten sehr daran interessiert waren, die Geschäfte im French House anzukurbeln. Offensichtlich hatte es Zeiten gegeben, zu denen das Geschäft floriert hatte. Obwohl Bill viel zu taktvoll war, etwas zu sagen, hatte Gina den Eindruck gewonnen, dass alle glaubten, Matthew habe den Mut verloren. Doch sie hatte lieber nicht genauer nachgehakt.

Als sie die Treppe hinaufstieg, fragte sie sich flüchtig, warum Bill immer noch einen Stand im French House betrieb, obwohl er an seinen anderen Verkaufsstellen offenbar bessere Geschäfte machte. Anscheinend hatte das French House eine ganze Reihe loyaler Händler, aber warum waren sie loyal? Lag es am Zentrum oder an Matthew? Oder war das Andenken an seinen Vater der Grund? Je mehr sie mit anderen Leuten sprach, desto deutlicher wurde ihr, wie groß die Fußstapfen waren, in die er treten musste. Sie klopfte an die Bürotür und trat ein.

»Hallo!«, sagte sie fröhlich und streichelte Oscar. Gina fühlte sich geschmeichelt, weil er tatsächlich aufgestanden war, um sie zu begrüßen. »Bill Morrison hat auf einer Auktion netterweise Waren für mich erstanden. Könntest du mir helfen, die geeigneten Stücke auszuwählen und Preise festzulegen? Außerdem habe ich eine neue Idee, die ich mit dir besprechen möchte.«

Matthew legte seinen Stift hin. Wahrscheinlich hatte er sich wieder in seine Bücher vergraben. »Natürlich. Schieß los!«

Gina entschied, dass er in einem früheren Leben Schulleiter gewesen sein musste. Jedoch schaffte sie es nicht, seine Autorität kritiklos hinzunehmen. Stattdessen weckte er in ihr den teuflischen Wunsch, immer wieder ins Wespennest zu stechen. Da erspähte sie etwas. »Warum hast du eigentlich diesen scheußlichen Porzellanhund dort stehen? Er ist hässlich.«

»Du hast doch von einer Idee gesprochen? Oder bist du nur gekommen, um mir mitzuteilen, dass du den Foo-Hund hässlich findest?«

»Nein. Ich finde ihn einfach seltsam. Das war schon so, als wir das erste Mal herkamen, aber da habe ich dich noch nicht gekannt. Jetzt kommt er mir noch seltsamer vor. Alles andere passt irgendwie hierhin, nur der Hund nicht.«

»Ich mag ihn sehr«, erwiderte er und zog damit einen verbalen Schlussstrich unter die Angelegenheit. »Aber nachdem du mir nun deine Meinung mitgeteilt hast, könntest du mir vielleicht deinen Karton zeigen oder mir von deiner Idee erzählen. Ansonsten habe ich noch zu tun.«

Gina holte tief Luft. In ihrem Job als PR-Beraterin hatte sie noch nie solche Schwierigkeiten gehabt, zu einem Kunden durchzudringen. »Du kennst ja meine Pläne für ein Vorweihnachtsevent, nicht wahr?«

Er seufzte. »Noch nicht so gut, aber wir sind schon fast per Du miteinander, das Event und ich.«

Gina ignorierte seinen Mangel an Begeisterung einfach. »Nun, ich dachte mir, wir sollten regelmäßig Veranstaltungen durchführen, das ganze Jahr über.«

»Eine Idee fürs Leben, nicht bloß für Weihnachten?«

Sie weigerte sich, seinen Versuch, sich humorvoll zu zeigen, anzuerkennen. Für ihren Geschmack war Matthew einfach zu trocken. »Ja. Warum sollten wir nicht ›Triff-den-Experten‹-Events organisieren?«

»Was für Experten?«

»Antiquitätenexperten, du Dummkopf.« Ginas Geduld war jetzt erschöpft. »Ich schlage nicht vor, dass die Leute ihre Fahrräder zum Durchchecken bringen sollen. Meine Idee ist, dass wir in der Stadt und der Umgebung Flyer verteilen, auf denen wir zum Beispiel Folgendes vorschlagen: ›Ist der superhässliche Hund auf Ihrem Kaminsims wirklich kostbar? Bringen Sie ihn vorbei und finden Sie es heraus!‹«

»Der Foo-Hund ist nicht kostbar, ich mag ihn einfach.«

»Gut. In dem Fall würde der Experte sagen: ›Das ist ein sehr ansprechendes Stück, doch der wahre Wert liegt in der Bedeutung, die er für Sie hat.‹«

Gina glaubte, einen winzig kleinen Hauch von Interesse in seiner Miene wahrgenommen zu haben, aber sie konnte es sich auch eingebildet haben.

»Wie könnte das Ergebnis aussehen?«, wollte er wissen. »Angenommen, es wäre kein Foo-Hund, sondern eine antike Reiseuhr oder so ähnlich?«

Sie klammerte sich an die Vorstellung, dass Matthew sich für ihre Idee erwärmen könnte, und antwortete: »Das kommt ganz darauf an, doch der Experte könnte vielleicht sagen: ›Ich würde Ihnen gern hundert Pfund dafür anbieten.‹ Oder sogar: ›Ich schlage Ihnen vor, das Stück zu einem guten Auktionshaus zu bringen‹ – dann könnte man eins vorschlagen – ›um zu sehen, was es einbringt.‹« Sie beugte sich vor und stützte sich auf seinem Schreibtisch ab, um zum entscheidenden Schlag auszuholen. »Es geht nicht unbedingt darum, dass ein Verkauf stattfindet oder Geld den Besitzer wechselt, sondern der Besucher soll hier bei uns eine gute Erfahrung machen.«

»Wir sind doch kein Vergnügungspark.«

Sie verdrehte die Augen. »Willst du mich auf den Arm nehmen? Wow, ich wette, dass jede Menge Leute herkommen und die Achterbahn suchen.«

»Kein Grund, sarkastisch zu werden.«

»Tut mir leid. Das ist wohl ansteckend.« Böse starrte sie ihn an. Sie gab sich so große Mühe, ihm zu helfen, und sie wusste, dass ihre Ideen gut waren. Warum war er nicht bereit, ein wenig Aufregung in seiner geordneten Welt zu akzeptieren?

Matthew schüttelte den Kopf. »Ich verstehe, was du meinst, aber diese ›Triff-den-Experten‹-Sache ist eigentlich eher etwas für ein Auktionshaus.«

»Das heißt nicht, dass wir es nicht auch veranstalten können«, fauchte sie frustriert. »Es würde uns Leute ins Haus bringen. Und Auktionshäuser können ein bisschen einschüchternd wirken. Viele kleine, ältere Damen würden lieber in ein hübsches Haus gehen, das in Wahrheit ein Geschäft ist. Wenn du allerdings denkst, dass wir den Auktionshäusern auf den Schlips treten, könnten wir auch einen Auktionator einladen. Man könnte außerdem etwas zu essen anbieten.« So leicht gab sie sich nicht geschlagen.

»Ich bin mir nicht sicher, ob das rentabel wäre, aber zufällig kenne ich ein sehr nettes Auktionshaus. Anthea Threadgold würde sich vielleicht bereit erklären, bei der Sache mitzumachen.« Endlich! Er wühlte in einer Schachtel auf seinem Tisch und zog eine Visitenkarte hervor. »Hier.«

Gina nahm sie und beschloss, die Häppchen nicht noch mal zu erwähnen. Er hatte ihr einen Kontakt vermittelt, und er hatte ihre Idee nicht kategorisch abgelehnt.

»Also können wir die ›Triff-den-Experten‹-Sache ausprobieren?«

Er zuckte mit den Schultern. »Das würde bedeuten, dass die Händler an zusätzlichen Tagen reinkommen müssten, damit uns die Experten nicht ausgehen.«

»Ich glaube nicht, dass es ihnen etwas ausmacht, wenn sie davon profitieren können.« Also wirklich, es war, als wollte sie Stonehenge ein bisschen weiter nach links verschieben. »Ich habe auch noch eine Idee für die Weihnachtsveranstaltung ...«

»Du möchtest, dass ich einen Pfahl aufstelle, damit die kleinen Helfer des Weihnachtsmannes im Kreis um ihn herumtanzen können?«

Gina ignorierte das einfach. »Wir könnten ein Such-und-finde-Spiel für die Kinder organisieren. So ähnlich wie eine Schatzsuche ...«

»Nein, ganz bestimmt nicht. Das wäre ein Desaster. Ich lasse nicht zu, dass Scharen von Kindern durch die Räume stürmen, um eine Kuckucksuhr zu suchen.«

Er wirkte so unnachgiebig, dass Gina beschloss, ihm lieber ihren Karton zu zeigen. In ihrem Job war es sehr wichtig zu erkennen, wann man Druck ausüben sollte und wann man besser damit aufhörte. Schließlich konnte sie ihren Vorschlag vorbringen, wenn er sich in einer aufgeschlosseneren Stimmung befand – obwohl sie darauf wahrscheinlich warten musste, bis sie schwarz wurde. Jetzt stand sie auf und stellte ihren Karton auf den Tisch.

»Also, habe ich Plunder im Wert von zehn Pfund gekauft? Oder ist ein Gewinn drin?«

Matthew klappte den Deckel auf. »Wenn Bill glaubt, dass das Zeug etwas wert ist, dann ist das auch so. Rainey und er haben sich öfter zusammengetan, wenn's ums Einkaufen ging. Er hatte eine Schwäche für sie, die du anscheinend geerbt hast.«

»Da du gerade von Erben sprichst, hast du dem Anwalt schon berichtet, dass wir einen Gewinn gemacht und jetzt Anspruch auf das Geld haben?«

»Oh ja, das habe ich.« Offensichtlich war er zufrieden mit sich selbst. Doch dann lächelte er betrübt. »Und ich habe herausgefunden, wie hoch die Summe ist. Leider ist es nicht viel.«

»Und?«

»Noch mal zweihundertfünfzig für jeden.«

Gina ließ diese Information auf sich wirken. Es handelte sich nicht gerade um eine lebensverändernde Summe, doch es war besser als nichts. »Na ja, für jemanden, der aus Trödel im Wert von zehn Pfund etwas herausholen möchte, ist das eine beträchtliche Summe.«

Er lachte. »Dann lass uns mal einen Blick auf den Trödel werfen.« Er zog etwas hervor, das in Zeitungspapier eingewickelt war, und packte einen kleinen Krug aus. »Oh, der ist hübsch! Bill hat ein gutes Händchen bewiesen ...« Jetzt bewegte er sich wieder auf einem Terrain, auf dem er sich wohlfühlte.

Dann sah er den gesamten Inhalt des Kartons durch, während Gina eine Liste davon anfertigte und sich die Preise notierte, die Matthew ihr nannte. Die Gesamtsumme belief sich auf mehr als hundert Pfund, worüber Gina sich sehr freute.

»Aber es sind keine Parfümflakons dabei«, sagte er, als der Karton schließlich leer war.

»Nein. Doch Carmella Romera, die Käuferin der Flakons, hat mit der Einrichtung ihres Ladens begonnen. Als ich eben vorbeikam, habe ich einen kurzen Blick hineingeworfen.« Sie runzelte die Stirn. Sollte sie erwähnen, dass sie ihren Exfreund dort gesehen hatte? Doch dann entschied sie sich dagegen. Ihr Privatleben war für Matthew nicht von Interesse. Allerdings war sie neugierig, was Egan dort zu suchen hatte.

»Nun, dann hoffen wir mal, dass es ihr in diesen harten Zeiten gelingt, mit ihrem Geschäft Fuß zu fassen«, kommentierte er. Auf einmal wirkte er niedergeschlagen.

»Glücklicherweise ist das French House ein gut etablierter Laden«, erwiderte sie heiter. »Wir müssen nicht bei null anfangen.« Sie machte eine kurze Pause. »Sind wir bereit, das Zentrum an diesem Sonntag zu öffnen?«

Er seufzte, wirkte jedoch einen Hauch weniger bedrückt.

»Wenn es denn sein muss. Allerdings musst du dir noch von Jenny die Schlösser und die Alarmanlage erklären lassen.«

»Gut, mache ich. Jetzt fühle ich den anderen mal auf den Zahn, was sie davon halten, als Experten aufzutreten. Und ich nehme Kontakt mit dem Auktionshaus auf.«

12. Kapitel

Am Sonntagmorgen nahm Gina ihren Laptop mit, nur für den Fall, dass Matthew recht behielt und niemand in den Laden kam. Dann konnte sie wenigstens arbeiten, und ihre Zeit war nicht ganz verschwendet. Zum Beispiel könnte sie sich die Webseite noch mal ansehen und überprüfen, ob man sie verbessern konnte. Es hatte sie leicht überrascht, dass das Zentrum überhaupt eine Webseite besaß – schließlich schien Matthew noch im tiefen Mittelalter festzustecken.

Sie brauchte eine Weile, bis es ihr gelang, die Türen aufzuschließen, das Alarmsystem zu deaktivieren und sich vorn im Zentrum niederzulassen, sodass sie sehen konnte, wenn sich jemand der Eingangstür näherte.

Während sie darauf wartete, dass ihr Laptop hochfuhr, grübelte sie über ihr Zusammentreffen mit Egan nach. Bisher hatte sie Sally noch nichts davon erzählt, und sie wusste auch selbst noch nicht richtig, was sie davon halten sollte. Zweifellos war es ein Schock gewesen, ihn zu sehen, aber machte es ihr wirklich noch etwas aus? Schließlich war sie über ihn hinweg, trotz der Tatsache, dass er ihr immer noch Geld schuldete. Zwar ärgerte sie sich darüber, doch stellte ihr Ex deshalb auch eine Bedrohung für ihr neues Leben dar? Was hatte er mit Carmella zu tun? Unwillkürlich drängte sich ihr der Verdacht auf, dass er eine neue und offensichtlich lukrativere Einkommensquelle aufgetan hatte, aber hielt er Carmella wirklich auch zum Narren? Irgendwie konnte Gina sich nicht vorstellen, dass er diese Frau reinlegen wollte – sie würde ihn bestimmt in der Luft zerreißen!

Natürlich wäre es nicht gut, wenn sie Egan oft würde sehen

müssen, doch dass er in derselben Stadt auftauchte, war vermutlich in Ordnung; vielleicht würden sie sich gar nicht mehr über den Weg laufen. Wahrscheinlich war er ohnehin nur übers Wochenende hier.

Als sie plötzlich ein Geräusch hörte, sah sie auf. Es war aus dem hinteren Bereich des Gebäudes gekommen. Wollte tatsächlich heute jemand mit ihr zusammen die Stellung halten? Ein kurzer Blick auf ihre Armbanduhr zeigte ihr, dass es fünf vor zehn war. Das Zentrum öffnete erst in fünf Minuten.

»Hallo«, sagte Matthew. Oscar trottete neben ihm her, seufzte und warf sich kurz darauf auf den Boden.

Gina unterdrückte ihre Freude, die beiden zu sehen. »Bist du der Einzige, der es heute schafft herzukommen?«

»Sei nicht so enttäuscht, sonst gehe ich wieder! Um ehrlich zu sein, ich bin der Einzige, den ich gefragt habe. Ich hatte nichts Besonderes vor.«

Als Gina aufstand, versuchte sie, ein Lächeln zu unterdrücken. Obwohl er sich immer so verdrießlich gab, freute sie sich erstaunlicherweise sehr, ihn zu sehen. »Ich koche dir einen Kaffee. Und ich habe auch Croissants mitgebracht – ich dachte, wenn ich jemanden aus seinem trauten Heim reiße, soll er wenigstens dafür belohnt werden.«

Während sie Tassen, Milch und Teller für die Croissants zusammensuchte, fragte sie sich, warum sie so froh war, dass sie heute mit Matthew zusammenarbeitete. An seiner spritzigen Art konnte es nicht liegen, so viel stand fest. Wahrscheinlich war ihre Freude darin begründet, dass er genau wusste, dass sie so gut wie nichts von Antiquitäten verstand. Daher musste sie ihm nichts vorspielen.

»Diese Croissants werden schrecklich krümeln«, meinte Matthew, als er seinen Teller entgegennahm.

»Glücklicherweise kann ich einen Staubsauger bedienen, du Miesmacher!«, konterte sie und setzte sich ebenfalls hin.

»Außerdem wird Oscar mir bestimmt gern beim ›Saugen‹ helfen.«

Matthew hatte sich auf ihrem Stuhl niedergelassen, sodass er nun vor ihrem Laptop saß. Das verunsicherte sie ein wenig, aber sie war entschlossen, sich das nicht anmerken zu lassen.

»Du hast dir die Webseite angeschaut«, stellte er fest. »Wie du siehst, sind wir sogar im Internet präsent.«

Gina schluckte den Bissen in ihrem Mund runter. »Ja-a.«

»Vermutlich hast du jede Menge daran zu beanstanden.« Matthew biss in sein Croissant.

»Soll ich dir mal was sagen?«

»Könnte ich dich davon abhalten?«

»Du hast gefragt, also willst du es auch hören«, entgegnete Gina entschlossen. »Die Webseite sieht altmodisch aus.«

»Wir sind ein Antiquitätenzentrum, das ist unser besonderes Merkmal.«

»Antik und altmodisch ist nicht das Gleiche. Die Leute sollten problemlos herausfinden können, was sie wissen wollen. Und ich finde, man sollte bei uns auch online einkaufen können.«

»Nein. Zumindest jetzt noch nicht. Wenn du uns unbedingt in die Gegenwart befördern willst, dann gehe bitte schrittweise vor!« Er lächelte ganz leicht. Das tat er so selten, dass sein Lächeln Gina an die Sonne denken ließ, die nach einem stürmischen Tag hinter den Wolken hervorblitzte: Obwohl es sich nicht gerade um strahlenden Sonnenschein handelte, hob es die Stimmung.

»Okay. Aber könnte ich eine Freundin von mir, die Webseiten gestaltet, bitten, mal einen Blick darauf zu werfen? Ich könnte auch schon mal anfangen, zum Beispiel damit, diese schreckliche Schriftart zu ändern ...«

»Das ist Old English! Die Schrift soll schließlich antik aussehen.«

»Das wirkt stinklangweilig. Dabei sollte es doch stilvoll,

wenn nicht sogar modern sein. Dieser alte Kram sieht einfach nur geschmacklos aus.«

»Willst du mir damit sagen, dass unsere Webseite geschmacklos ist?« Jetzt war er regelrecht aufgebracht.

»Nur ein bisschen …«

Hätte Oscar Gina so angesehen, sie hätte sich sofort aus dem Staub gemacht; Matthews finsterer Blick war Furcht erregend. »Wie viel würde das kosten, was meinst du?«, fragte er schließlich. Plötzlich verstand Gina, dass der böse Blick gar nicht ihr, sondern dem Leben an sich galt. Die Sonne hatte sich wieder verzogen.

Im Kopf überschlug Gina die einzelnen Posten. »Ich denke, wir sollten fünfhundert dafür veranschlagen, aber ich könnte meine Freundin fragen, ob sie es auch für … na ja, sagen wir mal … dreihundert machen würde.«

Er seufzte. »Dann soll sie uns ihren günstigsten Preis berechnen.«

Als Gina ihn ansah, war sie geradezu schockiert darüber, wie erschöpft er klang. Warum hatte sie noch nie darüber nachgedacht, wie es sein mochte, an Matthews Stelle zu sein und all diese Verpflichtungen zu haben? Es gab nicht nur die finanzielle Seite, sondern auch die menschliche. Manche Händler gehörten schon seit Jahrzehnten zum Zentrum. Wenn es Matthew nicht gelang, das French House erfolgreich zu führen, wären diese Leute – alte Freunde seines Vaters – am Boden zerstört. Aus dem, was manche Händler hatten durchsickern lassen, und aus ihren eigenen Beobachtungen hatte Gina bereits geschlossen, dass die Lage nicht eben rosig aussah – ganz und gar nicht rosig. Das French House hielt sich gerade so über Wasser. Warum aber beharrte Matthew dann so stur darauf, alles beim Alten zu belassen, statt zu akzeptieren, dass das Leben weiterging und das Zentrum mit der Zeit gehen musste? Schließlich war er nicht dumm – ganz im Gegenteil –, also hatte er vermutlich seine

Gründe. Doch soweit sie es erkennen konnte, führten sie lediglich dazu, dass er den Kopf in den Sand steckte. Nun, sie würde nicht zulassen, dass er sich finanziell ruinierte. Sie hatte das Ganze inzwischen zu ihrer persönlichen Angelegenheit erklärt.

Eine Bewegung erregte Ginas Aufmerksamkeit, jemand war gerade im Begriff, das Zentrum zu betreten. »Typisch! Endlich taucht Kundschaft auf, und der ganze Boden ist mit Krümeln bedeckt.«

Sie sauste los, um den Staubsauger zu holen, während Matthew seine üblichen Begrüßungssätze aufsagte, die in etwa auf Folgendes hinausliefen: »Sehen Sie sich ruhig um! Wenn Sie Hilfe brauchen, können Sie sich gern an mich wenden.«

Nachdem sie die Krümel aufgesaugt hatte, brachte Gina ihren Laptop ins Büro. Matthew konnte auf Besucher warten, wenn es wieder ruhig werden sollte, während sie im ruhigen Kämmerchen arbeiten würde.

Matthew und sie trafen sich später in der kleinen Küche, weil sie beide einen Kaffee brauchten. Inzwischen war schon früher Nachmittag, und sie hatten überraschend viel zu tun gehabt. Im Namen der nicht anwesenden Händler hatten sie eine beachtliche Anzahl an Artikeln verkauft. Gina war es sogar gelungen, einige der Stücke zu veräußern, die sie Bill abgekauft hatte.

»Wir hatten nur Glück, weil diese Leute in ein leeres Haus gezogen sind und Möbel brauchten«, sagte Matthew, bevor Gina auch nur den Mund aufmachen konnte.

»*Sie* hatten Glück, dass wir geöffnet haben. Sonst hätten sie sich in einem langweiligen Einrichtungshaus umsehen müssen«, konterte Gina sofort. Dann lächelte sie.

Sie teilten einen Moment des Glücks und strahlten einander an. Ein Teil von Gina, den sie seit Monaten unterdrückt hatte, erinnerte sie daran, dass es ihn gab. Doch entschlossen drückte sie im Geiste wieder ein Kissen darauf. Es hatte keinen Sinn,

Gefühle für Matthew zu entwickeln, die über reine Freundschaft hinausgingen. Dieses Aufflackern war bloß ein kurzzeitiges Phänomen – sie würde es einfach ignorieren.

Nachdem sie den Laden am Ende des Tages geschlossen hatten, drehte Gina noch eine Runde mit dem Staubsauger – froh, eine Beschäftigung zu haben, von der sie etwas verstand –, während Matthew den Papierkram erledigte.

»Möchtest du mit raufkommen und etwas essen?«, fragte er, als sie beide fertig waren. »Ich weiß, dass es noch früh ist, aber ich sterbe vor Hunger.«

»Du musst mich nicht zum Essen einladen, bloß weil du hungrig bist.«

»Nein, doch ich bin dir was schuldig, selbst wenn es nur Käsetoast ist. Ich habe eingesehen, dass es eine gute Sache ist, den Laden sonntags zu öffnen.«

Gina lachte zufrieden. Seine Anerkennung und die Tatsache, dass sie recht behalten hatte, freuten sie gleichermaßen. »In Ordnung.«

Seine Wohnung war fast genauso, wie sie sie sich vorgestellt hatte – viele dunkle Möbelstücke, Ledersofas, alte Perserteppiche –, doch zu ihrer Überraschung war sie durchaus hell. Gina ging zum Fenster und nahm die Aussicht über die ganze Stadt in sich auf. »Es ist hübsch hier oben«, meinte sie.

»Nicht zu altertümlich für deinen Geschmack?«, fragte er mit dem trockenen Humor, den er meistens erfolgreich verbarg.

»Na ja, die Wohnung ist voll mit altem Krempel, wie meine Schwester es ausdrücken würde, doch sie ist gemütlich und stilvoll.«

»Danke. Setz dich und ruh dich aus, du kannst auch die Zeitung lesen! Ich füttere nur schnell Oscar, und dann fange ich an zu kochen.«

»Ich dachte, es gibt Toast mit Käse?«

Er schüttelte den Kopf. »Ich glaube, ich bringe etwas Besseres zustande.«

Nachdem er ihr ein Glas Wein gebracht hatte, kümmerte er sich um das Hundefutter. Gina machte es sich auf dem abgenutzten, aber sehr komfortablen Ledersofa bequem. Dann schnappte sie sich eine Zeitschrift über Antiquitäten und rückte ein Kissen zurecht. Schließlich rief sie: »Brauchst du Hilfe?«

»Nein, danke. Hier ist nur Platz für einen von uns.«

Als sie die Zeitschrift aufschlug, ging ihr durch den Kopf, dass Egan eigentlich nie gekocht hatte. Wenn er aus irgendeinem Grund das Gefühl gehabt hatte, für das Essen zuständig zu sein, hatte er entweder Pizza oder etwas Chinesisches bei einem Lieferservice bestellt.

Aus der Küche drang wunderbarer Knoblauchduft, als Matthew kurz darauf mit dem Besteck ins Wohnzimmer kam. Er räumte ein paar Sachen zur Seite, um für sie beide Platz auf dem alten Tisch zu schaffen.

»Bist du sicher, dass ich dir nicht helfen kann?«, fragte sie erneut. »Ich komme mir so faul vor.«

»Das ist schon in Ordnung«, beruhigte er sie. »Möchtest du noch Wein?«

Gina hatte bereits beschlossen, sich ein Taxi zu rufen. Sogar das eine Glas Wein auf nüchternen Magen nach einem langen Tag war ihr zu Kopf gestiegen. Trotzdem nahm sie Matthews Angebot gern an.

»Das schmeckt genauso gut, wie es während des Kochens geduftet hat!«, sagte sie nach wenigen Bissen. »Was ist das?«

»Nur eine Carbonara-Variante. Das Gericht schmeckt nicht immer gleich, mal gelingt es mir besser, mal weniger gut.«

»Nun, das hier ist köstlich. Und, hast du heute gute Geschäfte abgeschlossen? Ich habe eine Frau gesehen, die sehr an diesem entzückenden kleinen Tisch interessiert war, den du dahattest. Stammt er aus Frankreich? Und hat sie ihn gekauft?«

»Zweimal ja. Und bravo, dass du ihn als französisch erkannt hast!«

Gina fühlte sich geschmeichelt. »Du hast recht gehabt, als du gesagt hast, dass man das Antiquitätengeschäft lernt, wenn man es ausübt. Ich habe das Gefühl, dass ich ganz langsam ein Gespür dafür entwickle. Ich bin nicht der Meinung, schon etwas zu wissen, aber ich kann mir immerhin vorstellen, dass es eines Tages so sein wird.«

Er lächelte. »Es ist wie mit dem Radfahren: Wenn man zum ersten Mal mehrmals hintereinander in die Pedale getreten hat, fällt man zwar immer noch hin, aber man hat ganz kurz das Gefühl gehabt, wie es sein wird, wenn man ein sicherer Radfahrer ist.«

»Genau so ist es! Auch wenn ich weiß, dass es Jahre dauern wird – viel länger, als Fahrrad fahren zu lernen.«

Er lachte leise. »Es gibt noch eine Nachspeise.«

»Jetzt bin ich aber richtig beeindruckt.«

»Das solltest du auch sein, doch zuerst hole ich noch Käse zum Wein.«

Er kehrte mit einem weichen, blauen Käse zurück, den Gina nicht kannte; dazu gab es einfache Cracker. »Das hier passt sehr gut zu diesem Wein«, erklärte er.

Gina fand, dass Matthew völlig recht hatte. Doch als er aufstand, um eine zweite Flasche Wein zu öffnen, ertappte sie sich bei wilden Fantasien von ihnen beiden eng umschlungen auf dem Sofa. Das darf keinesfalls passieren, sagte sie sich.

»Für mich bitte keinen Wein mehr«, sagte sie deshalb, »sonst habe ich morgen einen dicken Kopf.«

»In Ordnung. Ich hole die Nachspeise.«

Der Nachtisch entpuppte sich als Schokoladeneis am Stil.

»Mein Lieblingseis«, jubelte Gina und hatte schon wieder vergessen, dass sie sich kühl und distanziert geben wollte. »Ich *liebe* es.«

»Setz dich doch aufs Sofa und mach es dir bequem«, schlug er vor, als sie das Eis aufgegessen hatten. »Ich setze den Kessel auf. Möchtest du lieber Tee oder Kaffee?«

Gina wollte gerade sagen: »Ooh, bitte eine Tasse Tee«, als ihr aufging, dass sie, wenn sie nicht aufpasste, in etwa fünf Minuten mit Matthew auf dem Sofa kuscheln und die *Antiquitätenshow* im Fernsehen anschauen würde.

Nein! Das durfte nicht passieren, es war zu verfänglich, zu intim. Es könnte sogar passieren, dass sie einnickte und beim Aufwachen feststellte, dass sie mit offen stehendem Mund an seiner Schulter lehnte.

»Ich glaube, es wäre besser, wenn ich mir jetzt ein Taxi rufe. Morgen habe ich wieder einen arbeitsreichen Tag vor mir. Aber vielen Dank für das wunderbare Essen!«

Im Stillen wartete sie darauf, dass er sie zum Bleiben drängen würde: Es war noch früh, es gab keinen Grund, warum sie vor acht Uhr nach Hause fahren sollte – doch er schwieg.

Eigentlich hätte sie erleichtert und nicht enttäuscht sein sollen.

»Ich rufe dir ein Taxi«, sagte er.

Auf der Heimfahrt analysierte Gina ihre widersprüchlichen Gefühle, aber sie gelangte zu keinem Ergebnis. Es handelte sich um einen Widerstreit zwischen Herz und Verstand. Oder vielleicht ging es vielmehr um den Kampf des Verstandes gegen die Bedürfnisse einer gesunden Frau nach körperlicher Zuneigung. Das war wohl eine wohlklingende Umschreibung für die Tatsache, dass sie sexuell ausgehungert war, eine beunruhigende Schlussfolgerung.

Sie wollte nichts mit Matthew anfangen. Es gab unzählige Gründe dagegen, der wichtigste war der, dass sie im Zentrum nicht mehr würden zusammenarbeiten können, wenn es schiefging. Und ihre jüngste Erfahrung in Liebesdingen stimmte sie nicht gerade optimistisch. Die Sache mit Egan hatte in einer Katastrophe geendet.

Sie seufzte. Bevor sie sich auf das Antiquitätenzentrum eingelassen hatte, hatte sie bereits ähnliche Gefühle durchlebt. Sie durfte das Wesentliche nicht aus den Augen verlieren. Gefühle für Matthew zu hegen – und sie konnte sich nicht entscheiden, welcher Art diese waren – machte die ganze Sache noch verrückter.

Doch kurz darauf vergaß sie diese vernünftige Argumentation schon wieder und gab zu, dass Matthew, rein körperlich betrachtet, etwas hatte, was sie sehr anziehend fand. Sie wollte seine Arme um sich spüren. Sie wollte ihr Gesicht an seinem Hals verstecken und seinen Geruch einatmen. Sie wollte seinen Mund auf ihrem spüren, so hart, dass ihre Zähne sich berührten. Sie wollte außerdem, dass er sie auszog und sie liebte.

Das ist eine rein körperliche Sache, dachte sie, und dann hatte sie plötzlich Angst, ihre Gedanken laut ausgesprochen zu haben. Als der Taxifahrer – zum Glück ein schweigsamer Mann – nicht reagierte, ging sie davon aus, dass ihre privaten Gedanken immer noch privat waren.

Das liegt nur daran, dass du schon seit einer Ewigkeit keinen Sex mehr hattest. Und Matthew sieht ja auch nicht schlecht aus; daher ist es nicht überraschend, dass du ein bisschen scharf auf ihn bist. Wahrscheinlich wäre er völlig entsetzt, wenn er auch nur ahnen würde, was in ihr vorging.

Beim Aussteigen bat sie den Taxifahrer um seine Visitenkarte, damit sie auf ihn zurückkommen konnte, wenn sie wieder ein Taxi brauchte.

13. Kapitel

Wenn man am Sonntag arbeitet, hat man leider das Gefühl, kein richtiges Wochenende gehabt zu haben, dachte Gina. Gähnend goss sie sich eine Tasse Tee auf und bereitete sich darauf vor, den Montagmorgen ernsthaft in Angriff zu nehmen. Als sie sich gerade vor ihrem Computer niedergelassen hatte, um sich mit ihren E-Mails zu beschäftigen, klingelte das Telefon. Es war Sally.

»Hallo, Süße! Was machst du gerade?«, fragte ihre Schwester.

»Na ja, dies und das, du weißt schon.« Sally hatte nie ganz begriffen, was es bedeutete, von zu Hause aus zu arbeiten.

»Könnten wir uns vielleicht treffen? Die Mädchen sind in der Kita, und wir haben Nachholbedarf.«

»Eine gute Idee. Ich habe jede Menge Neuigkeiten.« Gina wurde klar, dass sie Sally noch nicht von dem neuen Geschäft erzählt hatte, auch nicht davon, dass sie Egan gesehen hatte – und ihre Schwester nahm es ihr immer schrecklich übel, wenn Gina ihr irgendetwas Wissenswertes vorenthielt. »Möchtest du herkommen?«

»Eigentlich würde ich lieber ins Zentrum fahren, ich war schon länger nicht mehr da. Sollen wir uns dort treffen?«

»Könntest du mich vorher hier abholen? Mein Auto steht beim French House.«

»Warum das denn?«

Gina holte tief Luft. Sie konnte es ihr eigentlich sofort erzählen – jede Verzögerung würde Sally dazu bringen, noch mehr hineinzuinterpretieren, als sie es ohnehin schon tun würde. »Ich habe mit Matthew zu Abend gegessen. Er hat mit mir zusammen am Sonntag gearbeitet, und wir hatten beide großen Hunger. Dabei habe ich ein bisschen Wein getrunken und bin dann mit dem Taxi nach Hause gefahren.«

Am anderen Ende der Leitung herrschte ahnungsvolles Schweigen. Sally behielt ihre Gedanken jedoch für sich. »Gut. Dann bin ich gleich bei dir.«

Kurz danach rief Matthew an. »Ich habe mir überlegt, wie du dein Auto wiederbekommen könntest. Ich könnte es dir bringen, während Jenny mit meinem Auto hinterherfährt, wenn du möchtest.«

Gina war höchst gerührt und überrascht. Aufgrund ihrer jüngsten Erfahrungen mit Männern hatte sie nicht mit derartiger Fürsorglichkeit gerechnet. »Das ist schrecklich nett, aber gar nicht nötig. Sally kommt auf einen Plausch vorbei und bringt mich in die Stadt, sodass ich mein Auto abholen kann.«

»Oh, gut.« Er zögerte, als wollte er noch etwas sagen, doch dann änderte er offenbar seine Meinung. »Dann will ich dich nicht länger aufhalten.«

»Aber vielen Dank für das Angebot, ich weiß es sehr zu schätzen.«

»Das ist schon in Ordnung. Auf Wiedersehen.«

Nachdem sie aufgelegt hatte, ging Gina hinauf und legte ein wenig Make-up auf. Sie musste sich selbst eine Standpauke halten. Der Vortrag vom Vorabend hatte die kleine Schwärmerei nicht unterdrücken können. Als sie Matthews Stimme am Telefon gehört hatte, waren ihre Knie ganz weich geworden. Wenn Sally das herausfand, würde sie ihr die Hölle heißmachen und ihr keine Ruhe mehr lassen. Sie würde dafür sorgen, dass sein Wagen kein Benzin mehr hatte und er mit Gina zusammen in der Nähe eines kleinen Luxushotels stranden würde, wo sie dann übernachten müssten. Sie kannte ihre Schwester. Sally war gnadenlos, wenn sie sich erst einmal in etwas verbissen hatte. Außerdem war sie sehr gut darin herauszufinden, wenn Gina etwas vor ihr verbergen wollte.

»Hallo, Liebes!«, grüßte Sally, als Gina ihr kurz darauf die Tür öffnete. »Oh, hast du einen Termin? Du siehst wieder so geschäftsmäßig aus.«

Ginas Kombination aus schwarzer Hose und weißer Bluse war das Outfit, das sie trug, wenn sie sich zusammenreißen wollte und natürlich wenn sie Geschäftstermine hatte. »Abgesehen von dem Treffen mit dir habe ich nichts Konkretes vor, doch vielleicht fahre ich noch bei jemandem vorbei, wenn ich mein Auto wiederhabe. Ich will mir im Auftrag meines Kunden einen Veranstaltungsort ansehen. Bis zu der Veranstaltung ist es noch lange hin, aber ich möchte so viele Örtlichkeiten wie möglich überprüfen.«

»Oh.« Sally hatte noch nie richtig verstanden, was Ginas Arbeit alles mit sich brachte. »Hast du den Wasserkessel schon aufgesetzt und die Kekse hervorgeholt? Dann erzähl mir doch mal, wie es am Sonntag im Zentrum gelaufen ist!«

Sallys Wunsch, zum French House zu fahren, schien nicht ganz so dringlich zu sein. Gina füllte den Kessel. »Es lief prima, doch es gibt auch noch andere interessante Dinge zu erzählen! Carmella richtete gerade ihren Laden ein. Und du wirst mir nie im Leben glauben, wen ich dort bei ihr gesehen habe.« Als sie Sally die Situation so beschrieb, wirkte sie plötzlich amüsant und nicht mehr schockierend.

»Wen denn?«

»Egan.«

Sally war angemessen beeindruckt. »Nein! Das gibt's doch gar nicht! Was hat er da gemacht?«

»Keine Ahnung. Ich habe durch ein Loch im Zeitungspapier gespäht, mit dem die Fenster zugeklebt sind, damit die Leute nicht reingucken können ... Ich wollte bloß wissen, ob sie schon Waren im Laden haben, um zu sehen, ob deine Lampen ins Sortiment passen würden. Aber sie haben noch nicht fertig renoviert. Aber dann war da plötzlich Egan.«

»Hat er dich auch gesehen?«

»Ja! Ich bin dann sofort abgehauen. Ich wollte auf keinen Fall mit ihm reden und bin, so schnell ich konnte, ins French House geflüchtet, falls er auf die Idee kam, mir zu folgen.«

»Und ist er dir nachgelaufen?«

Gina zuckte mit den Schultern. »Ich glaube eigentlich nicht. Deshalb kam ich mir auch ein bisschen lächerlich vor. Aber dann habe ich im Zentrum einen reizenden Mann namens Bill Morrison kennengelernt, der offenbar gut mit Rainey befreundet war ...« Sie erzählte von dem Karton voll antikem Zeug, das sie teilweise bereits hatte verkaufen können. »Und er hat Lust, bei Veranstaltungen mitzuhelfen.«

Wie Gina beabsichtigt hatte, wurde Sally dadurch von Egan abgelenkt. Zum Glück. Sie wollte ihrer Schwester jetzt nicht über ihre Gefühle Rede und Antwort stehen. Sally neigte in solchen Situationen dazu, sie zu löchern.

»Veranstaltungen wie das Weihnachtsevent?«, hakte sie stattdessen nach.

»Ja. Und ich dachte, wir könnten die ›Triff-den-Experten‹-Sache ausprobieren. Matthew hält natürlich nicht viel davon, aber immerhin hat er mir den Namen eines Auktionators gegeben, den wir ebenfalls einladen könnten.«

»Ich glaube eigentlich nicht, dass wir das zeitmäßig auch noch vor Weihnachten unterbringen können«, erwiderte Sally.

»Da hast du recht, aber ich dachte, wir könnten die beiden Veranstaltungen kombinieren.«

»Was, so nach dem Motto: ›Verkauf deinen alten Plunder und kauf dann ein schönes Weihnachtsgeschenk von dem Geld‹?« Sie schwieg einen Moment nachdenklich. »Klingt gut.«

»Um diese Zeit im Jahr räumen die Leute ihre Häuser auf. Sie wollen die Lichterketten anbringen und die Weihnachtsbaumkugeln hervorkramen, doch vorher wären sie gern überflüssigen Trödel los. Und in der Weihnachtszeit braucht jeder Geld, und man freut sich besonders, wenn man etwas verkaufen kann, was man nicht mehr haben will.«

»›Verkauf deinen Plunder und kauf etwas Schönes für die Kinder!‹«

Gina kicherte. »Wie wäre es damit: ›Plunder gegen Truthahn! Tauschen Sie jetzt!‹ Wir könnten ein großes Banner fertigen und vor dem French House aufhängen.«

»Nicht mal ich würde so weit gehen«, meinte Sally. »Aber ich finde auch, dass man beides an einem Tag durchziehen könnte. Wenn es gut läuft, könnten wir es gleich zu Jahresbeginn wiederholen – mit der gleichen Botschaft, aber ohne Truthahn. ›Zu viel Geld für Weihnachtsgeschenke ausgegeben? Holen Sie sich etwas davon zurück!‹«

»Matthew war nicht allzu begeistert von meiner Idee, eine Schatzsuche für Kinder zu veranstalten.« Gina stützte die Ellbogen auf dem Tisch auf. »Ich kann mich nicht entscheiden, ob ich das weiterverfolgen soll oder nicht.«

»Ich glaube nicht, dass du mir etwas von einer Schatzsuche erzählt hast. Offensichtlich hast du jede Menge Pläne geschmiedet, ohne mich einzuweihen.«

»Das kann schon sein. Das Problem liegt darin, dass es mein Job ist, Unternehmen profitabler zu machen. Daher liegt es nahe, dass ich auch das Geschäft verbessern will, mit dem ich selbst zu tun habe. Wenn Matthew doch bloß nicht so stur wäre! Er hat mir fast den Kopf abgerissen, als ich ihn darauf hingewiesen habe, dass die Webseite ein bisschen altmodisch ist. Doch immerhin lässt er zu, dass Serena mal einen Blick darauf wirft. Sie ist ja Webdesignerin.«

»Haben wir schon ein Datum für die Veranstaltung? Ich glaube, Anfang Dezember wäre es am besten, dann sind die

Leute in Weihnachtsstimmung und haben noch nicht alle Einkäufe erledigt.«

Gina zog ihren Kalender hervor. »Wie wäre es mit dem ersten Dezember? Das ist ein Samstag.«

Sally zog eine Grimasse. »Das ist ja schon in zwei Wochen! Würdest du das bis dahin schaffen?«

Gina seufzte. »Ich denke schon. Allerdings müsste ich sofort mit der Planung beginnen. Aber Matthew ist der Meinung, dass alle Händler über den Vorschlag informiert sein müssen. Die meisten sind im Prinzip einverstanden, doch ich habe noch nicht mit allen sprechen können. Außerdem habe ich bisher mit keinem über Termine und Einzelheiten geredet.«

»Vielleicht sollten wir alle einladen, um ihnen die Pläne zu erläutern. Man ist doch viel begeisterungsfähiger, wenn man ein Glas Wein und ein Pastetchen vor sich stehen hat. Wir könnten das Treffen im French House abhalten; ich könnte einen einfachen Imbiss vorbereiten.«

»Matthew könnte den Wein beisteuern. So viele Leute sind es ja schließlich nicht.«

»Du bist die beste PR-Beraterin auf der ganzen Welt!«

Gina lachte. »Meinst du? Aber weißt du was? Im Moment stehe ich richtig auf Antiquitätenhandel.«

Sally war verblüfft. »Wirklich? Ich meine, ich weiß ja, dass du Herausforderungen liebst, doch das willst du bestimmt nicht ewig machen, oder?«

Gina zuckte mit den Schultern. Eigentlich glaubte sie fast, dass es dazu kommen könnte. Dabei handelte es sich nicht um eine plötzliche Erkenntnis, sondern eher um eine schleichende Entwicklung. Sie wusste, dass sie gut in ihrem Job war, schließlich hatte sie ihn jahrelang ausgeübt, doch er faszinierte sie nicht mehr. Das Verlangen, mehr darüber herauszufinden, war nicht mehr da. Dahingegen wollte sie immer mehr über Antiquitäten und das French House lernen. Aus irgendeinem Grund wollte sie das Sally gegenüber jedoch nicht zugeben – vermutlich würde ihre Schwester davon ausgehen, dass all das mit Matthew zusammenhing, was nicht der Fall war. Welcher Art ihre Gefühle für ihn auch sein mochten – sie waren davon unabhängig. »Ich sollte Matthew unsere genauen Pläne besser bald unterbreiten.«

»Stimmt. Sollen wir jetzt starten? Wir könnten irgendwo eine Kleinigkeit essen, wenn wir in der Stadt sind …«

Als Gina Matthew an diesem Abend anrief, war er zu ihrer Überraschung ohne jeden Widerspruch bereit, den Wein beizusteuern. »Um diese Zeit des Jahres hatten wir Händler früher ohnehin immer eine gemütliche Zusammenkunft. Es wäre schön, diese Tradition wieder aufleben zu lassen. Und wenn Sally die Häppchen nicht selbst zubereiten will, können wir auch welche in einer hiesigen Metzgerei besorgen.«

»Oh! Das war ja viel einfacher, als ich erwartet hatte.«

»Ich lehne nicht jeden Vorschlag grundsätzlich ab, weißt du.«

Gina beschloss, sich diesbezüglich auf keine Diskussion einzulassen.

»Blätterteig mit Brätfüllung ist einfach unschlagbar«, schwärmte Harold, der Messing-Fachmann, und nahm sich gleich zwei von den Pastetchen. »Und die hier sehen nicht aus, als kämen sie aus einem Geschäft.«

»Meine Schwester Sally hat sie gebacken«, erklärte Gina stolz. Es war ein paar Tage später. Matthew hatte an diesem frühen Abend pflichtgemäß alle Händler und Sally auf einen Drink in seine Wohnung eingeladen.

»Das schmeckt wirklich gut«, sagte Jenny, als Gina ihr heißen Apfelsaft mit Ingwer nachschenkte, der die alkoholfreie Alternative zu Wein darstellte. »Ich bin so froh, dass wir das Essen warm servieren konnten, so schmeckt es viel besser. Und ich finde es so schön, dass ihr das Treffen organisiert habt. Matthews Vater hat auch jedes Jahr alle zu sich eingeladen, doch leider hat Matthew in den letzten Jahren darauf verzichtet. Es tut uns allen gut, mal wieder zusammen zu sein. Normalerweise klappt das nicht.« Sie nahm sich ein weiteres Blätterteigpastetchen. »Es sieht ihm gar nicht ähnlich, ein geselliges Beisammensein in seiner Wohnung zu organisieren.«

Gina warf einen kurzen Blick zu Matthew, der mit einem Glas Wein in der Hand auf einer Eichentruhe saß. Aufmerksam und höflich lauschte er einer älteren Händlerin namens Margaret. Sie hatte Matthews Vater auch noch gekannt und war Expertin für Uhren und Tafelsilber. Margaret war eine der Personen, deren Bekanntschaft Gina bisher noch nicht gemacht hatte. »Ich war auch ziemlich überrascht, aber natürlich sehr erfreut.«

Als sie glaubte, dass alle durch den Alkohol und die warmen Snacks milde gestimmt waren, klopfte sie mit einer Gabel gegen ihr Glas und stellte sich in die Mitte des Raumes, von wo aus sie alle Anwesenden sehen konnte.

Sie wartete, bis fast alle Gespräche verstummt waren. Nur Margaret, die sich zu Matthews Ohr beugte, murmelte immer noch etwas. Er nickte, als wäre er ganz in ihre Ausführungen vertieft, während er Gina klägliche Blicke zuwarf.

»In Matthews Namen möchte ich euch allen danken, dass ihr zu dieser kleinen Zusammenkunft gekommen seid. Inzwischen wissen bestimmt alle, dass meine Schwester Sally und ich, Gina Makepiece, Raineys Stand übernommen haben. Da wir weniger als nichts von Antiquitäten verstehen ...«

»Ihr seid dabei zu lernen«, warf jemand ein. Gina erkannte Tiggys warme, rauchige Stimme.

»... wollen wir etwas einbringen, von dem wir etwas verstehen. Wie die meisten wahrscheinlich schon wissen, bin ich im wirklichen Leben PR-Beraterin. Daher denke ich – denken wir –, dass es einige Dinge gibt, mit denen wir dem Zentrum ein wenig auf die Sprünge helfen können.« Sie trank einen Schluck von ihrem Mineralwasser. »Das bringt jedoch Veränderungen mit sich, und wir alle hassen Veränderungen.« Ihr war bewusst, dass das im Prinzip eine unzulässige Verallgemeinerung war, doch sie sprach es trotzdem aus. »Aber wenn ihr uns unwissende Neulinge und unsere aufdringliche Art ertragen könnt, wären wir euch sehr dankbar. Außerdem sind wir ziemlich sicher, dass die Geschäfte besser laufen können.

Mit einigen von euch habe ich schon darüber gesprochen – wir entschuldigen uns bei denen, die meine Schwester und mich noch nicht kennengelernt haben, ganz zu schweigen von unseren Plänen ...«

Sie fuhr fort, ihre Ideen hinsichtlich der Vorweihnachtsveranstaltung zu präsentieren, und erwähnte auch die Einzelheiten einschließlich der geplanten Schatzsuche. Als sie zum Ende gekommen war, hoffte sie, dass die Zuhörer sie nicht mit den restlichen Häppchen bewerfen würden. Diejenigen, mit denen sie vorher schon über das geplante Event gesprochen hatte, könnten ihre Meinung geändert haben, nachdem sie nun die Einzelheiten kannten.

Jemand im hinteren Bereich des Zimmers begann zu klatschen, und bald applaudierten alle.

»Gut gemacht«, sagte Harold. »Rainey wäre stolz auf euch beide. Sie hat immer versucht, uns wachzurütteln, und der Gedanke, dass ihr die Tradition fortsetzt, hätte ihr bestimmt gefallen. Ich bin gern bereit, mich als Experte zur Verfügung zu stellen; ich würde auch die Schatzsuche organisieren, wenn ihr das möchtet.«

Die anderen wollten sich ebenfalls beteiligen und boten auf

die eine oder andere Art ihre Hilfe an. Gina, die tief bewegt war, entdeckte Sally in einer Ecke mit Jenny – ihre Schwester wischte sich gerade die Tränen aus den Augen.

»Euch allen vielen, vielen Dank! Und danke, Matthew, dass du dich auf uns eingelassen hast!«, sagte sie mit belegter Stimme. »Wir wurden ihm eigentlich aufgedrängt, aber er hat uns Rainey zuliebe aufgenommen. Jetzt wollen wir dafür sorgen, dass weder er noch sonst jemand Anlass hat, das zu bereuen.«

Der Beifall war zwar nicht tosend, dafür jedoch leidenschaftlich und aufrichtig.

»Weißt du«, hörte Gina Jenny ein wenig später in der Küche zu Matthew sagen, »ich glaube, wir werden feststellen, dass diese Mädchen eine echte Bereicherung für uns sind. Sie bringen einen Hauch Jugend und Schönheit mit, der uns allen und dem Geschäft richtig guttun wird.«

Gina, die gerade ein Tablett mit schmutzigen Gläsern in die Küche bringen wollte, blieb außer Sicht, bis eine angemessene Zeit verstrichen war. Tief in ihrem Inneren hatte sie gehofft, dass Matthew antworten würde: »Du hast vollkommen recht, Jenny«, doch er schwieg.

14. Kapitel

Irgendwie war es typisch, dass Ginas einziger Kunde ausgerechnet dann kurzfristig eine Cocktailparty ausrichten wollte, als sie sich eigentlich auf die Weihnachtsveranstaltung hätte konzentrieren müssen. Obwohl die Cocktailparty nicht wirklich in ihr Aufgabengebiet fiel, wollte Gina nicht ablehnen. Sie brauchte nicht lange für die Organisation, aber trotzdem bedeutete es, dass sie hart arbeiten musste – eine Presseerklärung wurde sogar erst um Mitternacht fertig. Doch Sally hatte ein paar entzückende Poster für das Weihnachtsevent entworfen, und ihre Broschüre, die eigene Zeichnungen von ihr enthielt, war ein Meisterstück geworden. Sie ließen die Broschüre drucken, nachdem Gina mit der Lokalzeitung ausgehandelt hatte, dass mit jeder Ausgabe eine Broschüre ausgeliefert wurde, außerdem ein Foto des French House und hoffentlich seines Besitzers (falls Gina Matthew würde überreden können, vor dem Gebäude zu posieren). Sally und Gina machten einen Rundgang durch die örtlichen Geschäfte und baten darum, die Poster aufhängen zu dürfen.

Sie überlegten gerade, ob sie etwas zu Mittag essen sollten, als sie um eine Ecke bogen und den Hauptplatz erreichten. »He, sieh doch mal! Carmellas Laden ist offen.«

»Er sieht toll aus«, meinte Sally nach kurzem, verblüfftem Schweigen. »Komm!« Sie zog Gina über die Straße.

Zögernd und leicht unwillig ließ Gina sich mitschleppen. Im Geiste sah sie Egans Gesicht vor sich. Doch Sally wirkte so begeistert, dass sie ihr den Wunsch nicht abschlagen wollte.

»Wir müssen uns den Laden von innen anschauen«, verkündete sie und ging schon auf die Tür zu.

»Nein! Ich meine – ja. Aber kannst du erst mal nachsehen, ob Egan nicht da ist? Falls doch, kannst du dich ja allein umschauen.«

»Gina, du hast mir schon vor Monaten erzählt, dass du kein Problem mehr mit ihm hast. Noch bevor du umgezogen bist. Warum machst du dir jetzt Gedanken über ihn?«

»Ich bin mir nicht sicher – es fühlt sich einfach seltsam an.«

Sally marschierte in das Geschäft und kehrte schnell wieder zurück. »Die Luft ist rein, er ist weit und breit nicht zu sehen.«

Der Laden war ein Tempel für schönes Wohnen. Von seinem traditionell englisch gestalteten Äußeren bis hin zu seinem luxuriösen Inneren strahlte er Stil und Glanz aus. Wehmütig dachte Gina daran, wie groß der Kontrast zum French House doch war. Sie musste zugeben, dass Carmella, die Frau mit dem bodenlangen Wildledermantel, für den viele Tiere ihr Leben hatten lassen müssen, einen erlesenen Geschmack besaß. Wie Matthew gemutmaßt hatte, gab es Läufer, die wie Zebrafelle aussahen, aber auch andere, die wie helles Gras mit Wildblumen wirkten und jeden Wohnzimmerboden in eine Blumenwiese verwandeln würden. Außerdem standen Möbel zum Verkauf, die komplett aus Spiegeln bestanden, und Lampen jeglicher Art. Uhren, Kunstgegenstände, Kissen, Duftkerzen (die ein Vermögen kosteten), die von Matthew verachteten Überwürfe, Polsterhocker – eigentlich alles, was das verwöhnte Herz begehrte. Gina verliebte sich in eine rosafarbene Samtchaiselongue und war gleichzeitig dankbar, dass sie nicht in ihr gemietetes Cottage passte, selbst wenn sie bereit gewesen wäre, für den Kauf einen Kredit aufzunehmen.

»Oh, dieser Laden ist perfekt für meine Kristalllampen!«, stöhnte Sally überschwänglich. »Er könnte regelrecht für meine Leuchten kreiert worden sein. Ich glaube, ich bin gestorben und befinde mich jetzt im Himmel!«

Gina nickte. Ihre Schwester hatte recht, ihre Leuchten

würden sich hier sehr gut machen. »Hast du eine Visitenkarte?«

Das Funkeln in Sally Augen nahm etwas ab. »Natürlich nicht. Aber ich habe ein paar fantastische Lampen, die hier großartig zur Geltung kämen.«

»Okay, Sally, jetzt beruhige dich mal! Ich bin vollkommen deiner Meinung, doch ich glaube, es wäre besser, einen Termin mit Carmella zu vereinbaren und nicht einfach so hineinzustürmen.«

Sally betrachtete das als Rückschlag. »Und dafür brauche ich eine Visitenkarte?«

»Streng genommen nicht, aber ich glaube einfach ...« Gina sah sich um, um sicherzugehen, dass niemand sie belauschen konnte. Abgesehen von einer makellosen jungen Frau – Carmellas Ebenbild und sicherlich ihre kompetente Assistentin –, die gerade für einen unverschämt gut aussehenden jungen Mann einen cremefarbenen Kaschmirüberwurf entfaltete, war der Laden ein Hafen der Ruhe. Doch anders als im French House gewann man nicht den Eindruck, dass die Geschäfte sich auf Talfahrt befanden. Gina fuhr fort: »Carmella ist etwas ... förmlicher. Wahrscheinlich ist sie eher bereit, deine Leuchten zu nehmen, wenn sie glaubt, dass du einen richtigen Betrieb hast und die Lampen schon seit Ewigkeiten herstellst – kurz, wenn sie nicht ahnt, dass du sie in deinem Gästezimmer zusammengeschustert hast, weil du noch ein paar Kristalle von alten Lüstern übrig hattest.« Sie fasste ihre Schwester am Arm. »Ich weiß, dass es nicht so war. Und deine Lampen sind wirklich fantastisch. Aber du willst doch bestimmt professionell wirken, oder? Besorg dir ein paar Visitenkarten, du kannst sie im Internet bestellen, und dann vereinbarst du einen Termin. Falls Carmella dann zwanzig Lampen haben möchte oder welche nachbestellt, überlegst du dir, wie du weiter vorgehen willst.«

»Gott, ich hasse es, wenn du recht hast!«

Gina lächelte mitfühlend. »Das Gefühl kenne ich.«

Als sie das Geschäft gerade verlassen wollte, erregte eine kleine Glasvitrine Ginas Aufmerksamkeit. Darin befanden sich Schmuck und einige Objekte, die sie wiedererkannte: Raineys Parfümflakons.

»Ich muss rasch noch etwas überprüfen«, sagte sie zu Sally. »Geht ganz schnell.«

Und so war es tatsächlich. »Ich kann es nicht fassen!«, stöhnte sie, als sie Sally mit sich aus dem Laden zog. »Sie verkauft die Parfümflakons pro Stück für knapp die Hälfte des Betrags, den sie mir für alle zusammen gezahlt hat! Was für eine Gewinnspanne! Wenn die Leute auf eBay nachsehen würden, zu welchem Preis man alte Parfümflaschen bekommen kann ...«

»Aber das wollen die Käufer gar nicht. Sie denken nicht: Ich möchte eine alte Parfümflasche haben. Sie wollen einfach etwas kaufen, was einem bestimmten Stil entspricht. Es tut mir leid, das sagen zu müssen, doch dieser Laden begeistert mich viel mehr als das Antiquitätenzentrum.«

Als Gina wieder zu Hause war, hatte sie sich so weit von ihrem Schock erholt, um zu erkennen, dass absolut nichts Verwerfliches daran war, eine hohe Gewinnspanne auf etwas aufzuschlagen. Schließlich hatte sie selbst einen beachtlichen Gewinn mit den Flaschen erzielt und sollte es Carmella gönnen, sie ebenfalls mit Profit weiterzuverkaufen. Allerdings beunruhigte es sie ein wenig, dass Sally sich viel mehr für neue und moderne Dinge als für Antiquitäten begeisterte.

Vor dem gemütlichen Beisammensein bei Matthew hatte Gina gemerkt, dass es ihr einen besonderen Kick gab, ihr Wissen über Antiquitäten zu erweitern. Jetzt musste sie zugeben, dass sie sich in das Geschäft verliebt hatte: in die etwas verschrobenen Menschen, die wunderschönen Objekte, den Nervenkitzel, der offenbar jede Transaktion begleitete, unabhängig davon, ob es sich um einen Ankauf oder einen Verkauf handelte. Sie hatte so sehr gehofft, dass es Sally genauso ergehen würde. Doch es war nicht so, als würde ihre Schwester viel Zeit im Zentrum verbringen. Das hatte auch sein Gutes: Je seltener sie sich dort aufhielt, desto weniger Gelegenheit bekam sie, Gina mit Matthew verkuppeln zu wollen. Obwohl Sally sich Mühe gegeben hatte, ihre Schwester nicht zu sehr über Matthew auszuquetschen, hatte Gina dennoch gespürt, dass sie die Amorpfeile schon gezückt hatte. Allerdings gab es auch gar nichts, auf das sie zielen könnte, denn Gina hatte momentan keine Zeit für weitere Abendessen zu zweit.

Ehe Gina sich's versah, stand bereits der erste Dezember vor der Tür, der Tag der Weihnachtsveranstaltung. Sie befand sich in der typischen, leicht bangen Stimmung, in die man häufig vor einem großen Ereignis verfiel.

»Es spielt keine Rolle, wie gut man die Dinge vorbereitet, Listen schreibt, sich organisiert, Leute befragt, Anweisungen erteilt – man kann nie mit Sicherheit wissen, wie die Dinge laufen werden, bis der Tag selbst es schließlich zeigt«, sagte Anthea, die überraschend glamouröse Auktionatorin. Sie war ein bisschen früher gekommen und schenkte Gina jetzt ein mitfühlendes Lächeln und tätschelte ihr leicht den Arm. »Doch es funktioniert eigentlich immer.«

Gina, die Anthea auf Anhieb gemocht hatte, nickte zustimmend. »Ich kenne das eigentlich von jeder Veranstaltung, die ich je organisiert habe, aber trotzdem bin ich kurz davor immer schrecklich nervös.«

»Und das ist auch gut so«, erwiderte Anthea. »Denn wenn man zu sehr von sich eingenommen ist, erledigt man seinen Job nicht mehr so gut.«

Gina grinste ein bisschen kläglich. »Du weißt ja gar nicht, ob ich gut in meinem Job bin.«

Die andere lächelte aufmunternd. »Ich glaube an dich.«

Anthea war ungefähr in Matthews Alter, und zunächst hatte Gina sich gefragt, ob die beiden mal etwas miteinander gehabt hatten – ganz offensichtlich verstanden sie sich gut, wie Gina sofort bei Matthews Ankunft registriert hatte. Doch diese Theorie hatte sich bald als falsch erwiesen, denn Anthea hatte zuvor schon bei einer Tasse Kaffee erzählt, dass sie Matthew sehr mochte und achtete, aber nicht auf ihn stand. Sie hatte hinzugefügt, dass das schade sei, denn unter seiner brummigen Schale stecke ein richtig netter Kerl – außerdem sei er durchaus attraktiv, wenn man den etwas zerzausten Look möge. Seit seiner Scheidung sei er noch brummiger und natürlich auch noch zerzauster geworden.

»Scheidung?«, hatte Gina geächzt.

»Ja«, hatte Anthea erwidert. »Tut mir leid, ich wollte eigentlich nicht tratschen. Er war mit einer Französin verheiratet – Yvette. Sie haben sich getrennt, oh, das ist jetzt auch schon eine ganze Weile her.« Irgendetwas an der Art, wie sie das sagte, ließ Gina vermuten, dass sie diese Yvette nicht gemocht hatte. Leider hatte sie nicht weitererzählt, und Gina kannte Anthea nicht gut genug, um in sie zu dringen.

»Sally und ich haben alle dazu gebracht, sich ein wenig an den Kosten zu beteiligen, aber wir konnten sie nicht überreden, sich zu verkleiden«, bemerkte Gina jetzt. »Ein oder zwei waren von der Idee ziemlich angetan, aber die anderen haben sich geweigert.«

»Schade, ich verkleide mich sehr gerne.« Anthea lachte. »Mir ist jeder Vorwand recht, um in der Kostümkiste zu stöbern!«

»Meine Schwester ist genauso. Hast du Sally schon kennengelernt? Komm, ich mach euch miteinander bekannt, bevor wir öffnen! Sie war großartig, denn es war ihre Idee, die Kindergärtnerinnen in der Kita dazu zu überreden, die Flyer in die Taschen der Kinder zu stecken. Sie mögen zwar ein wenig jung sein, aber vielleicht bringen sie ja ihre wohlhabenden Eltern mit. Man kann ja nie wissen.«

Als sie sich auf die Suche nach Sally machten, meinte Anthea: »Der Flyer in der Zeitung war wunderbar, und auch das Foto von Oscar war gut. Matthew sah ebenfalls nicht übel aus.«

Gina nickte. Es war ein bedeutsamer Erfolg gewesen, dass sogar Matthew eingewilligt hatte, ganz zu schweigen von dem erneuerten Anstrich und der Renovierung des Schildes an der Außenwand. Doch Gina hatte das Gefühl, dass die Mühe sich gelohnt hatte: Das French House sah auf dem Foto richtig prächtig aus.

»Ah, da ist Sally. Sal? Du hast Anthea noch nicht kennengelernt, unsere Star-Auktionatorin.«

»Hi!«, sagte Sally. »Du warst einmal in der *Antiquitätenshow*, stimmt's?«

»Ja, da hast du recht.«

Gina sah auf die Uhr. Es war fünf vor zehn. »Okay, Leute, gleich geht's los!«, sagte sie dann.

Jenny kam mit Matthew und Oscar nach vorne. Der große Hund war augenscheinlich stolz auf sein schönes neues Halsband. Alle stellten sich in einer Reihe auf.

Alle hatten ihre kleinsten Objekte mit Geschenkcharakter herausgesucht. Sallys Dekoartikel aus Kronleuchter-Kristallen und ihre anderen Waren hatten sie in Tiggys Obhut gegeben, die versprochen hatte, sie mit genauso viel Einsatz zu verkaufen, als verdiente sie selbst daran.

Auch alle »Experten« waren an Ort und Stelle. Anthea hatte sich mitten im Zentrum niedergelassen und war willens, ihr Bestes zu geben.

»Okay, dann mal los!« Gina ging zur Eingangstür und schloss sie auf.

»Wo sind denn die Leute?«, wollte Matthew um Punkt zehn wissen, zehn Sekunden nachdem Gina das Schild mit der Aufschrift *Geöffnet* umgedreht hatte.

»Sei doch vernünftig!«, zischte Gina, die schreckliche Angst hatte, dass keine Kunden kommen würden und sich der ganze Aufwand als Geld- und Zeitverschwendung erweisen würde. »Denk doch an die verkaufsoffenen Sonntage!«

»Das hier ist anders«, fauchte Matthew zurück.

Sally, die noch nie die Geduldigste gewesen war, griff sich ein Tablett mit Mince Pies. »Okay, ich hole die Leute rein.« Schon flitzte sie aus der Tür, bevor jemand vorschlagen konnte, dass sie vielleicht eine Jacke überziehen sollte.

Um zehn nach zehn spazierte die erste Familie herein. Obwohl es noch so früh war, stürzten sie sich begeistert auf die Snacks, den Glühwein und den heißen Apfelsaft.

Sofort präsentierte Gina ihnen das Gewinnspiel. »Wenn ihr alle Gegenstände auf der Liste finden könnt«, erklärte sie, »gewinnt ihr einen Preis!«

Sie bildete sich ein, Matthew seufzen zu hören, doch sie ignorierte ihn einfach. Während sie zusah, wie die Familie zu der Kuckucksuhr stürmte, die als erster Punkt auf der Liste stand, dachte sie bei sich, wie großartig doch alles aussah. Im Zentrum war mehr Leben, die Händler hatten mehr Waren besorgt, und seit der Öffnung an Sonntagen war deutlich mehr los. Gina war stolz, Teil dieser Entwicklung zu sein. Das Gebäudeinnere wirkte zweifellos weniger bedrückend, besonders heute strahlte es förmlich, nachdem so viel dekoriert worden war und alle Lichter brannten. Zumindest an diesem Tag war es ein Ort, an dem man Zeit verbringen wollte, statt eilig durchzuhuschen oder gar vorbeizulaufen.

Der zweite Besucher war ein Mann in einem Regenmantel,

der eine Plastiktüte aus dem Supermarkt wie einen Blumenstrauß vor sich hertrug. »Ich brauche einen Experten«, sagte er nervös.

»Nun«, kommentierte Jenny, nachdem er an den Händler verwiesen worden war, der auf Töpferwaren spezialisiert war, »ich hoffe wirklich, dass der Tüteninhalt wertvoll ist. Sonst wird es ihm das Herz brechen.«

Ein zermürbt wirkendes Paar mit drei Kindern betrat den Laden. Die beiden sahen aus, als wären sie hereingekommen, um etwas zu finden – irgendetwas –, was die Kinder unterhielt und dabei nicht gefährlich war.

Sally und Gina wechselten einen Blick, denn sie erkannten beide auf Anhieb die Erschöpfung und Verzweiflung der Eltern.

»Guten Morgen!«, sagte Gina. »Trinken Sie doch etwas Warmes und essen dazu eine Kleinigkeit!«

»Würdet ihr gern an unserem Suchspiel teilnehmen?«, fragte Sally den kleinen Jungen und die zwei wenig älteren Mädchen.

»Wenn Sie möchten, können wir mit den Kindern auf Schatzsuche gehen, während Sie sich in Ruhe umsehen können«, schlug Gina der Mutter vor. »Sie sind bei uns in guten Händen, meine Schwester hat selbst Zwillinge.«

Es machte Spaß, mit den Kindern herumzulaufen, sie zu ermuntern, die geschnitzte Eule, die oben auf einem Regalbrett saß, zu erspähen, und ihnen zu zeigen, wie sie sie auf der Liste abhaken konnten. Schon bald waren die kleinen Schatzsucher Feuer und Flamme und wetteiferten darum, wer als Erstes die Statue eines Mannes mit einem Löwen zu seinen Füßen entdecken würde.

Harold hatte die Schatzsuche sorgfältig durchgeplant, damit die Kinder gar nicht erst auf die Idee kamen, in Bereiche zu laufen, in denen sich zerbrechliche Gegenstände befanden. Dennoch fand Gina es ein wenig nervenaufreibend und war erleichtert, als sie die Kinder zu ihren Eltern zurückbringen konnte, wo sie sich ihren Preis aussuchen konnten.

»Das hat Spaß gemacht«, sagte Gina. »Stimmt's?«

Die Kinder hüpften auf und ab. »Jaa! Können wir noch mal suchen?«

»Nein, wir müssen jetzt los. Heute Nachmittag besuchen wir die Oma!« Die Begeisterung der Frau wirkte etwas aufgesetzt. »Das wird auch toll!«

»Nein, bestimmt nicht«, widersprach das älteste Kind, ein Mädchen von ungefähr sechs Jahren.

»Aber wenigstens haben wir ein Geschenk für sie gefunden, das ihr gefallen wird«, erwiderte ihre Mutter, die ein Päckchen in den Händen hielt und sich gar nicht erst auf ein Streitgespräch einließ. »Vielen, vielen Dank«, wiederholte sie, bevor sie gemeinsam mit ihrer Familie aufbrach.

»Weißt du, ich finde, wir sollten generell begleitete Schatzsuchen anbieten«, sagte Sally. »Ich wette, die Leute wären so dankbar, ein paar Minuten kinderfreie Zeit zu haben, dass sie allein schon aus Dankbarkeit etwas kaufen würden.«

Auch Matthew hatte »Kinderdienst« übernommen, allerdings mit zwei Jungen, die eigentlich schon ein bisschen zu groß für eine Schatzsuche waren. Gina hörte, wie er sie ermunterte, nach Samuraischwertern und gefährlich aussehenden Nussknackern zu suchen.

Als sie Wein holen ging, musste sie anerkennend feststellen, dass er sehr gut mit den Jungen umgehen konnte. Schade, dass er selbst keine Kinder hatte! Offensichtlich gehörte er zu den Menschen, die gar nichts über Kinder wussten und sie deshalb einfach wie Erwachsene behandelten – was wunderbar funktionierte.

»Mach das nie wieder mit mir!«, sagte er später zu Gina, nachdem er seine Pflicht erfüllt hatte. Hungrig biss er in eine Pastete. »Ich hatte keine Ahnung, was ich da eigentlich tue.«

»Du warst großartig«, entgegnete sie. »Wirklich. Ich bin dir gefolgt, um mich später über dich lustig machen zu können, aber sie haben dich geliebt!«

Matthew gab sich größte Mühe, nicht erfreut auszusehen.

Gegen vier Uhr wurde es allmählich ruhiger im Antiquitätenzentrum. Gina und Sally gingen zu den einzelnen Händlern, um zu erfahren, wie ihr Tag verlaufen war. Als sie zufällig einen Wortwechsel zwischen einem Paar mithörten, grinsten sie sich an. Die beiden sprachen darüber, wie gut ihnen dieses Geschäft gefiel, viel besser als die anderen Antiquitätenläden in der Stadt. Zuvor war es ihnen noch nie aufgefallen, aber sie würden auf jeden Fall wiederkommen. Doch das Wichtigste war jetzt erst einmal, ob die Händler auch der Meinung waren, dass die Veranstaltung ein Erfolg gewesen war. Und so war es auch. Fast alle hatten mehr verkauft, als sie erwartet hatten, was ihnen einen guten Tagesumsatz beschert hatte.

»Außerdem habe ich einige wirklich hübsche Stücke entdeckt«, erzählte Harold. Er war in Feierlaune und trug eine leuchtende Fliege, die von einer winzigen Batterie betrieben wurde. »Ich habe sie an Anthea weitergegeben, damit sie sie bei der nächsten Versteigerung präsentieren kann. Aber ich werde auch hingehen, für den Fall, dass sie nicht die Preise erzielen, die sie einbringen sollten.«

»Warum hast du die Stücke nicht einfach selbst gekauft?«, wollte Sally wissen.

»Ich dachte, dass die Besitzerin bei einer Versteigerung ein bisschen mehr dafür bekommen könnte. Und obwohl die Sachen sehr schön sind, entsprechen sie nicht ganz dem, was ich suche. Doch wie gesagt, ich sorge dafür, dass sie nicht unter Wert weggehen.«

»Das ist aber sehr nett von dir«, fand Sally.

Tiggy, die sich, passend zur Adventszeit, noch zusätzlich mit Ketten und Tüchern behängt hatte, mischte sich ein. »Anthea wird sicherstellen, dass die Sachen sich gut verkaufen. Sie ist sehr gut in ihrem Job.«

»Wie war es denn für dich, Tiggy?«, fragte Gina. »Bist du auf etwas Wunderschönes gestoßen?«

»Ich habe nichts gekauft, aber ich finde, die Aktion hat sich voll und ganz gelohnt. Einige Leute haben gesagt, sie hätten Sachen, die sie nach Weihnachten vorbeibringen wollten. Ich glaube, wir haben gezeigt, dass wir genauso sind wie sie und sie nicht nervös sein müssen, wenn sie kommen.«

Gina nickte. »Das ist super.«

»Sallys Kristall-Dekoartikel sind alle verkauft, und ich habe auch eine ganze Menge Tandwerk von mir an den Mann oder an die Frau gebracht«, erklärte Tiggy.

Harold schnaufte. »Niemand nennt kleine Objekte heutzutage noch *Tandwerk*.«

Tiggy lachte. »Na ja, ich mag altmodische Begriffe.«

Gina und Sally gingen weiter und überließen die beiden ihrem Gekabbel über die Terminologie im Antiquitätengeschäft. Sie fanden Matthew im Gespräch mit dem Händler, der den größten Stand im Zentrum besaß, John Webster. Sally hatte all ihren mädchenhaften Charme aufbieten müssen, bis er sich schließlich hatte breitschlagen lassen, der Veranstaltung zuzustimmen. Jetzt unterbrach Gina ihr Gespräch, weil sie wusste, dass John der Schlüssel zum Erfolg war: Wenn der Tag für ihn erfolgreich verlaufen war, würde Matthew einsehen, dass der Aufwand sich gelohnt hatte.

»Und? Wie ist es gelaufen?«, fragte sie.

John betrachtete sie gedankenverloren. »Gar nicht mal so übel«, antwortete er schließlich. »Ich bin wirklich überrascht. Ich habe sogar eine Kommode verkauft, die ich schon seit Jahren hier stehen hatte. Aber irgendwie ist das merkwürdig, normalerweise kaufen die Leute in der Weihnachtszeit keine Möbel.« Da er aber nicht zu optimistisch klingen wollte, fügte er hinzu: »Das Dumme ist nur, dass wir morgen wieder hier sein müssen.« Die Händler hatten relativ kurzfristig beschlossen, die Veranstaltung auch auf den nächsten Tag auszudehnen.

»Ich habe gleich gewusst, dass es keine gute Idee ist, sonntags zu öffnen«, sagte Matthew. Gina war sich sicher, dass er sie damit zumindest teilweise aufziehen wollte.

»Nein, das stimmt nicht«, widersprach John. »Die Idee ist hervorragend. Aber solche Veranstaltungen sind einfach anstrengend für einen alten Mann wie mich.«

»Du musst morgen nicht herkommen«, bot Matthew an. »Ich kann für dich einspringen, wenn du möchtest. Das wird Gina auch davon abhalten, Rudel von Kindern hier durchzuschleusen.«

Gina schnitt eine Grimasse.

»Aber du bist nicht so sehr auf Möbel spezialisiert wie ich«, sagte John. »Und ich habe dich mit diesen Kids gesehen, du warst offenbar ganz in deinem Element. So, nachdem das nun gesagt ist, hätte ich gern deine Meinung zu diesem Bonheur-du-jour. Seit ich das Stück gekauft habe, habe ich dich nicht mehr gesehen.«

Gina und Sally, in deren Augen das Möbelstück, auf das er zeigte, bloß ein ausgefallener Schreibtisch war, verdrehten die Augen und machten sich dann daran, benutzte Gläser einzusammeln.

15. Kapitel

»Hey! Du errätst nie, wer hier gewesen ist!« Dass die Veranstaltung am nächsten Tag fortgesetzt wurde, war einerseits gut, weil sie schon wussten, was sie erwartete, andererseits schlecht, weil sie alle müde waren. Dennoch wuselte Sally aufgeregt hin und her – von Müdigkeit keine Spur mehr.

»Wer denn? Die Queen? Das Team der *Antiquitätenshow?* Madonna? Erzähl es mir!«

»Carmella! Sie kam mit Egan. Natürlich wusste ich nicht, dass sie es ist, aber Egan hat uns bekannt gemacht. Und ...«, sie hob die Hand, um nicht unterbrochen zu werden, »... ich habe ihr meine Karte gegeben. Es kommt aber noch besser, denn ich hatte Fotos von den Lampen auf meinem Handy. Carmella war hin und weg.«

»Ich wusste es«, sagte Gina, die sich wahnsinnig für Sally freute, aber dennoch ein seltsames Gefühl dabei hatte. Fand sie etwa, dass Sally sich ihr gegenüber illoyal verhielt, weil sie Kontakte zu einem Geschäft knüpfte, mit dem Egan, ihr schrecklicher Exfreund, etwas zu tun hatte? Schnell verdrängte sie diesen Gedanken.

»Morgen gehe ich zu Carmella, um ihr die Leuchten zu zeigen und ein richtiges Gespräch zu führen. Oh, Gina!« Sallys Augen waren ganz groß vor Begeisterung. »Ich war schon seit Jahren nicht mehr für etwas so Feuer und Flamme.«

»Das ist doch super«, antwortete Gina, obgleich sie immer noch gegen ihre negativen Gefühle ankämpfen musste.

»Es macht dir doch nichts aus, oder?« Offenbar erwartete Sally, dass Gina verneinte. »Ich meine – wegen Egan und so?«

»Zwischen uns existieren keine Gefühle mehr. Ich kann nur nicht verstehen, was Carmella, die offensichtlich ja alles hat, an einem Versager wie Egan findet.«

»Er sieht gut aus«, meinte Sally.

»Ja.«

»Süße? Bist du sicher, dass du über ihn hinweg bist? Vielleicht sind Carmella und er ja bloß Freunde, obwohl ich aus ihrer Körpersprache eher schließen würde, dass sie ein Paar sind.«

Sallys Besorgnis war typisch für sie, aber auch ein wenig lästig. »Über ihn als Person bin ich ganz sicher hinweg. Was ich noch nicht verkraftet habe, ist die Tatsache, dass ich so eine schreckliche Beziehung hatte und dass ich so eine Idiotin war«, erklärte Gina etwas heftiger, als sie beabsichtigt hatte. »Lass uns nicht mehr über meine gescheiterte Beziehung reden, sondern über deine Leuchten! Du musst eine Bezugsquelle für Kristallelemente ausfindig machen.«

»Oh, aber das habe ich doch schon. So bin ich, Gina. Ich will fantastische, individuelle Dekorationsartikel fertigen. Das kann ich zu Hause machen, und ich bin gut darin. Endlich habe ich entdeckt, was ich machen will, wenn ich erwachsen bin.« Sie zwinkerte ihr zu.

Gina lächelte liebevoll. »Hast du auch eine Ahnung, wann das sein könnte, Sal?«

Sally versetzte Gina einen spielerischen Stoß. Sie war verliebt. Nichts, was irgendjemand sagen würde, konnte ihr die Freude verderben.

Als Gina nach Hause fuhr, versuchte sie, sich für Sally zu freuen, doch ein Hauch von Traurigkeit beeinträchtigte ihre Freude. Sie sah ihre Befürchtungen bestätigt, dass Sally und sie das Antiquitätengeschäft ihrer Tante nicht gemeinsam fortführen würden. Als Freiberuflerin hatte sie sich gewünscht, Teil eines Teams zu werden und nicht mehr die gesamte Verantwortung allein tragen zu müssen. Zu Beginn ihres Berufslebens war sie bei einer Firma angestellt gewesen; noch heute vermisste sie die Kameradschaft unter Kollegen.

Doch dann erinnerte sie sich daran, dass sie Sally als Schwester hatte. Außerdem war die Weihnachtsveranstaltung ein Erfolg auf der ganzen Linie gewesen. Damit hatte sie bewiesen, dass sie sich auf ihren Job verstand. Die Bestätigung tat ihr gut. Alle waren begeistert von dem Umsatzschub zu einer Jahreszeit, die für Antiquitätenhändler traditionell eher schwierig war – alle außer Matthew, der offensichtlich darauf programmiert war, die Flügel hängen zu lassen. Als sie ihr Auto vor ihrem Cottage abstellte, erkannte sie, dass sie jetzt Lust auf ein Glas Wein hatte. Sie hatte es sich verdient.

Seit der Weihnachtsveranstaltung hatte Gina Matthew nicht mehr gesehen. Wie Jenny ihr erzählt hatte, besuchte er Freunde und Händler, die ein bisschen weiter entfernt wohnten. Gina selbst war ebenfalls sehr beschäftigt gewesen: Sie hatte mehr PR-Aufträge erhalten, außerdem hatte sie Antheas Auktionshaus besucht, um ihre Bestände aufzustocken. Das bedeutete, dass sie weniger Zeit als erhofft im Zentrum hatte verbringen können.

Heute jedoch war Gina im French House und arrangierte gerade ihre neuen Waren in der Vitrine, damit sie ansprechend wirkten, als Matthew kam, um die Tür abzuschließen.

»Hallo, ich dachte, es wäre niemand mehr hier«, sagte er. »Wir haben uns ja seit einer Ewigkeit nicht mehr gesehen. Wie geht's denn so?« Er lehnte sich an einen Tisch neben Ginas Verkaufsbereich.

»Gut, danke. Wie läuft es denn bei dir?«, fragte sie ungezwungen, während sie die Vitrine abschloss und den Schlüssel wegsteckte. Es war fast lächerlich, wie sie sich freute, Matthew zu sehen.

»Alles in Ordnung«, antwortete er unverbindlich.

Gina rief sich ins Gedächtnis, dass er immer pessimistisch wirkte, sie sollte das gar nicht beachten. Doch dann hörte sie sich sagen: »Du klingst nicht besonders fröhlich. Die Geschäfte laufen doch deutlich besser, oder nicht? Sollte das dich nicht ein wenig aufheitern?«

Er lachte leise. »Du stellst mich dar, als wäre ich eine Frisur, die man unbedingt mit ein bisschen Gel aufpeppen müsste.«

»Wir können bestimmt ein passendes Gel im Internet finden, wenn wir uns anstrengen.« Sie lächelte. »Oder ist es vielleicht die Jahreszeit, die dich deprimiert? Nicht jeder mag Weihnachten, und wenn alle sich fröhlich geben ...« Ein Gedanke schoss ihr durch den Kopf. »Wo verbringst du eigentlich die Weihnachtstage?«

Kaum war die Frage heraus, hätte Gina sich am liebsten in den Hintern gebissen. Sie wollte ganz und gar nicht den Eindruck erwecken, als wollte sie in seinem Privatleben herumschnüffeln, in dem es, wie sie inzwischen erfahren hatte, eine Exfrau gab, die kaum jemand je erwähnte.

Er zögerte. »Letztes Jahr bin ich bei Jenny und ihrer Familie gewesen. Sie haben ein großes, altes Bauernhaus mit allen möglichen Tieren. Dazu gehören auch zwei Jack Russell Terrier namens Nunc und Dimittis. Sie lieben Oscar.«

»Dann bist du also in diesem Jahr wieder dort?«

Es entstand eine winzige Pause. »Nein. Sie fahren alle gemeinsam irgendwohin. Ich werde mir hier eine ruhige, friedliche Zeit machen und meinen Papierkram erledigen.«

Ohne nachzudenken, sagte sie: »Warum kommst du nicht zu Sally? Dort herrscht immer ein absolutes Chaos, doch es ist lustig. Ich weiß, dass sie dich sehr gern dabeihätte.« Noch während sie sprach, fragte sie sich, wie um alles in der Welt sie eine weitere Person und einen riesigen Hund in Sallys winzigem Cottage unterbringen sollten.

»Ich würde nicht im Traum daran denken, mich aufzudrängen.«

»Du würdest dich nicht aufdrängen. Je mehr wir sind, desto besser! Und Sally ist immer begeistert, wenn jemand kommt, der nicht zur Familie gehört – sie behauptet, die Mädchen benähmen sich dann besser. Also wärst du sehr nützlich.«

»Die Mädchen haben schreckliche Angst vor Oscar.«

»Sie werden sich schon an ihn gewöhnen. Bitte komm doch!«

»Ich kann das Angebot unmöglich annehmen. Wirklich nicht. Ich komme schon klar.«

»Wenn du nicht mit uns feierst, muss ich wieder den ganzen Abwasch allein erledigen. Das ist jedes Jahr so.«

»Also willst du, dass ich dir beim Abwasch helfe? Ist das der einzige Grund, warum du mich einlädst?«

Sie nickte, während sie versuchte, ein Lächeln zu unterdrücken. Dabei war ihr klar, dass sie die anderen möglichen Gründe durchleuchten musste, wenn sie allein war. Bildete sie sich etwas ein, oder hatte er sich tatsächlich über die Einladung gefreut?

»In dem Fall nehme ich sehr gern an.«

»Gut. Ich weiß, dass Sally begeistert sein wird.«

»Aber nur unter einer Bedingung: Ich lade dich auch zu etwas ein.«

Gina runzelte die Stirn. »Zu etwas Bestimmtem? Oder zu irgendetwas, was sich zufällig ergeben wird?«

»Zu etwas Bestimmtem.« Er lächelte, ging aber nicht näher darauf ein.

»Was ist es denn?«, drängte Gina.

»Ich möchte mit dir zusammen einen alten Freund besuchen. Ich glaube, es wird dir gefallen. Doch zuerst muss ich nachhören, ob es klargeht. Er lebt in einem wundervollen Haus. Der Besuch wäre kurz nach Weihnachten – falls es klappt.«

»Das hört sich großartig an – und faszinierend. Kannst du mir mehr davon erzählen?«

»Das könnte ich, doch ich möchte nicht. Vielleicht klappt es ja gar nicht.«

»Du gibst dich sehr geheimnisvoll, Matthew.«

»Und normalerweise bin ich ein trauriger alter Mann, der sich gegen jede Veränderung sträubt?«

Gina nickte. »Aber so alt bist du gar nicht.«

Matthew lachte. »Komm, es ist Zeit, dass du nach Hause fährst! Ich lasse dich raus.«

Statt Sally anzurufen, beschloss sie, bei ihr vorbeizufahren, um ihr von Angesicht zu Angesicht zu eröffnen, dass sie einen weiteren Weihnachtsgast eingeladen hatte. Glücklicherweise erwischte sie einen guten Augenblick. Die Mädchen hatten es sich vor dem Fernseher gemütlich gemacht und waren ins Kinderprogramm vertieft, und Alaric hielt sich in seinem Studio auf.

»Komm mit in die Küche, wir können uns unterhalten, während ich koche. Das ist so nett, und ich kann eine Flasche Wein öffnen«, schlug Sally vor, nachdem sie Gina umarmt hatte.

»Ich möchte keinen …«

»Das musst du auch nicht. Aber deine Anwesenheit im Haus bedeutet, dass ich einen Vorwand habe, etwas zu trinken.«

»Vielleicht schüttest du mir den Wein ins Gesicht, wenn du erfährst, warum ich gekommen bin.« Gina nahm sich einen Stuhl, setzte sich und zog eine Schüssel mit zur Hälfte geschälten Kartoffeln zu sich. »Sally, ich habe Matthew eingeladen, Weihnachten mit uns zu verbringen. Er wäre sonst allein gewesen«, stieß sie eilig hervor.

Sally seufzte und öffnete die Kühlschranktür.

Gina hielt den Atem an, dann atmete sie wieder aus, als ihre Schwester sagte:

»Na ja, ich kann es dir nicht verdenken. Bestimmt hätte ich ihn auch eingeladen, wenn ich gewusst hätte, dass er sonst allein wäre. Trotzdem bin ich ein bisschen überrascht, Süße. Ich dachte, du wolltest, was Matthew angeht, strikt zwischen Geschäft und Privatleben trennen.«

»Im Großen und Ganzen stimmt das ja auch, aber auch ich habe ein bisschen Liebe zu verschenken. Zum Beispiel schäle ich für dich die Kartoffeln, obwohl ich nicht zum Essen bleibe.« Ihr war klar, dass sie Sally gegenüber nicht ganz ehrlich war. Doch wenn ihre Schwester Wind davon bekommen würde, dass sie in Matthew verliebt war und die Möglichkeit bestand (oder vielleicht war es auch nur eine törichte Hoffnung), dass er ihre Gefühle erwiderte, hätte sie keine ruhige Minute mehr. Gina stand auf und trug die Kartoffeln zur Spüle, um sie abzuwaschen. Um nicht zu riskieren, dass sie versehentlich ihre Gedanken aussprach, sagte sie: »Lass uns über das Weihnachtsfest nachdenken! Wie viele andere Leute kommen? Oder geht es nur um uns und Matthew?«

»Schön wär's! Nein, Alarics Sippe wird auch hier sein, einschließlich seiner verrückten Tante. Das klingt eigentlich nach Spaß, aber sie ist überhaupt nicht lustig.« Sie biss sich auf die Lippe und sah Gina an. »Tante Rainey war eine wirklich verrückte Tante, großzügig, witzig ...«

Gina nickte. »Sie trank an Weihnachten immer zu viel.«

»Ganz genau. Wie es sich gehört.«

»Wo willst du all die Leute denn unterbringen?«, wollte Gina wissen, nachdem sie beide schweigend an Rainey gedacht hatten.

Sally sah sich um. »Nun, ich dachte, dass wir jedes bewegliche Möbelstück rausbefördern, abgesehen vom Tisch natürlich. Dann müssten alle gerade eben so hier essen können. So habe ich es mir vorgestellt.«

Gina hatte das Gefühl, dass dann kein Platz für Stühle mehr sein würde. Plötzlich bekam sie ein schlechtes Gewissen. »Oh Gott, Sally, es tut mir so leid! Nachdem ich Matthew jetzt auch noch eingeladen habe, kann das unmöglich funktionieren. Ich werde ihn wieder ausladen.« Ganz kurz hatte sie eine Vision: Sie könnte ihn in ihr eigenes kleines Cottage bitten und ein romantisches Weihnachten zu zweit feiern. Der Gedanke flatterte ihr wie Spinnweben in den Sinn, aber sogleich fegte sie ihn mit einem mentalen Besen, der gesunder Menschenverstand hieß, wieder hinaus.

»Sei nicht albern, das bekommen wir schon hin!« Sally strich ihrer Schwester mit einer beruhigenden Geste über den Arm. »Schließlich bringt er ja Oscar nicht mit.« Doch dann fing sie Ginas kleinlauten Blick auf. »Oh Gott, er bringt ihn doch mit?!«

Gina nickte. »Ich lade ihn wieder aus. Er wird es verstehen ...«

»Nein. Ich weigere mich, mir vorzustellen, dass er – oder sonst jemand, den wir kennen – an Weihnachten allein wäre, wenn wir etwas dagegen hätten unternehmen können. Wir werden das Kind schon schaukeln, irgendwie«, fügte sie hinzu.

16. Kapitel

Gina war hocherfreut, als Sally sie ein paar Tage vor Weihnachten fragte, ob sie vorbeikommen könne, um ihr bei den Vorbereitungen zu helfen. Erstaunlicherweise freute sie sich in diesem Jahr mehr als sonst auf Weihnachten: Obwohl sie es nicht zugeben wollte, war ihr doch klar, dass Matthew der Grund dafür war.

Trotz seiner geheimnisvollen Einladung konnte sie seine Gefühle für sie nicht einschätzen. Doch manchmal fing sie einen Blick von ihm auf, der ihre Hoffnung nährte.

Bewaffnet mit einer Packung Schokoladenkekse und einem Paar Gummihandschuhe, machte sie sich auf den Weg zu Sally.

Ihre Schwester trug einen dicken Pulli und eine Latzhose und hatte sich ein Tuch um den Kopf geschlungen. »Die Zwillinge sind bei meiner Freundin und ihren Kindern, und Alaric ist auch nicht da, was schade ist, denn wir könnten ein paar starke Arme gebrauchen. Aber wir beide schaffen das auch so.«

Gina umarmte ihre Schwester zur Begrüßung. »Eines der Dinge, die ich an dir liebe, ist, dass du immer passend zur jeweiligen Rolle gekleidet bist – welche Rolle das auch sein mag.« Da sie vorgewarnt worden war, dass sie schmutzig werden würde, trug Gina eine Jogginghose und einen Pulli, der einmal Egan gehört hatte. (Sie hatte ihm den Pulli gekauft, daher gehörte er gewissermaßen ihr. Und er war das einzige Kleidungsstück von ihm, das sie nicht in einem Wutanfall ins Feuer geworfen hatte.) »Warum gehen wir nicht in die Küche und setzen den Kessel auf?«

»Du bekommst was Heißes zu trinken, wenn du magst, aber wir gehen nicht in die Küche.«

Gina schüttelte den Kopf. »Sally, wir werden es nicht schaffen, sämtliche Möbel aus dem Wohnzimmer zu räumen ...«

»Das Weihnachtsessen findet nicht im Haus statt. Wir werden die Garage umgestalten.«

Sally ging voraus zur Garage und öffnete das schwere Tor mit erstaunlich viel Schwung. »Alaric und ich waren uns einig, dass der Raum zu schade ist, um ein Auto darin zu parken. Wir müssen nur das Gerümpel rausschaffen und dann die Wände dekorieren.«

Kritisch inspizierte Gina die Garage. Sie war ziemlich groß. Als Sally und Alaric das Haus gekauft hatten – ein winziges, aber sehr pittoreskes Bauerncottage –, hatten sie in Erwägung gezogen, die Garage in ein Atelier zu verwandeln. Bisher war der Plan an Geldmangel gescheitert. Alaric benutzte einen Schuppen im Garten.

»Meine Güte, wir haben aber nicht viel Zeit dafür«, meinte Gina, obwohl sie Sallys Enthusiasmus keinen Dämpfer verpassen wollte.

»Ich weiß, doch die Idee kam mir erst vor wenigen Tagen, und dann musste ich noch die Kinderbetreuung organisieren. Wir kriegen das hin.«

»Auf jeden Fall!«, erwiderte Gina fröhlich und verdrängte entschlossen ihre Zweifel. »Was machen wir mit dem Gerümpel?«

»Wir räumen alles durch die Hintertür in den Garten und entzünden ein großes Feuer. Das meiste davon ist ohnehin Holz. Sieh mal, ich habe Arbeitshandschuhe für uns gekauft.«

Da Gina einsah, dass ihre Schwester alles gut durchdacht hatte, zog sie die Handschuhe über und griff nach einer Hartfaserplatte. »Du meine Güte! Unter der Garage ist eine Inspektionsgrube. Ich frage mich, wie man dort runterkommt.«

Sally packte das andere Ende der Platte. »Ich weiß es nicht, doch es freut dich bestimmt zu hören, dass ich mich dagegen entschieden habe, dass der Weihnachtsmann während unserer Feier aus der Grube klettert. Ich dachte, das würde die Mädchen nur verwirren, weil sie doch glauben, dass er von oben kommt.«

»Wie zum Beispiel durch einen Schornstein?«

»Richtig.«

Gemeinsam hoben sie eine Schaltafel an und hievten sie an die Stelle, an der das Feuer entzündet werden sollte. »Das Ding sieht zu gut aus, um es zu verbrennen«, meinte Gina.

»Du hast recht. Vielleicht lasse ich es einfach bis nach Weihnachten hier liegen. Oder Alaric soll entscheiden, was damit passieren soll.«

Sie kehrten in die Garage zurück. »Was benutzen wir denn als Tisch?«

»Ganz einfach. Wir nehmen den Picknicktisch aus Plastik und legen eine große Platte oder etwas Ähnliches darauf.« Sally kicherte. »Ich wollte Alaric schon fragen, ob ich dieses riesige Bild dafür haben kann, das ihm nicht wirklich gelungen ist, aber dann dachte ich mir, das ginge doch zu weit.«

Gina verbarg ihre Belustigung. Es war in Ordnung, wenn Sally sich respektlos über die Gemälde ihres Mannes äußerte, aber ihr selbst stand das nicht zu. »Die Leinwand wäre ohnehin nicht stabil genug, um als Tisch herzuhalten.«

»Die größte Freude, selbst ein bisschen Geld verdient zu haben, besteht darin, dass ich etwas davon für Weihnachten ausgeben kann.«

»Ich werde für die alkoholischen Getränke sorgen, wie üblich«, erklärte Gina. »Und weil es meine Schuld ist, dass du all das hier auf dich nehmen musst«, sie deutete auf die Garage und ihren Inhalt, »werde ich auch den Truthahn beisteuern. Doch es wird ein tiefgekühlter sein. Natürlich aus Freilandhaltung, aber eben eingefroren.«

»Das wäre super. Alarics Eltern geben uns immer ein wenig Geld dafür. Natürlich glauben sie, dass sie einen frischen Truthahn von einer Farm in der Nähe bekommen, doch sie werden den Unterschied nicht bemerken. Es gibt eine Menge anderer Dinge, für die wir das Geld gut brauchen können.«

»So, ich hole jetzt mal einen Besen, damit wir den Boden kehren und sehen können, womit wir es zu tun haben.«

Der Fußboden war nicht gerade ansprechend, denn er war aus Beton und schrie selbst nach sorgfältigem Kehren noch danach, mit irgendetwas abgedeckt zu werden.

»Matthew hat wohl nicht zufällig eine größere Anzahl antiker Kelims, die er uns leihen könnte, was meinst du?« Sally sah ihre Schwester an.

»Meine Güte, Sal! Bitte mich bloß nicht, ihn danach zu fragen! Sie könnten schließlich beschädigt werden.«

Sally seufzte. »Okay, ich vergesse die Idee gleich wieder. Wie wäre es mit Planen?«

»Na ja, die sind ziemlich teuer.«

Sally dachte kurz nach. »Gut, gehen wir einen Schritt zurück. Wir streichen den Boden einfach an. Wenn er hell und glänzend aussehen würde, wäre er ganz in Ordnung. Wenn wir eine größere Menge Farbe kaufen, ist sie vielleicht nicht so teuer.«

»Aber wird sie noch rechtzeitig trocken? Stell dir das bloß mal vor, kleine Fußabdrücke, die für immer auf deinen Böden im Haus zu sehen sind, wenn die Zwillinge mal hineinlaufen.«

Sally erschauderte. »Wir brauchen ohnehin eine Heizung, dann würde die Farbe auch schneller trocknen. Ich kümmere mich besser mal gleich darum, bestimmt finde ich etwas im Internet.«

»Währenddessen fange ich schon mit den Wänden an. Vielleicht sollten wir sie zuerst in Angriff nehmen, wenn überhaupt. Also, was machen wir damit?«

»Ich finde, wir brauchen jetzt erst mal eine Tasse Tee. Komm mit ins Haus!«

Bis Sally Tee bereitet und einen Nusskuchen mit Schokolade sowie die Schokoladenkekse bereitgestellt hatte, hatte Gina herausgefunden, dass mobile Gasöfen ebenfalls schrecklich teuer waren.

»Oh!«, rief Sally kurz darauf aus. »Mir ist gerade ein Licht aufgegangen. Alaric hat einen Freund, der Autos lackiert. Über Weihnachten arbeitet er bestimmt nicht. Ich wette, er könnte uns seine Heizgeräte ausleihen. Warte, ich rufe ihn sofort an!«

Schnell war sie wieder zurück. »Bingo! Er schließt seine Werkstatt heute Nachmittag, und um fünf kann ich die Heizgeräte abholen.«

»Juhu! Also haben wir das mit der Heizung und dem Fußboden geklärt, wenn auch noch nicht erledigt ...«

»Wir müssen in die Garage zurückkehren und überprüfen, was wir noch in Angriff nehmen müssen. Das hier macht mir richtig Spaß.« Spontan umarmte Sally ihre Schwester.

Sie standen nebeneinander und musterten die Wände der Garage. Das Bauwerk bestand aus Holz, und konstruktionsbedingt gab es an den Wänden jede Menge Borde zwischen den jeweils fünf mal zehn Zentimeter starken Balken, die den Rahmen der Konstruktion bildeten.

»Nein, wir können die Wände nicht anstreichen«, kommentierte Gina. »Wir würden ewig dafür brauchen.«

»Ich stelle mir gerade Teelichte vor«, meinte Sally. »Unzählige Teelichte, auf jedem Bord. Sie würden den Raum auch noch zusätzlich wärmen.«

Gina seufzte. »Ich hasse es, die ältere Schwester hervorzukehren, aber was ist mit der Brandgefahr?«

Sally nickte langsam. »Hm. Ärgerlicherweise muss ich zugeben, dass du recht hast. In Ordnung, dann verteilen wir nur einige davon an Stellen, die wir gut erreichen können und die wir im Blick haben, und vielleicht«, – ihre Miene hellte sich auf –, »könnten wir auch kleine, mit Sand gefüllte Eimer aufstellen? Für den Notfall?«

»Gute Idee, und für die übrigen Regale nehmen wir batteriebetriebene Lichterketten«, schlug Gina vor. »Die kriegen wir bestimmt günstig im Internet.«

»Super. Lass uns gleich reingehen und nachsehen!« Beschwingt kehrten die beiden ins Haus zurück. »Und da ich sozusagen süchtig nach Lichterketten bin, macht es mir nichts aus, sie von dem Geld zu kaufen, das ich bei Carmella verdient habe«, sagte Sally.

Während sie online nach einem günstigen Angebot suchten, fragte Gina: »Du hast aber nicht vor, den Antiquitätenhandel ganz aufzugeben, oder etwa doch? Ich weiß, du magst eigentlich lieber neue als alte Dinge, doch ich brauche dich!«

»Ach, Süße! Ich würde dich nie im Stich lassen. Zwar werde ich mich nie so sehr wie du für den staubigen alten Kram interessieren, aber wir sind trotzdem noch ein Team.«

Gina versuchte zu lächeln, obwohl die Antwort ihrer Schwester ihr verriet, dass Sallys Unterstützung eher moralischer als praktischer Natur sein würde. Nun gut, dann war sie also allein mit den Antiquitäten. Irgendwie würde sie es schon schaffen. Da sie schon im Privatleben ohne Partner zurechtkam, würde ihr das sicherlich auch im Berufsleben gelingen. Bestimmt würde Matthew sie weiterhin unterstützen. Entschlossen verdrängte sie die Erinnerung an sein Lächeln, das so bezaubernd war, weil man es so selten an ihm sah. »Hier, guck mal! Ein Schnäppchen: vier Lichterketten für einen Zehner. Sind das genug?«

»Gina, man kann nie genug Lichterketten haben. Wir nehmen acht Stück.« Sie tätigte einen kurzen Anruf und vereinbarte die Lieferung für den nächsten Tag. Danach kehrten sie in die Garage zurück.

»Also«, sagte Gina. »Wenn wir den Tisch mit den Stühlen in

die Mitte stellen, bleibt in den Ecken noch Platz übrig. Wir brauchen einen Tannenbaum.«

Sally schüttelte den Kopf. »Ich hätte gern weiß lackierte Zweige, die in Töpfen stecken, um meine entzückenden Kristalldekorationen daran aufzuhängen. Natürlich zusammen mit Lichterketten.«

»Oh! Und du hast die Sachen schon fertig, hab ich recht? Wie vorausschauend von dir, wenn ich das sagen darf!« Gina war ehrlich beeindruckt.

Sally wirkte sehr zufrieden mit sich. »Eigentlich musste ich ein paar Stücke für Carmellas Geschäft fertigen, und dann habe ich einfach weitergemacht, bis ich das ganze Material aufgebraucht hatte. Aber dann hatte Carmella am Ende doch nur Platz für zwei Leuchten.«

»Oh …«

»Alles in Ordnung, sie wollte die zusätzlichen Stücke nicht. Doch sie war ein bisschen ärgerlich, dass sie nicht mehr Platz für weitere Lampenschirme hat. Dieser Laden ist ein bisschen zu klein für all die Sachen, die sie da hat. Deshalb können sie nicht optimal präsentiert werden.« Sally wandte sich wieder ihrer derzeitigen Tätigkeit zu. »Und das kommt uns jetzt zugute.«

Als Gina an diesem Abend ins Bett fiel, war sie erschöpft und noch ein wenig mit Farbe besprenkelt, jedoch durchaus zufrieden mit dem Ergebnis ihrer harten Arbeit. Sally hatte die Weihnachtszweige schon einmal in den Töpfen arrangiert. Sie sahen fantastisch aus.

»Jetzt brauchen wir nur noch ein Herzstück für die Mitte«, hatte Sally verkündet. »Sonst wäre all das einfach zu geschmackvoll.«

Als Gina sich am nächsten Morgen unter die Dusche stellte, fragte sie sich, was ihre Schwester wohl vorhatte. Eines wusste sie jedoch schon jetzt: Sally gab sich nicht mit Minimallösungen zufrieden.

17. Kapitel

Weihnachten war gekommen. Es war ausgemacht, dass Matthew Gina abholen würde. So konnte wenigstens sie etwas trinken. Sie sollten gegen Mittag eintreffen, um den Mädchen zuvor noch Zeit zu geben, unter Ausschluss der Öffentlichkeit ein paar Geschenke zu öffnen.

Gina hatte sich nach dem Duschen ein Handtuch um den Kopf geschlungen und musterte die Umzugskartons, die sie immer noch nicht ausgepackt hatte. Was sollte sie anziehen?

Das Problem an Weihnachten war, dass es ziemlich schwierig war, das richtige Gleichgewicht zwischen einem praktischen und einem festlichen Outfit zu finden. Sie würde am Herd und am Ofen hantieren und Töpfe, Schüsseln und Schalen hin- und herschleppen – wie üblich teilte sie sich die Verantwortung für das Festessen mit ihrer Schwester –, aber gleichzeitig wollte sie auch attraktiv wirken.

Gina hatte es aufgegeben, so zu tun, als wäre sie nicht in Matthew verliebt – zumindest gegenüber sich selbst gab sie es inzwischen zu. Es war eine Tatsache. Und sie wünschte sich, dass Matthew ebenfalls auf sie stand.

Schließlich entschied sie sich für eine schwarze Jeans und eine schmale Strickjacke, die ihre Taille und ihr Dekolleté betonte, und rundete das Outfit mit einer Halskette aus leuchtenden Glasperlen ab, die dem Ganzen einen festlichen Anstrich verlieh.

Dann fiel ihr wieder ein, wo sie essen würden. Deshalb suchte sie noch eine locker fallende Jacke und ein Tuch zum Überziehen heraus. Mit klappernden Zähnen und blauen Lippen hinterließ man selten einen guten Eindruck. Sie traute den Heizgeräten, die Sally ausgeliehen hatte, nicht so recht. Rasch nahm Gina noch einen Extraspritzer Parfüm, um damit ihr wenig glamouröses Outfit wettzumachen. Jetzt war noch Matthews Geschenk einzupacken. Etwas Hübsches für ihn zu finden war ihr wie ein Ding der Unmöglichkeit erschienen. Sie hatte es weder übertreiben noch zu knauserig wirken wollen. Schließlich hatte sie sich für etwas Nützliches entschieden: Sie erstand zwei Dutzend schlichter Holzbleistifte und ließ den Namen des Antiquitätenzentrums in Goldbuchstaben daraufdrucken. Die Stifte wirkten sehr stilvoll. Nachdem sie ein schönes Gefäß für die Bleistifte gefunden hatte, war sie mit dem Ergebnis zufrieden: Ihr Geschenk war einerseits persönlich, andererseits aber dennoch neutral.

Nachdem sie die Bleistifte eingepackt hatte, kontrollierte sie erneut ihr Make-up. Matthew würde jeden Moment eintreffen. Schnell warf sie die Hundekuchen, die sie für Oscar besorgt hatte, in eine hübsche Geschenktasche und band eine Schleife aus Geschenkband an die Griffe. Oscars Päckchen sah viel nobler aus als Matthews, aber das ließ sich jetzt nicht mehr ändern.

»Das ist kein Date«, erzählte sie ihrem Spiegelbild, während sie sich vorbeugte, um ihre Augenbrauen zu kontrollieren, »es ist nur ein Familienweihnachtsfest. Und Matthew kommt nur mit, weil er nichts Besseres vorhatte.«

Sie konzentrierte sich so sehr darauf, tief durchzuatmen und sich zu beruhigen, dass sie heftig zusammenzuckte, als er schließlich an die Haustür klopfte. Sofort riss sie die Tür auf, obwohl es bestimmt besser gewesen wäre, ein bisschen zu warten. Sie hätte weniger eifrig gewirkt.

»Frohe Weihnachten!«, sagte sie fröhlich.

»Frohe Weihnachten!«, wiederholte er und küsste sie auf die Wange.

Ein Hauch von Rasierwasser stieg ihr in die Nase. Er roch göttlich, was sie völlig aus dem Konzept brachte. Reiß dich zusammen!, befahl sie sich im Stillen.

»Soll ich deine Sachen nehmen? Oscar sitzt im Kofferraum, die Rückbank ist aber vor ihm sicher.«

»Ich habe die meisten Geschenke und den übrigen Kram schon gestern rübergebracht«, erklärte sie. »Das hier ist nur für Oscar und dich.«

»Wir fühlen uns geehrt«, erwiderte er ernst.

Schon seit Langem vermutete Gina, dass er hinter seinem Ernst oft nur seine Belustigung verbarg, doch sie wagte es nicht, ihn darauf anzusprechen.

»Hinein mit dir!« Er öffnete ihr die Beifahrertür.

»Ich habe eine Flasche Portwein und ein bisschen Cognac mitgebracht«, erzählte er, während er den Motor anließ und losfuhr. »Mein Beitrag zur Feier. Außerdem habe ich ein hübsches, kleines Buch über Cézanne für Alaric gefunden – ziemlich alt, doch mit entzückenden Anmerkungen – und für Sally eine dieser Parfümflaschen aus Kristallglas mit eingravierten Blüten.«

»Oh, sie wird das Geschenk lieben!«

»Bei den Mädchen hatte ich ein bisschen mehr Mühe, mal sehen.«

»Hauptsache, es ist rosa und funkelnd, dann wird es schon passen.«

Er lachte. »Dann habe ich wahrscheinlich einen Volltreffer gelandet. Zudem habe ich noch Dosen mit Keksen für alle anderen Gäste besorgt.«

»Und was ist mit mir?«, fragte irgendein Teufelchen mit Ginas Stimme. »Hast du auch ein Geschenk für mich?«

Er warf ihr einen typischen Matthew-Blick zu. »Selbstverständlich. Aber ich verrate dir nicht, was es ist, es soll schließlich eine Überraschung sein.«

Damit gab sich Gina gern zufrieden. Sie fühlte sich, als wäre sie vorübergehend in die Rolle eines Teenies geschlüpft, der ein Date mit seinem großen Schwarm hatte.

»Ich lasse Oscar im Auto, bis ich die Situation besser einschätzen kann«, meinte Matthew. »Wir wollen ja schließlich nicht, dass die Mädchen sofort in Panik geraten. Wir sollten ihnen ein bisschen Zeit geben.«

»Du wirst überrascht sein; die beiden freuen sich inzwischen riesig darauf, dass Oscar zu Besuch kommt. Alaric hat ihnen erzählt, dass er wie der Grüffelo ist und ihnen nichts tun wird. Was ja auch stimmt.« Eine weitere Ähnlichkeit zwischen Herrchen und Hund, dachte Gina.

»Er wird ihnen ganz gewiss nichts tun. Genau genommen mag er es am allerliebsten, wenn er sich in einer ruhigen Ecke niederlassen und ein Nickerchen machen kann. Ich bin heute auch schon mit ihm spazieren gegangen; obwohl er so groß ist, braucht er nicht allzu viel Bewegung.«

»Sally hat bestimmt alles bestens im Griff. Sie ist in diesem Jahr in richtiger Weihnachtsstimmung.«

Sally sprang im Garten herum und gab ihnen bereits Anweisungen, bevor sie überhaupt aussteigen konnten. »Hallo! Frohe Weihnachten! Wir gehen direkt in die Garage, wenn euch das recht ist. Und, Matthew, wir haben im Wohnzimmer ein Feuer angezündet – wenn Oscar sich davorlegen möchte, würde niemand ihn stören.«

»Das ist sehr nett«, antwortete Matthew und küsste Sally auf die Wange. »Ich bringe ihn ins Haus, wenn wir alle begrüßt haben.«

Sie behandelt Oscar fast wie einen verschrobenen alten Onkel, dachte Gina bei sich, doch dann fiel ihr ein, dass diese Rolle schon von ihrem Schwiegervater besetzt war.

»Kommt doch rein!«, bat Sally, nachdem ihre Töchter herbeigelaufen waren. »Ich kann es kaum erwarten, dass ihr alles seht!«

»Grüff'lo«, quietschte Persephone, die alle meist nur Sephie nannten. Ariadne und sie zeigten aufgeregt auf Oscar, der aus dem Rückfenster des Kombis spähte.

Sally führte die kleine Gruppe zur Garage. Die Mädchen hüpften neben ihr her, und Gina hätte es ihnen am liebsten gleichgetan.

Obwohl sie an der Umwandlung der Garage mitgewirkt hatte, war sie dennoch verblüfft. Es sah aus wie in einer gemütlichen Weihnachtshöhle. Am anderen Ende, zwischen den weiß gestrichenen Zweigen (die jetzt mit Weihnachtskugeln und zahlreichen Lichterketten geschmückt waren), befand sich ein Diorama. Sally hatte Schokoladenfiguren gekauft und daraus eine Weihnachtskrippe kreiert.

Zusätzlich zu den Schafen gab es Bären, Kätzchen und Hasen, die mithilfe von Cocktailspießen stehen konnten. Dahinter standen große Rehe in Goldfolien mit Glöckchen um den Hals. Ein Chor aus sechs Engeln unterstützte die Hirten, die den Engeln erstaunlich ähnlich sahen, nur mit dem Unterschied, dass sie mit Wolle und Filz aufgepeppt worden waren. Die Heiligen Drei Könige waren mit Gold, Silber und essbaren Weihnachtskugeln geschmückt. Ihre Geschenke, goldumhüllte Schokolade in drei Farben, klebten an ihren Hüften.

Außerdem gab es einen Stall aus Lebkuchen, dessen Dach mit Schokoladenflocken gedeckt war und von Schokoriegeln gestützt wurde. Schnee aus Puderzucker, Bonbons wie Diamanten und blinkende Lichterketten vervollständigten das Bild. Sogar Maria und Josef bestanden aus Schokolade. Nur das Christkind war ein kleines Püppchen und lag in einer Krippe, die von einer großzügigen Schleichtier-Sammlerin zur Verfügung gestellt worden war.

»Sally! Das ist einfach wunderschön!«, stieß Gina hervor. Stürmisch umarmte sie ihre Schwester und hüpfte auf und ab. »Es ist so unglaublich kitschig, dass es schon nicht mehr wahr ist.«

»Ich weiß! Alarics Eltern werden die Krippe hassen.« Sally war genauso aufgeregt. »Es hat mir so viel Spaß gemacht! Und die Mädchen waren prima. Sie haben die Schneeflocken gebastelt, die an den Wänden kleben, und sie haben den Stall dekoriert.« Sie hielt inne, als ihr Blick auf den großen, stummen Mann fiel, der hinter ihrer Schwester stand. »Was hältst du davon, Matthew?«

»Ich finde es umwerfend«, antwortete er. Gina sah ihn prüfend an, um herauszufinden, ob sie Sarkasmus ausmachen konnte, doch sie entdeckte keine Spur davon. »Und ich bin absolut der Meinung, dass wir nächstes Jahr etwas in der Art im Zentrum haben sollten.«

Inzwischen musterten ihn beide Schwestern sehr aufmerksam, doch bevor sie entscheiden konnten, ob er sie nur aufziehen wollte, tauchte Alaric auf. Er fragte sie, was sie trinken wollten, und zählte sämtliche Optionen auf, einschließlich Punsch.

Matthew entschied sich für ein Glas Holunderblütensirup, den auch Gina gewählt hatte. Sally war mit den Mädchen im Schlepptau in die Küche geeilt, um »etwas nachzusehen«. Alaric folgte seiner Frau, um die Getränkewünsche zu erfüllen.

»Du musst nicht fahren«, meinte Matthew, als sie allein waren. »Also hättest du auch den Punsch nehmen können.«

Gina war erneut gerührt, wie aufmerksam er war. »Ich muss mich vielleicht um den Backofen kümmern. Sally und ich teilen uns die Aufgaben in der Küche eigentlich immer, aber da ihre Schwiegereltern kommen, greift sie vielleicht zwischendurch mal zur Flasche. Man kann ihr keinen Vorwurf machen, Alarics Eltern sind keine einfachen Gäste. Ich kann dann später etwas Härteres trinken, wenn ich sicher bin, dass alles gut läuft.«

»Deine Schwester und du, ihr steht euch sehr nahe, stimmt's?«

Gina nickte. »Wir haben großes Glück, wir mögen uns wirklich. Ich kann mir nicht vorstellen, dass irgendetwas daran was ändern könnte.«

»Du meine Güte, du bist ja schon richtig in Weihnachtsstimmung, bevor du überhaupt dein erstes Glas Wein getrunken hast!«, sagte Matthew.

Gina und Matthew waren zufällig dabei, als Alarics Eltern die Garage betraten (die »verrückte Tante« hatte glücklicherweise die Einladung einer Freundin angenommen – ein Pedant weniger, wie Sally Gina zugeflüstert hatte).

Obwohl Sally so getan hatte, als wollte sie ihre Schwiegereltern schockieren, wusste Gina, dass ihre Schwester insgeheim darauf hoffte, eines Tages einmal etwas Nettes von ihnen zu hören. Leider befürchtete Gina, dass Sally heute wieder eine Enttäuschung bevorstand.

Sie kamen durch die Hintertür in die Garage. Alaric begleitete sie; er war seinen Eltern so unähnlich, dass Sally immer beharrlich behauptete, er müsse im Krankenhaus vertauscht worden sein.

»Großer Gott!«, stieß Alarics Vater hervor und bekam Stielaugen. »Das sieht ja aus wie die ›Blackpool Illuminations‹!«

Sogar die kleinen Mädchen, die noch nie etwas von dem Licht-Festival in Blackpool gehört hatten, begriffen, dass das nicht als Kompliment gemeint war.

Alarics Mutter stand mehrere Sekunden schweigend vor der Krippe. Dann sagte sie steif: »Du weißt doch – oder vielleicht weißt du es auch nicht –, dass die Heiligen Drei Könige nicht vor dem Dreikönigsfest neben der Krippe stehen dürfen. Bei der Geburt Jesu waren sie noch nicht da.«

»Oh, ja, das ist mir bekannt«, erwiderte Sally angespannt, »aber ich fand es einfach lustiger, wenn sie gleich dabei sind.

Liebling, besorge doch etwas zu trinken für deine Eltern! Und Matthew, würdest du Oscar jetzt gern reinholen?«

Wahrscheinlich ahnte nur Gina, wie sehr Sally sich wünschte, dass Oscar ein Kampfhund wäre, der ihre Schwiegereltern in Stücke reißen würde, sollte sie ihm den Befehl dazu erteilen.

Alarics Eltern hatten strenge Regeln, was Weihnachten anging. Geschenke gab es am Nachmittag nach dem Mittagessen, sobald der Abwasch erledigt war. Um keine Konfrontation zu riskieren, hatten Sally und Alaric kleine, pädagogisch wertvolle Geschenke für die Zwillinge besorgt, die sie nach dem Mittagessen auspacken konnten. Ihre eigentlichen Geschenke hatten sie bereits früher am Tag bekommen. Sally hatte Gina erzählt, dass es dabei laut und fröhlich zugegangen war; und das ein oder andere Getränk war im Eifer des Gefechts verschüttet worden.

Nach dem Mittagessen, das in Rekordzeit abgeräumt worden war, unternahmen Gina, die Mädchen, die Großeltern und Oscar einen kleinen Verdauungsspaziergang die Straße auf und ab. Die Zwillinge hielten abwechselend Oscars Leine, und Gina gab sich größte Mühe, Konversation zu machen. Da das harte Arbeit darstellte, wünschte sie sich ins Haus zurück, um beim Abwaschen und Aufräumen zu helfen, doch leider hatte Matthew darauf bestanden, dies zu erledigen.

Als sie zurückkehrten, war aus der Garage ein Wohnzimmer geworden. Ein Teil der Möbel war ins Cottage zurückgebracht worden, und die Esszimmerstühle (die aus dem Gemeindesaal stammten) zeigten alle in eine Richtung. Sogar für Oscar war Platz: Seine Decke lag vor dem Gartengrill, der mit Teelichtern vollgestellt war, um ein offenes Feuer zu simulieren. Die Heizgeräte leisteten ganze Arbeit; es war angenehm warm. Zum Glück herrschten draußen recht milde Temperaturen.

»Jetzt gibt es Geschenke!«, verkündete Alaric, der beinahe so aufgeregt wie seine Töchter war.

Matthews Geschenke kamen sehr gut an. Vor allem die Mädchen waren begeistert von dem Kindernagellack, der darauf ausgelegt war, kurz nach dem Auftragen wieder abzufallen. Auch Matthew wirkte sehr zufrieden mit seinen Geschenken; die Bleistifte wurden sowohl von ihm als auch von allen anderen ausgiebig bewundert.

Endlich durfte Gina das Geschenk auspacken, das sie von Matthew erhalten hatte. Es war groß und viereckig, und anfangs wusste sie gar nicht, was das sein sollte.

»Es ist ein Schoßtisch«, erklärte er ihr. »Er besteht aus Pappmaché und stammt aus der Mitte des neunzehnten Jahrhunderts. Klapp ihn mal auf!«

Gina hob den Deckel und betrachtete die schiefe Ebene. Es gab Fächer für Stifte und zwei Tintenfläschchen. Das Ganze war mit kleinen Rosen bemalt und mit Intarsien aus Elfenbein versehen.

»Er ist wunderschön!« Gina konnte kaum sprechen. Sie fand das Geschenk viel zu wertvoll – vor allem, nachdem sie Matthew Bleistifte geschenkt hatte. Offensichtlich hatte er sich viele Gedanken gemacht.

»Wenn du es genauer betrachtest, kannst du erkennen, dass es sorgfältig restauriert wurde.« Er machte eine kleine Pause. »Es ist mir ziemlich gut gelungen.«

Gina lächelte ihn an und hätte ihn am liebsten geküsst, wollte es jedoch nicht vor Zuschauern tun. »Vielen, vielen Dank«, flüsterte sie gerührt.

18. Kapitel

Nach einem langen und langweiligen Nachmittag mit Mince Pies und Kuchen und hochtrabender, aber angespannter Konversation stand Gina schließlich auf. Sie hatte das Gefühl, dass ihre Schwester müde war und den Rest des Tages gern mit ihrer kleinen Familie verbringen würde.

»Sally, vielen, vielen Dank!« Gina nahm sie in den Arm. »Es war ein wundervoller Tag.«

»Ihr wollt doch wohl nicht schon gehen?!«, sagte Sally. Gina vermutete, dass sie nicht mit Alarics Eltern allein gelassen werden wollte. Vielleicht würden sich die beiden ja ebenfalls bald verabschieden.

»Ich muss Oscar etwas zu fressen geben«, sagte Matthew, »aber es war sehr schön. Vielen Dank, dass ich kommen durfte.«

Beim Verabschieden entspann sich eine hektische und vertrauliche Diskussion zwischen Gina und Sally über das Thema, ob Alaric seine Eltern nicht einfach bitten könnte, jetzt auch zu gehen, doch sie entschieden sich dagegen. Schließlich fuhren Gina und Matthew davon. Keiner von ihnen sagte etwas, bis sie beinahe Ginas Cottage erreicht hatten.

»Was machst du jetzt?«, wollte Matthew wissen.

Gina zuckte mit den Schultern. »Ich werde mir irgendeinen Mist im Fernsehen ansehen und dazu Knabberzeug futtern. Vielleicht trinke ich auch ein Glas Wein. Dann werde ich bestimmt bald einschlafen.«

»Das klingt gemütlich«, meinte Matthew.

»Möchtest du mir Gesellschaft leisten?«, schlug Gina impulsiv vor. »Du musst auch keinen Wein trinken. Ich könnte Tee aufgießen oder Kakao kochen.«

Matthew ließ sich Zeit mit seiner Antwort. »Ich habe heute erst ein Glas Wein getrunken, daher glaube ich, ich könnte mir ein weiteres durchaus leisten. Außerdem habe ich danach das üppige Weihnachtsessen gegessen.«

»Aber was ist mit Oscars Futter? Du hast gesagt, wir müssten fahren, weil er gefüttert werden müsse.«

Matthew hob ein in Folie gewickeltes Paket vom Boden neben seinem Sitz auf. »Sally hat mir ein paar Reste mitgegeben. Sie meinte, sonst gäbe es bei ihnen noch wochenlang Truthahn.«

Gina war aufgeregt und nervös, als sie den Weg entlang auf die Haustür zugingen. Sie schob den Schlüssel ins Schloss.

»Ich hole Oscar – wenn es dir nichts ausmacht, dass er ins Haus kommt?«

»Natürlich macht es mir nichts aus. Er war ja schon mal hier, außerdem hat er sich heute wie ein Heiliger benommen – er war der Star des Tages.«

Matthew musste unwillkürlich lächeln. »Ich glaube, er besitzt ein bisher unbekanntes Schauspieltalent und hat seine Zuneigung zu Kindern entdeckt. Ich hole ihn dann mal.«

Vielleicht geht es seinem Herrchen genauso, dachte Gina, als sie das Haus betrat und ihre Sachen ablegte – einschließlich des wunderschönen und aufmerksamen Geschenks von Matthew. Liebevoll strich sie mit der Hand über den Kasten und hatte plötzlich Schmetterlinge im Bauch. Schnell schüttelte sie die Sofakissen auf, schob Geschenkpapier, Tesafilm und Schere, die noch auf dem Boden lagen, unter das Sofa, und hielt ein Streichholz ans Feuer. Dabei dankte sie Gott, dass sie es bereits vorbereitet hatte. Dann richtete sie sich noch das Haar und überprüfte, ob ihre Wimperntusche nicht verschmiert war, bevor ihr auffiel, wie kalt es im Cottage war. Sie ging ins

Wohnzimmer, um den Heizkörper zu kontrollieren. Er war eiskalt.

Jetzt stand sie mitten im Raum und war tief enttäuscht. Wie konnten sie sich einen gemütlichen Abend machen, wenn die Heizung nicht funktionierte? Zwar würde das Kaminfeuer bald Abhilfe schaffen, aber bis dahin müssten sie frieren.

Als sie sich gerade fragte, ob sie die Bedienungsanleitung für den Heizkessel wohl finden würde, kehrte Matthew zurück.

»Ich bin vorsichtshalber noch eine kleine Runde mit Oscar gegangen«, erklärte er.

»Gute Idee«, erwiderte sie. »Aber leider haben wir ein Problem. Die Heizung funktioniert nicht.«

»Ach. Soll ich mal nach ihr sehen?«, bot er an. »Ich meine, wahrscheinlich kriegst du das auch allein hin, falls sie nur ausgegangen ist oder so ...« Er zögerte, ganz offensichtlich hin und her gerissen zwischen dem Wunsch zu helfen und dem Risiko, sich als frauenfeindlich zu outen.

Gina hingegen hatte das Gefühl, ihrem Geschlecht Schande zu machen, wenn sie zugab, dass sie nicht die geringste Ahnung hatte, aber es half ja alles nichts. »Ich wohne noch nicht so lange hier, dass ich mir die Bedienungsanleitung hätte ansehen können. Wenn du glaubst, du bekommst das hin, wäre das ganz toll.«

Während Matthew sich in den Heizungskeller begab, suchte Gina ein paar Decken zusammen, unter die sie sich im Notfall kuscheln könnten. Dann zog sie das Sofa näher ans Feuer. Sie forderte Oscar nicht auf, ein bisschen Platz zu machen. Darum konnte Matthew sich kümmern.

»Nun, ich weiß nicht, ob es was gebracht hat«, sagte er, als er zurückkam. »Wir müssen abwarten. Jetzt füttere ich erst mal den Hund.«

Während er in ihrer winzigen Küche hantierte, zündete Gina Teelichte an. Dann ging sie nach oben und putzte sich die

Zähne. Sie benutzte keine Zahnpasta, weil sie nicht wollte, dass Matthew es bemerkte – es würde wirken, als erwartete sie etwas. Allerdings wollte sie auch nicht, dass ihr Atem nach Mince Pies und Rosenkohl roch. Hoffentlich hatte sie seinen Blick nicht falsch interpretiert, den er ihr beim Auspacken des Geschenkes zugeworfen hatte!

Gina ging zu Matthew in die Küche und sah zu, wie er den Fressnapf mit Truthahnfleisch füllte.

»Hast du einen Hocker oder etwas Ähnliches, auf das ich den Napf stellen kann?«, fragte Matthew. »Für so große Hunde ist es nicht gut, wenn sie auf Bodenniveau fressen müssen.«

Schließlich fand sie einen Eimer, auf dem der Hundenapf auf perfekter Höhe stand. Als Oscar alles aufgefressen hatte, brachte Matthew ihn hinaus in den Garten, und sie räumte die Küche auf.

»So!«, sagte sie, als er wieder ins Haus kam. »Du gehst jetzt ins Wohnzimmer und machst es dir gemütlich, ich kümmere mich um die Getränke. Was möchtest du haben? Wein, Tee oder Kakao?«

»Ich könnte auch etwas Stärkeres vertragen, um ehrlich zu sein. Es ist unhöflich von mir, danach zu fragen ...«

»Nein, überhaupt nicht. Setz dich hin, ich bringe dir einen Whisky Mac mit!« Beinahe panisch griff sie nach der TV-Zeitschrift. »Hier, ich kaufe sie nur an Weihnachten – du weißt schon, wegen der vielen Filme an den Feiertagen. Sieh doch schon mal nach, ob was Schönes läuft!«

Sie eilte wieder in die Küche. Wenn er sich für einen härteren Drink entschied, hatte er wohl offensichtlich nicht vor, gleich wieder aufzubrechen. Vielleicht wurde ihr Traum von einem gemütlichen Abend vor dem Feuer – oder vielleicht sogar noch mehr – tatsächlich Wirklichkeit. Doch dann ergriff die Nervosität wieder Besitz von ihr. Einerseits verrieten ihr die Blicke, die sie den ganzen Tag über immer wieder aufgefangen hatte, dass ihre Hoffnungen nicht nur auf unsicheren Annahmen basierten. Andererseits war Matthew alles andere als einfach zu durchschauen.

Sie trug die Getränke ins Wohnzimmer und reichte Matthew sein Glas. Beide tranken einen Schluck, doch Gina konnte sich immer noch nicht hinsetzen. »Ich suche noch schnell etwas zum Knabbern.«

Rasch ging sie in die Küche und durchstöberte den Schrank auf der Suche nach Käsestangen. Unruhig murmelte sie vor sich hin, als sie die Stangen in einem hohen Glas arrangierte. Warum um alles in der Welt war sie so nervös? Sie fürchtete sich ja regelrecht, zu Matthew ins Wohnzimmer zurückzukehren! Sie hatte ihn eingeladen – sie hatte gewollt, dass er blieb, oder etwa nicht? Allerdings war sie sich nicht sicher, was er sich von diesem Abend versprach, das war das Problem.

Matthew stand neben dem offenen Kamin. Sie stellte die Käsestangen ab, ging zum Fenster und zupfte die Vorhänge zurecht. Dann verschwand sie wieder in der Küche, wo sie feststellte, dass sie hier gar nichts mehr zu tun hatte. Also füllte sie zwei Gläser mit Wasser. Als sie sie gerade ins Wohnzimmer bringen wollte, tauchte Matthew auf. Er nahm ihr das Wasser aus den Händen und stellte die Gläser auf dem Tisch ab.

»Die Heizung funktioniert wieder; ich habe Oscar gefüttert, und du hast Drinks gemixt und Knabberzeug geholt. Jetzt möchte ich, dass du aufhörst, so hektisch rumzuhantieren, und endlich zu mir kommst.«

Sie folgte ihm aus der Küche. »Warum …?«, fing sie an, als sie das Wohnzimmer betraten.

»Also …« Er zögerte, sein Gesicht dem ihren wunderbar nah, als das Handy in Ginas Tasche zu läuten begann. »Ignorier es einfach!«, schlug er leise vor.

Das Läuten hörte auf und begann erneut. Dann klingelte das Festnetztelefon.

»Da ist aber jemand hartnäckig!«, kommentierte Matthew, als der Anrufbeantworter ansprang.

Sallys aufgeregte Stimme erklang: »Gina, Gina, bist du da, es tut mir leid! Es hat einen Unfall gegeben, Sephie ... Kannst du bitte kommen ...? Al, sie ist nicht da ... ich hinterlasse ihr gerade eine Nachricht.« Ein ersticktes Schluchzen war zu hören. »Ich habe es schon auf ihrem Handy versucht ... Gina, bitte komm her!« Dann war die Leitung tot.

Hektisch wühlte Gina in ihrer Tasche und fand das Handy. »Oh Gott, was ist passiert?«, rief sie und griff gleichzeitig schon nach ihren Schlüsseln. Matthew war bereits in seinen Mantel geschlüpft und reichte ihr ihren. »Komm, du kannst auch im Auto telefonieren!«

Als Gina schließlich durchkam, konnte Alaric sie etwas beruhigen. Zwar war Sephie schlimm gestürzt, möglicherweise hatte sie sich sogar etwas gebrochen, aber sie würde wieder gesund werden. Das kleine Mädchen hatte mit seiner Schwester gespielt. Dabei war Sephie von einem Stuhl gefallen – auf dem sie überhaupt nicht hätte stehen sollen – und unglücklich auf ihren Arm gefallen. Außerdem war sie mit dem Kopf auf die Tischkante geprallt. Sally war schon mit ihr auf dem Weg ins Krankenhaus. Entgegen Ginas Prophezeiung hatte sie sich vorwiegend an nichtalkoholische Getränke gehalten. Jetzt brauchten sie Gina, damit sie sich um Ariadne kümmern konnte, denn Alaric wollte so bald wie möglich ins Krankenhaus nachfahren. Seine Eltern waren tatsächlich kurz nach Gina und Matthew aufgebrochen, und ihm war klar, dass Ariadne sich mit ihrer Tante viel wohler fühlen würde als mit ihren Großeltern.

Sobald sie Sallys und Alarics Cottage erreicht hatten, fragte Matthew Gina, ob er bleiben sollte. Allerdings hatte er Alaric bereits angeboten, ihn ins Krankenhaus zu bringen; es lag auf dem Weg zum French House. Daher lehnte sie dankend ab.

Nachdem Gina Ariadne glaubhaft versichert hatte, dass ihre Schwester nicht sterben und bald wieder zu Hause sein würde, las sie ihr Geschichten vor, bis ihr die Augen zufielen und sie schließlich einschlief. Danach räumte Gina ein bisschen auf und sank dann mit einem Seufzer und einem Glas Wein aufs Sofa.

Kurz nach Mitternacht kehrten die anderen zurück. Alaric trug eine sehr schläfrige Sephie ins Haus. Ihr Arm befand sich in einer Schlinge, doch zum Glück war das Handgelenk nicht gebrochen, sondern nur böse verstaucht. Auf ihrer Stirn klebte ein Pflaster mit Schmetterlingen darauf. Die drei verschwanden auf direktem Wege nach oben. Als Sephie sicher in ihrem Bett lag, kamen ihre Eltern wieder nach unten. Gina reichte ihnen beiden je ein Glas mit einer großzügigen Portion Brandy, den sie dankbar entgegennahmen. Nachdem sie noch ein wenig geplaudert hatten, verschwanden Sally und Alaric in Richtung Schlafzimmer. Gina ließ sich eine Zahnbürste geben, wusch sich und putzte sich die Zähne und machte es sich auf dem Schlafsofa bequem. In ihrem Kopf drehte sich alles. Was für ein Abend! Ihre Gefühle fuhren Achterbahn. Matthew war gerade im Begriff gewesen, sie zu küssen, als ihr Handy geläutet hatte. Das hatte sie sich doch gewiss nicht nur eingebildet, oder etwa doch?

Am nächsten Morgen kurz nach dem Frühstück setzte Alaric Gina an ihrem Cottage ab. Sally hatte ihr angeboten, noch zu bleiben, doch Gina fand, dass die Familie dringend gemeinsame Zeit brauchte, vor allem nach dem Schock, den sie durchlebt hatten.

Nachdem sie sich einen starken Kaffee aufgebrüht hatte, rief sie ihre Eltern an. Sie hatten bereits von Sephies Unfall erfahren. Gina versicherte ihnen, dass alles in Ordnung sei, und erstattete ihnen dann einen kurzen, aber unterhaltsamen Bericht über den gestrigen Tag und das, was vor dem Unfall passiert war. Sie versprach ihnen, sie bald zu besuchen. Um diese Zeit im Jahr plante sie immer einen Besuch bei ihnen ein.

Als sie das Gespräch beendet hatte, sank sie erschöpft auf dem Sofa zusammen. Unwillkürlich musste sie wieder an Matthew denken. Was er wohl gerade machte? War er allein, oder hatte er beschlossen, Freunde zu besuchen? Hatte er sie wirklich gerade küssen wollen, als Sally angerufen hatte? Sie versank in Tagträumereien und stellte sich vor, wie Matthew und sie eng umschlungen auf dem Sofa lagen, später dann im Bett ... Energisch schüttelte sie den Kopf. Das führte zu nichts; vielleicht sollte sie ein bisschen arbeiten? Doch dann fand sie, dass der zweite Weihnachtsfeiertag dafür nicht geeignet war. Eben als sie überlegte, ob sie einen kleinen Spaziergang unternehmen sollte, um einen klaren Kopf zu bekommen und alle wollüstigen Gedanken zu vertreiben, klingelte ihr Handy.

Matthew meldete sich, und Gina schoss unwillkürlich das Blut ins Gesicht. Nachdem sie ihn über Sephie ins Bild gesetzt hatte, entstand eine Pause.

»Bist du noch bei Sally?«, wollte Matthew wissen.

»Nein, ich bin wieder zu Hause. Warum?«

»Erinnerst du dich, dass ich erwähnt habe, ich wollte dich irgendwohin mitnehmen?« Er zögerte, als wäre er unsicher – Gina musste lächeln. Normalerweise neigte er nicht zu Unsicherheit. »Zu einem alten Freund?«, beendete er seinen Satz.

Ginas Herz klopfte aufgeregt. »Ja, du hast diesen Freund erwähnt. Auch wenn du sehr geheimnisvoll getan hast.« Ihr Selbstvertrauen kehrte allmählich wieder zurück.

»Ich wollte dir die Überraschung nicht verderben. Nun, ich habe mich bei ihm gemeldet, und ich glaube, er ist dazu bereit.«

»Oh. Und wann?«

»Das weiß ich noch nicht. Übrigens ...« Er schwieg so lange, dass Gina sich schon wunderte, ob die Verbindung unterbrochen war. Dann fuhr er fort: »Hast du heute schon etwas Schönes vor, oder hättest du Lust auf einen Spaziergang mit dem Hund und einen Besuch im Pub?«

»Ähm ...«

»Wahrscheinlich hast du schon etwas vor ...«

»Eigentlich hatte ich einen ruhigen Tag zu Hause geplant«, antwortete Gina und hoffte, sich nicht wie eine alte Jungfer anzuhören, die traurig zu Hause hockte – zu abweisend wollte sie allerdings auch nicht klingen.

»Ich bin ebenfalls allein, und ich habe nicht mehr viel zu essen im Haus. Ich dachte, vielleicht geht es dir genauso.«

»Ich wollte mir gerade einen Toast überbacken.«

»Komm doch stattdessen mit in den Pub! Ich hole dich ab.«

»Oh, in Ordnung, das wäre nett.« Gina war etwas durcheinander.

»Nett!« Er lachte, und ihr Herz machte erneut einen Satz. »Dann bin ich in etwa zwanzig Minuten bei dir. Ich kenne einen entzückenden Pub ...«

»Wo auch Oscar willkommen ist?«

»Absolut!« Nachdem sie beide aufgelegt hatten, schlang Gina vor lauter Freude und Aufregung die Arme um ihren Körper.

Während sie ihre saloppe Hauskleidung gegen Jeans und Pulli tauschte und sich schminkte, versuchte sie, sich einzureden, dass sie nur mitging, weil sie Hunger hatte, weil sie am zweiten Weihnachtstag etwas unternehmen wollte und weil das Fernsehprogramm sie langweilte. Doch sie wusste, dass sie sich selbst etwas vormachte: In Wahrheit wollte sie nur Matthew wiedersehen.

Matthew und sie verbrachten eine sehr schöne Zeit miteinander. Gina merkte, wie die nervöse Anspannung von ihr abfiel und sie sich nach dem hektischen und traumatischen Weihnachtstag endlich entspannen konnte. Sie wurde richtig gesprächig. Nachdem sie eine Suppe mit frisch gebackenem Brot gegessen hatten, brachen sie mit dem etwas zögerlichen Oscar zu einem Spaziergang auf. Es war deutlich kälter geworden.

Gina entdeckte, dass man sich bei einem gemeinsamen Gang gut kennenlernen konnte. Es war viel leichter, über Bücher, Musik, die Umgebung und vieles mehr zu reden, wenn man einander nicht ständig ins Gesicht blickte. Er erzählte ihr von einer Einkaufsreise nach Frankreich, die er bald unternehmen wollte. Außerdem sprach er über seine Exfrau und darüber, wie fordernd, anspruchsvoll und pathetisch sie sein konnte. Obwohl er ritterlich genug war, nicht zu sehr ins Detail zu gehen, gewann Gina den Eindruck, dass die Scheidungsvereinbarung ihr gegenüber sehr großzügig gewesen war, was er jetzt ein wenig bedauerte. Er schuldete Yvette noch eine recht beträchtliche Summe, und die Abzahlung dauerte ihm eigentlich zu lange. Wenn er demnächst nach Frankreich reisen würde, wollte er seiner Exfrau einen Besuch abstatten und mit ihr darüber reden.

Weil er generell ein sehr zurückhaltender Mensch war, fühlte Gina sich sehr geehrt, dass er sich ihr anvertraut hatte. Das Thema war eindeutig quälend für ihn. Jetzt verstand sie auch ein bisschen besser, warum er oft so pessimistisch wirkte. Er trug nicht nur die Verantwortung, das Antiquitätenzentrum in wirtschaftlich schlechten Zeiten in Schwung zu halten, die Lebensgrundlagen seiner loyalen Händler zu wahren und dem Vergleich mit seinem allseits beliebten Vater standzuhalten. Zusätzlich schlug er sich auch noch mit den Nachwirkungen einer bitteren Scheidung herum. Gina erinnerte sich noch gut daran, wie schwierig es gewesen war, über Egan hinwegzukommen; wie viel härter musste es dann erst sein, eine gescheiterte Ehe hinter sich zu lassen? Vor allem, wenn Matthew sein Leben nicht wirklich weiterleben konnte, bevor er seine Exfrau ausbezahlt hatte.

Vielleicht traf die Bezeichnung *pessimistisch* nicht auf ihn zu – sie klang so unfreundlich. Jetzt sah Gina die ständige Traurigkeit in ihm, die er mit trockenem Humor und Besonnenheit kaschierte, die aber trotzdem immer da war, tief und gelegentlich überwältigend.

Als er sie schließlich am Ende des Tages bei ihrem Cottage absetzte, hatte sie das Gefühl, dass sie ihn eindeutig als Freund betrachten konnte. Ärgerlicherweise – für sie jedenfalls – hatte er am Abend eine Verabredung, sodass sie keine Gelegenheit bekam herauszufinden, ob sich das Knistern vom Vortag zwischen ihnen wieder eingestellt hätte. Obwohl Matthew sich in ihrer Gesellschaft ganz offensichtlich wohlfühlte, wollte er wahrscheinlich nicht mehr, jedenfalls nicht, solange er noch unter den Auswirkungen seiner gescheiterten Ehe litt. Gina sagte sich, dass seine Freundschaft bestimmt eines Tages etwas ganz Besonderes für sie werden würde, wenn erst ihre alberne Schwärmerei für ihn vorüber war.

19. Kapitel

Gina saß an ihrem Schreibtisch und versuchte zu arbeiten. Sie hatte den Flug für den Besuch bei ihren Eltern gebucht und sich vorgenommen, sich mit ihrer Ablage zu beschäftigen. Seit Weihnachten waren zwei Wochen vergangen, und sie wartete auf einen Anruf von Matthew, damit sie den versprochenen Besuch bei seinem alten Freund in Angriff nehmen konnten. Gegen ihren Willen war sie sehr gespannt darauf. Doch erzählte sie Sally nichts von ihren Gefühlen. »Weißt du«, hatte sie leichthin gesagt, »er nimmt mich bloß mit, damit es nicht so aussieht, als hätte er keine Freunde. Das hat rein gar nichts mit einem Date zu tun, zwei Freunde besuchen einfach nur einen alten Mann.«

Zum Glück kaufte Sally ihr das ab. Einerseits sehnte Gina sich zwar danach, ihre Gefühle für Matthew mit ihrer Schwester zu diskutieren; normalerweise verheimlichten sie einander kaum etwas. Doch andererseits fühlte sich irgendwie alles noch zu neu, zu ungewiss und zu kostbar an. Sallys überschwängliche Begeisterung und ihre Eigenart, jede Einzelheit sehr genau analysieren zu wollen, könnten dafür sorgen, dass das Besondere, der Zauber, der noch über allem lag, sich verflüchtigten.

»Ich hole dich gegen fünf ab«, sagte Matthew, als er schließlich anrief. »Wir bleiben jedoch wahrscheinlich nicht zum Abendessen.«

Gina war fasziniert. Sie hatte es geschafft, Matthew ein paar Details zu entlocken: dass es sich um ein wunderschönes altes Haus handelte, das sie lieben würde; dass sie auch seinen Freund mögen würde. Doch mehr hatte er nicht verraten, weil er ihr die

Überraschung nicht verderben wollte. »Wird er uns möglicherweise doch zum Abendessen einladen?«

»Vielleicht, aber das wäre schwierig für ihn. Es gibt einen Mann, der sich um ihn kümmert – eine Mischung aus Butler und Pfleger, ein Pfundskerl –, doch er kümmert sich nicht um die Bewirtung von Gästen.«

»Fünf Uhr«, sagte Gina. »Ist das dann eine Einladung zum Tee oder zu einem Drink? Und hat *er* auch einen Namen?«

»Er heißt Nicholas. Und wahrscheinlich gibt es einen Drink, aber musst du das vorher so genau wissen?«

»Oh, ja!«, erwiderte Gina. »Wenn es sich um eine Einladung zum Tee handelt, werde ich ein Nachmittagskleid anziehen!«

Matthew lachte.

Gina verdrängte ihre Gedanken an eine britische TV-Adelsserie und schlüpfte in warme Kleidung. Normalerweise pflegte sie keine herrschaftlichen Anwesen zu besuchen, doch ihr oberflächliches Wissen und ihre Vorstellungskraft ließen sie annehmen, dass ein derartiges Haus nicht gut geheizt sein würde – wenn die Besitzer keine Millionäre waren. Daher trug sie unter ihrem Kleid eine dicke Strumpfhose, dazu eine Strickjacke und Stiefel. Eine lange Hose wäre wärmer gewesen, doch ältere Herren sahen junge Frauen lieber in einem Kleid.

Als Matthew sie abholte, hatte Gina ihren Mantel noch nicht übergezogen. Er stand im Wohnzimmer und musterte sie. Sie versuchte, das Gefühl zu verdrängen, einer Kontrolle unterzogen zu werden.

»Ist es recht so?«, fragte sie etwas scharf.

»Sehr. Du siehst reizend aus. Nicholas wird bezaubert sein.«

Gina runzelte leicht die Stirn. »Willst du, dass ich ihn bezaubere?«

Er nickte. »Ja, das will ich. Ich habe Yvette nur ein einziges Mal zu ihm mitgenommen, aber es ist nicht gut gelaufen.«

»Oh?«

»Sie konnten nichts miteinander anfangen.«

»Hat das für jemanden eine Rolle gespielt?« Gina fragte sich allmählich, ob Nicholas möglicherweise eine Vaterfigur für Matthew war und er seine Zustimmung einholen wollte, bevor er eine neue Beziehung einging.

Matthew zuckte mit den Schultern. »Eigentlich nicht. Wie auch immer. Holst du deinen Mantel? Wir wollen Nicholas doch nicht warten lassen.«

Als sie in die Hauptstraße einbogen, fragte Gina: »So, kannst du mir noch mal sagen, wer genau dieser Nicholas ist?«

»Ich habe dir doch schon erzählt, dass er ein alter Freund meines Vaters ist. Sie haben sich kennengelernt, weil Nicholas – der zu der Zeit viel öfter aus dem Haus ging – eine Anrichte bei meinem Dad gekauft hatte. Mein Vater lieferte das Möbelstück aus. Nicholas lebt in einem absolut verblüffenden Haus, es heißt Fairfield Manor.«

»Inwiefern verblüffend?«

»Hauptsächlich, weil er niemanden je hineingelassen hat. Nun ja, zumindest niemand von den historischen Vereinen, die es seit vielen Jahren besichtigen wollen. Das Gebäude ist ein Juwel georgianischer Architektur.«

»Wow!« Sie betrachtete ihr Outfit und fragte sich, ob ein richtiges Nachmittagskleid vielleicht doch angemessen gewesen wäre.

»Nicholas will nicht, dass Leute in seinem Zuhause herumstöbern und angesichts des typischen Ziergiebels mit Pilastern in Begeisterungsstürme ausbrechen, wenn sie sich eigentlich mit ihm unterhalten sollten.«

Gina schluckte. »Ich verspreche, dass ich nichts Derartiges erwähnen werde. Ich würde besagten Giebel wahrscheinlich nicht mal als etwas Besonderes erkennen, wenn er mich anspringen und beißen würde.«

»Du wirst ihn erkennen, wart's nur ab! Ich glaube, Nicholas

steht Besuchern jetzt nicht mehr ganz so ablehnend gegenüber. Teilweise war seine Haltung darauf begründet, dass er auch ganz gern Stücke kauft, die nicht genau aus der georgianischen Epoche stammen. Er findet die Vorstellung lächerlich, dass ein Haus nur in einem einzigen Möbelstil eingerichtet sein sollte.« Matthew runzelte die Stirn. »Ich glaube, er hat das einmal zu jemandem aus der *Georgian Group* gesagt, der ein Purist und daher anderer Meinung war. Nicholas hatte das Gefühl, getadelt zu werden.«

»Dann verstehe ich ihn vollkommen. Ich hasse es auch, zurechtgewiesen zu werden.« Sie machte eine Pause. »Ist denn jetzt alles heruntergekommen?«

»Oh, nein! Es herrscht auch kein Geldmangel. Nicholas ist eigentlich sehr stolz auf sein Haus. Und der Vorfall liegt auch schon viele Jahre zurück. Vielleicht denkt er inzwischen anders darüber.«

»Und deshalb nimmst du mich mit?«

»Nein, nein, er hätte dich in jedem Fall gern kennengelernt. Er liebt es, wenn seine Möbel von Freunden bewundert werden. Er hat ein paar wundervolle Stücke – viele davon hat mein Vater für ihn aufgetan, manche auch ich. Da er sich nicht für sein Haus schämt, bin ich mir gar nicht ganz sicher, warum er es immer noch nicht zur Besichtigung freigibt. Wie auch immer, ich dachte, du würdest dich freuen, weil du doch Gefallen am Antiquitätengeschäft gefunden hast. Aus dir wird noch eine richtig gute Händlerin werden!« Er lächelte ihr zu.

Gina war sehr zufrieden darüber, dass er sie endlich als gleichberechtigt betrachtete, auch wenn ihr immer noch nicht klar war, warum er sie heute mitgenommen hatte.

»Ich fühle mehr sehr geehrt, dass ich eingeladen wurde. Und jetzt bin ich sogar noch gespannter.«

Matthew hielt vor einem großen Haus an, das eindeutig die Bezeichnung *herrschaftliches Anwesen* verdiente. Und es gab in der Tat einen sehr schönen Giebel mit Säulen und einem dreieckigen Dach, das musste der bewusste Giebel sein. An der schwarz gestrichenen Haustür befand sich ein großer Löwenkopf als Türklopfer. Überhaupt strahlte das Haus Anmut und Größe aus, ganz zu schweigen von Geschichte. Ginas Vorfreude wuchs.

»Bernard«, sagte Matthew, als die Tür von einem Mann geöffnet wurde, der vermutlich Nicholas' Faktotum war. Er trat einen Schritt zur Seite, um sie einzulassen, als hinter ihm ein anderer Mann auftauchte, der sich beim Gehen auf einen Stock stützte.

»Nicholas, hallo! Darf ich dir Gina Makepiece vorstellen? Ihre Schwester und sie haben Raineys Verkaufsbereich im Zentrum übernommen.«

»Guten Abend, meine Liebe! Sehr angenehm!« Nicholas klopfte Matthew auf die Schulter, wobei er beinahe das Gleichgewicht verlor. Matthew stützte ihn, während der alte Herr Ginas Hand nahm und einen leichten Kuss daraufhauchte. Er trug eine Samtjacke und Hausschuhe, die mit seinem Monogramm versehen waren. Man sah, dass er großen Wert auf eine elegante Erscheinung legte. »Kommt mit in den Salon und trinkt ein Glas Sherry mit mir!«

Gina wurde in einen wunderschön gestalteten Raum geführt, der ihr das Gefühl vermittelte, mitten in einem Kostümdrama gelandet zu sein. Die blassblauen Wände waren mit filigranem Stuck verziert, der Gina an Wedgwood-Porzellan oder Zuckerguss erinnerte. Als sie zur Decke sah, entdeckte sie noch mehr Stuckarbeiten, die Blumen, Girlanden und Ketten darstellten. In der Mitte befand sich eine Ansammlung von Nymphen und Hirten.

Was stimmte nicht mit Matthews Exfrau, dass sie Nicholas und sein wundervolles Haus nicht bezaubernd fand? Obwohl er offensichtlich Wert auf Selbstdarstellung legte und auch gern flirtete, war er ganz reizend. Und Fairfield Manor war einfach nur himmlisch. Es fiel Gina schwer, sich nicht mit offenem Mund umzusehen.

Nicholas führte sie zu einem Sessel am Feuer, das knisternd und fröhlich in einem riesigen Marmorkamin vor sich hin brannte. »Nun, welche Sorte Sherry bevorzugen Sie?« Er deutete auf ein Silbertablett mit Gläsern und drei Dekantern.

Gina war etwas ratlos. »Um ehrlich zu sein, kenne ich mich mit Sherry nicht aus, doch ich mag ganz bestimmt, was Sie für mich auswählen.« Sie hoffte, sich nicht schmeichlerisch anzuhören, aber von Sherry hatte sie tatsächlich keine Ahnung.

»Ich denke, dann nehmen wir einen Amontillado.« Er reichte ihr ein Glas und wartete, während sie daran nippte. »Gut?«

»Köstlich!«

Nicholas schenkte auch für Matthew und sich Sherry ein, und dann nahmen sie alle Platz.

Matthew stellte dem alten Herrn einige Fragen zu seinem Befinden, dann meinte er: »Ich muss dir unbedingt von einem kleinen französischen Beistelltisch erzählen, auf den ich vor Kurzem gestoßen bin.«

»Nun ja, eigentlich habe ich weiß Gott keinen Mangel an Beistelltischen …«

Gina war dermaßen fasziniert von ihrer Umgebung, dass sie sich nicht auf eine Diskussion über Möbel konzentrieren konnte. Ihr Blick wurde von den Gemälden angezogen.

Als Nicholas das bemerkte, sagte er: »Gina, meine Liebe, warum nehmen Sie nicht Ihren Sherry und spazieren ein wenig herum? Wenn Sie möchten, können Sie auch gern durch diese Flügeltür gehen – dort gibt es noch mehr zu sehen. Dann können Matthew und ich über meinen Bedarf an Möbeln reden und über gemeinsame Bekannte lästern, ohne Sie zu Tode zu langweilen.«

Sofort stand Gina auf. »Wäre das wirklich in Ordnung? Sehr gern!«

Nachdem sie den Raum umrundet und auch ins Nachbarzimmer gegangen war, stellte sie fest, dass Nicholas einige verblüffende Kunstwerke besaß. In einer Vitrine war eine exquisite Porzellansammlung arrangiert, die nach Ginas Einschätzung auch in ein Museum passen würde, und ein weiterer Vitrinenschrank war weißen und blauen chinesischen Töpferwaren gewidmet. Doch am meisten faszinierten sie die Gemälde. Ihre Unwissenheit spielte dabei keine Rolle, sie genoss die Bilder einfach.

Bei vielen handelte es sich um Familienporträts, doch es gab auch einige entzückende Landschaftsgemälde: Ansichten des Hauses aus einer viel früheren Zeit, ein paar kleine Aquarelle und Darstellungen von klassischen Ruinen, die wahrscheinlich jemand während einer größeren Reise gemalt hatte.

Schließlich blieb sie vor einem Gemälde in Lebensgröße stehen, das eine junge Frau im Abendkleid zeigte. Die Frau hatte weiches, hellbraunes Haar und lachte. Ihre Haltung wirkte viel weniger förmlich als die der Personen auf den anderen Gemälden. Zu ihren Füßen tummelte sich eine Gruppe Spaniels, und hinter ihr wurde ein Pferd von einem Stallburschen am Zügel herbeigeführt. Gina ertappte sich dabei, wie sie sich Gedanken über die junge Dame machte. Gehörte das Pferd ihr, oder war es nur dort platziert worden, um das Gemälde ausgewogener zu gestalten? Könnte man den Ausblick heute genießen, wenn man bei Tageslicht aus dem Fenster blickte? Sie stand immer noch vor dem Bild, als Matthew und Nicholas sich zu ihr gesellten.

»Das ist Lady Mary, meine Großmutter«, erklärte Nicholas.

»Sie ist sehr hübsch gewesen«, kommentierte Matthew.

»Sie erinnert mich ziemlich an unsere Gina hier.« Nicholas musterte Gina prüfend. »Ja, die Ähnlichkeit ist deutlich ausgeprägt.«

Gina war verlegen. »Ich weiß nicht, warum das so sein sollte. Wir können schließlich nicht verwandt sein.«

Matthew betrachtete sie ebenfalls aufmerksam. »Ich verstehe, was du meinst, Nicholas. Und es ist ein wunderschönes Bild.«

»Hm.« Nicholas starrte weiterhin auf das Gemälde. »Wisst ihr was? Ich glaube, ich habe das Kleid noch. Gina, Sie sollen es bekommen.«

»Nein, auf keinen Fall!«, antwortete sie spontan. »Es gehört Ihnen.«

»Oh, nehmen Sie es ruhig! Es modert sonst nur vor sich hin.«

»Unter gar keinen Umständen. Es muss außerordentlich wertvoll sein, außerdem würde es mir ohnehin nicht passen.« Gina hoffte, dass dieses letzte Argument dieser peinlichen Unterhaltung ein Ende bereiten würde.

Das war leider nicht der Fall. Nicholas und Matthew starrten sie beide aufmerksam an, als nähmen sie ihre Maße und verglichen sie mit jenen der Dame auf dem Gemälde. Sie fühlte sich immer unbehaglicher. »Ich denke, es würde Ihnen passen«, meinte Nicholas schließlich. »Sie sind ja sehr schmal, und sie war schwanger, als das Gemälde entstand.«

Es wurde immer schlimmer. »Jetzt muss ich mich fragen, ob ich beleidigt sein soll«, sagte Gina errötend.

»Oh, nein, das müssen Sie nicht!«, erwiderte Nicholas. »Trinken Sie noch einen Sherry! Oder sollen wir auf Wein umsteigen? Ich habe einen sehr annehmbaren Burgunder im Keller. Ich werde Bernard bitten, ihn heraufzuholen.«

»Das war einer der amüsantesten Abende, die ich je erlebt habe«, sagte Gina, als Matthew und sie schließlich wieder im Auto saßen.

»Das hat nicht zufällig etwas damit zu tun, dass ihr beide, Nicholas und du, euch eine ganze Flasche Burgunder geteilt habt?«, fragte Matthew schmunzelnd.

»Zum Teil natürlich schon«, antwortete Gina aufrichtig und gab sich Mühe, deutlich zu sprechen. »Aber es war einfach reizend. Nicholas ist so lustig und so nett. Und er weiß so viel über Architektur und Kunst und all das.«

»Nun, ganz offensichtlich fand er dich sympathisch.«

Sie lachte. »Er hat mich zum Trinken genötigt. Allerdings ohne Hintergedanken«, fügte sie hinzu, denn sie wollte Nicholas nicht kritisieren. Sie schwieg kurz. »Ich brauche jetzt unbedingt eine Tasse Tee.«

»Bevor ich dich absetze ...«

»Möchtest du nicht auch einen Tee? Ich habe noch Kekse und einen halben Weihnachtskuchen, den Sally mir mitgegeben hat.« Sie gab sich Mühe, nicht zu eifrig zu klingen.

»Nein, danke, aber ich möchte dich um einen großen Gefallen bitten.«

»Oh! Dann schieß mal los!« Sie fragte sich, warum er nicht auf eine schnelle Tasse Tee bleiben konnte. Versuchte er etwa, einem verfänglichen Moment mit ihr allein aus dem Weg zu gehen?

»Na ja, ich habe dir doch erzählt, dass ich Weihnachten normalerweise bei Jenny verbringe, sie aber dieses Jahr zu ihren Verwandten fahren musste.«

»Mm.« Gina kämpfte noch mit ihrer Enttäuschung. Hatte er Angst, sie könnte sich auf ihn stürzen, sobald er durch ihre Tür trat? Hatte er versucht, sie abzuschrecken, indem er ihr von seiner Exfrau erzählt hatte?

»Sie kann ihre Verwandten nicht allein lassen, weil sie festgestellt hat, dass sie inzwischen große Mühe haben, mit ihrem Alltag zurechtzukommen. Heute Morgen hat sie mich angerufen, um mir mitzuteilen, dass sie erst wieder ins Zentrum zurückkehren kann, wenn sie ein Pflegeheim gefunden hat, das ihre Angehörigen aufnehmen kann. Das könnte Wochen, wenn nicht sogar Monate dauern.«

»Und?« Inzwischen hatte sie eine Ahnung, worauf er hinauswollte.

»Du weißt ja, dass sie eine ganze Menge für mich tut, doch am wichtigsten für mich ist natürlich, dass sie sich um Oscar kümmert, wenn ich fort bin.«

Gina sank der Mut. Der Gedanke an den Riesenhund in ihrem kleinen Cottage war beängstigend. »Du möchtest, dass ich mich um ihn kümmere?«

»Mehr als das ...«

»Noch mehr? Besitzt du eine Herde Schafe, die du mir bisher verschwiegen hast?«

Er lachte leise. »Nein, aber es gibt da ein verdammt großes Antiquitätenzentrum, das du bereits kennst.«

»Tut mir leid, ich verstehe nicht ganz.«

»Ich möchte dich bitten, ins Zentrum zu ziehen und dich darum und um Oscar zu kümmern, solange ich mich auf dieser Einkaufsreise nach Frankreich befinde.«

»Wann wirst du aufbrechen?«

»In ungefähr vierzehn Tagen.«

»Ich habe dir doch erzählt, dass ich meine Eltern besuchen werde, oder nicht?«, fragte Gina.

»Doch, das hast du. Wann wirst du noch mal zurückkommen?«

»Ende Januar. Ich fliege nicht oft zu ihnen, daher bleibe ich immer eine ganze Weile.«

»Ich muss erst am ersten Februar aufbrechen.«

Gina schluckte. »Wie lange bleibst du?«

»Höchstens zwei Wochen.«

»Wo würde ich denn schlafen?«

»In meiner Wohnung natürlich. Verlange ich zu viel von dir?«

»Nein, selbstverständlich nicht«, erwiderte sie, während sie in Gedanken hektisch nach einer guten Ausrede suchte, um abzulehnen. »Ich sehe da kein Problem.« Es war nicht der richtige Augenblick, Matthew zu erzählen, dass nicht *Probleme* das Thema waren – es waren Geister. Die Vorstellung, ganz allein in diesem riesigen alten Haus voller Antiquitäten zu übernachten, erschreckte sie zu Tode. Doch wenn sie das zugab, würde Matthew sie verachten. Außerdem wurde ihr jetzt klar, dass sie halb gehofft hatte, er würde ihr vorschlagen, ihn auf seiner Reise zu begleiten, um Erfahrungen zu sammeln.

»Danke, Gina. Ich wusste, dass ich mich auf dich verlassen kann.«

Sie unternahm einen kläglichen Versuch, fröhlich zu lachen. Wie hatte sie je glauben können, es wäre eine gute Sache für sie und ihn, einfach nur *gute Freunde* zu sein?

20. Kapitel

Nach einer wunderschönen und faulen Zeit bei ihren Eltern kehrte Gina nach England zurück. Gleich am nächsten Tag brach sie früh zum French House auf.

Matthew hatte Oscar an dem Morgen, an dem Gina eintreffen sollte, zu einem der Händler nach Hause gebracht, weil er selbst schon bei Tagesanbruch die Fähre hatte erreichen müssen.

Zwar hatte Matthew es nicht mehr erwähnt, doch Gina musste unwillkürlich daran denken, dass er auch seine Exfrau besuchen wollte, um zu sehen, ob sie inzwischen zur Vernunft gekommen war. Als Gina ihren Koffer in Matthews Schlafzimmer abstellte, fragte sie sich, ob er damit Erfolg haben würde.

Wenn sie selbst eine Exfrau wäre und der Richter beschlossen hätte, dass sie Anspruch auf eine bestimmte Geldsumme hätte, die ihren Ehemann jedoch finanziell zu stark belastete, würde sie dann darauf bestehen?

Sie gelangte zu der Schlussfolgerung, dass es davon abhängen würde, warum die Ehe in die Brüche gegangen war. Wenn sie total verbittert wäre, würde sie vielleicht alles haben wollen, was ihr zustand, aber sonst? Es war schwer zu sagen. Niemand wusste, was in der Ehe anderer Menschen vor sich ging. Dann ertappte sie sich dabei, wie sie sich Sorgen machte, dass Matthew noch Gefühle für Yvette haben könnte. Vielleicht war das der Grund, warum er, was sie, Gina, anging, nichts unternahm oder nichts unternehmen wollte – er war sehr nett zu ihr, doch dieses Knistern, das sie an Weihnachten so sicher gespürt zu haben glaubte, schien verschwunden zu sein.

Je mehr sie darüber nachdachte, desto sicherer war sie sich, dass er sie am Abend des ersten Weihnachtstages in den Arm genommen hätte, wenn ihr Telefon nicht geklingelt hätte. Und er hatte sich auch nicht verliebt angehört, als er von Yvette gesprochen hatte – eher wie ein Mann, der sich von einem Ärgernis belastet sah, das er gern loswerden wollte.

Und da sie gerade an Ärgernisse und Expartner dachte, stellte sie ihren Laptop auf Matthews Schreibtisch und schrieb eine E-Mail an Egan. Das hatte sie schon seit einer Ewigkeit erledigen wollen, doch jetzt hatte sie das Gefühl, dass der richtige Zeitpunkt gekommen war, um andere Saiten aufzuziehen.

Lieber Egan,

es ist schon eine Weile her, dass wir zuletzt voneinander hörten, aber jetzt möchte ich dich um die fünftausend Pfund bitten, die du mir schuldest. Ich hoffe, ich habe dir genug Zeit eingeräumt, um das Geld aufzutreiben.

Ein Scheck an die Adresse des French House wäre der beste Weg, mir das Geld zukommen zu lassen.

Beste Grüße
Gina

Sie war stolz auf sich und kochte sich erst einmal eine Tasse Kaffee. Vermutlich hatten verletzter Stolz und die grässliche Vorstellung von dem, wofür er das Geld ausgegeben hatte – andere Frauen –, sie bisher davon abgehalten, die Summe zurückzufordern. Doch inzwischen war sie deutlich stärker geworden.

Erneut betrachtete sie die lange Liste, die Matthew ihr hinterlassen hatte, und lächelte. Er war sehr gründlich, doch es handelte sich dabei eher um eine Notiz ähnlich der, die man seiner Putzfrau hinterlassen würde. Es versetzte ihr einen Stich, als ihr auffiel, dass er nicht einmal einen herzlichen Gruß angefügt hatte.

Gina genoss ihren Tag im Zentrum und fand Gefallen daran, verantwortlich zu sein, auch wenn es nur vorübergehend war. Sie plauderte mit den Händlern, wenn sie nicht beschäftigt waren, und spielte mit ein paar Kindern, damit deren Eltern sich in Ruhe umsehen und etwas einkaufen konnten. Dabei war sie sich sicher, dass mehr Kunden kamen – sowohl Einheimische als auch Touristen – als zu der Zeit, zu der Sally und sie dazugestoßen waren. Sie freute sich darüber. Trotzdem würde Matthew schrecklich viele Antiquitäten verkaufen müssen, um sich schließlich von Yvettes habgierigen Klauen befreien zu können. Sie seufzte. Vielleicht würde er auf dieser Einkaufsreise auf ein wertvolles Stück stoßen, dessen Wert niemand außer ihm erkannte, und damit ein Vermögen erzielen.

Als Harold ihr Oscar brachte, ging sie mit dem Tier am Fluss spazieren. Dabei hatte sie eher das Gefühl, jemanden an der Hand zu halten, als einen Hund an der Leine zu führen. Es gefiel ihr: Überraschenderweise fühlte es sich an, als baute sie eine Beziehung zu Oscar auf, obwohl er ja nicht sprechen konnte.

Als sie den Laden abschloss und in die Wohnung hinaufging, beschloss sie, ihre Zeit hier zu genießen. Das würde sie Matthew erzählen, wenn er anrief.

Sie kochte eine Kleinigkeit, räumte die Küche auf und ließ sich auf dem alten Ledersofa nieder, um fernzusehen. Erst nachdem sie Oscar kurz in den Garten gebracht hatte und sie danach durch das leere Haus gingen, erinnerte sie sich an ihre Angst vor dem Alleinsein.

»Aber ich habe ja dich, Oscar«, sagte sie laut und wünschte sich sofort, sie hätte es nicht getan. Ihre Stimme ließ das Gebäude noch leerer klingen, vor allem, nachdem es tagsüber geschäftig und recht laut zugegangen war. Sie stürmte die Treppen hinauf und stieß die Tür auf. In der Wohnung würde sie sich sicherer fühlen. Oscar brauchte länger als sie, weil er nicht von dem Fluchtinstinkt getrieben wurde, der Gina ganz plötzlich überfallen hatte.

Nachdem sie die Tür hinter ihnen geschlossen hatte, ging es ihr ein bisschen besser, doch sie konnte den Gedanken an das große, leere Gebäude nicht ganz verdrängen. Sie schenkte sich ein Glas Wein ein und schaltete den Fernseher wieder ein. Etwas Beruhigendes würde ihr bestimmt guttun. Nachdem sie jede Taste auf der Fernbedienung ausprobiert hatte, wurde ihr klar, dass man in Matthews Wohnung nur drei Sender empfangen konnte; sie hatte die Wahl zwischen einer düsteren Dokumentation über das Abschmelzen der Polkappen, das schließlich das Ende der Welt besiegeln würde, einem schrecklichen skandinavischen Thriller über einen Serienmörder und einer Sendung über Bräute, deren Mütter noch furchteinflößender waren als der schwedische Axtmörder.

Vielleicht war es eine gute Idee, früh zu Bett zu gehen. Wenn sie schlief, konnte sie sich nicht fürchten, richtig? Sie wünschte, Matthew wäre hier – nicht nur, damit er die Gespenster vertreiben konnte, die sie in den Schatten vermutete. Eigentlich hatte sie erwartet, dass es schön wäre, sich in seiner Wohnung aufzuhalten und von seinen Habseligkeiten umgeben zu sein, doch in Wahrheit vermisste sie ihn hier umso mehr.

Oscar ließ es widerstandslos zu, dass sie seine Decke ins Schlafzimmer zog, und legte sich sofort darauf. »Okay, guter Junge«, sagte sie. »Ich schalte jetzt das Licht aus und versuche zu schlafen. Dann kann ich morgen auch früh aufstehen, um mit dir rauszugehen.«

Sie war sich nicht sicher, was sie geweckt hatte. Es könnte die Kirchenuhr gewesen sein, die gerade schlug. Automatisch zählte sie die Schläge mit. Mitternacht. Oh, nein, es war erst vierundzwanzig Uhr, sie war hellwach, und die ganze Nacht lag noch vor ihr!

Dann hörte sie plötzlich ein dumpfes Geräusch. Es kam aus dem unteren Stockwerk. Gina unterdrückte einen Schrei.

»Oscar, was soll ich bloß tun?«

Der Hund hob kaum den Kopf. Offensichtlich hatte er das Geräusch auch gehört, zog es aber vor, es zu ignorieren.

»Okay, ich weiß, was ich zu tun habe. Ich muss runtergehen und nachsehen. Schließlich befinde ich mich ja nicht in einem Gruselroman. Ich schaue jetzt nach, ob alles in Ordnung ist. Und es wird auch alles in Ordnung sein. Das hier ist schließlich das wirkliche Leben. Aber du musst mich begleiten, Oscar, hörst du?«

Sie schlüpfte in ihre Hausschuhe und den Morgenmantel und griff nach der Taschenlampe, die Matthew bereitgelegt hatte.

Oscar hatte keine Lust mitzukommen. Es war deutlich zu erkennen, dass er lieber weiterschlafen wollte.

»Ich weiß, du hältst mich bestimmt für einen schrecklich neurotischen Angsthasen, aber ich kann nicht allein da runtergehen. Tut mir leid!«

Sie bückte sich und packte sein Halsband, um gegebenenfalls daran zu ziehen. Zum Glück reagierte er auf die Aufforderung und stand von allein auf. Hätte er sich geweigert, sie hätte keine Chance gehabt.

Bevor sie die Wohnung verließ, schaltete sie alle Lichter ein und öffnete die Tür sperrangelweit, damit sie schnell hineinlaufen konnte, falls es nötig sein sollte. Sie wusste nicht, womit sie rechnen sollte, doch nichts zu unternehmen stand nicht zur Debatte. Schließlich verließ Matthew sich auf sie. Und er musste ja nicht erfahren, was für ein Feigling sie war.

Oscar stöhnte, als sie sich auf dem Weg nach unten an ihn drängte. »Oh, es tut mir ehrlich leid, aber ich brauche dich.«

Unten angekommen, ließ sie ihn kurz los, um sich mithilfe

der Taschenlampe umzusehen. Doch der schmale Lichtkegel ließ die Dunkelheit ringsum nur noch bedrohlicher wirken. Also ging sie zum Lichtschalter und schaltete das Licht an.

Der Raum sah genauso aus wie immer. Weder Gespenster noch Eindringlinge waren zu sehen. Sie entdeckte nichts, was sie aufgeweckt haben könnte. Versteckte der Verursacher des Geräusches sich vielleicht irgendwo, um sie hinterrücks niederzuschlagen und dann die Antiquitäten zu stehlen? Oder um den Safe aufzubrechen, in dem sich sämtliche Einnahmen befanden? Im hellen Licht und angesichts eines offensichtlich gelangweilten Oscars kam ihr das ziemlich unwahrscheinlich vor. Wenn aber tatsächlich ein Eindringling im Zentrum war, blieb zu hoffen, dass der bloße Anblick des Riesenhundes ihn in die Flucht schlagen würde – Oscar würde ihn bestimmt nicht angreifen. Als Wachhund war er nämlich eine absolute Niete.

Dann entdeckte sie den Schuldigen. In einer Ecke befanden sich einige mechanische Spielzeuge. Offenbar hatte ein Spielzeugsoldat mit einem beschädigten Bein eine Holzkugel angestoßen – sie gehörte zu einem Kegelspiel. Dann war die Kugel polternd auf den Boden gefallen und hatte sie aufgeweckt.

»Oh, du meine Güte!«, sagte sie zu Oscar. Da hatte sie Angst vor einem Spielzeug gehabt! Sie war sauer auf sich selbst. Zornig stürmte sie durch den Raum, stellte alles wieder an seinen Platz, stützte das Bein des Soldaten sicher ab und vergewisserte sich, dass er nicht mehr umfallen konnte. Dann schaltete sie die Lichter wieder aus und kehrte ins Bett zurück.

Am nächsten Morgen wurde sie von Oscar geweckt, der ihr mit der Schnauze ins Gesicht stupste. Da er vorher offenbar Wasser getrunken hatte, war diese Weckmethode äußerst effizient.

»Ist es schon so spät?« Sie wischte sich Wangen und Mund ab

und sah auf die Uhr. »Wachst du immer um sechs auf? Oder nur dann, wenn ich mich um dich kümmere?«

Sie stand auf und schlüpfte in Hausschuhe und Morgenmantel. Dann brachte sie Oscar hinunter in den Garten.

Später, nachdem sie das Zentrum geöffnet und die Kaffeemaschine in Gang gesetzt hatte, damit die Händler, die heute Dienst hatten, sich bedienen konnten, sah sie einen Mann durch die Tür kommen.

Vielleicht war sie wegen der vergangenen Nacht immer noch nervös, jedenfalls spürte Gina sofort, dass mit ihm etwas nicht stimmte. Er sah nicht wie jemand aus, der gern stöbern wollte, auch wenn sie inzwischen gelernt hatte, dass man Besucher nicht anhand von Kleidung, Akzent oder Verhalten einschätzen konnte. Dennoch war der Mann ihr nicht geheuer. Er kam geradewegs auf sie zu.

»Guten Morgen. Ich bin gekommen, um den Wert des Gebäudes zu schätzen.«

Gina blieb regungslos stehen. Sie war völlig durcheinander, doch sie gab sich Mühe, das nicht zu zeigen. Davon hatte Matthew nichts erwähnt. Sie war allein – was sollte sie dem Mann jetzt bloß sagen?

»Sind Sie dazu überhaupt befugt?«, fragte sie und wünschte sich, sie hätte genug Selbstvertrauen, um ihn einfach wegzuschicken.

Er hielt ihr einen Stapel Papiere unter die Nase. Gina warf einen kurzen Blick darauf. »Es tut mir leid, ich kenne keinen der Namen. Sie müssen warten, bis Mr. Ballinger Anfang nächster Woche wieder zurück ist.« Gina erwartete ihn schon ein wenig früher zurück, doch wenn dieser Mann befugt war, das Gebäude zu schätzen, wäre Matthew sicherlich gern vorgewarnt. War er tatsächlich dazu berechtigt? Und wer hatte das Ganze in die Wege geleitet? Matthew bestimmt nicht, er hätte sie darüber informiert.

»Ich handele auf Anweisung von Mr. Ballingers Exfrau. Sehen Sie, hier steht ihr Name. Wenn Sie die notariellen Urkunden überprüfen, werden Sie dort ihren Namen finden.«

Hektisch überlegte Gina, was sie sonst noch tun könnte.

»Ich glaube nicht, dass die Urkunden sich hier befinden. Sind sie nicht üblicherweise bei der Bank hinterlegt?«, schlug Gina vor.

»Nur wenn der Grundbesitz mit einer Hypothek belastet ist«, erwiderte der Mann mit Nachdruck, als wäre sie eine Idiotin, weil sie das nicht wusste.

Sie seufzte. Offenbar funktionierte ihr Gehirn aufgrund der unterbrochenen Nachtruhe noch nicht so, wie es sollte.

»Können Sie bitte warten, während ich Mr. Ballinger anrufe? Ich hole Ihnen gleich einen Kaffee, die Maschine läuft schon.«

»Sie können gern telefonieren, doch das wird nichts ändern. Ich habe strikte Anweisungen.«

Das hatte ihr gerade noch gefehlt. Sie betete, dass bald einer der Händler eintreffen würde. Diese verdammte Frau!, dachte Gina, als sie die Treppe hinauflief, um in Ruhe telefonieren zu können. Offensichtlich hatte Yvette gewartet, bis Matthew nicht da war, um das erledigen zu lassen. Doch vielleicht hatte Matthew auch nur vergessen, ihr, Gina, davon zu erzählen. Aber das konnte sie sich eigentlich nicht vorstellen, es passte einfach nicht zu ihm. Leider erreichte sie Matthew nicht. Sie hinterließ ihm eine Nachricht und überlegte, was sie jetzt tun sollte. Zwar wollte sie den Mann nicht zu lange allein lassen, doch sie musste etwas unternehmen.

Sollte sie die Urkunden suchen? Der Mann unten war so sehr davon überzeugt, dass er berechtigt war, das Haus zu schätzen – würde es da einen Unterschied machen, wenn sie die notariellen Urkunden fand? Sie holte tief Luft. Eine Bewertung musste nicht zwangsläufig bedeuten, dass das Gebäude automatisch auch zum Verkauf angeboten werden würde. Wahrscheinlich wollte Yvette nur wissen, wie hoch der Wert des Anwesens war und wie viel sie für sich herausschlagen konnte. Gina musste jetzt einfach die Ruhe bewahren.

Weil sie Verlangen nach einem Kaffee hatte, beschloss sie, sich erst einmal darum zu kümmern; mit etwas Glück würde bald einer der anderen eintreffen, der dann den Mann im Auge behalten konnte, während sie nach den Dokumenten suchte. Sie hatte den dringenden Wunsch, dafür zu sorgen, damit Matthew nicht übervorteilt wurde.

Bill Morrison war bereits eingetroffen, als sie die Treppe wieder hinunterstieg. Der Gutachter hatte sein elektronisches Maßband gezückt und machte sich Notizen.

Gina nahm Bill am Arm. »Können Sie den Herrn dort im Auge behalten, während ich für uns alle Kaffee hole? Bestimmt will er nichts stehlen, aber man kann ja nie wissen.«

»Wer ist er?«, fragte Bill.

Plötzlich wurde ihr bewusst, dass sie ihm nicht anvertrauen konnte, dass das Zentrum möglicherweise in Gefahr war (Matthew wollte das vielleicht nicht). Daher sagte sie: »Oh, ich glaube, Matthew denkt über neue Teppichböden nach. Er hat mich informiert, dass jemand kommen würde, um Maß zu nehmen.«

Als sie wieder in die Wohnung hinaufging, steuerte sie direkt Matthews Arbeitszimmer an. Es fühlte sich vollkommen falsch an, den Schreibtisch zu öffnen und nach Unterlagen zu suchen, doch jetzt war nicht der richtige Zeitpunkt, um zimperlich zu sein. Natürlich gab es keine Akten mit der Aufschrift *Notarielle Urkunden*, doch sie nahm einfach die oberste Akte zur Hand. Wenn sie nicht schnell etwas fand, würde sie aufgeben.

Sie stieß auf nichts, das auch nur entfernt wie eine Grundstücksurkunde aussah. Ganz oben lag ein Stapel Kontoauszüge. Obwohl ihr klar war, dass sie sie einfach zurücklegen sollte, blätterte sie sie wie unter Zwang durch. Ein Dauerauftrag sprang ihr sofort ins Auge. Er belief sich auf fünfhundert Pfund im Monat, zahlbar an Yvette Dupont – Matthews Exfrau.

So schnell wie möglich legte sie die Akte zurück und eilte wieder die Treppe hinunter. Sie trank von ihrem inzwischen kalt gewordenen Kaffee und folgte dem Gutachter auf Schritt und Tritt durch das Gebäude.

Sobald der Mann das Zentrum verlassen hatte, eilte sie zum Bäcker, um anstelle eines Frühstücks süßes Gebäck zu besorgen. Als sie sich gerade den Rest davon in den Mund stecken wollte, sah sie Carmella den Laden betreten. Sie trug den langen Wildledermantel, und ihr karamellfarbenes Haar war zu einem Nackenknoten zusammengefasst, der Gina an Grace Kelly in ihrer zeitlosen Schönheit denken ließ. Auch das noch! Falls Carmella jedoch auf Einkaufstour sein sollte, würde Gina hart verhandeln.

Entschlossen trat sie auf Carmella zu. »Guten Morgen«, sagte sie mit ihrer besten Marketingstimme. »Kann ich Ihnen weiterhelfen?«

Carmella warf einen routinierten und abschätzenden Blick in den Raum. »Ich sehe mich nur ein wenig um«, antwortete sie.

Aus irgendeinem Grund gewann Gina den Eindruck, dass es nicht die Antiquitäten waren, für die sie sich interessierte. »Leider konnte ich noch keine weiteren Parfümflakons auftreiben«, sagte Gina, »doch es gibt bestimmt viele andere Dinge, die Ihnen gefallen könnten.«

»Ja, ganz bestimmt.«

Gina wollte ihr nicht folgen, daher sah sie nur zu. Sie war entschlossen, einen richtig hohen Preis für alles zu nennen, was nicht mit Preisschildern versehen war. Doch Carmella zeigte überhaupt kein Interesse an den Antiquitäten.

Gina hatte sich in die Küche zurückgezogen, um ein paar Tassen zu spülen, als auf einmal Carmella auftauchte.

»Ich will ganz offen sein. Ich bin nicht an den Antiquitäten hier interessiert. Ich möchte das Gebäude kaufen.«

»Wie bitte?«

Carmella lächelte, wiederholte ihre Worte jedoch nicht. Gina wurde plötzlich übel, und ihr Mund war ganz trocken.

»Es steht nicht zum Verkauf«, brachte sie schließlich hervor. Aber stimmte das auch? Was hatte es mit der Schätzung des Gebäudes auf sich? Die Lage musste schlimmer sein, als sie vermutet hatte.

Carmella zog eine perfekt geformte Augenbraue hoch. »Sind Sie sich da sicher?« Sie zuckte herablassend mit den Schultern. »Wie auch immer, ich möchte, dass Sie mich herumführen. Möglicherweise müssen einzelne Stücke zur Seite gerückt werden, damit ich alles besser sehen kann.«

Carmellas schwacher ausländischer Akzent schien dem Ganzen noch mehr Nachdruck zu verleihen, doch jetzt wurde Gina energisch. »Es tut mir leid, ich kann unmöglich Möbel verrücken. Ich bin nicht die Besitzerin, und ich bin nicht darüber informiert worden, dass das Gebäude möglicherweise verkauft werden soll. Sie werden wiederkommen müssen, wenn Matthew Ballinger wieder da ist.«

»Ich weiß, wann Mr. Ballinger zurückkommt, vielen Dank, und so lange will ich nicht warten. Und wenn das Gebäude jetzt noch nicht zum Verkauf steht, dann wird sich das bald ändern.«

»Das können Sie unmöglich wissen.« Obwohl Gina sich selbstbewusst gab, war diese Eröffnung ein herber Schlag für sie.

»Oh, doch, ich weiß es, denn ich bin mit Yvette Dupont befreundet. Sie hat mir versichert, dass das Anwesen sehr bald auf den Markt kommt, und zwar zu einem sehr guten Preis. Es ist genau das, was ich suche.«

»Wozu brauchen Sie denn noch eine Immobilie? Sie haben doch schon das Geschäft in der Stadt.«

»Offensichtlich haben Sie es bereits gesehen. Es ist winzig. Ich wusste von Anfang an, dass es zu klein ist, doch als ich erfahren habe, dass das French House bald zum Verkauf steht, habe ich beschlossen, hier schon mal Fuß zu fassen.«

Gina kochte innerlich vor Wut. Konnte es wahr ein, was Carmella da erzählte? Zwar wusste Gina, dass Matthew Yvette Geld schuldete – wahrscheinlich eine ganze Menge –, aber so weit konnte es doch wohl nicht gekommen sein, oder? Der Gedanke an den netten alten Antiquitätenhändler, den Carmella aus einem Laden geworfen hatte, der für ihre Zwecke von Anfang an zu klein gewesen war, erzürnte Gina noch mehr. Dementsprechend wurde ihre Haltung noch eisiger. »Warum haben Sie das getan? Was für eine Geldverschwendung! Wenn Sie wirklich wussten, dass das French House zum Verkauf steht, warum haben Sie dann nicht abgewartet?«

»Ich werde das andere Geschäft ebenfalls behalten und dort nur Schmuck anbieten. Und warum hätte ich warten sollen? Ich wollte mir im Ort bereits einen Namen machen, bevor ich mit dem French House für Furore sorgen werde.« Sie hielt inne. »Was geht Sie das überhaupt an? Sie arbeiten doch bloß hier, oder nicht?«

Gina war verzweifelt. Tatsächlich hatte das Ganze eigentlich nichts mit ihr zu tun, doch bedeutete ihr das French House inzwischen sehr viel. Weil ihr spontan keine passende Antwort einfiel, zuckte sie bloß mit den Schultern.

»Also, führen Sie mich jetzt herum?«, fuhr Carmella kühl fort. »Sonst könnte noch etwas beschädigt werden, wenn ich selbst Gegenstände hin und her rücke.«

Gina überlegte kurz, ob es klug wäre, die Polizei zu rufen, um Carmella aus dem Gebäude werfen zu lassen. Doch das wäre eine lächerliche Überreaktion. Sollte sie Bill bitten, Carmella auf die Straße zu setzen? Nein. Bis sie ihm die Gründe erklärt hätte, hätte Carmella ihren Frust möglicherweise schon am

Inventar ausgelassen und vielleicht eine Staffordshire-Porzellanfigur von der Königin von Preußen quer durch den Raum gepfeffert.

»Okay. Ich führe Sie herum, aber Sie müssen so tun, als interessierten Sie sich generell für alte Häuser. Ich möchte die Händler nicht beunruhigen.«

Carmella zuckte mit den Schultern, nickte aber zustimmend.

»Natürlich steht das Gebäude unter Denkmalschutz«, erklärte Gina. »Kategorie eins, das heißt, dass man keine Veränderungen vornehmen darf, weder innen noch außen.« Dann fiel ihr ein, dass nur Herrensitze oder Gebäude wie die Westminster Abbey in die Kategorie eins fielen. Hoffentlich wusste Carmella das nicht! Doch nichtsdestotrotz war sie ziemlich sicher, dass sie hinsichtlich der Änderungen recht hatte.

Carmella lächelte hochmütig. »Kein Problem. In jedem einzelnen kleinen Raum wird ein anderer Teil meiner Kollektion ausgestellt werden.«

»Natürlich ist es hier auch schrecklich feucht«, fuhr Gina fort und führte Carmella schnell an Tiggy vorbei. Sie betraten einen hübschen Raum, in dem es nach Lavendel und Bienenwachs duftete.

»Wirklich?« Carmellas Tonfall verriet ihr, dass sie Ginas Lüge durchschaute. Schweigend gingen sie durch das ganze Gebäude.

Bevor Carmella aufbrach, sagte sie: »Es ist einfach perfekt. Stellen Sie bitte auf jeden Fall sicher, dass Mr. Ballinger erfährt, dass ich ihm ein Angebot unterbreiten möchte! Es ist nicht nötig, das Gebäude auf den Markt zu bringen.«

Gina nickte kühl. Carmella und Yvette hatten offenbar schon alles genau geplant. »Ich werde dafür sorgen.« Dann knallte sie scheppernd die Tür hinter Carmella ins Schloss.

»Was hat sie getan, um Sie so zu verärgern?«, fragte Bill. »Sie sind doch sonst nie schnippisch gegenüber Kunden.«

Gina seufzte. »Das stimmt, sie war eine Ausnahme.«

An diesem Abend beschloss Gina, jegliche Geräusche in der Nacht einfach zu ignorieren. Es gab genug reale Dinge, die sie ängstigten. Sie teilte Oscar ihren Entschluss mit, als sie nach seinem letzten Ausflug in den Garten die Treppe hinaufstiegen. Anscheinend billigte er ihren Plan.

Zum Glück war sie nach der letzten schlechten Nacht und den Aufregungen so müde, dass sie wie ein Murmeltier schlief. Ihre letzten beiden Gedanken vor dem Einschlafen waren folgende: Diebe, nehmt mit, was ihr wollt, aber weckt mich nicht auf! Und: Matthew, komm bitte schnell wieder nach Hause!

21. Kapitel

»Ich kann es nicht fassen, wie du das hinbekommen hast!«, sagte Sally und hielt ihre Töchter fest an der Hand – Sephie trug inzwischen keine Armschlinge mehr –, während Gina einen Scheck in die Schublade legte. »Du hast gerade einen Schreibtisch verkauft, und es hat sich angehört, als wüsstest du tatsächlich, wovon du sprichst.«

»Nicht bloß einen Schreibtisch, Süße, es war ein Zylinderbureau. Stimmt, der Käufer hat bemerkt, dass das Möbelstück leicht beschädigt ist, aber als ich ihn darauf hingewiesen habe, dass er es sich sonst auch nicht leisten könnte, hat er lammfromm gezahlt.«

Ginas »Amtszeit« war fast vorüber, und sie hatte im Laufe der Tage, in denen sie verantwortlich gewesen war, deutlich an Selbstvertrauen gewonnen – zumindest im Hinblick auf Antiquitäten.

»Trotzdem bin ich von deinem Fachwissen beeindruckt, Gina«, sagte Sally und hielt Ariadne fest, die sich ihrem Griff entwinden wollte. Sephie, normalerweise die Anführerin, war seit ihrem Unfall ein bisschen anhänglicher, was auch bedeutete, dass Sally in der letzten Zeit keine Zeit gehabt hatte, ins Zentrum zu kommen. Wenn sie sich nicht um die Mädchen gekümmert hatte, hatte sie Dekoartikel für Carmellas Shop gefertigt.

Gina ignorierte das Kompliment. »Ich weiß tatsächlich ein ganz kleines bisschen mehr als zuvor. Du aber auch.«

»Ich glaube, Rainey wäre sehr stolz auf uns, vor allem auf dich«, meinte Sally und bekam die kleine Ausreißerin wieder zu fassen, bevor sie sich auf eine Chaiselongue aus dem achtzehnten Jahrhundert werfen konnte.

»Das glaube ich auch. Das Verkaufen war noch nie problematisch, doch ich habe kürzlich eine Sammlung Krimskrams erworben«, berichtete Gina stolz. »Ich zeige dir die Sachen gleich.« Sie biss sich auf die Lippe. »Ich hoffe, ich habe die Verkäuferin, eine wirklich nette Frau, nicht übers Ohr gehauen, doch sie wirkte überglücklich. Wahrscheinlich war der Deal in Ordnung. Natürlich werden wir erst richtig wissen, was ich da gekauft habe, wenn Matthew zurückkommt. Ähm – Ariadne! Bitte fass nichts an, ja, Süße?«

»Wann rechnest du mit ihm?«

»Ich weiß es nicht genau. Er hat mir vorhin eine SMS geschickt, dass es davon abhängt, welche Fähre er erwischt. Ich hoffe, er kommt gleich morgen früh.«

»Willst du ihn unbedingt wiedersehen, oder möchtest du so schnell wie möglich zurück nach Hause?«, frotzelte Sally.

»Hör auf, mich verkuppeln zu wollen! Keines von beidem trifft zu – auch wenn ich froh bin, die Verantwortung nicht länger zu tragen.« Und ihn wiederzusehen, aber das sprach sie nicht laut aus.

»Hattest du denn oft Kontakt mit ihm?«

»Geht so.« Gina gab vor, damit zufrieden zu sein, doch in Wahrheit war sie ein bisschen beleidigt, dass Matthew sich nicht öfter gemeldet hatte. Sie hatte jedenfalls ständig an *ihn* gedacht. Als Antwort auf ihre Mailbox-Nachricht über den Gutachter und die zweite wegen Carmella hatte er ihr bloß eine SMS geschickt, in der er ihr riet, sich keine Sorgen zu machen. Seitdem hatte sie nichts mehr von ihm gehört.

»Du glaubst aber nicht, dass er wieder mit seiner Frau zusammen ist, oder?«

»Natürlich nicht. Und falls es doch so ist, geht es mich nichts an. Diese dumme Frau!«

»Es ist nur das, was *ich* denken würde, sonst nichts«, meinte Sally.

»Nun, ich denke es nicht«, sagte Gina fest, obwohl das nicht ganz der Wahrheit entsprach, nachdem ihre Schwester ihr jetzt den Floh ins Ohr gesetzt hatte.

»Und sonst gibt es nichts, was du mir nicht erzählt hast?«

»Nein!«

»Du kommst mir einfach etwas rastlos vor.«

Gina nahm ihre Schwester kurz in den Arm. »Oh, das liegt bloß an meiner Anspannung. Diese Verantwortung geht mir an die Substanz.« Das war nur ein Teil der Wahrheit, doch sie hatte Sally auch nichts von Carmellas Besuch erzählt, weil es dabei nicht um ihr Geheimnis, sondern um Matthews ging.

»Na ja, die Verantwortung bist du ja bald wieder los.«

Gina nickte. »Aber ich werde Oscar vermissen. Er ist für mich inzwischen wie ein guter Freund, nicht nur irgendein Hund.«

Alle anderen waren bereits nach Hause gegangen, und Gina wollte eigentlich bald abschließen, als sie auf die Idee kam, noch einen Blick auf die Buchführung zu werfen. Sie beugte sich gerade über das Hauptbuch, als plötzlich jemand hinter ihr auftauchte und ihr eine Hand über die Augen und die andere um die Taille legte.

Erschreckt quiekte sie auf und riss sich los. Dabei setzte sie ihre Ellbogen ein, um den Angreifer abzuwehren.

»Heiliger Bimbam, Gina!«, sagte eine Stimme, die sie sofort erkannte. »Kein Grund, überzureagieren.«

Ginas Herz raste, als sie sich umdrehte. »Egan! Du verdammter Idiot! Was zum Teufel tust du hier?« Sie kochte vor Zorn – es war unmöglich, nicht überzureagieren, wenn man von hinten angegriffen wurde. Obwohl ihr Gehirn inzwischen begriffen hatte, dass das Egan war, ihr Ex, und niemand, der ihr etwas antun wollte, schlug ihr Herz immer noch heftig.

»Ich dachte, es wäre lustig, dich zu überraschen. Und so überraschend kann mein Erscheinen ja auch gar nicht sein – ich habe dich gesehen, als du in den Laden gespäht hast. Also wusstest du schon, dass ich jetzt in der Gegend bin.«

»Jeder, der sich von hinten an mich heranschleicht, würde mich auf den Gedanken bringen, dass ich angegriffen werde!«

Er seufzte. »Es tut mir leid. Ich wollte dich nicht erschrecken, ich bin bloß vorbeigekommen, um ein bisschen mit dir zu plaudern.«

»Ich wollte den Laden gerade schließen«, erwiderte sie forsch. Sie war immer noch aufgewühlt.

Er warf einen Blick auf seine Armbanduhr, eine goldene Rolex, die Gina noch nicht kannte. »Was? Um kurz nach vier? Dann laufen die Geschäfte also nicht besonders gut?«

»Doch, danke.«

Egan schüttelte den Kopf. »Die Gerüchte sagen etwas anderes.«

»Oh, du meine Güte! Das hier sind die Cotswolds; wir befinden uns nicht in einer amerikanischen Krimiserie.«

»Mach mal langsam, altes Mädchen!« Er hob die Hände. »Ich komme in friedlicher Absicht!«

Verspätet fiel ihr ein, dass sie ihm eine E-Mail geschickt und ihr Geld zurückgefordert hatte. Sie versuchte, den Schock und die Verärgerung abzuschütteln. »Oh, in Ordnung.«

»Ich dachte, ich schaue persönlich vorbei und stelle dir den Scheck aus – hast du vielleicht etwas zu trinken für mich?«

Zwar hatte Gina eigentlich keine besondere Lust, mehr Zeit als unbedingt nötig mit Egan zu verbringen, doch sie wollte diesen Scheck endlich haben. Wenn sie Egan dafür eine Tasse Tee anbieten musste, sollte es ihr recht sein. Sie konnte selbst auch dringend etwas vertragen.

»Okay, also eine Tasse Tee, oder hättest du lieber Kaffee?«, fragte sie schicksalsergeben.

»Kaffee wäre super, danke.«

Nachdem sie zwei Tassen Kaffee aufgebrüht hatte, führte sie Egan zu einem Schreibtisch, wo sie sich setzen konnten.

Als sie ihren Stuhl weiter von ihm wegzog und sich dann niederließ, musterte sie ihn kurz. Sie musste zugeben, dass er gut aussah, auf eine konventionelle Art und Weise. Allerdings stellte sie fest, dass sie jetzt eher auf den unkonventionellen Typ Mann stand, wenn nicht sogar auf den leicht zerzausten. Außerdem fiel ihr auf, dass Egan deutlich kleiner als Matthew war, und sie fragte sich, was sie je an ihm gefunden hatte. Allerdings hatte er ihr unermüdlich den Hof gemacht, vermutlich hatte sie sich dadurch geschmeichelt gefühlt.

»Tut mir leid, dass ich dich so erschreckt habe«, wiederholte er mit dem Lächeln, mit dem er so oft seine Ziele erreichte. Bei ihr jedoch wirkte es nicht mehr. »Ich hätte nie gedacht, dass du solche Angst vor mir hast.«

»Ich hatte keine Angst *vor dir*, Egan. Ich hatte einfach nur Angst.«

Er nickte und führte aufreizend langsam seine Tasse an die Lippen. Offensichtlich war er fest entschlossen, eine Weile zu bleiben. »Wie kommst du denn mit dem Besitzer zurecht? Er scheint nicht viel drauf zu haben.«

Gina zwang sich, ihre Krallen sofort wieder einzufahren. »Ganz und gar nicht, er ist sehr … er ist überraschend dynamisch.«

»Wirklich?« Er lächelte spöttisch.

»Oh, ja, wirklich!« Sie würde sich auf keinen Fall dazu verleiten lassen, ein Beispiel für Matthews Tatendrang zu geben.

»Seid ihr … ähm … seid ihr zwei ein Paar?«

Gina war erbost. Wie konnte er es wagen! Das ging ihn schließlich überhaupt nichts an! Doch als sie gerade verneinen wollte, erkannte sie, dass es gut für das Zentrum sein könnte, wenn Egan – und damit auch Carmella – glaubten, Matthew und sie wären zusammen. »Ähm …«

»Du hältst ihn noch hin, stimmt's? Du hast dich immer schon gern geziert.«

Es war typisch Egan, alles auf Sex zu reduzieren! Wie hatte sie sich bloß so lange mit seinen Klischees abfinden können? Sie lächelte in der Hoffnung, rätselhaft zu wirken.

»Die Sache ist die«, fuhr Egan fort, »dass Carmella dieses Gebäude haben will, wie du ja bereits weißt. Es wäre perfekt für ihr Geschäft.«

Bei dem Gedanken an die schöne, verwöhnte Carmella, die etwas bekam, einfach nur weil sie es haben wollte, krampfte sich Ginas Magen zusammen. »Es ist auch sehr gut für Antiquitäten geeignet.«

»Ja, aber die bringen nicht genug ein, stimmt's?«

»Wie kommst du darauf?« Gina hatte das Gefühl, dass der Antiquitätenhandel auf jeden Fall einträglich genug wäre, wenn Matthews Exfrau das Zentrum nicht so ausbluten würde.

»Carmella und Yvette kennen sich schon sehr lange. Und Yvette möchte, dass Carmella das Haus bekommt.«

»Das ist aber doch nicht ihre Entscheidung, nicht wahr?« Gina war klar, dass sie aus taktischen Gründen jede Art von Feindseligkeit besser vermeiden sollte, allerdings hatte sie keine Ahnung, wie lange sie das durchhalten konnte.

»Du weißt genauso gut wie ich, dass Yvette Anspruch auf die Hälfte des Hauses hat.«

»Wirklich?« Jetzt war es an ihr, ungläubig zu klingen, obwohl sie ihm zumindest teilweise glaubte. Schließlich war ihr bekannt, dass Matthew seiner Exfrau monatlich einen bestimmten Betrag überwies; außerdem hatte er angedeutet, dass sie sehr viel forderte. Doch stand ihr auch tatsächlich rechtsmäßig die Hälfte des Gebäudes zu? Das ist sehr gut möglich, dachte sie, wenn sie sogar einen Gutachter vorbeischickt.

»Okay, dann eben auf die Hälfte des Gebäudewertes. Du weißt doch, wie Scheidungen laufen, und Yvette hat einen sehr guten Anwalt.«

Gina zuckte mit den Schultern. »Das geht mich nichts an.« Sie wünschte sich, Oscar würde sich ein bisschen aktiver zeigen. Sie fände es sehr befriedigend, wenn er bellen, knurren oder Egan auf andere Art so richtig einschüchtern würde, dass er das Zentrum lieber verließ. Doch leider schlief er tief und fest in Jennys Zimmer.

»Ich bin davon überzeugt, dass es dich mehr angeht, als du zugeben willst.«

»Du kannst denken, was du willst, Egan. So, was ist denn nun mit dem Scheck?«

»Ah, ja, hm, ich glaube, ich habe mein Scheckbuch vergessen.« Also war sein ganzer Auftritt nur eine List gewesen, um sie auszuhorchen. Er hatte gar nicht vorgehabt, seine Schulden zu begleichen. »Wenn du mir deine Bankverbindung gibst, überweise ich dir das Geld direkt auf dein Konto.«

Aus irgendeinem Grund gefiel Gina der Gedanke nicht, dass Egan ihre Kontodaten kannte. »Ich möchte lieber einen Scheck haben, um ehrlich zu sein.«

»Du warst immer schon ein bisschen altmodisch, Gina.«

»Altmodisch genug, um der Meinung zu sein, dass Leute ihre Schulden relativ zeitnah begleichen sollten.«

»Schon gut, schon gut. Du bekommst dein Geld.«

»Gut.« Anscheinend erwartete er von ihr, dass sie sich auch noch dankbar zeigte, dass sie ihr eigenes Geld zurückbekommen würde, aber den Gefallen würde sie ihm nicht erweisen.

»Was willst du denn tun, wenn der Laden hier dichtmacht?«, fuhr er fort.

»Ich glaube nicht, dass es so kommen wird. Warum bist du dir dessen so sicher?«

»Weil Yvette ihr Geld haben und Carmella das French House unbedingt kaufen will.«

»Wie viel will Carmella denn zahlen?« Das war eine sehr unverblümte Frage, doch Gina hatte genug Fingerspitzengefühl bewiesen, fand sie.

Er nannte eine geradezu lächerlich niedrige Summe. »Warum um Himmels willen glaubst du, dass Matthew zu diesem Preis verkaufen könnte? Das ist doch vollkommen absurd.« Es war auch mehr als unwahrscheinlich, dass Yvette mit dieser Summe zufrieden wäre.

Egan grinste höhnisch und zuckte mit den Schultern. Am liebsten hätte sie etwas nach ihm geworfen, weil sein Gesichtsausdruck so blasiert und herablassend war. »Wer sonst würde es bei dieser Marktlage kaufen?«

»Für den Preis könnte jeder es erwerben. Wenn Matthew das Gebäude veräußern wollte, würde er es einfach auf den Markt bringen. Dann würde er auf jeden Fall einen deutlich höheren Preis erzielen.«

»Sieh den Tatsachen ins Auge, Schätzchen!« Er wedelte mit der leeren Kaffeetasse in ihre Richtung. »Es wird ein privater Deal werden. Yvette wird ihren Preis nennen, und Carmella wird ihn bezahlen. Matthew muss einfach nur akzeptieren, dass es so läuft.«

Gina stand auf. Jetzt hatte sie endgültig die Nase voll. »Ich verstehe wirklich nicht, warum das so sein sollte. Wenn Matthew bereit ist, das Ganze zu diesem Preis zu verkaufen, findet er ohne Probleme einen Käufer – wahrscheinlich bekommt er viel mehr.«

Egan erhob sich ebenfalls. »Er muss sofort verkaufen. Yvette wartet schon eine ganze Weile auf ihr Geld, und so schnell wird er keinen anderen Käufer – Barzahlungskäufer – finden.«

Im PR-Geschäft musste man schauspielern können. Also setzte sie ihr bestes skeptisches Lächeln auf. »Oh, wirklich?« Sie ahmte seine Betonung, die er vorher verwendet hatte, perfekt nach und legte damit nahe, dass er kompletten Unsinn redete. Sie klang durchaus überzeugend, doch innerlich fragte sie sich verzweifelt, ob all das wahr sein könnte.

»Ja, wirklich. Und du könntest es allen leichter machen, einschließlich Matthew.«

»Wie das denn?«

Egan trat hinter sie, legte ihr den Arm um die Schultern und zog sie an sich. »Indem du nett zu mir bist. Ich habe Einfluss auf Carmella.«

Gina war zu verblüfft, um gleich zu reagieren, doch als er sein Kinn an ihrer Wange rieb und sie küssen wollte, hatte sie sich wieder gefangen.

»Hör auf, Egan! Was tust du denn da?«

Er trat einen Schritt zurück und sah sie ungläubig an. »Ich bin nett zu dir! Du hast es immer gemocht, wenn ich deinen Hals geküsst habe.« Erneut kam er näher, seine Absicht war offensichtlich.

Schnell trat sie zurück und schauderte. »Nun, jetzt mag ich es nicht mehr.«

»Was? Auch nicht, wenn Matthew das macht?« Er griff nach ihr.

Nun hatte Gina endgültig genug. Sie versetzte ihm einen Stoß und rief: »Ich habe gesagt, dass du aufhören sollst! Verschwinde!«

Ihre Wut schien ihn zu erregen. »Ich glaube nicht, dass du das ernst meinst. Du hast mich geliebt, und ich habe nicht vergessen, wie wild du im Bett sein konntest.«

Gina hatte das Gefühl, sich übergeben zu müssen. Bei dem Gedanken, dass sie diesen widerlichen Typen einmal geliebt und Sex mit ihm gehabt hatte, schämte sie sich furchtbar. Warum hatte sie bloß Bill – oder auch Tiggy – nicht gebeten, ein wenig länger zu bleiben? Egan hätte nie gewagt, einen Annäherungsversuch zu unternehmen, wenn sie da gewesen wären. Zumindest hätte sie um Hilfe rufen können. Sie schlug die Hände vors Gesicht, um ihn nicht mehr sehen zu müssen.

Egan jedoch hielt ihre Geste anscheinend für eine Kapitulation, denn er legte die Arme um sie und begann, sie zu küssen. Obwohl sie sich wehrte, fuhr er damit fort, als wollte er sie durch seine erstickende Umarmung zur Unterwerfung zwingen. Sie kämpfte gegen ihn an, aber er war wesentlich größer und stärker als sie. »Komm schon, das gefällt dir doch!«, keuchte er, als er innehielt, um Atem zu schöpfen.

Verzweifelt trat sie nach seinen Schienbeinen, aber es gelang ihr nicht, einen Treffer zu landen. Inzwischen hatte er von ihrem Mund abgelassen und arbeitete sich mit Lippen und Zunge über ihren Hals zu ihrem Busen vor.

»Hau ab!«, schrie sie und keuchte vor Anstrengung, während sie sich zu befreien versuchte.

Plötzlich saß er auf dem Boden und sah aus, als wüsste er nicht, wie er dorthin gekommen war. Über ihm stand Matthew. »Ich glaube, Gina hat ihre Wünsche deutlich geäußert«, sagte er.

Oscar, der Ginas Kampf komplett verschlafen hatte, hörte Matthews Stimme und tauchte wie ein vierbeiniger Riese in der Tür auf. Dann bellte er einmal laut auf, sprang sein Herrchen an und legte ihm die Pfoten auf die Schultern.

»Verdammt!«, keuchte Egan. »Was zum Teufel ist das denn?«

Matthew schob Oscars Pfoten von den Schultern und drehte sich zu Egan um, der jetzt wieder aufgestanden war. »Das ist mein Hund. Und Sie sollten jetzt unverzüglich gehen.«

Matthew, Gina und Oscar sahen zu, wie Egan vorsichtig zur Tür ging, wobei er Oscar keine Sekunde aus den Augen ließ. Matthew öffnete die Tür und versetzte Egan einen kleinen Stoß, um ihn schnell hinauszubugsieren. Dann drehte er sich zu Gina um. »Geht es dir gut?«

Sie stellte fest, dass sie ganz weiche Knie hatte; außerdem war ihr schlecht. »Nein, ich glaube nicht!«, antwortete sie und taumelte in seine Arme.

Er hielt sie noch fester als zuvor Egan, doch diesmal fand sie es ganz wunderbar, von einem Mann so umfangen zu werden. Endlich fühlte sie sich sicher!

Sie klammerte sich an ihn, als wären sie jahrelang getrennt gewesen. Als sie ihn schließlich losließ, fragte Matthew: »Was hat dieser Mistkerl dir angetan? Du zitterst ja! Er hat dich doch nicht ...«

»Nein ... nein, nichts Schreckliches«, flüsterte sie und ließ seinen Pullover los. Sie hatte gar nicht bemerkt, dass sie sich daran festgekrallt hatte.

»Warum bist du denn dann so durcheinander? Sollen wir nach oben gehen und darüber reden?«

»Das Zentrum ...«

»Vergiss das Zentrum!«, unterbrach er sie. »Ich habe eine kleine Flasche Brandy in meiner Tasche. Ich werde sie öffnen.« Er drehte das Schild an der Tür herum, schloss ab, nahm seine Reisetaschen und bedeutete Gina voranzugehen.

Oben in der Wohnung kuschelte sie sich auf das Sofa und zog die Füße hoch. In der Hand hielt sie ein gut gefülltes Brandyglas. Außer dem Brandy hatte Matthew noch ein etwas ramponiertes Baguette und ein Stück sehr reifen Käse hervorgezaubert. »Ich weiß nicht, wie es dir geht, aber ich habe einen Bärenhunger. Vielleicht hilft das Essen dir ja, dich zu beruhigen?« Besorgt musterte er sie, bevor er in die Küche zurückkehrte, um Teller und Messer zu holen.

Es dauerte eine gefühlte Ewigkeit, bis Matthew sich endlich neben sie setzte. Er verteilte Käse auf einem Stück Baguette und schenkte ihr Brandy nach. Dann reichte er ihr den Teller. Oscar ließ sich mit einem zufriedenen Seufzer zu ihren Füßen nieder.

»Also, was ist passiert?«, wollte er wissen. »Du warst ja völlig aufgelöst. Erzähl mir, was er dir angetan hat! Wenn ich ihn umbringe, muss ich genau wissen, warum ich es tue.«

Sie lachte leise, als ihr Entsetzen über Egans Zudringlichkeit allmählich verblasste. Sie fühlte sich schon wieder viel ruhiger. »Es war eigentlich weniger das, was er getan hat, damit wäre ich noch zurechtgekommen. Es war das, was er davor gesagt hat ... und Carmella, die auch bereits hier war. Sie behaupten, dass Yvette das French House einfach verkaufen könnte – an Carmella –, und zwar zu einem lächerlich niedrigen Preis. Du könntest nichts dagegen tun, sagen sie.«

Er starrte eine Weile in seinen Brandy, bevor er schließlich antwortete: »Ah.«

»Heißt das, sie haben recht? Yvette kann es über deinen Kopf hinweg verkaufen?«

»Ich glaube, sie würde es tun, wenn sie könnte – und wahrscheinlich kann sie es auch.«

Das war noch verstörender als Egans unerwünschter Annäherungsversuch. »Wirklich? Das ist ja furchtbar!« Irgendwie machte die Tatsache, dass Egan recht gehabt hatte, alles noch schlimmer.

»Sie hat jetzt schon ziemlich lange auf ihr Geld gewartet. Das hat sie mir auch gesagt, als ich mich mit ihr getroffen habe. Ich hatte gehofft, vernünftig mit ihr reden zu können ...« Er hielt inne. »Wahrscheinlich könnte sie ein Gericht finden, das mich dazu verdonnert, den letzten Batzen endlich zu zahlen.« Er trank sein Glas aus und lächelte dann. »Vielleicht muss ich das Haus tatsächlich verkaufen, aber ich werde den Teufel tun und es dieser verdammten Frau für einen Appel und ein Ei überlassen.«

Trotz seiner großen Worte sah er so traurig aus, dass es ihr in der Seele wehtat. Sie sehnte sich danach, ihn zu trösten – es musste schrecklich sein, so einen Drachen als Exfrau zu haben. Und sie konnte den Gedanken kaum ertragen, dass all ihre

Bemühungen, das Zentrum rentabler zu machen, Zeitverschwendung gewesen sein sollten.

Als sie spürte, wie er sie ansah, stellte sie fest, dass sie seinem Blick nicht standhalten konnte. Gina war sich nicht sicher, ob sie ihre Gefühle für ihn verbergen konnte. Ganz plötzlich wurde ihr klar, dass sie nicht nur in ihn verschossen war. Es war mehr, viel mehr. Man sehnte sich nicht so sehr nach jemandem, in den man einfach nur verliebt war; man wollte ihn nicht vor jedem Kummer beschützen, ihn nicht vor räuberischen Ladenbesitzerinnen und habgierigen Exfrauen retten. Sie liebte ihn.

Doch sie wusste immer noch nicht, was er für sie empfand. Zwar hatte er sich schützend vor sie gestellt und sie vor Egan gerettet, aber vielleicht hätte er sich in einer vergleichbaren Situation jeder Frau gegenüber so verhalten. Sie wusste es einfach nicht, und solange er nicht darüber sprach, konnte sie es nicht herausfinden.

Er schwieg lange, ihr kam es wie eine Ewigkeit vor. Sie hörte die Uhr im Hintergrund ticken. Schließlich sagte er: »Wie würde es dir gefallen, mit mir nach Frankreich zu kommen?«

Das war ein radikaler Themenwechsel, aber sie spielte mit. »Ich würde sehr gern eines Tages mitkommen. Warum fragst du?«

»Weil ich noch mal hinfahren muss, und dieses Mal wäre es schön, wenn du mich begleiten würdest. Ich glaube, du bist so weit. Ich habe eben einen raschen Blick ins Hauptbuch geworfen, das du auf meinen Schreibtisch hier oben gelegt hattest, und Tiggy hat mir auch erzählt, dass du dich hervorragend geschlagen hast.«

Sie lachte. »Du hast mich kontrolliert!« Also hatte er mit Tiggy telefoniert, jedoch nicht mit ihr. Egal, er fand, dass sie ihre Sache ordentlich gemacht hatte. »Warum musst du so bald schon wieder nach Frankreich?«, wollte sie wissen. »Du bist doch gerade erst nach Hause gekommen. Und was ist mit Oscar? Und dem Zentrum?«

»Ich weiß, es klingt ein bisschen verrückt«, antwortete er, »aber es ist schon einmal vorgekommen. Der Grund, warum ich noch mal zurückmuss, ist, dass ich ein paar Stücke restaurieren lasse. Sie sind für Nicholas, und ich möchte, dass er sie schnell bekommt. Und er wird mir die Stücke sofort bezahlen. Außerdem hat Jenny mich angerufen. Sie hat ein Heim gefunden, das ihre Verwandten aufnimmt, und möchte unbedingt so bald wie möglich zurückkommen.«

Hoffnung flackerte auf wie ein gerade angezündetes Teelicht in der Dunkelheit, winzig, jedoch Optimismus verbreitend.

»Zur Normalität zurückzukehren ist die eine Seite, aber wird Jenny auch bereit sein, sich um Oscar und das Zentrum zu kümmern?«

»Oh ja, ich habe sie gefragt.«

»Du hast sie *gefragt?*« Eine weitere Person, mit der er Kontakt aufgenommen hatte, während sie selbst nicht mehr als eine SMS von Matthew bekommen hatte.

»Ja. Ich wusste, dass ich die Möbel holen muss, und ich hätte dich nicht darum bitten können, dich noch länger hier um alles zu kümmern.« Er kniff die Augen zusammen. »Allerdings habe ich ihr nicht erzählt, dass ich dich nach Frankreich mitnehmen will.«

»Oh.«

»Gina«, setzte er an, aber dann hielt er inne und sah sie an. Als sein Blick immer intensiver wurde, wagte sie kaum noch zu atmen. Sie bewegte sich nicht und wich seinem Blick nicht mehr aus. Dann beugte er sich vor und küsste sie sanft. Als sein Kuss leidenschaftlicher wurde, schloss sie die Augen. Schließlich richtete er sich wieder auf und nahm ihr Gesicht zwischen seine Hände. »Oh, Gina. Ich kann dir gar nicht sagen, wie lange ich das schon tun wollte!«

»Warum hast du dann so lange gezögert?«, fragte Gina seufzend.

»Ich ...« Er fuhr sich mit den Händen durchs Haar. »Ich war so sehr mit dem Zentrum beschäftigt und damit, mir Yvette vom Hals zu halten. Außerdem war ich mir nicht sicher ... ich meine, an Weihnachten habe ich gedacht ... aber dann hatte Sephie diesen Unfall ...«

»Ich verstehe, doch ...« Sie zögerte. Eigentlich hatte sie sagen wollen, dass es danach jede Menge Gelegenheiten gegeben hatte – na ja, nicht jede Menge, aber wenigstens eine Hand voll –, die ihm die Chance eröffnet hätten, sie einfach in den Arm zu nehmen. Schließlich war sie mehr als bereit gewesen. Obwohl sie eine unabhängige und moderne Frau war, fand sie es eindeutig romantischer, wenn der Mann den ersten Schritt unternahm. Doch vielleicht hätte sie ihm früher schon einen kleinen Schubs gegeben, wenn ihr bewusst gewesen wäre, was er für sie empfand. Abermals schwor sie sich, nie irgendwelche Spielchen mit ihm zu treiben. Und vielleicht hatte ihr eigener Stolz ihr auch im Weg gestanden, der sie dazu gebracht hatte, sich nichts anmerken zu lassen. Daher hatte er gar nicht wissen können, wie sie fühlte, denn sie hatte ihm den Eindruck vermittelt, dass sie in ihm nur einen guten Freund sah. Wie blöd sie beide gewesen waren!

Wieder küsste er sie, diesmal sehr ausgiebig, dann zog er sie vom Sofa hoch. »Komm!«, sagte er und führte sie ins Schlafzimmer.

Sally war völlig außer sich, als sie am nächsten Tag anrief. Gina hatte sich verpflichtet gefühlt, ihrer Schwester zu erzählen, dass sie nach Frankreich fahren würde, auch wenn sie nicht zu sehr ins Detail darüber ging, was nach Matthews Einladung passiert war. Sie erwähnte den Kuss, aber nichts weiter, auch nicht die

Tatsache, dass sie einige wundervolle Stunden mit ihm verbracht hatte, bevor er sie zögernd in ein Taxi gesetzt hatte – auf ihr Drängen hin. Sie fand, dass es sie zu sehr in Verlegenheit bringen würde, wenn sie die ganze Nacht bei ihm verbringen würde. Momentan war sie noch nicht bereit, die anderen Händler ins Vertrauen zu ziehen.

»Sieh an, sieh an!«, sagte Sally. »Ich dachte, du wärst nicht auf eine Beziehung aus – du gerissenes Luder! Du hast alles ohne meine Hilfe geschafft! Dann bestelle ich schon mal die Brautjungfernkleider für Sephie und Ariadne ...« Sie seufzte auf, weil die Romantik sie übermannte, dann fuhr sie fort: »Ich habe es gewusst, das habe ich auch zu Alaric gesagt. Ich habe gespürt, dass ihr euch gut versteht, aber du hast mir immer wieder beteuert, dass ihr nur Freunde wärt. Also ehrlich, Gina! Ich kann es kaum erwarten, Mum davon zu erzählen.«

»Du erzählst es aber nicht den anderen Händlern, versprochen?«, bat Gina.

»Natürlich nicht! Du kennst mich doch. Mein zweiter Vorname lautet Diskretion!«

»Dein zweiter Vorname ist Überschwang, und mir wäre es lieber, wenn du es mir überlassen würdest, Mum und Dad davon zu erzählen.«

»Okay, okay, du Spielverderberin! Aber hey! Stell dir mal vor! Frankreich!«, fuhr Sally aufgeregt fort. »Ein süßes, kleines Hotel mit Fensterläden, einer übelriechenden Dusche und Croissants zum Frühstück! Die perfekte Szenerie für ein erstes Mal. Wie vernünftig von dir, damit noch zu warten! Hat er das entspannt gesehen?«

»Ähm – eigentlich wäre es nicht das erste Mal ...«

Gina nahm das Telefon vom Ohr, während ihre Schwester vor Begeisterung laut kreischte. »Noch besser«, meinte Sally, nachdem sie sich beruhigt hatte. »Das erste Mal ist selten berauschend.«

Gina enthielt sich eines Kommentars. Ihr erstes Mal mit Matthew war alles andere als »nicht berauschend« gewesen. Voller Zärtlichkeit dachte sie an die vergangene Nacht, bevor sie das Thema wechselte. »Und was hast du so gemacht? Gibt's was Neues?«

»Na ja, nichts, was mit deinen Neuigkeiten mithalten könnte! Außerdem haben wir uns ja erst vor Kurzem gesehen. Aber ich habe ein paar entzückende Kissen genäht, aus einem Stoff, den ich auf einem Flohmarkt erstanden habe.«

22. Kapitel

Gina und Matthew wollten in drei Tagen nach Frankreich aufbrechen. Anders als erwartet würden sie nicht mit dem Lieferwagen fahren, den Matthew gewöhnlich für seine Einkaufstrips mietete, wenn er Möbel zu transportieren hatte. Sie würden fliegen, und er würde den Transport der Möbelstücke organisieren, nachdem die Restaurierungsarbeiten abgeschlossen waren. Zwar kam Gina das ein wenig extravagant vor, doch sie beklagte sich nicht. Matthew hatte erklärt, dass die Fahrt sehr lange gedauert hätte, wodurch er unnötig lange im French House abwesend gewesen wäre. Und schließlich würde Nicholas die Beförderung seiner Möbel bezahlen.

Als Gina auf Matthew wartete, um mit ihm zum Flughafen zu fahren, dachte sie darüber nach, dass sie in ihrem ganzen Leben noch nie so glücklich gewesen war. Der Mann, den sie liebte, fuhr mit ihr in den Urlaub; sie würden miteinander schlafen, romantische Spaziergänge unternehmen, französische Antiquitätenmärkte besuchen und in wundervollen, kleinen Restaurants essen, die nur den Einheimischen bekannt waren. Das Ganze war einfach himmlisch.

Und obwohl Matthews Vorstellung von der richtigen Ankunftszeit am Flughafen sich nicht ganz mit ihrer deckte, beruhigte sie sich mit dem Argument, dass er diese Reise schon etliche Male unternommen hatte. Außerdem wäre es schließlich nicht ihre Schuld, wenn sie zu spät kämen, also konnte sie sich entspannen.

Sie hatte sorgfältig gepackt und sich Gedanken über ihr Outfit gemacht. Dabei hatte sie ständig Sallys Worte im Kopf, die einige Kleidungsstücke, die sie ursprünglich ausgewählt hatte, als zu geschäftsmäßig verurteilt hatte. So hatte sie jetzt einige längere Jerseykleider eingepackt, außerdem ein älteres, aber immer noch sehr schönes Seidenkleid, dazu sicherheitshalber eine Auswahl an Strickjacken, da es noch früh im Jahr war. Vervollständigt wurde das Ganze durch ein paar Jeans, einige Oberteile und – nach einer panischen Internet-Kaufattacke – einen leuchtend gelben Regenmantel, der als Reisejacke perfekt war und auf keinen Fall als zu geschäftsmäßig bezeichnet werden konnte. Es war ihr gelungen, Sally davon zu überzeugen, dass sie nicht vorbeikommen musste, um den Kofferinhalt zu inspizieren.

»Guten Morgen!«, sagte er sanft, als sie ihm die Tür öffnete.

»Hallo!«, flüsterte sie nach einem äußerst zufriedenstellenden Kuss. »Das ist so aufregend!« Dann fiel ihr ein, dass so eine Reise für ihn lange nicht so aufregend war, und sie hoffte, nicht kindisch geklungen zu haben.

Das Lächeln, das er ihr schenkte, erreichte jeden Winkel seines Gesichts, angefangen bei den dunklen Augen mit den kleinen Fältchen in den Augenwinkeln und den langen Wimpern bis hin zu seinem üppigen, leicht schiefen Mund und den geraden Zähnen. Gina fühlte sich, als wäre gerade die Sonne für sie aufgegangen. »Gib mir deinen Koffer! Oh, du reist mit leichtem Gepäck!«

»Ich habe Platz für ein bisschen französischen Kleinkram gelassen. Du weißt schon, nachdem ich doch jetzt eine Expertin bin, werde ich sicher einiges einkaufen.«

Er lachte leise. »Große Stücke kannst du auch mit Nicholas' Möbeln verschicken lassen. Das mache ich auch, wenn ich etwas kaufen sollte.«

Auf der Fahrt durch die ländliche Gegend auf dem Weg nach Bristol entspannte Gina sich so weit, dass sie jeden Augenblick genießen konnte. Sie hatte nicht nachgefragt, wo sie übernachten würden – sie wollte sich überraschen lassen –, doch sie träumte von kleinen französischen Hotels mit Fensterläden, Tischen mit Sonnenschirmen am Straßenrand und kleinen Bäckereien an der nächsten Straßenecke. Doch ihr war auch bewusst, dass es noch nicht ganz März war, und selbst in der Dordogne würde es nicht richtig warm sein – aber träumen konnte man ja mal.

»Es ist seltsam, dass es so sonnig ist, die Bäume aber noch keine Blätter haben«, meinte Gina. Sie hatten sich einen Wagen gemietet und verließen nun den Flughafen von Bergerac. »Ich bin seit einer Ewigkeit nicht mehr in Frankreich gewesen, obwohl ich das Land liebe. Alles ist so entzückend französisch, findest du nicht?«

»So ziemlich«, stimmte er ihr mit einem kleinen Schmunzeln zu, das ihr Herz schneller schlagen ließ. Ganz kurz versuchte sie zu analysieren, ob ihre Gefühle für ihn tatsächlich auf wahrer Liebe basierten oder ob es einfach extreme Lust war. Dann beschloss sie, dass sich das nicht voneinander trennen ließ und dass es ohnehin keine Rolle spielte. Was auch immer es war, es war einfach herrlich.

»Und, was haben wir jetzt vor?«, fragte sie, während sie die Landschaft mit dem Gefühl betrachtete, Teil eines Gemäldes von Cézanne zu sein. Der Himmel war leuchtend blau, und die noch unbelaubten Bäume hoben sich davor ab wie Kinderzeichnungen. An den Reben in den Weinbergen zeigten sich nur vereinzelt Triebe; sie ließen kaum erahnen, wie üppig sie später im Jahr sein würden.

»Nun, ich dachte, wir checken in einem netten Hotel ein, das ich kenne. Es liegt mitten im Ortskern, ist aber trotzdem ganz ruhig. Es gibt einen Pool, einen entzückenden Garten, eigentlich alles, was das Herz begehrt.«

Gina hätte antworten können, dass sie auch bereit wäre, sich mit ihm ein Einzelbett in einer schäbigen Absteige zu teilen. Doch stattdessen sagte sie nur: »Das klingt perfekt.«

Er stellte den Wagen in einer kleinen Straße mitten in der Stadt ab. »Da ist das Hotel«, erklärte er und zeigte auf ein Haus, das, wie Gina fand, Ähnlichkeit mit einem Herrenhaus hatte.

»Wow!«, sagte sie. »Seltsam, das erinnert mich irgendwie an das French House.«

»Das ist überhaupt nicht seltsam. Das French House wird aus einem bestimmten Grund so genannt.« Er stieg aus und öffnete ihr die Wagentür. »Komm! Ich nehme dein Gepäck.«

Matthew öffnete die große alte Haustür, und sie traten ein. Der Empfangsbereich war eine große Diele, hell erleuchtet und wunderschön dekoriert, und vervollständigte das Bild von französischem Schick.

Eine Frau trat hinter dem Empfang hervor. »Ah! Matthew!« Sie küsste ihn auf beide Wangen. »Wie schön, dich zu sehen!«, sagte sie auf Englisch mit einem ganz schwachen französischen Akzent. »Und wer ist das? Muss ich eifersüchtig sein?« Dann küsste sie Gina ebenfalls mit einem breiten Lächeln und fast genauso liebevoll wie zuvor Matthew. Deshalb nahm Gina ihre Bemerkung nicht übel.

»Gina, das ist Céline, die Besitzerin dieses entzückenden Hotels. Céline, das ist Gina, meine …« Er zögerte kurz. »Eine Freundin – und Kollegin.«

Gina versuchte, nicht enttäuscht zu sein, weil er nicht »*meine* Freundin« gesagt hatte oder, besser noch, »meine Geliebte«, aber dann dachte sie, dass Céline das ohnehin wahrscheinlich vermuten würde.

»Kommt herein, kommt herein! Die Formalitäten können wir später erledigen. Lasst mich euch euer Zimmer zeigen!«

Während Céline den Schlüssel holte, blickte Gina den Flur

entlang. Am Ende konnte sie eine zum Garten geöffnete Tür erkennen und dahinter einen Pool.

»Kommt mit! Wenn ihr euch frisch gemacht habt, können wir in den Garten gehen. Es ist Zeit für einen kleinen Drink.«

Als sie Céline die Treppen hinauffolgten, überlegte Gina, dass es eigentlich noch recht früh am Tag war für einen Drink. Doch dann beschloss sie, sich einfach den französischen Gepflogenheiten anzupassen.

Auf dem geräumigen Treppenabsatz blieb Gina stehen, um sich umzusehen. »Sie haben einige wunderschöne Antiquitäten hier.«

»Danke«, sagte Céline. »Ich war immer schon eine Sammlerin, außerdem hatte ich das Glück, einige gute Möbel von einem alten Onkel zu erben. Und Matthew hat auch ein paar Stücke für mich aufgetrieben. *Voilà!* Das Zimmer«, fuhr sie fort und öffnete eine Tür. Sie ging voraus in einen riesengroßen Raum mit zwei breiten Fenstern. Ein herrliches Himmelbett stand gegenüber. Die Liegefläche war so hoch, dass man den Ausblick aus dem Fenster genießen konnte, sobald man die Augen aufschlug.

Gina blieb ganz still stehen und wagte nicht, Matthew anzusehen. War sein Zimmer nebenan? Sie hoffte nicht, doch vielleicht hatte er zwei Schlafzimmer gebucht, weil er zu der Zeit noch nicht gewusst hatte, wie die Dinge zwischen ihnen standen.

»Das Zimmer ist wunderschön … und so groß«, kommentierte Gina.

Céline durchquerte den Raum und öffnete eine weitere Tür. »Hier ist das Bad. Ein Schlafzimmer ist eine Sache, aber keine Frau sollte das Bad mit einem Mann teilen müssen. Allerdings ist das hier ein Hotel.« Sie seufzte.

»Wir kommen gut zurecht«, entgegnete Gina lächelnd. Also teilten sie sich ein Zimmer.

»Nun«, sagte er, als sie schließlich allein waren. »Ist das in Ordnung für dich? Ich habe angenommen …« Er nahm sie in den Arm.

»Mm«, sagte sie an seiner Schulter. »Ich glaube schon.« Als sie sich enger an ihn schmiegte, konnte sie ihr Glück kaum fassen. Sie war in Frankreich in einem Luxushotel mit dem Mann, den sie über alles liebte.

Ein wenig später, nach einer sehr glücklichen halben Stunde, duschten sie beide kurz. Als sie sich anzogen, forderte Gina ihn auf: »Erzähl mir von dem Haus!«

»Na ja, wie du siehst, ist es sehr alt, und als Céline es gekauft hat, war es in sehr schlechtem Zustand. Sie hat sehr viel Arbeit reingesteckt – vieles davon hat sie selbst gemacht.«

»Wirklich? Und gibt es auch einen Mr. Céline?«

Matthew schüttelte den Kopf. »Nein, stattdessen hat sie einen absolut scharfen Lover.«

Gina kicherte, weil Matthews Wortwahl sie überraschte. »Das gefällt mir. Erzähl mir mehr von dem Haus! Es ist so wunderbar.«

»Während des Krieges wurde es als Lazarett genutzt, und selbstverständlich spukt es hier.«

Gina, die vor Kurzem noch an die Existenz von Geistern geglaubt hatte, wusste, dass sie mit Matthew in ihrem Bett nicht einmal ein Skelett mit baumelnder Kette bemerken würde. Und wenn doch, wäre es ihr egal.

»Ich wünschte, du würdest mich nicht so angucken«, sagte er.

»Wie denn?«, fragte sie entrüstet.

»Oh, ich glaube, das weißt du ganz genau.«

Gina wandte sich ab, um ihr Lächeln zu verstecken.

»Komm jetzt, du lüsternes Weib! Céline wundert sich bestimmt schon, was mit uns passiert ist. Trinken wir ein Glas, und dann zeige ich dir die Sehenswürdigkeiten!«

»Was willst du mir denn zeigen?«, wollte Gina später wissen, nachdem sie im Hotelgarten etwas mit Céline getrunken und nett geplaudert hatten.

»Saint-Émilion«, antwortete Matthew. »Der Ort und seine Umgebung sind zum Weltkulturerbe ernannt worden, aber wenn du keine Lust darauf hast, können wir auch einfach spazieren gehen. Unten am Fluss ist es sehr schön.«

»Ich möchte Saint-Émilion auf jeden Fall sehen. Ich bin nicht sicher, ob ich überhaupt schon mal ein Weltkulturerbe besichtigt habe.«

»Okay, dann lass uns aufbrechen! Du wirst es nicht bereuen.«

Matthew suchte sich keinen Parkplatz, sondern ließ den Wagen einfach halb auf der Straße stehen. »Es ist früh in der Saison, und es gibt überall Platz, warum also nicht?« Er zuckte mit den Schultern.

Gina stellte fest, dass Matthew plötzlich ziemlich französisch wirkte – es gefiel ihr.

Die kleine Stadt war wunderschön. Steile Kopfsteinpflasterstraßen, wunderbare alte Häuser und entzückende Ausblicke auf die dahinterliegenden Hügel. Langsam spazierten sie eine Anhöhe hinauf, stöberten in kleinen Läden und genossen die atemberaubende Aussicht.

Sie sahen auch amüsante Dinge, zum Beispiel hübsche junge Frauen auf High Heels, die man nicht vor dem Kopfsteinpflaster gewarnt hatte, das in Hunderten von Jahren glatt poliert worden war. Entweder trugen sie ihre Schuhe in der Hand, oder sie klammerten sich an ihre Begleiter – was auf wunderbare Weise liebenswert wirkte. Gina war froh, dass sie sich für ihre vernünftigen, bunten Pumps entschieden hatte.

Sie kamen an bezaubernden Kleidergeschäften vorbei, außerdem an Läden, die jene Art von Stoffen anboten, mit denen man sofort sein Haus neu dekorieren wollte. Von Zeit zu Zeit rutschte sie auf dem glatten Pflaster aus, doch Matthews starker Arm hielt sie jedes Mal fest. Sie fühlte sich wie in einem Reisemagazin.

»Oh, Macarons!« Vor einem sehr verführerischen Schaufenster mit einer leuchtend rosafarbenen und schokoladenbraunen Markise blieb sie stehen. Die ausgestellten Mandelmakronen passten farblich genau zur Markise.

Matthew nickte. »Sollen wir reingehen? Sie sind eine einheimische Spezialität.«

»Die Macarons wurden von Nonnen erfunden«, erklärte das hübsche Mädchen hinter der Verkaufstheke.

»Ich muss unbedingt welche kaufen. Vielleicht für Céline? Sie ist so nett zu uns.«

Matthew schüttelte den Kopf. »Ihre Gäste schenken ihr häufig welche. Weißt du, was sie dazu sagt? ›Isch 'asse diese verdammten Macarons!‹« Er ahmte Célines Akzent perfekt nach.

Gina lachte. Nachdem sie für sich selbst ein paar Macarons gekauft hatte, stiegen sie weiter den Hügel hinauf.

Schließlich erreichten sie die Kirche, die sich ganz oben befand, und bewunderten die Aussicht. Auf den umliegenden Hügeln befanden sich überall Weinberge, aber es waren die Dächer unter ihnen, die Gina besonders faszinierten. Sie schienen in alle Richtungen zu zeigen und wirkten mit ihren Dachziegeln wie eine komplizierte Patchworkdecke. Könnte sie diesen Augenblick doch nur konservieren …

»Komm, lass uns etwas essen gehen!«, schlug Matthew vor und beendete damit ihre Träumereien. »Ich weiß schon, wohin ich dich führen werde.«

Das Restaurant lag inmitten von Geschäften und Cafés an einem großen Platz. Markisen und Blumenkästen sorgten für Farbe und Abwechslung. Gina hätte gut und gern Stunden hier verbringen können.

»Was möchtest du jetzt tun?«, fragte er, nachdem sie gegessen hatten.

Plötzlich musste sie unerwartet gähnen. »Na ja …«

»Wir sind früh aufgestanden«, meinte Matthew.

»Und ein kleines Nickerchen ist immer in Ordnung, wenn man im Ausland ist.«

»Weißt du, was Nickerchen auf Französisch heißt?«

Sie schüttelte den Kopf.

»*Sieste amoureuse*.«

»Oh!« Gina war beeindruckt. »Was du alles weißt!«

»Du wärst überrascht zu erfahren, was ich noch alles weiß.«

»Nicht mehr ganz so überrascht.«

»Sollen wir den Umfang meiner Kenntnisse testen?« Er nahm ihre Hand, und sein Blick machte mehr als deutlich, was er meinte.

»Sehr gute Idee. Ich lasse es dich dann wissen, ob du bestanden hast.«

Während der Rückfahrt zum Hotel lächelte Gina die ganze Zeit glücklich vor sich hin.

23. *Kapitel*

»Ich würde liebend gern mal einen französischen Markt besuchen«, sagte Gina am nächsten Morgen, als sie das Hotel verließen. Nach einem Frühstück im Bett und einem trägen Vormittag fühlte sie sich wunderbar dekadent.

Nachdem sie in den Mietwagen gestiegen waren, ließ Matthew den Motor an. »Eine hervorragende Idee. Ich kenne einen, der nicht weit entfernt ist. Er ist ziemlich groß.«

»Super«, sagte Gina und seufzte glücklich.

Es dauerte tatsächlich nicht lange, bis sie die etwas größere Stadt erreichten, in der der Markt abgehalten wurde.

»Donnerwetter, du kennst dich hier in der Gegend wirklich gut aus!«, staunte Gina ein wenig später, nachdem er einige Nebenstraßen abgeklappert und den Wagen schließlich in eine winzige Parklücke bugsiert hatte.

»Ich habe schon viele Einkaufstouren hierher unternommen. An Markttagen ist es immer ein bisschen kritisch.«

Gina fühlte sich wie im siebten Himmel oder einem romantischen Film. Eine französische Straße entlangzuschlendern, Hand in Hand mit dem Mann, den man liebte, alle Sorgen zu Hause zurückgelassen zu haben – was konnte es Schöneres für eine Frau geben?

»Auf diesem Markt wird alles verkauft«, erklärte er, als sie sich den vielen Reihen von Marktständen mit ihren bunten Markisen näherten. »Und wie du sehen kannst, ist er ziemlich groß. Sollen wir uns zuerst den Brocante ansehen?«

»Oh ja, französischer Trödel hat etwas, und er ist viel glamouröser als englischer, findest du nicht auch?«

Er lachte und zog sie an sich.

Gina fiel auf, dass Matthew und sie sich bisher noch nie so entspannt Antiquitäten angeschaut hatten. Jetzt fühlte sie sich nicht mehr so, als würde sie auf die Probe gestellt oder müsste Wissen unter Beweis stellen, das sie gar nicht besaß. Nein, sie konnte einfach herumstöbern und sich die verschiedensten Sachen ansehen, gleichgültig, ob sie ihr gefielen oder nicht. Ein Stand beispielsweise verkaufte jede Menge medizinische Geräte und Zubehör.

»Ich verstehe absolut nicht, warum jemand Interesse an einer alten Fußprothese haben sollte!«, lachte sie. »Ganz zu schweigen von diesen Glasaugen. Glaubst du, sie wurden schon benutzt?«

»Nein. Ich vermute, sie sind neu, aber genau weiß ich es nicht. Doch es gibt tatsächlich einen Markt für solche Dinge. Sieh dir zum Beispiel dieses Operationsbesteck an! Die Instrumente sind wunderbar gemacht, und der Stahl ist erstklassig.«

Sie hatten fast das Ende des Antiquitätenbereichs erreicht, als sie auf einige hübsche Silberwaren stießen.

Ein kleiner Schwan erregte Ginas Aufmerksamkeit. »Oh, der ist wunderschön! Was ist das, was meinst du?«

Matthew nahm den Gegenstand in die Hand. »Das ist ein Salz- oder ein Pfefferstreuer. Er ist hübsch.«

»Und schrecklich teuer«, meinte Gina, als ihr Blick auf das Preisschildchen fiel, das um den Hals des Schwanes hing. Schnell stellte sie ihn wieder zurück. Ein Stück weiter weg entdeckte sie Kleidungsstücke, die an einer Stange hingen. »Hast du was dagegen, wenn ich mir die mal ansehe? Du kannst ja hierbleiben, wenn du möchtest. Es dauert nicht lange.«

Immerhin dauerte es lange genug, um ein entzückendes Leinenkleid und ein Paar Espadrilles zu kaufen, die sie in England zum doppelten Preis gesehen hatte. Gina freute sich, dass sie den Kauf komplett in französischer Sprache abgewickelt hatte.

Jetzt blieb nur noch zu hoffen, dass der Sommer in England nicht zu kühl ausfallen würde.

Matthew kreuzte wieder auf und nahm sie am Arm. »Hast du etwas gekauft?«

»Ja, ich habe ein gutes Geschäft gemacht. Ich zeige dir die Sachen dann später.«

»Gut. Und du hast keinen Dolmetscher gebraucht?«

»Nein, mein Schulfranzösisch hat ausgereicht.«

»Ich glaube, du hast dir einen Drink verdient. Komm mit!«

Er führte sie durch die Kleiderreihen, vorbei an Bottichen mit Lebensmitteln – ihr Inhalt sah köstlich aus und roch auch so, andere Behälter wirkten wie dampfende Abwasserfässer, die nach Fisch stanken – bis zu einer Markthalle.

»Was ist das denn?«, fragte Gina und konnte ihren Widerwillen kaum verbergen, als sie an einem besonders ekligen Fass vorbeikamen.

»Das heißt *lamproie à la bordelaise*, dabei handelt es sich um eine regionale Spezialität. Der Fisch heißt Neunauge und ähnelt ein bisschen einem Aal. Er wird für rund vierundzwanzig Stunden in seinem eigenen Blut gekocht. Das ist nur etwas für ganz Unerschrockene.«

Sie schüttelte sich.

Matthew küsste sie auf den Kopf und führte sie in den überdachten Bereich des Marktes.

»Lass uns erst etwas trinken, dann kannst du dich umsehen«, schlug er vor, als sie an seinem Arm zupfte. Die riesige Auswahl an Fischen, von denen sie die meisten nicht kannte, überwältigte sie.

Er brachte sie zu einer Bar, vor der drei oder vier Tische standen. Dann ging er zur Theke. Die Frau dort kannte ihn offenbar, denn sie kam zu ihm, umarmte ihn voller Wärme und küsste ihn auf beide Wangen. Die beiden unterhielten sich kurz auf Französisch, bevor Matthew die Frau mit sich zog.

»Gina? Das ist Monique – eine alte Freundin.«

Die Französin umarmte Gina ebenfalls.

»Sie sind so hübsch! Jetzt setzt euch, setzt euch, ich bringe euch einen Imbiss und, Mathieu, für dich dein Lieblingsgetränk? Ja?«

»Ja, gern, danke, Monique.«

Die Frau kehrte mit einer Platte voller Toastscheiben mit einem Aufstrich zurück. Gina nahm eine davon und biss hinein. Es schmeckte köstlich. »Das ist lecker, doch was ist es überhaupt? Es ist salzig, schmeckt ein bisschen nach Fisch, ist aber auch cremig.«

»Das beschreibt es eigentlich ganz gut. Es ist Räucherfisch, der in eine Art Paste eingearbeitet ist. Monique hat ihr eigenes Rezept dafür.«

Wenige Minuten später tauchte Monique mit einem Tablett in der Hand wieder auf. Darauf standen zwei Gläser, die mit etwas gefüllt waren, das wie Champagner aussah. »Kir *à la châtaigne*«, sagte sie, während sie die Gläser vor ihnen abstellte und zum nächsten Tisch weiterhuschte. Die Bar war offenbar sehr beliebt, sie hatten Glück gehabt, überhaupt einen freien Tisch zu bekommen.

»Was ist das?«, wollte Gina wissen und hob ihr Glas hoch.

»Probier mal, vielleicht erkennst du es ja!«

Vorsichtig nippte Gina an ihrem Getränk und lächelte dann. »Das schmeckt köstlich! Champagner, aber was ist noch drin?«

»Nicht Champagner, sondern Perlwein mit *crème de châtaigne* – das ist Kastanienlikör. Vor Jahren hat Monique mich damit bekannt gemacht, und jetzt trinke ich das immer, wenn ich hierherkomme.«

Die Frau in ihr zwang sie zu fragen: »Bist du auch mit deiner Exfrau hergekommen?«

Er schüttelte den Kopf. »Nein, Yvette steht nicht auf Marktbars wie diese hier.«

»Pech für sie«, sagte Gina glücklich und trank noch einen Schluck.

Nachdem sie sich von Monique verabschiedet hatten, die Gina jetzt wie eine lange verschollene Freundin vorkam, erkundeten sie die Markthalle. Die großen, seltsamen Fische, Würste und Fleischstücke, die ganz anders aussahen als das, woran Gina gewöhnt war, waren unvorstellbar aufregend. Danach verließen sie die Halle. Matthew kaufte Gina einen Hut, den er ihr gleich auf den Kopf setzte. Schließlich kehrten sie zum Wagen zurück.

»Ich dachte mir, wir könnten in einem Restaurant zu Abend essen, das vom Hotel aus zu Fuß zu erreichen ist.« Er sah sie mit einem Augenzwinkern an.

Gina errötete.

Nach einem gemütlichen Frühstück auf dem kleinen Balkon ihres Zimmers am nächsten Morgen – ihrem Abreisetag – sagte Matthew: »Ich muss mir die Möbelstücke ansehen, die ich für Nicholas restaurieren lasse. Wenn sie in Ordnung sind, wovon ich ausgehe, kümmere ich mich um den Transport. Willst du mit mir kommen und Henri kennenlernen, der die Arbeiten durchführt? Oder möchtest du dich lieber ausruhen oder die Stadt erkunden?«

»Ich möchte dich gern begleiten. Ich finde, als Antiquitätenhändlerin sollte ich auch etwas über Restaurierung lernen.« In Wahrheit wollte sie keine Sekunde ohne Matthew verbringen, wenn es sich vermeiden ließ, aber das sagte sie ihm nicht. Er musste schließlich nicht alles wissen.

Er grinste zufrieden. »Super!« Dann legte er ihr den Arm um die Schultern und küsste sie.

Die Werkstatt des Restaurators lag in einer Seitenstraße eines kleinen Städtchens in der Nähe. Als Matthew geparkt hatte, fiel Gina ein Modeladen auf, in dessen Schaufenster sie ein sehr hübsches Sommerkleid entdeckte. Sie war gerade genau in der richtigen Stimmung, um ein schönes Kleid zu erstehen.

»Können wir uns später wieder hier treffen?«, fragte sie. »Ich möchte kurz in diesen Laden gehen. Vielleicht ergibt sich danach ja noch die Gelegenheit, dass ich den Restaurator kennenlerne.«

»Na klar. Da drüben ist ein Café. Siehst du es, das mit den rot karierten Tischdecken? Wir könnten uns dort treffen. Ich husche nur kurz in diese Straße da. Henris Werkstatt befindet sich dann gleich auf der rechten Seite.«

Gina nickte und küsste ihn auf die Wange, bevor sie ausstieg und glücklich seufzte.

Eine Dreiviertelstunde später, nachdem sie das Kleid erstanden und einen Kaffee getrunken hatte, fand sie, lange genug auf Matthew gewartet zu haben. Also beschloss sie, zu dem Restaurator zu gehen. Offensichtlich war Matthew aufgehalten worden. Hoffentlich gab es kein Problem!

Da die Tür zur Werkstatt offen war, trat sie einfach ein.

Sie brauchte einen Moment, bevor sie begriff, was sich vor ihren Augen abspielte. Matthew funkelte eine Frau an, die ihn wiederum mit in die Hüften gestemmten Armen taxierte. Keiner sprach, aber offenbar waren beide wütend, wie zwei Katzen, die gleich fauchen und aufeinander losgehen würden.

Unwillkürlich gab Gina einen Laut von sich, und die beiden drehten sich um.

»Oh, Gina, du bist es!«, murmelte Matthew. Sein Gesicht war wutverzerrt.

Die Frau, die sehr französisch wirkte, sagte: »Guten Tag, ich bin Yvette Dupont, Matthews Exfrau.« Sie klang auch sehr französisch.

Gina wusste nicht, wie sie reagieren sollte. »Hallo«, erwiderte sie nur. Sie musste zugeben, dass Yvette sehr attraktiv war, auf dieselbe gepflegte Art wie auch Carmella. Daneben kam sie selbst sich ein wenig schlampig vor, doch sie war zuversichtlich, dass Yvette keine Macht mehr über Matthew besaß – zumindest nicht in romantischer Hinsicht. Nicht wenn man seinen momentanen Gesichtsausdruck richtig deutete.

»Ich habe schon von Ihnen gehört. Sie sind das Mädchen, das Raineys Stand übernommen hat? Rainey, das war eine Frau!« Yvette lachte. Ihr Lachen war merkwürdig tief und schien gar nicht zu ihrer kleinen, mädchenhaften Gestalt zu passen.

Gina nickte. »Sie war meine Tante.«

»Ja? Interessant.« Yvettes Blick besagte das Gegenteil. »Nun«, fuhr sie fort. »Ich muss gehen. Henri …« Sie wechselte in schnelles Französisch. Henri nickte, und der Redefluss der Frau versiegte endlich.

»Matthew? Ich habe dir gesagt, wie die Dinge liegen. Auf Wiedersehen!«, erklärte sie dann von oben herab. Damit fegte sie aus der Werkstatt, eine elegante Gestalt in Seidenhose, Bluse und mit dickem Goldschmuck behängt.

Matthew sagte auf Französisch etwas zu Henri, nahm Gina dann am Ellbogen und schob sie aus der Werkstatt. Sie begriff, dass die Lage ernst war, denn er hatte sogar vergessen, sie dem Restaurator vorzustellen.

Als sie ins Auto einstiegen, hatte Matthew immer noch kein Wort gesprochen. Nachdem sie bereits einige Minuten unterwegs waren, fragte Gina schließlich: »Hast du damit gerechnet, Yvette dort zu treffen?« Eigentlich hatte sie noch viel mehr Fragen, doch sie hoffte, dass er ihr unaufgefordert alles erzählen würde.

»Das könnte man so sagen.«

Gina wollte unbedingt wissen, was los war. »Dann erzähl mir, was sie gesagt hat! Bitte! Ich möchte es gern wissen, weil es dich offenbar ziemlich aus dem Gleichgewicht gebracht hat.«

Er schüttelte den Kopf. »Das ist nicht dein Problem.«

Seine Reaktion war gleichzeitig verletzend und zutiefst frustrierend. »Doch, das ist es. Das geht uns beide etwas an. Außerdem hasse ich es, dich so zu sehen. Bitte erzähl es mir!«, fügte sie sanft hinzu.

»Es ist wirklich nicht dein Problem. Nur ich kann es aus der Welt schaffen.«

Das war typisch Matthew: zu glauben, dass er die ganze Last allein tragen musste. »Wenn du das French House verkaufen musst, dann betrifft das uns alle«, sagte sie leise.

»Also gut, es geht uns tatsächlich alle etwas an, denn ich muss verkaufen.« Matthew sah genauso abweisend und kühl aus wie an dem Tag, an dem sie sich kennengelernt hatten.

Gina nahm sich Zeit, um erst mal tief durchzuatmen. Sich über Matthew oder Yvette zu ärgern brachte sie nicht weiter. »Okay. Und wann?«

»So bald wie möglich.«

»Matthew, können wir irgendwo anhalten? Wir müssen richtig darüber reden. Außerdem bist du jetzt zu aufgebracht, um Auto zu fahren.«

»In Ordnung.« An einem Aussichtspunkt hielt er an und zog die Handbremse. »Also, was möchtest du mir sagen?«

Gina beschloss, kein Blatt vor den Mund zu nehmen. Es würde nichts bringen, um den heißen Brei herumzureden. »Wie viel schuldest du Yvette?«

»Das macht keinen Unterschied. Ich muss sie auszahlen. Wenn ich das Haus nicht freiwillig verkaufe, bringt sie es über meinen Kopf hinweg auf den Markt.« Er zögerte kurz. »Über unsere Köpfe hinweg.«

»Gibt es eine Gesetzesvorschrift, die dich zwingt, das Haus zu veräußern? Oder musst du Yvette nur die Hälfte des Wertes auszahlen?« Ihr war wieder eingefallen, was Egan angedeutet hatte.

»Nein, ich muss es bloß verkaufen, weil ich keine andere Möglichkeit habe, die von ihr geforderte Summe aufzubringen. Ich habe mein eigenes Haus schon verkauft und meine Altersvorsorge zu Geld gemacht. Das French House ist alles, was ich noch besitze.«

»Darf ich fragen, wie viel du ihr schuldest? Ich meine, es wäre doch verrückt, das Haus aufzugeben, das bestimmt mehr als eine Million wert ist, um ein paar Kröten aufzubringen.«

»Dreißigtausend Pfund sind ein bisschen mehr als ›ein paar Kröten‹.«

Ginas Stimmung hellte sich leicht auf. »Ja, aber trotzdem kein Vermögen. Das muss doch wohl aufzubringen sein, ohne das Haus zu Geld zu machen.« Eine Sekunde später bereute sie schon, das so gedankenlos gesagt zu haben. Natürlich hatte er bereits alles unternommen. Das Haus war der letzte Ausweg, deshalb glaubte er, es verkaufen zu müssen. »Es tut mir leid.« Sie legte ihre Hand auf seine. »Das war schrecklich taktlos von mir.« Gina dachte kurz nach. »Aber jetzt hast du mich an deiner Seite. Ich bin eine PR-Fachfrau. Ich kann Wunder bewirken, wenn es ums Geldverdienen geht.«

»Ist es das, was PR-Leute tun? Das habe ich mich schon oft gefragt.«

Gina war nur leicht gekränkt. Schließlich war sie daran gewöhnt, dass ihre Arbeit abfällig beurteilt wurde. »Komm schon, lass uns fair bleiben! Denk bloß daran, wie viel besser das Geschäft läuft, seit ich da bin!«

»Das stimmt. Dass ihr beide, Sally und du, dazugestoßen seid, hat viel gebracht.«

Sie war gerührt. »Und ich bin immer noch dabei. Ich glaube, dass wir das Geld aufbringen können, ohne das Haus zu opfern.«

»Das sagst du, aber ich sehe keinen Weg.«

Gina zermarterte sich fieberhaft das Hirn auf der Suche nach einer Idee. »Mir wird etwas einfallen, du wirst schon sehen.

Und Sally ist in dieser Hinsicht ebenfalls großartig. Wir werden das Problem lösen! Es wird nicht leicht werden, doch es ist möglich.«

»Aber warum solltest du hart daran arbeiten, das Zentrum zu retten? Du kannst schließlich einfach Raineys Antiquitäten – deine Antiquitäten – nehmen und in ein anderes Zentrum bringen. Das würde dir genauso viel einbringen, wahrscheinlich sogar mehr.«

Trotz allem, was sie miteinander geteilt hatte, konnte sie ihm nicht einfach den Grund nennen. Der Grund war, dass sie ihn liebte und alles tun würde, um ihm zu helfen – ohne zu zögern.

»Okay.« Sie schwenkte in den PR-Modus um. »Nun denn, erstens will ich nicht, dass du auf diese miese Erpressung eingehst. Zweitens bin ich tatsächlich der Meinung, dass es sich um eine Summe handelt, die wir aufbringen können. Drittens, denk an all die Händler, die vielleicht keine andere Absatzmöglichkeit finden – oder keine Lust haben, sich eine zu suchen! Händler, die seit den Zeiten deines Vaters schon im French House sind. Wir – du – können sie nicht einfach so im Stich lassen.«

Er nickte. Die Erschöpfung hatte ihre Spuren in seinem Gesicht hinterlassen. »Sie sind der Grund dafür, warum ich das Zentrum nicht bereits verkauft habe. Du sagst mir nichts, was ich nicht schon weiß, Gina. Und ich habe mir große Mühe gegeben, das Geld aufzutreiben. *Sehr* große Mühe, deshalb musst du mir verzeihen, dass meine Zuversicht den Bach runtergegangen ist. Yvette hat das Gesetz auf ihrer Seite; sie hat einen Anspruch auf das Geld.«

»Aber wie ich schon gesagt habe: Bisher hattest du mich noch nicht an deiner Seite. Vertrau mir, wir können das schaffen!« Sie dachte kurz nach. »Wie viel Zeit haben wir?«

Mit leerem Blick sah er sie an. »Zwei Monate.«

24. Kapitel

»Macht es dir etwas aus, wenn wir zuerst zum French House fahren? Ich muss etwas holen, das ich jemandem ausliefern möchte, der bei dir in der Nähe wohnt.«

Nach einer schweigsamen Reise befanden sie sich jetzt auf dem Rückweg vom Flughafen. Ausnahmsweise war Gina nicht sofort eine Lösung für das Problem eingefallen, wie man in zwei Monaten dreißigtausend Pfund beschaffen konnte. Und Matthew hatte sie kaum beachtet, geschweige denn berührt. Nachdem er ihr von seiner Zwangslage erzählt hatte, hatte er einfach dichtgemacht. Gina hatte einige Male vergeblich versucht, ihn ein wenig aufzuheitern. Schließlich hielt sie es für das Beste, ihn in Ruhe zu lassen. Wo war der liebevolle, romantische Mann geblieben, mit dem sie drei herrliche Tage verbracht hatte? War er für immer verschwunden?

»Kannst du nicht eine kurze Teepause machen, bevor du wieder arbeiten musst?« Noch einmal versuchte sie, gegen die düstere Stimmung anzukämpfen, die sich über sie beide gelegt hatte.

Er lächelte kurz. »Selbstverständlich können wir eine Tasse Tee trinken, aber da ich ohnehin in diese Richtung fahre, wäre es doch blöd, wenn ich diesen Tisch nicht ausliefere. Das spart Benzin.«

Obwohl er freundlich war, wirkten seine Worte auf Gina, als hätte ihr jemand einen Eimer kaltes Wasser über den Kopf gegossen.

Als sie das French House betraten, lebte sie ein wenig auf. Es war viel los, obwohl der frühe Nachmittag normalerweise eher eine ruhige Zeit war. Sie sah Andrew und ging zu ihm hinüber.

»Wie geht's denn so?«, fragte sie.

»Oh, ich kann nicht klagen! Das Geschäft läuft ziemlich gut.« Er lächelte. »Das haben wir dir und deiner Schwester zu verdanken.«

Gina ging darüber hinweg; das war sehr nett von ihm, doch jetzt spielte es kaum noch eine Rolle. »Und wie läuft es mit eurer Gilbert-und-Sullivan-Gruppe?«

Andrew seufzte. »Ach, da sieht es nicht rosig aus! Unsere letzte Produktion war etwas enttäuschend.«

»Warum denn?«, sagte Gina und fragte sich gleichzeitig, ob sie Matthew suchen sollte.

»Na ja«, meinte Andrew, »wir haben ein kleines Theater gemietet, und obwohl es ein Juwel war, passten nur rund hundert Leute hinein. Das hatte zur Folge, dass viele Angehörige und Freunde der Theatertruppe keine Eintrittskarten bekamen.«

Niemand hätte es bemerkt, doch Gina hörte ihm nur mit halbem Ohr zu. Sie hatte Bill entdeckt, der gerade einen großen Tisch hinausbrachte – hatte er ihn verkauft, oder brachte er ihn aus dem Zentrum? Verließ er das French House etwa? Das wäre eine Hiobsbotschaft. Allerdings wirkte er auf Gina nicht wie eine Ratte, die das sinkende Schiff verlassen wollte. Falls doch, konnte man ihm kaum einen Vorwurf machen.

Bevor ihre Stimmung sich noch mehr eintrüben konnte, tauchte Jenny mit einem Becher auf. »Matthew meinte, du könntest einen Tee vertragen. Er kommt gleich runter.«

Er hat es ja wirklich eilig, mich loszuwerden, dachte sie, während sie an ihrer Tasse nippte und sich zu konzentrieren versuchte.

»... wir hatten so schöne Kostüme, und wir haben besser gesungen als je zuvor, und all das für nur zweihundert Zuschauer.«

Gina runzelte die Stirn. »Ich dachte, du hättest gesagt, das Theater habe hundert Sitzplätze?«

»Es waren nur zwei Aufführungsabende. Alles wäre in Ordnung gewesen, wenn wir es eine Woche hätten mieten können, aber das ging nicht.«

»Wie schade!«, erwiderte sie und ließ ihre Blicke schweifen.

Matthew kam mit einem Karton im Arm auf sie zu. Er lächelte. Nicht über das ganze Gesicht, aber immerhin war es eine Verbesserung gegenüber den letzten Stunden.

»Das ist während unserer Abwesenheit für dich gekommen«, erklärte er und gab ihr das Paket.

»Was ist es denn?«

»Ich habe keine Ahnung. Mach es auf und sieh nach! Es ist von Nicholas.«

Es handelte sich um eine altmodische Kleiderschachtel von Harrods. Sie war in gutem Zustand, doch der Harrods-Schriftzug stammte aus einer anderen Dekade. Wahrscheinlich aus den Vierzigerjahren, dachte Gina.

»Hier, stell es doch auf dem Tisch ab!«, schlug Andrew vor. »Ich hole ein Messer, damit du es öffnen kannst.«

Schließlich hatte sie das Klebeband durchgeschnitten und klappte die Schachtel auf. Mehrere Lagen vergilbtes Seidenpapier kamen zum Vorschein. Vorsichtig hob Gina sie hoch und stieß auf Seide und Spitze. Verwirrt nahm sie das Kleidungsstück aus der Schachtel.

»Aha«, kommentierte Matthew. »Jetzt wissen wir, was es ist. Ich habe Gina vor einiger Zeit zu Nicholas Davenport mitgenommen. Er hat sie eindeutig ins Herz geschlossen und sagte, sie sähe aus wie seine Großmutter.«

»Das ist das Kleid, das sie auf einem seiner Gemälde getragen hat«, sagte Gina und betrachtete ehrfurchtsvoll das schöne alte Kleid in ihren Händen.

»Da ist eine Nachricht für dich«, meinte Jenny, die vorbeigekommen war und wissen wollte, was sie sich da alle ansahen.

Gina nahm das mit Briefkopf versehene Blatt in die Hand.

Meine liebe Gina, ich weiß, Sie haben gesagt, ich solle Ihnen das nicht geben. Doch Sie sollten ein wenig Nachsicht mit einem alten Mann haben. Hoffentlich sehe ich Sie eines Tages darin!

Mit herzlichen Grüßen, Nicholas.

Gina hielt sich das Kleid vor und bewunderte die zarte Seide und die Spitze.

»Probier es an!«, forderte Jenny sie auf und klatschte in die Hände. »Zeig uns, wie es angezogen aussieht!«

»Ich passe bestimmt gar nicht hinein. Damals waren die Frauen winzig.«

»Vergiss nicht, dass sie schwanger war, als das Bild gemalt wurde! Das hat Nicholas uns erzählt«, warf Matthew ein.

Gina warf ihm einen Blick zu. Wenn er damit sagen wollte, dass sie dick wäre, würde er das noch bereuen.

»Zieh es mal an!«, drängte auch Bill. »Das ist ein wunderschönes Kleid, es ist bestimmt einiges wert.«

Gina zögerte immer noch, obwohl sie inzwischen selbst unbedingt wissen wollte, wie sie darin aussah.

»Komm mit in mein Büro!«, schlug Jenny vor. »Ich glaube, es wird dir gut passen!«

Aber dann stellte sich heraus, dass sich das Kleid am Rücken nicht ganz schließen ließ. Jenny behauptete jedoch, man könne es noch auslassen.

»Es wäre eine Schande, wenn man es verschandeln würde«, meinte Gina. »Es ist ein Original, in dem Zustand ist es viel wert. Ich sollte es wirklich nicht annehmen.«

»Oh, sei nicht albern!«, widersprach Jenny lebhaft. »Komm,

zeig den Jungs das Kleid! Ich bin sicher, Matthew – und die anderen«, fügte sie schnell hinzu, »möchten dich liebend gern darin sehen. Du siehst sehr salonfähig aus. Warte, ich rücke die Schärpe zurecht, damit man dein Höschen nicht sieht! Es malt sich ein wenig ab. So.«

Gina raffte ihre Röcke und kehrte in den Hauptbereich des Zentrums zurück. Ihr war jetzt klar, dass Jenny von Matthew und ihr wissen musste – oder vielleicht stellte sie auch nur Vermutungen an. Wussten die anderen auch über sie beide Bescheid? Und würde es sie stören? Wenn Jenny kein Problem damit hätte, wäre sie, Gina, wirklich sehr erleichtert. Jenny war so wichtig für Matthew und das Zentrum. Aber vielleicht spielte das bald ja gar keine Rolle mehr. Vielleicht war ihre Romanze schon zu Ende, bevor sie richtig begonnen hatte.

»Hey, seht euch das mal an!«, rief Bill.

»Umwerfend!« Andrew stieß einen bewundernden Pfiff aus.

Gina suchte Matthews Blick. Er lächelte sie anerkennend an, aber mit einer Traurigkeit, die ihr zu Herzen ging. »Du siehst ganz entzückend aus.«

Doch als er den kleinen Tisch in den Volvo geladen hatte und sie nach Hause fuhr, lächelte er nicht mehr. Sie hatte unwillkürlich das Gefühl, dass er sich von ihr zurückzog.

»Matthew«, sagte sie schließlich, »ist mit uns alles in Ordnung?«

»Was meinst du?«

»Ich meine – so wie es in Frankreich war?«

Die Tatsache, dass er zögerte, ließ sie schon ahnen, was jetzt folgen würde.

»Es tut mir leid, Gina, doch diese Angelegenheit mit Yvette und dem Antiquitätenzentrum ... wahrscheinlich werde ich das Nachsehen haben. Ich kann an nichts anderes mehr denken.«

»Aber ich kann dir dabei helfen, das habe ich doch gesagt.«

»Du kannst mich aus dem Loch nicht rausholen, auch wenn du es so sehr willst.«

»Und was ist mit uns?«

Er seufzte. »Ich kann dir nicht die Aufmerksamkeit widmen, die du verdienst, solange dieses Damoklesschwert über mir schwebt. Und ich kann nicht von dir erwarten, dass du ... ich bin nicht gerade eine gute Partie. Lass uns einfach abwarten ...«

Er hielt vor Ginas Cottage, nahm ihr Gepäck aus dem Wagen und reichte es ihr. »Ich muss weiter, ich rufe dich an.« Dann küsste er sie auf die Wange und ließ sie einigermaßen fassungslos neben dem Gartentor stehen.

Langsam trug Gina ihren Koffer und die Schachtel mit dem Kleid ins Haus und setzte den Wasserkessel auf. Was zum Teufel passierte hier gerade? Es konnte doch nicht allein an Yvettes Drohung liegen, dass Matthew plötzlich so kühl war, oder doch? Er glaubte doch nicht etwa, dass seine Geldsorgen Gina abschrecken würden?

Sie hatte keinen Korb bekommen. Ihr Verstand weigerte sich, so etwas anzunehmen. Wenn sie an all das Wundervolle dachte, was sie in Frankreich miteinander geteilt hatten, konnte sie nicht glauben, dass ihre Beziehung zu Ende sein sollte. Sie würde nicht zulassen, dass sein Stolz etwas zerstörte, was so schön gewesen war. Das konnte sie einfach nicht zulassen!

Gina packte die Flasche Wein aus, die sie eigentlich für Sally gekauft hatte, und öffnete sie. Nein, sie würde nicht verzweifeln, sie würde scharf nachdenken und eine Lösung für das Problem finden. Sie würde es Matthew präsentieren, schließlich konnte sie genauso stur sein wie er.

Nach dem ersten Glas Wein rief sie Sally an und erzählte ihr, wie wunderschön es in Frankreich gewesen war. Allerdings verschwieg sie ihr, was bei dem Restaurator und später vorgefallen war. Im Moment könnte sie kein Mitleid ertragen. Und obwohl sie Matthew im Geiste am liebsten die schlimmsten Verwünschungen an den Kopf werfen würde, wollte sie von anderen kein schlechtes Wort über ihn hören. Das hier war nur eine Momentaufnahme und nicht das Ende der Geschichte.

In der Nacht hatte sie eine Idee, die ihr zunächst völlig verrückt erschien. Dennoch machte sie sich schnell eine Notiz. Am nächsten Morgen las sie die Worte *Iolanthe* und *Fairfield Manor*.

Sie nahm den Notizzettel mit nach unten. Dann dachte sie mit klarem Kopf darüber nach. Wie verrückt war die Idee wirklich?

Der Gedanke war tatsächlich ziemlich absurd, musste sie zugeben, doch je länger sie ihn hin und her bewegte, desto mehr gewann er. Während das Wasser im Kessel heiß wurde, übertrug sie die Stichworte auf einen Schreibblock. Ja, die Idee hatte eindeutig etwas für sich! Sie listete die positiven Aspekte auf, damit sie gut organisiert und vorbereitet war, wenn sie mit Matthew sprach.

Der erste Punkt auf ihrer Tätigkeitenliste war ein Anruf bei Nicholas. Dafür hatte sie den perfekten Vorwand, denn sie wollte sich ohnehin noch für das Kleid bedanken. Eigentlich hatte sie ihm schreiben wollen, denn so ein wunderbares Geschenk verdiente mehr als einen Anruf zwischendurch, doch sie hatte vor, sich bei Nicholas zum Tee einzuladen – oder zu einem Drink, wenn ihm das besser passte. Sie wollte noch einmal in dieses Haus zurückkehren. Inzwischen schwirrte ihr der Kopf vor lauter Ideen. Das lenkte sie von Matthew ab, denn er hatte sich noch nicht gemeldet.

Bis elf Uhr erledigte sie verschiedene Arbeiten, dann fand

sie, dass die Zeit für einen Anruf passend war. Bernard vermittelte ihr den Eindruck, dass sein Dienstherr sich freuen würde, sie zu hören. Schließlich kam Nicholas selbst an den Apparat.

»Ich würde mich gern persönlich bei Ihnen bedanken«, sagte sie. »Das Geschenk war so großzügig.«

»Liebes Mädchen, ich fände es reizend, Sie wiederzusehen. Wie wäre es mit einem Drink?«

»Könnte ich auch zum Tee kommen? Ich würde einen Kuchen mitbringen.«

»Einen selbst gebackenen Kuchen? Ich kann mich nicht daran erinnern, wann ich zum letzten Mal eine solche Köstlichkeit gegessen habe. Kommen Sie um vier! Wir können immer noch auf Sherry umsteigen, wenn es uns angebracht erscheint.«

Kuchenbacken gehörte nicht unbedingt zu Ginas Stärken, daher entschied sie sich für einen Schokoladenkuchen. Eventuelle kleine Schönheitsfehler ließen sich wunderbar unter einer Glasur verstecken.

Der Kuchen ist mir eigentlich ganz gut gelungen, dachte sie, als sie vor der Tür des prächtigen georgianischen Anwesens stand, in dem Nicholas lebte. Blieb nur zu hoffen, dass er ihre Sache unterstützen würde.

Sie freute sich sehr, den alten Herrn wiederzusehen. Er war so charmant und zuvorkommend, dass Ginas Laune schon bei seinem bloßen Anblick stieg.

»Ich hoffe, Schokoladenkuchen ist in Ordnung«, sagte sie, als Nicholas sie in einen Raum führte, den sie noch nicht kannte. »Bernard hat ihn entgegengenommen, aber ich konnte seine Gedanken nicht lesen.«

»Wir lieben Schokoladenkuchen. Und ich habe Sie in diesen Raum geführt, weil er so gemütlich ist. Hier trinke ich meinen Tee am liebsten.«

Das Zimmer war warm und einladend, doch bei dieser Größe an *gemütlich* zu denken, fiel Gina schwer. Aber sie war hocherfreut, dass es einen weiteren Empfangssalon gab. Damit wäre ihr Plan leichter auszuführen.

Nach zwei Stücken Kuchen, zwei Tassen Tee und einem Glas Sherry kam sie schließlich zur Sache. »Nicholas, ich möchte Sie um einen sehr großen Gefallen bitten.«

Nicholas, der auf den Tee verzichtet und stattdessen Sherry zu seinem Kuchen getrunken hatte, war guter Laune. Offensichtlich genoss er Ginas Gesellschaft in vollen Zügen. Er lächelte ihr wohlwollend zu.

»Für Sie würde ich ohne Zögern alles tun.«

Sie lachte nervös. »Darauf möchte ich Sie lieber nicht festnageln. Es handelt sich in der Tat um einen sehr großen Gefallen.«

Fragend neigte er den Kopf zur Seite. Gina begriff, dass sie ihm jetzt ihren Plan würde unterbreiten müssen; möglicherweise würde er sich als absolut lächerlich erweisen. Nachdem sie tief durchgeatmet hatte, fing sie an.

Nicholas hörte sich Ginas Bitte an, die gegen Ende immer flehentlicher wurde. Endlich ergriff er das Wort. »Solange Sie das Kleid tragen, bin ich einverstanden«, sagte er. »Ich würde Sie liebend gern darin sehen.«

Sie schaffte es, sich zu verabschieden, ohne Nicholas vor Dankbarkeit die Füße zu küssen. Sobald sie nach Hause kam, rief sie Andrew an und erläuterte ihm ihren Plan. Er war begeistert und überzeugt, dass er die anderen Händler ebenso für die Idee gewinnen konnte.

Schließlich musste sie das Gespräch beenden. »Das ist einfach fantastisch. Aber ich muss erst noch Matthew davon überzeugen.«

Sie beschloss, ihn am nächsten Tag anzurufen und ein Treffen zu vereinbaren, damit sie von Angesicht zu Angesicht mit ihm reden konnte. Ein persönliches Gespräch, so sagte sie sich, wäre besser, um seine Körpersprache zu lesen und ihn für ihren Plan zu begeistern. Doch eigentlich wusste sie, dass sie ihn einfach sehen wollte. Natürlich hätte sie nur den Hörer abheben und ihn anrufen können, doch tief in ihrem Herzen war sie ein altmodisches Mädchen: Sie wollte ihm die Gelegenheit geben, sich zuerst zu melden.

Andererseits wollte sie die Sache nicht auf die lange Bank schieben. Als Matthew sich bis zum Abend immer noch nicht gemeldet hatte, griff sie schließlich selbst zum Telefon.

»Matthew? Hi, wie geht's dir?«

»Gina. Ganz okay.«

Er hörte sich nicht okay an. Sie seufzte lautlos. »Was machst du denn gerade?«

»Ich habe mich hauptsächlich mit Büroarbeit befasst, was ein bisschen deprimierend war, später jedoch hat Bernard angerufen. Die Möbel für Nicholas sind eingetroffen. Ich bin rübergefahren, um ihm zu helfen, die einzelnen Stücke zu platzieren.«

Mist! Was wäre, wenn Nicholas ihm bereits von ihren Plänen erzählt hätte? Hatte sie ihn zur Verschwiegenheit verpflichtet? War Matthew deshalb ein bisschen abweisend? Und war er überhaupt abweisend, oder bildete sie sich das nur ein? Vielleicht war er nur bedrückt, weil er sein Haus verkaufen musste.

»Das ging aber schnell!«, sagte sie fröhlich. »Sehen die Möbel an Ort und Stelle schön aus?«

»Oh, ja, nachdem sich Nicholas endlich entschieden hatte, wo er sie stehen haben will. Ich schwöre, dass wir jeden Salon ausprobiert haben – und es gibt einige davon –, außerdem jedes Schlafzimmer, jede Diele, jeden Erker und jeden Durchgang, bevor Nicholas zufrieden war. Aus irgendeinem Grund war er darauf fixiert, dass genug Platz für Gott weiß was bleiben muss.« Sein Ton wurde sanfter. »Wie geht es dir?«

Sie beschloss, vage zu bleiben. »Oh, ähnlich wie dir – ich meine, ich habe mich um liegen gebliebene Arbeiten gekümmert. Nichts wirklich Interessantes.« Sie zögerte, dann fragte sie: »Matthew, können wir uns treffen?«

Die Pause schien eine Ewigkeit zu dauern. »Natürlich. Aber ich bin wirklich sehr beschäftigt. Es müsste irgendwann tagsüber sein.«

Gina verzichtete auf den Hinweis, dass ein Treffen am Abend sinnvoller wäre als am Tag, wenn er so viel zu tun hatte. »Super! Morgen?«

»Doch erst zur Teestunde.«

»Perfekt. Aber ich werde keinen Kuchen backen.«

»Warum um Himmels willen solltest du backen? Obwohl – Nicholas hatte sehr guten Schokoladenkuchen da, den jemand ihm mitgebracht hatte. Da könnte man schon auf den Geschmack kommen.«

»Tatsächlich?«, sagte sie und unterdrückte ein Kichern. »Ich komme zum Zentrum rüber.« Dann zögerte sie. »Oder wirst du irgendwo in meiner Nähe unterwegs sein?«

»Nein, das French House ist ein guter Treffpunkt.«

»Okay. Dann bis morgen.«

»Bis morgen.« Sein Abschied war nicht barsch, aber auch nicht so liebevoll und sehnsuchtsvoll wie ihrer.

25. Kapitel

Am nächsten Morgen setzte Gina sich schon zeitig an ihren Schreibtisch, bewaffnet mit ihrem Taschenrechner, ihrem Notizblock und ihrer Liste mit Kontakten, die möglicherweise als Sponsoren für den Champagner oder die Häppchen gewonnen werden oder Tombolagewinne stiften konnten. Sie hatte gerade die Einladung zur Hälfte fertig, als es an der Tür läutete.

Sally stand auf der Schwelle, und sie strahlte über das ganze Gesicht. »Oh, ich bin so glücklich und so aufgeregt, dass ich kaum sprechen kann! Ich musste sofort zu dir kommen und es dir erzählen. Alaric kümmert sich um die Mädels.«

Unwillkürlich musste Gina lächeln, angesteckt von der reinen Freude, die ihre Schwester ausstrahlte. »Wie schön! Komm doch herein und erzähl mir, was los ist!«

Gina ging voraus in die Küche und setzte den Wasserkessel auf. Sally ließ sich auf einen Stuhl fallen. »Ich habe einen Job – und er ist einfach soooo perfekt! Ich kann all das tun, was ich gut kann: schöne Dinge kreieren, sie verkaufen, verrückte Ideen entwickeln und umsetzen ...« Sie stand wieder auf, weil sie offenbar zu aufgeregt war, um still zu sitzen.

»Du hast einen Job – das ist fantastisch! Aber was ist mit deinen Töchtern? Alaric arbeitet doch auch.« Gina goss Wasser über die Teebeutel.

»Das ist ja das Schöne daran: Ich kann mir meine Arbeitszeit mehr oder weniger selbst einteilen. Erst mal drei Tage die Woche und später dann mehr, wenn es sich zeitlich einrichten lässt. Wenn Alaric mehr arbeitsfreie Zeit haben will, kann er sich mehr um die Kinder kümmern. Und stell dir vor, seine Eltern zahlen die Gebühr für einen Kita-Tag, weil sie den Job als richtige Arbeit betrachten. Ist das nicht großartig?« Inzwischen hüpfte sie beinahe durch den Raum.

»Wirklich großartig. Ich freue mich wahnsinnig für dich, Sal. Für wen wirst du denn Dinge fertigen und verkaufen?«

»Für Carmella.«

Ginas Begeisterung schwand dahin, als hätte jemand den Stöpsel aus einem Spülbecken gezogen. »Carmella?«

»Ja. Sie kauft das French House und wird gewaltig expandieren, was auch der Grund dafür ist, dass sie mich braucht. Du, was ist los?«

Gina stellte fest, dass ihr Mund ganz trocken geworden war. Außerdem war ihr übel, genau wie damals, als Carmella sie über ihre Kaufabsichten informiert hatte. Sie fühlte sich, als wäre jemand gestorben. Matthew hatte das Zentrum doch nicht etwa schon verkauft, bevor sie ihm ihren Plan hatte präsentieren können? Nein, ganz bestimmt hätte er ihr davon erzählt. »Was ist mit dem Antiquitätenzentrum?«

»Was soll damit sein?« Sally warf die Arme in die Luft, als wäre alles möglich. »Die Leute können ihre Antiquitäten doch überall verkaufen. Es gibt schließlich unzählige Antiquitätenläden in Cranmore.«

»Muss sie ihr Geschäft denn unbedingt im French House haben?« Gina konnte den Gedanken nicht ertragen, dass Carmella dort sein würde. Wie besitzergreifend sie sich umgesehen hatte, als sie seinerzeit da gewesen war!

»Ja!«, erwiderte Sally ungeduldig. »Es gibt keine besseren Räumlichkeiten. Das Haus muss ziemlich groß sein, verstehst du?« Sally runzelte die Stirn, als ihr endlich dämmerte, dass Gina nicht außer sich vor Entzücken war. »Warum bist du so aufgebracht? Ich weiß, dass du dich inzwischen richtig für Antiquitäten begeisterst – der Himmel weiß, warum –, aber es gibt jede Menge Läden, die dir Platz zur Verfügung stellen würden. Du musst es nicht gleich aufgeben.«

Gina konnte nicht fassen, dass Sally das Problem nicht verstand. »Darum geht es gar nicht. Es gibt andere Händler, die den Handel vielleicht aufgeben werden, falls das Zentrum schließt.«

»Dann werden sie bestimmt froh sein, in den Ruhestand treten zu können! So ist das nämlich. Und wenn sie sich noch nicht zur Ruhe setzen wollen, können sie mit ihren Antiquitäten umziehen. Was ist los mit dir, Gina? Du bist doch sonst nicht so pessimistisch.«

»Ich bin nicht pessimistisch, ich weise lediglich darauf hin, dass einige Händler den Handel aufgeben würden, falls das French House schließt.«

»Aber was kümmert dich das? Sie sind nicht deine Freunde, sondern nur Bekannte.«

Gina blieb der Mund offen stehen. Sie hatte nicht gewusst, dass Sally so ... so schrecklich unsensibel sein konnte. »Und was ist mit Matthew?«

»Was soll mit ihm sein? Er weiß, dass er verkaufen muss, um seine Exfrau auszuzahlen. Carmella kann den Kauf gleich auf der Stelle abwickeln und bar bezahlen, das ist ein Geschenk für Matthew. Es wird eine Befreiung für ihn sein, das Zentrum loszuwerden. Es hängt ihm wie ein Mühlstein am Hals.«

Gina atmete aus. Sie hatte Sally ein wenig davon erzählt, jedoch nur in Grundzügen. Carmella musste unglaublich indiskret gewesen sein.

»Das habe ich nicht gesagt! Das French House ist Matthews Leben! Er wäre am Boden zerstört, wenn er es verkaufen müsste. Mir ist es auch wichtig, und ich dachte, dir ebenfalls. Bei der Weihnachtsveranstaltung warst du schließlich mit Leib und Seele dabei.«

»Na ja, stimmt, weil es Spaß gemacht hat und ich die Herausforderung liebe. Die Hälfte der Händler hat noch andere Absatzmöglichkeiten, und außerdem ist das French House doch nur ein Gebäude.«

»Es ist nicht nur das. Tante Rainey hat es geliebt. Sie hat Matthew geliebt. Daher hat sie uns mithilfe ihres Testamentes zusammengeführt. Und es ist auch sein Zuhause. Du kannst doch nicht wollen, dass er einfach rausgeworfen wird!«

»Ich lasse ihn nicht aus seinem Haus werfen. Er muss es verkaufen. Carmella tut ihm einen Gefallen, indem sie das Ganze schnell und einfach über die Bühne bringt.«

»Aber sie wird ihm nicht den tatsächlichen Wert zahlen! Ihr Angebot wird bestimmt deutlich unter dem Marktwert liegen. Ich habe dir erzählt, was sie gesagt hat, als sie neulich vorbeigekommen ist. Übrigens steht das French House *nicht* zum Verkauf.«

»Woher willst du das wissen? Auch wenn Matthew Carmellas Angebot noch nicht akzeptiert hat – und ich weiß ganz sicher, dass sie es ihm heute unterbreiten wird –, so wird er es bald annehmen. Er *muss* es annehmen, denn er braucht das Geld.«

Gina versuchte, ruhig zu bleiben. Carmella war wirklich eine hinterhältige Ziege. Yvette hatte sie offenbar sofort angerufen, nachdem sie Henris Werkstatt verlassen hatte. »Das mag sein, doch es gibt andere Möglichkeiten, wie er das Geld auftreiben kann.«

»Wirklich?«

Gina bemerkte den ungläubigen Tonfall. Hatten das alle geübt? Jetzt fragte sie sich, ob ihre gesamte Planung zum Scheitern verurteilt war, noch bevor sie eine Pressemitteilung herausgegeben und Matthew eingeweiht hatte. »Natürlich. So hoch sind seine Schulden gar nicht.« Sie setzte darauf, dass Sally die Summe nicht kannte. Carmella wusste vielleicht auch nicht im Einzelnen Bescheid.

»Wie viel schuldet er ihr denn?«, wollte Sally wissen.

»Ich bin nicht ganz sicher«, schwindelte Sally, »aber die Summe ist jedenfalls nicht so hoch, dass er das Haus verkaufen müsste.« Auch wenn man das nicht ausschließen konnte. Konnte die Veranstaltung, die sie im Sinn hatte, genug einbringen?

»Bist du dir da sicher?«

»Ja, so ziemlich. Ich organisiere ein Event, um das Geld aufzubringen.«

Sally kniff die Augen zusammen. »Was für ein Event?«

»Ich organisiere einen Gilbert-und-Sullivan-Abend.«

Sally starrte sie eine Weile mit offenem Mund an. Dann lachte sie. »Oh, Gina, wirklich? Das ist der am wenigsten überzeugende Vorschlag, den ich je gehört habe. Die meisten Leute wissen nicht mal mehr, wer Gilbert und Sullivan überhaupt gewesen sind.«

Nun wurde Gina allmählich richtig sauer. »Oh, doch! Auf jeden Fall sind Gilbert und Sullivan und ihre komischen Opern beinahe so bekannt wie Puccini! Übrigens sind Leute, die so dumm sind, auch nicht unsere Zielgruppe!«

»Ich bin sicher, du musst eine Menge Geld einnehmen. Wie viel willst du ansetzen? Hundert Pfund pro Eintrittskarte?«

»Ja.«

»Sieh mal, Gina, ich weiß, dass du sehr gut in so etwas bist, aber wie willst du damit eine Summe aufbringen, die vermutlich beträchtlich ist – selbst wenn du diesen Eintrittspreis verlangst? Und was glaubst du, wie viele Menschen mitten in einer Konjunkturflaute bereit sind, mal eben so hundert Pfund auszugeben? Sei doch mal realistisch.«

Gina konnte nicht fassen, was ihre Schwester da sagte. Sonst war sie immer so optimistisch und unterstützte sie in allen Belangen. Was war bloß in sie gefahren? Carmella hatte sie doch nicht etwa einer Gehirnwäsche unterzogen?

»Ich weiß über die Konjunkturlage Bescheid, du musst mich nicht belehren, dennoch gibt es jede Menge reiche Menschen da draußen, die immer noch bereit sind, Geld für solche Dinge auszugeben. Das weißt du.«

»Und du meinst, dass die richtig reichen Leute Gilbert und Sullivan mögen? Seltsam, dass man nie etwas darüber im Magazin *Hello!* liest. Ich dachte, die stehen eher auf Opern im klassischen Sinne.«

»Wenn wir eine klassische Oper aufführen würden, müssten wir die Sänger bezahlen. Gilbert und Sullivan gibt's umsonst.« Allmählich ging Sally ihr mit ihrer Haltung auf die Nerven.

»Mal ehrlich, Gina, ich glaube nicht, dass du die Sache richtig durchdacht hast. Meinst du wirklich, du könntest das French House durch eine Art Musical-Veranstaltung retten? Das ist doch lächerlich!«

Obwohl Gina wusste, welche anderen Anreize der Abend bieten würde, fand sie das Ganze, aus Sallys Augen betrachtet, ebenfalls ein wenig lächerlich. Doch das würde sie ihrer Schwester gegenüber niemals zugeben. »Ich muss es wenigstens versuchen!«

»Warum? Wer sind diese Leute, die wichtiger sind als deine Schwester?«

»Jetzt sei nicht albern! So ist es nicht.«

»Oh, doch! Wenn Carmella das French House nicht kaufen kann, habe ich keinen Job.«

»Du meine Güte, Sal, Carmella kann sich doch ein anderes Haus für ihren verdammten Laden suchen!«

»Eben nicht, das ist es ja. Sie hat sich schon überall in der ganzen Region umgesehen und nichts Geeignetes gefunden. Dann hat Yvette ihr erzählt, dass das French House bald zum Verkauf steht.«

»Also haben diese verflixten Frauen tatsächlich ein Komplott geschmiedet, ich hab's gewusst!«

»Was willst du damit sagen? Alles ist moralisch einwandfrei – Matthew schuldet Yvette viel Geld, und zwar schon verdammt lange, und jetzt will sie es endlich haben. Sie will selbst ein Geschäft in Frankreich eröffnen. Carmella und sie …«

Gina wusste all das nur zu gut, doch sie hasste die Tatsache, dass Sally sich mit der Gegenseite solidarisierte. Offenbar machte es ihr nichts aus, dass Matthew sein Haus verlieren und das French House eine schicke Boutique für die Reichen und Schönen werden würde.

»Kannst du bitte aufhören, ständig von Yvette und Carmella zu erzählen?« Inzwischen schrie sie beinahe, weil sie richtig sauer war. »Was diese Frauen Matthew antun …«

»Matthew? Was ist mit Matthew?«

»Sally, das habe ich dir doch erzählt! Wir sind nach Frankreich gefahren – wir – du weißt schon …«

»Ihr habt euch die Seele aus dem Leib gevögelt! Na bravo! Aber Gina, ich bin deine Schwester! Wenn das French House nicht verkauft wird, bekomme ich meinen Traumjob nicht.«

»Es geht um Matthews Zuhause – sein Geschäft – sein Leben!«

»Ich kann nicht fassen, dass du mich wegen eines Typen hängen lässt. Dabei hast du den Männern doch angeblich abgeschworen. Als du hergezogen bist, hieß es ständig: ›Oh Sally, wag es bloß nicht, mich zu verkuppeln!‹ Und jetzt höre ich nur noch: ›Es geht um Matthews Zuhause!‹ Denk mal über deine Prioritäten nach, zum Teufel noch mal!«

Gina atmete scharf ein, denn ihre Schwester benutzte nur sehr selten Kraftausdrücke. Doch das brachte sie nicht weiter. Außerdem hatte Sally nicht ganz unrecht. In der Vergangenheit hatte es nie zur Debatte gestanden, dass ein Mann wichtiger gewesen wäre als ihre Schwester – zudem hatte Gina ihr gar nicht gesagt, was sie für Matthew empfand. »Hör mal, jetzt beruhige dich wieder! Ich finde ein anderes Gebäude für Carmella.«

»Wie um Himmels willen kannst du annehmen, dazu in der Lage zu sein? Es ist schließlich nicht so, als hätte sie sich keine Mühe gegeben. Carmella will in Cranmore-on-the-Green bleiben, die Stadt ist perfekt für sie. Und ich möchte auch dort arbeiten: Es liegt in der Nähe, es ist praktisch, und es gibt eine richtig gute Kita.«

So langsam klang Sally wie ihre dreijährigen Töchter, wenn sie nicht ihren Willen bekamen. Das war nicht die Sally, die Gina kannte und liebte, doch offensichtlich bedeutete dieser Job ihr sehr viel. »Reg dich nicht auf! Ich finde eine Immobilie, die genauso gut und genauso günstig gelegen ist ...«

»Carmella hat eine professionelle Agentur mit der Suche beauftragt, und sie konnten ihr nichts Geeignetes anbieten«, widersprach Sally bockig. Jetzt hatte sie eine frappierende Ähnlichkeit mit Sephie, die einen Wutanfall erlitt.

»Vielleicht gibt es Objekte, die seitdem neu auf den Markt gekommen sind.«

Sally ließ sich auf ihren Stuhl fallen. »Ich brauche Tee. Das ist so schrecklich, ich dachte, du möchtest, dass ich meinen Traumjob bekomme. Ich wäre nie auf die Idee gekommen, dass du so hinterhältig sein könntest, mir alles zu vermasseln.«

Gina knallte den Wasserkessel erneut auf die Herdplatte. Der Streit hatte sie vergessen lassen, dass sie bereits Tee aufgegossen hatte. »Ich bin nicht hinterhältig!«

»Hasst du Carmella? Bist du eifersüchtig auf sie? Ist es wegen Egan?«

»Egan? Nein! Was um Himmels willen soll das hier mit Egan zu tun haben? Sieh mal, Rainey liebte Matthew. Warum hätte sie ihn sonst in ihr Testament aufgenommen? Sie liebte das Antiquitätenzentrum. Warum hätte sie sonst wünschen wollen, dass wir ihren Platz dort einnehmen? Es geht um die *Familie*, Sally!«

»Nein, geht es nicht!« Sally spuckte die Worte förmlich aus.

Ihre Augen funkelten vor Wut oder ungeweinten Tränen. »*Ich* bin deine Familie! Deine Schwester!«

Damit rannte sie aus der Küche und verschwand.

Gina spürte, wie ihr übel wurde. Sally und sie hatten sich nicht mehr richtig gestritten, seit sie Teenager gewesen waren. Ihr war ganz schwindelig; am liebsten hätte sie geweint, doch es kamen keine Tränen. Stattdessen spürte sie einen dicken Kloß im Hals, der nicht verschwinden wollte. Dann läutete das Telefon und riss sie aus ihrer Starre.

Mechanisch meldete sie sich. Nicholas war am Apparat.

»Liebes Mädchen, ich denke, Sie sollten vorbeikommen. Matthew ist ein wenig verärgert.«

26. Kapitel

Die Beschreibung »ein wenig verärgert« traf es nicht im Entferntesten. Matthew kochte regelrecht, als Gina ihn sah. Er wirkte größer als sonst, finsterer und kalt.

Sobald sie eingetroffen war, hatte Bernard Gina in die Orangerie geführt, wo Matthew auf sie wartete, damit sie »ihre Differenzen unter vier Augen aus der Welt schaffen konnten«, wie Nicholas es formuliert hatte. Matthew war ihr schon bei ihrem allerersten Treffen wie ein Schulmeister erschienen, doch jetzt übertraf er diesen Eindruck bei Weitem. Was war nur mit ihm passiert?

»Was zum Teufel hast du dir bloß dabei gedacht?«, fuhr er sie an und betonte jedes einzelne Wort.

Gina hatte ihn noch nie fluchen gehört. Umso erschreckender war die Wirkung auf sie. Zwei Menschen, die ihr sehr viel bedeuteten, hatten sie innerhalb einer Stunde mit Flüchen belegt. »Das weißt du doch«, erwiderte sie so ruhig, wie sie konnte, und bemühte sich, nicht zusammenzuzucken.

In demselben kalten, gnadenlosen Ton fuhr er fort. »Nicholas war einer der besten und loyalsten Kunden meines Vaters, und jetzt ist er mein Kunde. Du weißt, wie wichtig ihm seine Privatsphäre ist. Ich habe dich zu ihm mitgenommen, weil ich dir vertraut habe. Ich bin davon ausgegangen, dass du seine Gefühle hinsichtlich seines Hauses respektierst, und jetzt muss ich das hören!«

Gina stellte fest, dass sie zitterte. Sie wusste nicht, ob Wut oder Nervosität der Grund dafür war. Als sie nun zum zweiten Mal beschuldigt wurde, sich etwas Schreckliches erlaubt zu haben, obwohl sie doch nur das Beste im Sinn hatte, war es um ihre berühmte Ruhe in Krisensituationen geschehen. »Ich habe überhaupt nichts getan!«, sagte sie genauso eiskalt wie er. »Ich habe lediglich einen Vorschlag unterbreitet, und Nicholas hat ihm zugestimmt.«

»Dazu hast du kein Recht. Ich vermute, du willst Geld aufbringen, um das French House zu retten. Nun, es ist mein Haus, vielen Dank, und wenn es gerettet werden sollte, dann bin ich derjenige, der sich darum kümmert!«

»Und was genau planst du zu seiner Rettung? Hast du überhaupt einen Plan? Oder hast du vor, das Gebäude einfach zu verkaufen – an den Kaufinteressenten mit dem niedrigsten Angebot!«

»Ich finde nicht, dass es anständig ist, das Vertrauen eines alten Kunden und guten Freundes zu missbrauchen, egal, unter welchen Umständen.« Sein kalter Blick verursachte ihr tatsächlich ein schlechtes Gewissen, doch das würde sie ihm nicht zeigen.

»Du solltest mir zugutehalten, dass ich Nicholas gefragt habe. Er ist gern bereit zu helfen.«

»Bist du sicher, dass er diese Sache wirklich will, oder wollte er einfach nur nett zu dir sein?«

Plötzlich war Gina verunsichert. Vielleicht wollte Nicholas ihr tatsächlich einen Gefallen tun, dennoch war sie immer noch gekränkt, dass Matthew annehmen konnte, das Wohlergehen seines alten Freundes wäre ihr vollkommen gleichgültig. Dachte er so schlecht von ihr? »Nicholas ist ein erwachsener Mann – er tut nichts, was er nicht tun will.«

»Und wann wolltest du mich einweihen?«

»Heute Abend! Oder hast du vergessen, dass wir eine *Verabredung* haben?«

»Und warum erfahre ich als Letzter davon?«

Sie war so begeistert von ihren Plänen gewesen und hatte

sich so darauf gefreut, Matthew ins Bild zu setzen. Dabei hätte sie damit rechnen müssen, dass er ihre Freude dämpfen würde. Ihre Entschlossenheit nahm wieder zu. Die Pläne waren gut; Nicholas *war* begeistert – gleichgültig, was Matthew ihr unterstellte. Sie würde ihm helfen, obwohl sie sich langsam fragte, ob er ihre Hilfe wirklich verdiente. Nun, dann würde sie es eben für die anderen Händler und in Gedenken an ihre Tante Rainey tun.

»Du erfährst es nicht als Letzter«, widersprach sie, »aber zuerst musste ich natürlich Nicholas fragen und mich Andrews Unterstützung versichern. Bisher habe ich noch keinen Kontakt mit Sponsoren aufgenommen, auch nicht mit den Architekturverbänden, die wahrscheinlich fast jeden Preis zahlen würden, um in dieses altehrwürdige Haus zu gelangen.« Sie atmete tief ein. »Aber weißt du was? Ich wünschte, ich müsste es dir gar nicht erzählen. Du bist so verdammt pessimistisch. Ich tue all das für dich, weißt du.«

»Ich kann mich nicht erinnern, dich darum gebeten zu haben!«, herrschte er sie an.

»Du hast mich nicht darum gebeten. Ich habe beschlossen, einfach etwas zu unternehmen. Denn wenn es nach dir ginge, würde das French House für einen Appel und ein Ei an ein durchtriebenes Biest von Frau verkauft werden, der es egal ist, was sie niederwalzt, wenn sie nur ihren Willen bekommt. Ein Miststück, das mit deiner Frau unter einer Decke steckt.«

»Meiner *Ex*frau.«

»Sie wird so lange nicht wirklich deine *Ex*frau sein, bis du ihr kein Geld mehr schuldest. Erst dann wird sie nicht länger wie ein Geier in deiner Nähe lauern und darauf warten, dass du Schwäche zeigst, um sich auf dich zu stürzen und dich in Stücke zu reißen.«

Er ignorierte ihren Ausbruch einfach. »Was meinst du damit, dass Carmella mit Yvette unter einer Decke steckt? Und woher willst du das überhaupt wissen?«

»Du weißt, dass es so ist! Ich habe dir doch von ihrem Besuch im Zentrum vor einer Weile erzählt. Nun, offensichtlich konnte Yvette es kaum erwarten, Carmella mitzuteilen, dass das French House bereits so gut wie ihr gehört. Sie muss sie angerufen haben, unmittelbar nachdem sie die Werkstatt des Restaurators verlassen hatte. Es ist mir unbegreiflich, wie du so eine dämliche Scheidungsvereinbarung unterschreiben konntest – ganz der Gentleman, und jetzt wirst du vielleicht bald auf der Straße sitzen.« Plötzlich kam ihr ein schrecklicher Gedanke. »Oder gibt es etwas, was du mir nicht erzählt hast? Hast du das Haus etwa schon auf den Markt gebracht, ist der Verkauf bereits unter Dach und Fach?«

»Natürlich nicht, doch sie hat trotzdem recht«, sagte er ein wenig ruhiger. Sein Zorn war verraucht und hatte Trauer und Erschöpfung Platz gemacht. Doch Gina schäumte noch vor Wut und war nicht bereit, ihn damit durchkommen zu lassen.

»Mein Gott, du bist so ein Miesmacher! Du klammerst dich an die Vergangenheit, und du bist zu ehrenhaft, um dir selbst zu helfen. Lieber steckst du den Kopf in den Sand. Und dann wirfst du mir vor, ich würde deinen Freund drangsalieren, obwohl du ganz genau weißt, dass ich Nicholas niemals schaden würde. Du bist ein Idiot, und ich habe die Nase gestrichen voll von all dem!«

Damit drehte sie sich um und stürmte aus dem Zimmer. Vor der Tür stieß sie mit Nicholas zusammen, dem es gelang, sie aufzufangen, ohne dass sie beide stürzten.

»Ist eure kleine Plauderei nicht gut gelaufen?«, fragte er. Er hielt sie an den Schultern fest und sah mitfühlend auf sie hinunter.

Gina brach in nervöses Gelächter aus, auch wenn ihr eigentlich nach Heulen zumute war. »Das könnte man so sagen.«

»Matthew ist ein ausgesprochen stolzer Mann«, erklärte er. »Er lässt sich nicht gern helfen.«

»Nun, er muss meine Hilfe nicht annehmen, jetzt nicht

mehr. Ich bin fertig mit ihm – als Mensch, als Kollege, in jeder Hinsicht, die man sich vorstellen kann.« Ginas Drang zu lachen schlug in das Gegenteil um. Zwei heftige Auseinandersetzungen innerhalb von vierundzwanzig Stunden waren mehr, als sie verkraften konnte. »Ich möchte mich verabschieden, Nicholas, und Ihnen ganz herzlich danken. Offenkundig wird es in Ihrem Haus keine Gilbert-und-Sullivan-Veranstaltung geben.«

»Augenblick mal! Es ist Zeit, dass ich mich einschalte. Bernard! Bringen Sie bitte den Champagner und holen Sie Matthew! Wenn er in den Garten geflüchtet sein sollte, soll er bitte ins Haus zurückkommen. Wir haben keinen Wagen gehört, also muss er sich noch auf dem Gelände befinden.«

Gina sah zu, wie Nicholas den Draht vom Champagnerkorken löste. Anscheinend hatte er auf diesen Moment gewartet. »Es ist noch ein bisschen zu früh für Alkohol, meinen Sie nicht?«

»Mein liebes Mädchen, das Schöne an Champagner ist, dass immer der richtige Zeitpunkt dafür ist. Und elf Uhr am Vormittag ist einfach perfekt. Außerdem glaube ich, dass Sie eine Stärkung gebrauchen können.«

Insgeheim stimmte Gina ihm zu.

Bernard tauchte mit Matthew im Schlepptau wieder auf. Sie sah auf einen Blick, dass sich an seiner zugeknöpften und halsstarrigen Haltung nichts geändert hatte. Nur der Respekt und die Zuneigung, die er für Nicholas empfand, ließen ihn den Raum betreten. Für sie galt übrigens das Gleiche. Zögernd akzeptierte er ein Glas Champagner.

»Nun denn«, sagte Nicholas, als alle mit vollen Gläsern versorgt waren und Bernard den Raum verlassen hatte. »Offenbar hat es eine Meinungsverschiedenheit gegeben.«

»Ja«, antwortete Matthew.

»Und weil ich sehr alt und folglich unendlich weise bin, möchte ich gern die Rolle des Friedensstifters übernehmen.«

»Da haben Sie sich aber was vorgenommen!«, kommentierte

Gina. Sie trank einen Schluck und funkelte Matthew über ihr Glas hinweg böse an.

»Es hat ein Missverständnis gegeben«, fuhr Nicholas fort. »Doch das heißt nicht, dass sich die Dinge nicht wieder geraderücken ließen.«

Gina wünschte, sie hätte genauso großes Vertrauen in ihn als Streitschlichter, wie er in sich selbst zu haben schien. Sie glaubte, dass mehr als ein sehr charmanter und liebenswerter alter Mann vonnöten wäre, um die eisige Missbilligung und Geringschätzung dahinschmelzen zu lassen, die Matthew in beinahe sichtbaren Wellen ausstrahlte.

»Wir wollen«, sagte Nicholas, »ein Wanderkonzert veranstalten. Matthew, jetzt hör mir mal zu!« Er hob eine Hand. »Du kommst danach zu Wort. Ich bin mir bewusst, dass du mich beschützen willst, und dafür liebe ich dich. Doch ich bin noch nicht so alt und gebrechlich, dass ich nicht mehr selbstständig denken kann. Seit Jahren habe ich mich nicht mehr so energiegeladen gefühlt.« Als er Gina anstrahlte, wurde sie unwillkürlich von tiefer Zuneigung zu dem alten Herrn erfasst.

»Also«, fuhr Nicholas fort, »in jedem Salon wird ein anderes musikalisches Ereignis stattfinden, und die Leute werden von einem Raum in den nächsten wandern.« Er machte eine weit ausholende Armbewegung, die zeigte, wie riesig der Empfangsraum war, in dem sie sich gerade befanden. »Hier könnte ein richtiger Chor singen, vielleicht mit einem halben Dutzend Sängern und ein paar Musikern. Dann wäre noch genug Platz für – sagen wir mal – fünfzig Gäste?«

»So viele?«, fragte Gina. Das war eine gute Neuigkeit. Sie spürte, wie ihre Stimmung sich etwas aufhellte. Matthew blickte immer noch finster drein, aber er schwieg. Zumindest schimpfte er nicht wieder.

»Ja. Als meine Mutter noch lebte, haben wir immer Feste für dreihundert Gäste veranstaltet.« Die betont beiläufige Art, wie

Nicholas das sagte, ließ auf einen gewissen Stolz schließen. »Und von hier aus«, erklärte er, während er durch den großen Raum zu einer zweiflügeligen Tür ging, die in einen weiteren Empfangsraum von ähnlicher Größe und Pracht führte, »könnten unsere Gäste zu einer ebenso charmanten Veranstaltung weiterspazieren. Ich liebe die komischen Opern von Gilbert und Sullivan, du nicht?«, sagte er zu Matthew. »Ich weiß, sie gelten bisweilen als etwas gewöhnlich, aber eigentlich ist die Musik bezaubernd, und die Texte sind so klug!«

Sie setzten ihren Rundgang durch das Haus fort, wobei Nicholas beschrieb, wie er sich alles vorstellte – oft griff er dabei auf Formulierungen und Ausdrücke zurück, die Gina benutzt hatte, als sie ihn von ihrer Idee überzeugt hatte. Am liebsten hätte sie ihn in den Arm genommen. Schließlich landeten sie in der Orangerie. Gina stellte sich diesen Raum voller Lichter vor – ein wenig wie Sallys Weihnachtsgarage –, obwohl sie bezweifelte, dass ihre Schwester ihr nach dem Streit die Lichterketten leihen würde. Vielleicht wären Teelichte ohnehin stilvoller ...

»Jetzt kannst du dir ausmalen, wie wunderbar das werden könnte«, schloss Nicholas, offensichtlich selbst ganz entzückt von der Vorstellung.

»Was ich nicht ganz verstehe«, sagte Matthew nach einem quälenden Schweigen, »ist, warum du jetzt die Türen deines Anwesens öffnen möchtest. Schließlich hast du doch all die Jahre darauf bestanden, Außenstehenden keinen Zutritt zu Fairfield Manor zu gewähren.«

»Ich sage dir, woran das liegt. Als Gina mir von ihrer Vision erzählte und ich alles durch ihre jungen Augen betrachtete, dachte ich mir: Warum soll ich die Schönheit dieses Hauses nicht mit anderen teilen?«, antwortete Nicholas.

»Ich könnte es verstehen, wenn du den Wunsch hättest, es mit einigen wenigen ausgewählten Personen zu teilen, die die

Architektur und die Geschichte des Anwesens zu schätzen wissen – doch warum dieses Tamtam?«

»Mir ist etwas klar geworden. Ich glaube, ich ziehe Menschen vor, die nicht vor allem die Architektur zu schätzen wissen, sondern die einfach nur einen wunderschönen, unvergesslichen Abend verbringen möchten.«

Matthew war immer noch nicht ganz überzeugt. »Ich bin mir nicht ganz sicher, ob ich dir wirklich glaube. Das würde eine ziemlich massive Störung für dich bedeuten.«

»Ach, weißt du, Gina hat mir versprochen, das Kleid zu tragen!« Nicholas strahlte, und es konnte kein Zweifel daran bestehen, dass er es ernst meinte.

Erneut entstand eine quälende Pause.

Matthew sah zuerst seinen Freund an und dann Gina. Seine Miene war vollkommen undurchdringlich. »Wenn sie reinpasst!«

Gina kniff die Augen zusammen. Ihr war bewusst, dass das seine Art war, ihr mitzuteilen, dass er ihr bis zu einem gewissen Grad verziehen hatte. »Du vergisst, dass Lady Mary schwanger war, als das Gemälde entstand.«

»Und außerdem kann man es bestimmt noch ein wenig auslassen«, fügte Matthew hinzu und hob eine Augenbraue.

Gina spielte die Entrüstete, doch innerlich jubelte sie.

»Wenn ihr beide so etwas Wahnsinniges durchziehen wollt, dann kann ich euch nicht davon abhalten. Allerdings ist die Idee vollkommen verrückt, das wisst ihr wohl«, fuhr er fort.

»Das trifft auf die besten Ideen immer zu!«, erwiderte Nicholas und unterstrich seine Bemerkung mit einer schwungvollen Handbewegung. »Also ist die Welt wieder in Ordnung. Sollen wir noch eine Flasche köpfen?«

Gina lachte. »Nein, danke. Ich muss leider los. Aber vielen, vielen Dank!« Sie legte Nicholas die Arme um den Hals und gab ihm einen Kuss.

Nur leicht verblüfft, sagte er: »Nun, Sie haben mir einen

Schokoladenkuchen mitgebracht – da war das doch das Mindeste, was ich tun konnte.«

Matthew und Gina verließen das Haus gemeinsam. Zwar redeten sie wieder miteinander, doch waren sie noch weit von dem Verhältnis entfernt, das sie in Frankreich verbunden hatte.

»Ich habe mich schon gefragt, woher der Kuchen stammt«, meinte Matthew, als sie draußen waren.

»Ich glaube, ich möchte Nicholas heiraten«, sagte Gina und ignorierte die Bemerkung über den Kuchen einfach. Dann wurde sie wieder ernst. »Es tut mir wirklich leid, dass ich die ganze Sache nicht zuerst mit dir besprochen habe, doch ich hätte nie damit gerechnet, dass Nicholas zustimmen würde. Wäre er von der Idee nicht angetan gewesen, hätte ich das Ganze einfach vergessen. Ich wollte nicht, dass du dir umsonst Gedanken machst.«

Wieder sah er sie an, liebevoll, aber gleichzeitig ernst. »Es tut mir leid, dass ich so grob war – ich habe mir Sorgen um Nicholas gemacht, und vor dem Hintergrund von all dem, was mich sonst noch beschäftigt ... versprich mir, nie wieder so etwas hinter meinem Rücken zu planen, ja? Damit will ich nicht sagen, dass mir der Gedanke gefällt, dass du das für mich tust. Ich bin immer noch derselben Meinung: Es ist mein Problem, um das ich mich selbst kümmern muss. Allerdings glaube ich nicht, dass wir Nicholas die Sache jetzt wieder ausreden können – ich habe ihn noch nie so begeistert erlebt.« Nachdenklich betrachtete er sie. »Und komm bloß nicht auf die Idee, jemandem einen Heiratsantrag zu machen, nur weil er nett und ungeheuer reich ist!« Er öffnete die Tür ihres Autos und schob sie hinein.

Als sie im Wagen saß, ließ sie das Fenster herunter. »Das kann ich dir nicht versprechen, Matthew«, sagte sie und fuhr in einem Regen von aufspritzendem Kies davon.

27. Kapitel

Gina war überaus glücklich, dass Matthew und sie wieder Freunde waren, doch sie fragte sich auch, wann sie wieder zu Liebenden werden würden. Ihre Hauptsorge galt jedoch momentan ihrem Streit mit Sally.

Zwar war sie noch nicht bereit, ihrer Schwester den Vertrauensbruch zu verzeihen, dennoch hatte sie das Gefühl, *irgendetwas* unternehmen zu müssen, um die Sache wieder ins Lot zu bringen. Ihr fiel ein Freund ein, der möglicherweise helfen konnte. Falls nicht, müssten Sally, Carmella und Yvette ihr Problem eben selbst lösen.

Da es sich dabei um den am schnellsten zu erledigenden Punkt auf der Liste ihrer Aufgaben handelte, die sie im Geiste schon bei Nicholas aufgestellt hatte, fing sie damit an. Noch bevor sie ihre Jacke ausgezogen hatte, schnappte sie sich ihr Telefon und durchsuchte ihr Adressverzeichnis.

»Spricht dort der beste Immobilienberater auf der ganzen weiten Welt?«, begann sie das Gespräch.

»Spricht dort die allerbeste Schwätzerin und Schmeichlerin auf der ganzen weiten Welt?«

»Kann schon sein. Aber nur wenn du tatsächlich der Beste bist.« Gina schmunzelte amüsiert. Es war so schön, mit einem alten Freund zu sprechen!

»Du weißt, dass es so ist. Und das ist auch der Grund, warum du mich nach monatelangem Stillschweigen anrufst. Wie gefällt es dir in deinem Cottage?«

»Oh, Dan, es ist fantastisch, und es ist auch wunderbar, mit dir zu plaudern. Ich brauche deine Hilfe …« Sie beschrieb ihm detailliert Carmellas Wünsche und fügte dann hinzu: »Aber wenn du über ein Anwesen namens French House stolpern solltest – es ist noch nicht auf dem Markt …«

»Nichts, was ich finde, ist schon auf dem Markt, mein Herzchen. So arbeite ich.«

»Nun, jedenfalls steht das French House nicht zum Verkauf. Es wäre perfekt, wenn du ein Ebenbild dieses Hauses finden könntest, aber das French House selbst ist tabu.«

»Okay. Wer ist denn mein Kunde? Und wer bezahlt meine Provision?«

»Können wir später darüber reden? Du wirst auf jeden Fall bezahlt. Allerdings ist die Sache noch etwas in der Schwebe …«

»Es ist untypisch für dich, dich so vage auszudrücken.« Dan klang erstaunt.

»Das stimmt, aber ich hatte einfach noch keine Zeit, die Einzelheiten auszuarbeiten.«

Zum Glück akzeptierte er ihre Erklärung.

Sie unterhielten sich noch eine Weile darüber, was bei ihnen in der letzten Zeit los gewesen war, dann beendete Gina das Telefonat. Dan war wirklich genial, wenn es darum ging, passende Häuser für Interessenten zu finden. Nachdem sie diesen Punkt erledigt hatte, stellte Gina eine richtige Liste auf – sie wurde schrecklich lang.

Als Erstes schickte sie eine E-Mail an eine ausgewählte Personengruppe und registrierte zufrieden, dass die Auktionatorin Anthea sofort antwortete. Kurz darauf rief sie Gina an.

»Ich kann nicht fassen, dass du eine Veranstaltung in Fairfield Manor ausrichtest!«, sagte Anthea. »Ich versuche schon seit Jahren, einmal einen Fuß in dieses Haus zu setzen. Meiner Schwiegermutter geht es genauso. Du kannst schon mal mindestens sechs Eintrittskarten reservieren, vielleicht möchte sie sogar noch mehr haben. Was für ein Coup, wenn sie ihre Freunde dort einschleusen kann!«

»Oh, ich freue mich, dass du so angetan bist! Wir brauchen jede Menge Begeisterung, um genug Geld zusammenzubringen.« Kaum hatte sie den Satz ausgesprochen, wurde ihr klar, dass sie das nicht hätte sagen dürfen. Die jüngsten Ereignisse hatten ihre Professionalität beeinträchtigt. Möglicherweise wollte Matthew nicht, dass irgendjemand wusste, wofür der Erlös des geplanten Events gedacht war.

»Wofür sammelst du denn?«, hakte Anthea nach, die Ginas Fauxpas gar nicht bemerkt hatte.

Gina sah auf ihre Uhr. »Anthea, hättest du vielleicht Zeit für ein kurzes Treffen? Irgendwo in der Stadt?«

»Ich könnte es einrichten, ich bin schon in der Stadt. Welche Uhrzeit würde dir passen?«

»Ich treffe mich um vier Uhr mit Matthew.« Er hatte nicht abgesagt, also ging sie davon aus, dass ihre Verabredung noch Bestand hatte.

»Dann um drei Uhr?«, schlug die Auktionatorin vor.

Als sie Anthea in einem Café in der Nähe ihres Büros gegenübersaß, dachte Gina bei sich, dass Auktionatoren wahrscheinlich des Öfteren auch Beratungsgeschick benötigten.

»Was ist los, Gina? Du hast es so dringend gemacht, daraus schließe ich, dass es nicht einfach nur um einen Schwatz unter Mädels geht.«

Gina überlegte kurz. Sollte sie sich Anthea anvertrauen? Sie musste mit einer anderen Frau sprechen, mit jemandem, dem sie vertraute. Trotz ihrer erst kurzen Bekanntschaft war sie der Meinung, dass Anthea eine solche Frau war. »Ich weiß, dass wir uns noch nicht besonders gut kennen, doch ich brauche einen Rat«, erklärte sie. »Ich würde ja meine Mutter anrufen, aber da es um meine Schwester geht, kann ich das nicht.«

»Oh, eine Familienangelegenheit! Komm, spuck es aus! Danach fühlst du dich besser.«

In der Tat ging es Gina wesentlich besser, nachdem sie Anthea von ihrem Streit mit Sally berichtet hatte. Sie wusste es sehr zu schätzen, dass Anthea beide Seiten sah, aber kein Urteil fällte.

Anthea erwies sich als so gute Zuhörerin, dass sie ihr schließlich von dem wahren Hintergrund der Veranstaltung bei Nicholas erzählte. Sie unterstrich ihre Entschlossenheit, die Rettung des French House zu unterstützen. Allerdings ging sie nicht ins Detail darüber, warum Matthew eventuell verkaufen musste – es stand ihr nicht zu, seine schmutzige Wäsche in der Öffentlichkeit zu waschen. Doch Anthea war einfühlsam und hielt das Ganze für eine gute Sache. Sie meinte, alle würden scharf darauf sein, das Innere des Hauses zu sehen, dass es ihnen völlig egal wäre, wofür ihr Beitrag verwendet werden würde.

»Ich bin sicher, alles kommt wieder in Ordnung«, sagte Gina, »vor allem, wenn wir ein anderes Haus für Carmellas Geschäft finden können. Meistens verstehen wir uns sehr, sehr gut, Sally und ich; wir sind immer füreinander da. Aber jetzt auf einmal, wenn ich sie wirklich brauche, ist sie nicht greifbar.«

»Und du brauchst ihre Hilfe für diese Gilbert-und-Sullivan-Sache?«

»Weniger in praktischer Hinsicht, sondern eher als moralische Stütze, verstehst du? Ich bin nicht überzeugt, dass wir genug Gelder zusammenbekommen, selbst wenn wir ein Vermögen für die Karten verlangen, jede Eintrittskarte verkaufen und alle ins Haus zwängen.«

»Hast du schon mal daran gedacht, irgendwann im Laufe des Abends eine Auktion durchzuführen? Du solltest eine Pause für ein Abendessen einplanen, sicherstellen, dass es genug zu trinken gibt, und dann wirst du überrascht sein, wie gern die Leute ihr Geld ausgeben.«

»Sprich weiter!« Gina richtete sich auf, als ihre Begeisterung allmählich wieder zurückkehrte. Vielleicht war ihre Aktion doch nicht zu ehrgeizig.

Anthea machte eine schwungvolle Handbewegung. »Da ist doch nichts dabei. Ich habe schon jede Menge derartige Auktionen organisiert. Wenn du willst, übernehme ich das für dich. Du müsstest dafür sorgen, dass die Verkaufsobjekte richtig verlockende Geschenkartikel sind. Du weißt schon, Schmuck, Fanartikel aus dem Sport ...«

»Ich verstehe, was du meinst. Und Tagesausflüge und besondere Unternehmungen, Theaterkarten, Helikopterflüge, so etwas.« Ginas Überschwang ließ erneut nach. »Aber es darf uns nichts kosten. Wahrscheinlich kann ich die Werbetrommel rühren und einige kostenlose Aktionen an Land ziehen, jedoch nicht genug für eine ganze Auktion.«

»Warum streichst du diesen Teil nicht einfach und beschränkst dich darauf, Objekte zu verkaufen?«

Gina nickte. »Ich denke darüber nach. Aber eine Auktion an sich ist eine wunderbare Idee, und es wäre fantastisch, wenn du das übernehmen könntest.« Matthew und Nicholas würden doch wohl nichts dagegen haben, oder?

»Ach was! Ich kümmere mich sehr gern darum«, antwortete Anthea. »Und mach dir keine Gedanken wegen Sally! Sie liebt dich genauso sehr, wie du sie liebst. Ich bin sicher, dass ihr euch bald wieder zusammenrauft.«

Gina war nicht ganz so überzeugt wie Anthea, dass Sally und sie sich wieder vertragen würden. Auch wusste sie nicht, welchen Empfang Matthew ihr bereiten würde, als sie um vier die Treppe zu seinem Büro hinaufstieg.

»Hi!«, sagte sie betont fröhlich, als sie eintrat. »Wie geht's, wie steht's?«

Matthew blickte mit gewohnt ernster Miene auf. Doch dann lächelte er. »Derzeit geht es mir gut. Ich warte auf die nächste Hiobsbotschaft.«

»Was meinst du?«

»Ich frage mich, ob es vielleicht noch etwas gibt, was du mir sagen – oder gestehen – willst.«

Sie lachte. »Du bist so misstrauisch!« Doch dann begriff sie zu ihrer Erleichterung, dass er sie wieder mal neckte.

»Hmm. Möchtest du Tee oder lieber einen Drink?«

»Weder noch, danke. Ich habe gerade mit Anthea Tee getrunken. Aber lass dich von mir nicht abhalten!«

»Und was hatte Anthea zu sagen? Ich nehme an, ihr habt euch nicht nur auf einen kleinen Plausch getroffen.«

Jetzt oder nie. »Da soll noch einer sagen, dass ich nicht aus meinen Fehlern lerne!«, meinte sie. »Anthea hat vorgeschlagen, dass wir während der Veranstaltung eine Auktion abhalten könnten. Sie meinte, damit würden wir noch mehr einnehmen.« Gina guckte so unschuldig, wie es ihr möglich war. »Allerdings frage ich mich, wie wir geeignete Artikel auftreiben sollen, ohne mehr auszugeben, als wir letztendlich einnehmen werden.«

»Und was hält Anthea für geeignet?« Entweder ignorierte er ihren Hinweis mit Absicht, oder er verstand wirklich nicht, worauf sie hinauswollte.

»Geschenkartikel. Schmuck, Fanartikel aus dem Sport, Dinge, die die Leute für ihre Ehepartner oder Freundinnen kaufen würden, wenn sie ein paar Gläser Champagner intus haben.«

»Verstehe. Sag mal, Gina, wie soll man mit diesen Extravaganzen Geld verdienen? Wir verlangen Geld für den Eintritt, und die Musik ist kostenlos – mehr oder weniger. Aber man muss die Leute auch verköstigen, sie mit Champagner und so weiter versorgen, sonst zahlen sie nicht genug für die Eintrittskarten. Ich glaube nicht, dass eine Bar, an der man zahlen muss, angemessen wäre.«

Wenigstens sprach er mit ihr, als wäre der Vorschlag durchführbar. Das war zumindest schon mal ein Anfang. »Allerdings, da gebe ich dir recht. Wenn die Leute erst mal ihre teure Eintrittskarte bezahlt haben, darf der Rest nichts mehr kosten. Und natürlich brauchen wir einen Caterer, das können wir nicht selbst leisten.« Sie sah, wie seine Miene sich veränderte. »Was ist denn?«

»Wahrscheinlich hilft uns das jetzt nicht weiter, aber nicht weit von hier gibt es eine Catering-Schule. Wie ich dich kenne, könnte es dir gelingen, diese Leute dahingehend zu beeinflussen, dass sie das Catering günstiger als professionelle Unternehmen anbieten würden.«

Gina hatte ihren Block schon gezückt, bevor sie Luft geholt hatte. Das war noch vielversprechender – Matthew unterstützte sie sogar aktiv! Aufgeregt beugte sie sich vor. »Adresse? Ich rede mit ihnen. Wir könnten so eine Menge Geld sparen. Danke für den Tipp!« Jetzt konnte sie es sich leisten, gnädig zu sein, da sie sich nicht mehr wie eine ungehorsame Schülerin fühlte, die zum Direktor zitiert worden war, um einen Verweis zu kassieren.

Matthew warf ihr einen Blick zu. »Wahrscheinlich glaubst du es nicht«, kommentierte er trocken, »angesichts der Tatsache, dass ich in der Vergangenheit lebe und ein ausgesprochen negativer Mensch bin, aber ich bin auf deiner Seite, seit ich überzeugt bin, dass Nicholas die Idee tatsächlich gut findet.« Seine selbstironische Miene verschwand, und sein Gesichtsausdruck wurde wieder undurchdringlich. »Ich bin gerührt, dass du mir unbedingt helfen willst, auch wenn ich sicher bin, dass du deine Talente einer besseren Sache widmen könntest.«

Einer besseren Sache? Was glaubte er eigentlich, was ihre gemeinsame Zeit in Frankreich – diese wunderbare Zeit voller Liebe – ihr bedeutet hatte? Hatte sie ihm denn nichts bedeutet? Nein, das war nicht möglich; so schlecht war ihre Menschenkenntnis nicht.

»Matthew, ich ...«

Sein Telefon läutete, und er unterbrach Gina mit einer Handbewegung. »Tut mir leid, ich muss das Telefonat annehmen, ich habe schon darauf gewartet.« Er meldete sich, dann legte er eine Hand über die Sprechmuschel. »Amerikaner, ich muss eine Einkaufsreise für sie planen. Hör mal, ich kümmere mich um die Objekte für die Auktion, mach dir keine Gedanken!« Er lächelte ihr zu und wandte sich dann wieder seinem Gesprächspartner zu. »Hallo, Bob, ja, ich brauche noch die Daten ...«

Leise verließ Gina den Raum, kehrte zu ihrem Auto zurück und fuhr nach Hause. Verflixtes Telefon! Erneut waren sie in einem entscheidenden Moment von einem Anruf unterbrochen worden. Wären Telefone nicht erfunden worden, hätte sie jetzt vielleicht herausgefunden, was in Matthews Kopf vor sich ging.

28. *Kapitel*

Am nächsten Morgen hatte sie gerade einen Termin mit dem Leiter der Cateringschule für später an diesem Tag vereinbart, als Dan anrief, der Immobilienmakler.

»Dan? Das ging aber schnell! Du hast doch sicherlich noch nichts gefunden, oder etwa doch?«

»Na ja, sicher ist es noch nicht«, erwiderte er, »aber ich hoffe, vielleicht das perfekte Objekt aufgetan zu haben. Es ist noch nicht auf dem Markt, und es ist eigentlich kein Geschäft.«

»Oh, Dan.« Das hörte sich nicht an, als wäre das Haus für Carmellas Pläne geeignet.

»Vertrau mir! Durch eine Nutzungsänderung könnte man das Ganze leicht in Geschäftsräume umwandeln, und die Stadt ist fantastisch.« Er nannte eine der Hauptanwärterinnen auf den Titel »Königin der Cotswolds« – die Stadt Middleford.

Gina schnappte nach Luft. Am Ende war es vielleicht doch die perfekte Wahl. »Das hört sich toll an! Gibt es einen Link im Internet? Ich kann es kaum erwarten, einen Blick auf das Haus zu werfen.«

»Es ist noch nicht im Internet. Allerdings könntest du vorbeifahren und mit deinem Handy ein paar Fotos schießen. Es ist ein Volltreffer, ganz bestimmt. Ich habe mir vorher das French House angesehen, und das hier ist ihm sehr ähnlich. Es stammt aus mehr oder weniger derselben Zeit und ist ein wenig kleiner, aber die Lage ist großartig.«

»Ich hoffe so sehr, dass du recht hast!« Gina sorgte sich ein bisschen wegen der Einschränkung »ein wenig kleiner«.

»Ich habe recht, schließlich bin ich ein Profi.« Er nannte ihr die Adresse. »Jetzt mach dich auf den Weg, schieß ein paar Fotos, und druck sie auf vernünftigem Papier aus. Ich kann dir noch nähere Informationen und einen Grundriss mailen. Diese Interessentin wird dir die Hand küssen.«

»Kann ich den Kontakt zu dir herstellen, falls sie wirklich interessiert ist?«

»Klar.«

Nachdem sie die Verbindung beendet hatte, sah sie in Google Maps nach und stellte fest, dass Middleford sich in der Nähe der Cateringschule befand. Also konnte sie locker nach ihrem Termin dort vorbeifahren. Außerdem fiel ihr auf, dass die Stadt viel näher an der M4 lag als Cranmore-on-the-Green. Das war aus kommerzieller Sicht ein interessanter Aspekt.

Während sie mittags einen Toast aß, überlegte sie, ob sie Sally anrufen sollte. Sie hasste diese Funkstille zwischen ihnen. Doch dann beschloss sie, zuerst die alternativen Geschäftsräume unter die Lupe zu nehmen. Falls sie perfekt waren und auch Carmella gefielen, konnte sie sich bei Sally entschuldigen und gleichzeitig die Lösung für das Problem präsentieren.

Matthew hatte sich gemeldet, um ihr mitzuteilen, dass er einige Tage fort sein würde, um eine weitere Antiquitätenmesse zu besuchen. Sie verdrängte ihre Enttäuschung darüber, dass er sie nicht gebeten hatte, ihn zu begleiten. Allerdings hätte sie ohnehin keine Zeit gehabt, sie hatte zu viel zu tun.

Sie vermisste den Matthew schmerzlich, den sie in Frankreich kennengelernt hatte. Doch momentan sah sie keinen Weg, wie sie eine Brücke zu ihm schlagen könnte. Er hatte sich von ihr zurückgezogen – sie wusste nicht, warum –, wohingegen ihre eigenen Gefühle noch stärker geworden waren. Noch nie hatte sie so viel für einen Mann empfunden; die Sehnsucht nach ihm tat richtig weh. Es war zum Heulen. All die Jahre war sie sich selbst genug gewesen; sie konnte doch jetzt nicht ihre seelische Unabhängigkeit aufgeben. Vor allem nicht, solange sie nicht wusste, ob Matthew sich zurückgezogen hatte, weil das Ganze für ihn bloß eine flüchtige Affäre gewesen war, die er jetzt bedauerte, oder ob es daran lag, dass er so beschäftigt war und sich nur auf eine Sache konzentrieren konnte. Vielleicht hielt er sie, Gina, nicht für die Richtige. Was hatte er noch mal gesagt, als sie aus Frankreich zurückgekehrt waren – irgendetwas darüber, dass er keine gute Partie sei?

Ihre Gedanken überschlugen sich. Ließ er sie das Projekt nur deshalb vorantreiben, um Nicholas und sie bei Laune zu halten, oder hoffte er wirklich, dass ihm damit aus der Klemme geholfen wurde? War er verzweifelt und ließ sich deshalb schließlich doch noch helfen? *Sie wusste es einfach nicht.*

Und es war nicht so, dass er nicht freundlich wäre, doch ihre ungezwungene Vertrautheit war verschwunden. Gina spürte, dass er sich erst von Yvette und ihrem drohenden Einfluss befreien konnte, wenn diese Angelegenheit endgültig geklärt war. Momentan warf seine Exfrau einen verhängnisvollen Schatten über Matthews und Ginas Leben.

Oh, wie sie das hasste! Doch dann schüttelte sie sich innerlich. Sie würde keine Antwort auf all diese Fragen finden, solange er nicht da war. Außerdem hatte sie viel zu tun. Immerhin hatte Egan ihr das Geld zurückgezahlt, das war doch schon mal ein Fortschritt. Ihre Ersparnisse waren beträchtlich geschrumpft, aber jetzt sah es auf ihrem Konto wieder besser aus. Das würde wenigstens Körper und Seele zusammenhalten.

Mit gestrafften Schultern nahm sie den Termin bei der Cateringschule wahr und setzte ihr ganzes Verhandlungsgeschick ein. Eine Stunde später verließ sie das Gebäude tief beeindruckt, sehr zufrieden mit der getroffenen Übereinkunft und mit dem Namen eines Ansprechpartners bei einer regionalen Weinhandlung.

Doch trotz des fantastischen Veranstaltungsortes und des kostenlosen Unterhaltungsprogramms mussten Essen und Wein bezahlt werden, selbst wenn niemand kam. Allerdings war sie besonders gut darin, Leute von Veranstaltungen zu überzeugen und sie dazu zu bringen, auch ihre Freunde einzuladen. Sie durfte einfach nur ihre Zuversicht nicht verlieren!

Drei Tage später nahm sie das Telefon in die Hand und wählte eine Nummer. Gespannt wartete sie darauf, dass jemand abhob.

»Spricht dort Carmella Romera? Hallo, hier ist Gina Makepiece.«

Als eine kleine Pause entstand, stellte Gina sich vor, wie eine perfekte Augenbraue überrascht hochgezogen wurde – so weit es das Botox erlaubte. »Ja?«

»Es gibt etwas, worüber ich gern mit Ihnen sprechen möchte. Können wir uns treffen?« Sie konnte ebenfalls kurz angebunden sein und direkt zur Sache kommen.

»Geht es um das French House?«, fragte Carmella misstrauisch.

»Nein.« Das entsprach der Wahrheit. »Aber ich glaube, es wird Sie interessieren.«

Diesmal dauerte die Pause länger. »Na schön. Dann treffen wir uns um halb sieben im *Le Bistro* in der Stadt.«

Und hier war sie nun also. Gina trug ihr Lieblingsseidenkleid und Schuhe mit Absätzen, die nicht für den Außengebrauch bestimmt waren. Leicht wackelig stolzierte sie auf ein hell erleuchtetes Restaurant mit Bar zu. Schon von der anderen Straßenseite aus konnte sie Carmella am Tresen erkennen.

»Hallo!«, grüßte Gina, als sie näher kam.

Erst als sie Carmella schon fast erreicht hatte, entdeckte sie Egan neben ihr. Sie verwünschte sich stumm, weil sie nicht daran gedacht hatte, dass er auch hier sein würde. Natürlich! Schließlich war er Carmellas Partner.

Doch da sie etwas von den beiden wollte, lächelte sie höflich und nahm auf einem Barhocker Platz, zufrieden, dass ihr das gelang, ohne sich irgendwo festklammern zu müssen.

»Was kann ich dir zu trinken holen?«, fragte Egan. »Wir trinken Bellini.«

»Oh, wie venezianisch!«, kommentierte Gina, um zu verhindern, dass Egan zu einer seiner unvermeidbaren Drink-Beschreibungen ansetzte. Er glaubte immer, er wüsste mehr als alle anderen, was Gina ungemein langweilig fand. »Für mich bitte nur Mineralwasser.« Sie lächelte und war fest entschlossen, vollkommen abgeklärt und professionell zu agieren.

»Also, warum haben Sie dieses Treffen einberufen?«, fragte Carmella. »Sie sagten, es gehe nicht um das French House?«

»Nein, auch nicht um Parfümflakons.« Gina öffnete ihre Tasche und nahm die Mappe heraus. »Ich habe eine Immobilie, die Sie interessieren könnte.« Sie hielt die Unterlagen fest, obwohl Egan die Hand danach ausstreckte. Das hatte nichts mit ihm zu tun.

»Warum glauben Sie, ich könnte an einer Immobilie interessiert sein?«, wollte Carmella wissen. »Meine Pläne stehen bereits fest.«

Gerade als Gina Luft geholt hatte, um ihre Erklärung vorzutragen, wurde ihr Getränk serviert. Sie nahm einen Schluck. »Sie sind eine Geschäftsfrau«, begann sie, »und Sie interessieren sich offensichtlich für Kunst. Damit Ihr Geschäft richtig erfolgreich läuft, brauchen Sie die perfekte Örtlichkeit.«

»Ich habe meine Örtlichkeit. Nichts ist perfekt, aber das French House ist das beste verfügbare Objekt. Und es ist ein Schnäppchen.« Carmellas Augen funkelten vor Entzücken.

Gina trank einen weiteren Schluck Wasser, um sich für einen weiteren Anlauf zu wappnen. »Sehen Sie sich das doch mal an!«

»Was ist das?«, mischte sich Egan ein.

»Die begehrenswertesten Geschäftsräume im ganzen Land. Wenn Sie erst einmal einen Blick darauf geworfen haben, werden Sie das French House nicht mehr ganz so attraktiv finden – ziemlich kleine Räume, nicht wirklich nahe genug an London, wegen des Denkmalschutzes schwierig hinsichtlich Umbauten.«

Sie gab Carmella den Umschlag und versuchte, ruhig zu atmen.

Carmella brauchte quälend lange, um die wenigen Seiten zu studieren. Dank Dan hatte Gina eine ziemlich gute Beschreibung der Haupträume erhalten, außerdem einen Grundriss und eine Auflistung anderer Geschäfte in der Region. Aber das Exposé war nicht gerade umfangreich – Gina fand es selbst ein wenig dürftig.

»Nun«, sagte Carmella schließlich, als Gina schon gedacht hatte, sie müsste eine Reaktion einfordern. »Das ist ein sehr schönes Objekt, das in vielerlei Hinsicht einfach vollkommen wäre.«

Das unausgesprochene »Aber« hing in der Luft wie ein neonfarbenes Schild.

»Es gibt da bloß ein klitzekleines Problem ...«

»Ich bin sicher, dass es ausgeräumt werden kann«, sagte Gina in bester PR-Manier.

»Ich bezweifle, dass Sie etwas an der Erbpacht ändern können.«

»Warum ist die denn ein Problem?« Gina war verwirrt. »Es geht um eine Pacht von neunzig Jahren oder so.«

Carmella schüttelte den Kopf. »Ich kaufe nur freie Objekte, bei denen ich den Grund mit erwerben kann.«

Gina machte sich im Geiste eine Notiz, sich zu informieren, ob eine Erbpacht in frei verfügbares Eigentum umgewandelt werden konnte. Leider war sie, was das anging, nicht eben optimistisch. Wahrscheinlich hätte das schon neunzig Jahre zuvor passieren müssen.

»Es ist so ein wunderschönes Gebäude«, sagte sie laut und versuchte, nicht hoffnungslos zu klingen. »Dagegen wirkt das French House so … so gewöhnlich!« Sie hatte das Wort bewusst gewählt und sah, dass Carmella darauf reagierte. Für jemanden mit einem so ausgeprägten Stilgefühl wie Carmella war das eine vernichtende Beschreibung. Im Geiste drückte sie ganz fest die Daumen, es musste einfach funktionieren! Es hing so viel davon ab – nicht zuletzt ihr Verhältnis zu Sally.

Aus dem Augenwinkel nahm sie eine Bewegung wahr. War dieser große, graue Schatten vor dem Fenster Oscar gewesen? Sie war sich nicht sicher, und außerdem musste sie sich auf Carmella konzentrieren. Ganz bewusst entspannte sie die Hände – sie verrieten ihre innere Anspannung.

»Nein, ich glaube nicht«, meinte Carmella schließlich bestimmt, klappte die Mappe zu, behielt sie jedoch.

Die ganze Zeit hindurch hatte Egan geschwiegen. Das zeigte deutlich, wer der dominante Part in ihrer Beziehung war. Das machte die Sache für Gina etwas leichter, sie hätte es nicht mit beiden gemeinsam aufnehmen wollen. Zudem freute es sie insgeheim, Egan so schwach zu erleben. Dass er so passiv auf seinem Hocker saß, unterstrich zusätzlich, dass er keinerlei Bedeutung mehr in ihrem neuen Leben hatte. Endlich war sie wirklich über ihn hinweg!

»Ich behalte dieses Exposé, wenn es Ihnen recht ist«, fuhr Carmella fort, »für den unwahrscheinlichen Fall, dass ich das French House doch nicht kaufen kann. Aber ich glaube nicht, dass jemand mit dem geringsten Gespür für Stil dieses wunderbare, alte, denkmalgeschützte Gebäude als ›gewöhnlich‹ bezeichnen kann.«

Wenn sie ehrlich sein wollte, musste Gina dem zutimmen. Daher nickte sie und beschloss gleichzeitig, dass es nichts bringen würde, wenn sie noch länger bliebe. Sie hatte getan, was sie konnte. Also schaute sie demonstrativ auf ihr Handgelenk und sagte dann: »Oh, ist es schon so spät? Tut mir leid, ich muss los.« Sie legte einen Geldschein auf den Tresen und griff nach ihrem Mantel, ohne sich die Zeit zu nehmen, hineinzuschlüpfen.

Gina hatte die Bar schon verlassen, bevor Carmella auffallen konnte, dass sie überhaupt keine Armbanduhr trug. Behindert durch die hohen Absätze, eilte sie die Straße entlang. Als sie um eine Ecke bog, entdeckte sie ihn. Matthew. Also war es tatsächlich Oscar gewesen, den sie eben gesehen hatte. Matthew betrachtete gerade ein Schaufenster, während der große Hund an einer Straßenlaterne schnüffelte.

»Warte!«, rief sie keuchend.

Matthew drehte sich um. Sie stürmte auf ihn zu und legte ihm die Hand auf den Arm. »Wie schön, dich zu sehen!«

»Hey! Geht's dir gut?«

»Ja«, murmelte sie. »Hast du ein bisschen Zeit? Kann ich mit dir nach Hause gehen?«

»Natürlich«, antwortete er. »Aber zieh besser mal deinen Mantel an, damit du nicht frierst!«

Nachdem sie alle Knöpfe geschlossen hatte, hakte sie sich bei ihm unter. Auf dem Weg zum French House schien die Welt wieder in Ordnung zu sein.

Doch als Gina sich in seiner Wohnung vor das Feuer kauerte, trübte ihr jüngster Misserfolg die Freude, wieder bei Matthew zu sein.

Er reichte ihr ein Glas Wein. »Was ist los? Vor wem bist du davongerannt?« Matthew runzelte die Stirn. »Doch nicht etwa wieder vor diesem Mistkerl von Exfreund?«

»Nein. Er war da, aber es hatte nichts mit ihm zu tun.« Dann überlegte sie kurz. Sie würde ihm besser davon erzählen, sonst würde er nur wieder annehmen, sie hätte etwas hinter seinem

Rücken angezettelt. »Ich habe mich mit Carmella getroffen. Egan war dabei, aber er hat keine Rolle gespielt.«

»Und warum hast du dich mit Carmella getroffen?«

Sie musste ihn nicht einmal ansehen, um seine Missbilligung zu spüren. Plötzlich hatte sie das Gefühl, dass er bei ihr immer mit dem Schlimmsten rechnete. Nun, sie würde ihn nicht anlügen. »Ich habe versucht, sie davon zu überzeugen, eine andere Immobilie statt des French House zu kaufen.« So, nun war es raus.

»Oh?«

Nur eine einzige Silbe brauchte er, um sie zu verurteilen.

»Ich dachte, wenn sie ein anderes Haus findet, würde Yvette sie nicht mehr drängen, das French House zu kaufen. Das würde vielleicht den Druck ein bisschen von dir nehmen.« Warum wirkten ihre ehrlichen und vollkommen logischen Bemühungen, ihm zu helfen, auf ihn immer so, als wollte sie sich einmischen und wichtigmachen? Warum gab er ihr stets das Gefühl, auf dem Holzweg zu sein? Wenn sie nicht gewesen wäre, hätte er das Anwesen vermutlich schon vor Wochen veräußert.

»Ich kann mit dem Druck schon umgehen, vielen Dank«, entgegnete er knapp.

»Wirklich?« Gina schluckte ihren Ärger herunter, der sich mit ihren Tränen vermischte. Sie gab sich größte Mühe, sein Haus zu retten, doch er selbst strengte sich anscheinend nicht besonders an, dieses Ziel zu erreichen.

»Ja. Und was ist das für eine Immobilie?«

Sie nannte ihm alle Einzelheiten, die ihr noch einfielen.

»Ich kenne das Haus«, sagte er. »Nicht besonders geeignet für den Zweck.«

Lautlos verwünschte sie ihn, weil er so gut unterrichtet war, doch dann wurde ihr klar, dass er selbstverständlich alle wichtigen historischen Anwesen in der Gegend kannte. »Ich glaube, man könnte ein großartiges Geschäft daraus machen«, widersprach sie starrsinnig.

»Ich sage ja auch nicht, dass es nicht umfunktioniert werden könnte, doch wenn Carmella hier in Cranmore-on-the-Green sein will, wird sie sich von Middleford nicht angezogen fühlen.«

»Warum nicht? Die Stadt ist von London aus besser erreichbar, daher lassen sich bestimmt bessere Geschäfte machen.«

»Aber ich dachte, Sally wollte Carmella beliefern?«

Gina runzelte die Stirn. »Woher weißt du das denn?«

»Sie kam neulich ins French House, als ich gerade mit meinen Amerikanern zur Tür hinauswollte.«

Gina war ein wenig erleichtert. Sie konnte den Gedanken nicht ertragen, dass Sally und Matthew in ihrer Abwesenheit über sie redeten.

»Sie hat einen Blick auf eure Vitrine geworfen. Dabei hat sie mir erzählt, dass sie besser darin ist, neue Objekte zu entwerfen und zu fertigen, und darauf hofft, dass Carmella sie für sie verkauft. Wenn Carmella ihr Geschäft in Middleford eröffnen würde, hätte Sally ein gutes Stück weiter zu fahren.«

Gina hätte sich am liebsten in den Allerwertesten gebissen. Sie war so begeistert gewesen, weil Dan so schnell ein passendes Objekt gefunden hatte, dass sie nicht mehr an Sally gedacht hatte. Sie war so blöd gewesen, dass sie am liebsten geschrien hätte. »Sally und ich reden momentan nicht miteinander. Hat sie dir das auch erzählt?«

Erstaunt zog er die Augenbrauen hoch. »Nein. Und warum nicht?«

Gina seufzte tief. »Ich möchte nicht darüber reden. Ich dachte, wenn ich eine Immobilie für Carmella finde, könnte ich das wieder in Ordnung bringen, aber offenbar funktioniert es nicht.«

»Weißt du, du kannst nicht alle Probleme der ganzen Welt lösen. Es ist gut gemeint, dass du das versuchen willst, doch ...«

Mehr als alles andere hasste Gina es, wenn jemand sie mit Herablassung behandelte. »Das weiß ich. Deshalb überlasse ich den Weltfrieden und die Hungersnot auf der Welt auch den großen, schlauen Jungs. Momentan versuche ich bloß, ein vom Scheitern bedrohtes Geschäft zu retten – weil mir etwas an dem Geschäft und an den Leuten liegt, die darin arbeiten.«

»Das nehme ich dir zutiefst übel. Das Geschäft ist nicht vom Scheitern bedroht!« Wütend funkelte er sie an.

»Nicht mehr, seit ich involviert bin, nein.« Sie stand auf und stellte ihr halb volles Weinglas ab.

»Gina, ehrlich, das ist wirklich nicht dein Problem.«

Sie wagte nicht zu antworten, sie war zu aufgebracht. Konnte er sie denn nicht verstehen? Warum musste er ihr jedes Mal alles vor die Füße werfen, wenn sie ihm helfen wollte? Und sie hatte geglaubt, sie hätte Fortschritte gemacht! »Ich gehe jetzt besser, ich habe morgen viel zu tun.«

»Wahrscheinlich wäre das am besten. Ich habe auch noch jede Menge Papierkram zu erledigen.«

»Sicher.« Sie knöpfte ihren Mantel zu, den sie noch nicht einmal ausgezogen hatte.

»Aber ich möchte nicht, dass wir uns im Streit trennen.« Inzwischen hatte er sich ebenfalls erhoben. Er wollte ihre Hände ergreifen, doch sie umklammerte ihre Tasche und trat zurück.

»Wir könnten etwas essen – und den Abend von vorne beginnen«, schlug er vor. Doch es war zu spät.

»Nein. Wir sind beide müde und sehr beschäftigt. Ich fahre jetzt nach Hause.«

Als sie die Wohnung verließ, versuchte sie, ihn mit ihrer Willenskraft dazu zu bewegen, ihr zu folgen, sie in den Arm zu nehmen und zu küssen, bis sie Carmella, den Streit mit ihrer Schwester und das Fairfield-Manor-Event vergessen haben würde, das ihr so viel Arbeit machte und so riskant war. Doch Matthew folgte ihr nicht.

Gina nahm gerade ein Entspannungsbad bei Kerzenschein, als Nicholas anrief. Oh Gott, was kam jetzt? Wenn er nun einen Rückzieher machte, wäre das eine Katastrophe, aus der nicht einmal sie einen Ausweg finden könnte.

Zum Glück war er bester Laune. »Meine Liebe, ich habe mich gefragt, ob Sie mir den Kontakt zu dem Musikdirektor für unseren Abend vermitteln könnten. Ich möchte sicherstellen, dass die Künstler so viel Zeit zum Proben haben, wie sie brauchen. Wenn das Ganze sich als Erfolg erweist, könnte man vielleicht ein regelmäßiges Event daraus machen ...«

Obwohl das Badewasser kalt war, als sie den Hörer auflegte, spürte Gina, wie ihre Entschlossenheit zurückkehrte. Nicholas' Anruf war genau das gewesen, was sie jetzt gebraucht hatte. Sie konnte es schaffen; sie würde es ihnen allen zeigen, vor allem Matthew! Und sie wollte Nicholas immer noch heiraten. Er war so positiv und optimistisch! Wenn doch bloß alle so wären wie er! Dann würde es auf der Welt viel lustiger zugehen!

29. *Kapitel*

Unter einem Vorwand stattete Gina Nicholas am nächsten Morgen einen Besuch ab. Sie redete sich selbst – und ihm – ein, ihm persönlich versichern zu wollen, dass alles gut laufen würde. In Wahrheit hoffte sie, er würde sie aufheitern.

»Wie reizend!«, sagte Nicholas, als Bernard sie zu ihm brachte. Er betrachtete gerade eine große spanische Truhe. »Ich brauche Ihren Rat. Glauben Sie, wir sollten das hier hinausbringen?«

»Auf keinen Fall!« Die Truhe war riesig, besaß vermutlich den Wert eines großen Familienautos und wäre sehr schwierig zu transportieren. »Warum ziehen sie das überhaupt in Erwägung?«

Nicholas zuckte mit den Schultern. »Nun ja, die meisten anderen Stücke in diesem Raum könnten im weiteren Sinne als Chinoiserie bezeichnet werden, und ich fände den Gedanken reizvoll, wenn hier Songs aus der Operette *The Mikado* gesungen würden. Sie spielt ja in Japan.«

Gina nickte, während sie sich gleichzeitig fragte, wie viel Ärger sie wohl mit Matthew bekäme, wenn Nicholas außerordentlich wertvolle Antiquitäten herumschieben würde, als wären sie Bühnenrequisiten. Wahrscheinlich würde er ihr eine ausgewachsene Standpauke über ruinierte Erbstücke und einen gebrechlichen, alten Mann halten, der unnötigerweise Gefahren ausgesetzt würde. Dabei würde es keine Rolle spielen, dass Nicholas seinen eigenen Kopf hatte und genau wusste, was er wollte und wie er es bekam. »Aber die Truhe passt doch wunderbar in diesen Raum. Sie harmoniert mit allen anderen Stücken, es gibt keinen Grund, sie woanders hinzubefördern.«

Nicholas nickte. »Gut. Ich bin so froh, dass ich Sie um Ihre Meinung gebeten habe.«

Doch als er sie von Raum zu Raum führte und nach ihren Vorschlägen fragte, stellte sie fest, dass sie sich etwas überfordert fühlte. Sie betrachtete gerade eine charmante Fensternische, in der Nicholas ein Duett platzieren wollte, als sie plötzlich eine Idee hatte. »Die Person, die uns wirklich hierbei helfen könnte, wäre meine Schwester.«

»Oh? Und ist sie greifbar?«

Gina lachte, aber es klang wenig überzeugend. »Na ja, sie wohnt nicht weit entfernt, aber sie hat Kind und Kegel – und zwar zwei kleine Töchter. Schlimmer noch, wir sind momentan zerstritten.«

»Du meine Güte!« Nicholas war entsetzt. »Kommt das öfter vor? Streiten Sie beide häufiger?«

Gina schüttelte den Kopf. »Fast nie, und das macht es ja so schrecklich. Ich habe versucht, den Streit beizulegen, aber es hat nicht funktioniert.«

»Sie meinen, sie hat Ihre Entschuldigung nicht angenommen?«

»Nein. Ich habe mich nicht entschuldigt, ich habe versucht, den Grund unseres Konfliktes aus dem Weg zu räumen.« Sie seufzte. »Ich nehme an, wir waren beide im Unrecht. Es macht mir nichts aus, um Verzeihung zu bitten – selbst wenn ich nicht glaube, dass das Zerwürfnis meine Schuld war –, doch ich weiß nicht, wie ich das anpacken soll. Weil wir sonst nie streiten, ist das Neuland für mich.«

»Wenn es Ihnen nichts ausmacht, den Rat eines alten Mannes zu hören …«

»Ich hätte sehr gern einen guten Rat«, erwiderte Gina schnell.

Nicholas tätschelte ihren Arm. »Bitten Sie sie um Hilfe! Sagen Sie ihr, dass wir sie hier brauchen! Bestimmt fühlt sie sich dann geschmeichelt und ist bereit, Ihnen zu verzeihen.« Er schwieg kurz. »Womit genau haben Sie sie denn verärgert?«

Gina zog eine Grimasse. »Ich versuche, den Verkauf des French House zu verhindern.« Nicholas kannte zwar nicht alle Details, war aber im Großen und Ganzen darüber informiert. »Sally möchte, dass die potenzielle Käuferin das Haus bekommt, denn sie selbst möchte in dem Geschäft arbeiten und Kunstgegenstände entwerfen.« Sie runzelte die Stirn. »Ich glaube, so könnte man die Situation beschreiben.«

»Aha. Ich sehe das Problem. Sie sind beide im Recht. Eine von Ihnen beiden muss aufgeben, was sie möchte, weil Ihre Bedürfnisse im Widerstreit zueinander stehen.«

Gina nickte. »Es ist eine ausweglose Situation«, sagte sie und versuchte, dennoch unbeschwert zu klingen.

»Ich glaube, mein Lösungsvorschlag könnte funktionieren. Probieren Sie es aus, und geben Sie sich Mühe!«

Als Gina über den gekiesten Vorplatz zu ihrem Wagen ging, hatte sie das Gefühl, dass Nicholas die Situation zunehmend genoss. Er fand Gefallen an seiner Rolle als Kummerkasten-Onkel. Und auf jeden Fall liebte er die Vorstellung, dass sein Haus, das er so lange abgeschirmt hatte, ins Rampenlicht gerückt wurde. Gina fragte sich, wie lange es wohl dauern würde, bis in sämtlichen Haus-und-Garten-Magazinen über das Anwesen berichtet werden würde – mit Nicholas in einem Samtsakko vor einem prächtigen offenen Kamin.

Dann machte sie sich auf den Weg zu Sally, ohne sich Gelegenheit zu geben, zu intensiv über die bevorstehende Begegnung nachzudenken.

Als der Mut sie ein wenig verließ, legte sie einen Zwischenstopp beim örtlichen Supermarkt ein und kaufte leckere Kekse, Trinkjoghurt für die Mädels, ein bisschen Wein und eine große

Schachtel Pralinen. Falls Sally sie nicht sehen wollte, konnte sie wenigstens alles wieder zu Nicholas mitnehmen, sodass sie sich stilvoll mit Leckereien trösten konnten. Doch vermutlich würde der alte Herr den Supermarkt-Wein mit Schaudern ablehnen und etwas Schönes aus seinem Keller heraufholen lassen.

Ihr war bewusst, dass all diese ungeordneten Gedanken in ihrem Kopf nur dazu angetan waren, sie von dem abzulenken, auf das sie sich eigentlich konzentrieren sollte: auf das, was sie Sally sagen sollte.

Gina hatte keinen Plan, und als sie gerade an Sallys Tür geklopft hatte, beschloss sie, einfach das auszusprechen, was ihr in dem Moment richtig erschien. Dass Alaric die Tür öffnete, machte die Sache nicht besser.

»Oh«, murmelte er verlegen.

»Hallo. Ist Sally zu Hause?« Gina war sich nicht sicher, ob sie willkommen war.

Alaric antwortete nicht sofort. Ahnte er denn nicht, dass jede weitere Sekunde des Schweigens sich für Gina quälend lange hinzog? »Äh – ja – ich hole sie mal.«

Er bat sie nicht herein. Gina wusste nicht, ob das Absicht war oder er einfach davon ausging, dass sie ihm folgen würde. Den Tränen nahe, blieb sie auf der Türschwelle stehen und umklammerte ihre Mitbringsel. Was, wenn Alaric zurückkommen würde, um ihr zu sagen, dass Sally sie nicht sehen wollte?

Nach einer Weile tauchte ihre Schwester auf. Sie sah älter aus als bei ihrem letzten Treffen und starrte Gina kurz an. »Warum bleibst du vor der Tür stehen?«, fragte sie schließlich.

»Ich wusste nicht, ob ich willkommen bin.« Ginas Stimme versagte, und sie räusperte sich.

»Oh, sei doch nicht so albern! Komm schon rein!« Doch sie wirkte eher verärgert als begeistert.

Als Gina eintrat, fühlte sie sich, als hätte Sally das Sagen.

Dabei war Gina doch die Ältere von ihnen. Irgendwie hatte sie gehofft und erwartet, dass Sally sie mit offenen Armen empfangen würde. Dass sie sich umarmen und weinen würden und alles wieder gut sein würde, aber so war es nicht. Sie folgte Sally in die Küche, die außergewöhnlich aufgeräumt wirkte.

»Wo sind die Mädchen?«, wollte Gina wissen.

»In der Kita«, antwortete Sally.

»Oh. Ich habe Joghurt für sie gekauft, und diese Pralinen sind für dich. Und hier sind Kekse und Wein. Für den Wein ist es vielleicht noch ein bisschen früh ...«

Sally sah ihr zum ersten Mal direkt in die Augen. »Schade.«

Gina nickte. »Aber wir können Tee trinken und Kekse essen.«

Sally setzte den Teekessel auf.

»Was hast du denn so gemacht?«, fragte Gina, nachdem sie sich an den Küchentisch gesetzt hatte.

»Hauptsächlich geputzt.«

»Warum das denn?« Gina war verblüfft. Zwar war Sally nicht nachlässig, doch Putzen gehörte normalerweise nicht gerade zu ihren Lieblingsbeschäftigungen.

Sally zuckte mit den Schultern und seufzte dann. »Ehrlich gesagt habe ich mich so elend gefühlt, dass ich zu nichts Kreativem in der Lage war. Also blieb mir nichts anderes übrig, als sauber zu machen.«

»Warum elend?«

»Weil wir uns zerstritten haben, du Trottel!«

Dann lagen sie sich auf einmal in den Armen, weinten und tätschelten sich gegenseitig den Rücken.

»Ich bin so unglücklich gewesen!«, sagten sie beide wie aus einem Mund.

»Ich habe mir so viel Mühe gegeben, alles wieder in Ordnung zu bringen!«, erklärte Gina.

»Wirklich? Das ist mir nicht aufgefallen.« Aber ihre Stimme klang nicht mehr verärgert.

»Dummerchen! Ich habe versucht, eine andere Immobilie für Carmella ausfindig zu machen, damit sie ihr Geschäft eröffnen kann und du deinen Job bekommst und das French House das bleiben kann, was es ist.«

»Das hast du getan! Das ist ja wunderbar!« Vor lauter Begeisterung fielen Sally ein paar Kekskrümel aus dem Mund.

»Ja, aber freu dich nicht zu früh, ich war nicht erfolgreich!«

»Oh.«

Gina seufzte. »Es gab einiges, was für das andere Gebäude gesprochen hat. Leider ist es weiter entfernt von hier, also nicht so perfekt für dich gelegen, doch für Carmellas Zwecke wäre es gut geeignet gewesen. Außerdem lag es etwas näher am Mittelpunkt des Universums – der M4«, fügte sie hinzu.

»Wie schade! Ich verstehe ja, warum du möchtest, dass das French House ein Antiquitätenzentrum bleibt, vor allem, weil ihr beide, Matthew und du, jetzt ein Paar seid.«

Unwillkürlich seufzte Gina.

»Jetzt erzähl mir bloß nicht, dass ihr euch getrennt habt, während ich euch den Rücken zugekehrt hatte?«, fragte Sally schockiert.

»Ich weiß es nicht, Sally. Wir haben uns in letzter Zeit nicht oft gesehen. Wir hatten beide viel zu tun, du kennst das ja.« Sie wollte nicht zugeben, wie die Dinge zwischen Matthew und ihr gerade standen.

Sally sah Gina an. »Hm. Ich habe vermutet, ihr könntet die Finger nicht voneinander lassen, nachdem ihr endlich zusammengekommen seid.«

Gina wedelte mit der Hand. »Tja, das ist nicht bei jedem so, jedenfalls nicht bei Matthew.« Weil sie wusste, dass ihre Schwester die Rolle der Kummerkasten-Tante noch mehr liebte als Nicholas, im Gegensatz zu ihm jedoch nicht mit ihrer Meinung hinter dem Berg halten würde, wechselte sie schnell das Thema. »Übrigens, Sally, ich brauche dringend deine Hilfe.

Nicht wegen Matthew.« Sie lachte, als wäre das völlig abwegig. »Es geht um diese Veranstaltung, die ich organisiere. Die Benefizveranstaltung zugunsten des French House – Gilbert und Sullivan. Du weißt schon, das Event, das du so absurd findest.«

»Ich habe nie gesagt, dass ...«

Nachdem sie beide mit frischem Tee und Keksen versorgt waren, setzte Gina ihre Schwester über alles ins Bild.

»Mein Gott, ich bin so froh, dass ihr beide euch wieder vertragt«, sagte Alaric später erleichtert, »es war wirklich die Hölle!«

»Ja, es war schrecklich«, bestätigte Gina. »Ich bin so stolz auf Sallys Kreationen! Deshalb fand ich es furchtbar, dass ich ihrer großen Chance im Weg stand. Es ist so genial, wie sie das neben allem anderen noch geregelt bekommt.«

Sally schwieg, legte aber ihre Hand auf Ginas. »Ich wusste nicht, dass du das so siehst.«

»Natürlich!« Gina stand auf, und sie umarmten sich erneut.

»Ich mache dann mal eine Dose Baked Beans auf«, beschloss Alaric. »Ich glaube, ihr braucht was zu essen.«

»Und ich bin auch sehr stolz auf dich!«, sagte Sally. »Du hast dich richtig in diese Antiquitätensache reingekniet. Und jetzt noch dieses Event – das klingt spannend.«

»Das hoffe ich. Nach dem Essen«, Gina lächelte ihrem Schwager dankbar zu, der gerade die Bohnen in einen Topf löffelte, »nehme ich dich mit zu Nicholas. Er wird dich mögen, und du kannst uns raten, welches Stück wohin soll.«

»Meine Güte, ich bin so aufgeregt!«, rief Sally. »Soll ich den Wein öffnen?«

»Nein. Wir haben noch eine Menge Arbeit.«

»Mein lieber Schwan, Gina! Das ist ja, als hätte man das Chatsworth House in die Cotswolds gebeamt.«

Gina lachte leise. Sie waren soeben in die eindrucksvolle Zufahrt zu Fairfield Manor eingebogen. »Ich weiß, was du meinst, aber das Haus hier ist bei Weitem nicht so groß.«

»Und niemand wusste, dass es hier steht?«

»Doch, schon, Nicholas hat bisher nur niemanden hineingelassen.«

Fassungslos schüttelte Sally den Kopf. »Ich muss sagen, ich wusste ja, dass du gut bist, aber dass du dir dieses Anwesen als Veranstaltungsort geschnappt hast, ist eindeutig dein größter Coup.«

»Das stimmt. Das Haus ist wundervoll. Trotzdem wird es schwierig, mit dieser Veranstaltung genug Geld zu verdienen.«

»Warum? Das Haus kostet nichts, die Unterhaltung ist gratis, du musst doch nur für die Bewirtung aufkommen.« Sally war wieder so optimistisch wie eh und je.

Gina parkte vor dem Gebäude und stellte den Motor ab. »Ja. Außerdem Werbung, Versicherung und Toiletten: all diese kleinen Extras, die die fixen Kosten in die Höhe schnellen lassen. Offen gestanden bin ich nicht überzeugt, dass wir die Sache zu einem Erfolg machen können.«

Sally stieß ihrer Schwester den Ellbogen zwischen die Rippen. »Natürlich schaffst du das! Jetzt komm und zeig mir diese Bude!«

Allein die Tatsache, Sally an ihrer Seite zu haben, beflügelte Gina. Es bereitete ihr großes Vergnügen zuzusehen, wie Nicholas Sally voller Stolz durch Fairfield Manor führte. Während Gina den beiden folgte, die ausführliche Pläne für die Aufführung der Balkonszene von *Romeo und Julia* schmiedeten – dafür wollten sie einen sehr hübschen Balkon nutzen –, wuchs ihre Zuversicht allmählich wieder.

Die besten Vorschläge ihrer Schwester hatte Gina sich bereits notiert. Nachdem sie Sally nach Hause gefahren hatte, klingelte ihr Telefon. Ihr Herz vollführte einen Satz, als sie Matthews Nummer erkannte. Sie zwang sich, das Handy einige Male läuten zu lassen, bevor sie auf die grüne Taste drückte.

»Hallo«, sagte sie und gab sich Mühe, entspannt und gleichzeitig erfreut zu klingen, allerdings nicht vollkommen aus dem Häuschen vor Begeisterung. Ihre Sehnsucht nach Matthew hatte nicht abgenommen. Sie fühlte sich an wie ein dumpfer Kopfschmerz, war immer da und störte sie bei allem, was sie tat. Seit ihrer letzten Begegnung hatte er ihr einige SMS geschickt, die sich jedoch allesamt auf die Arbeit bezogen hatten, doch manchmal hatte er ein X hinzugefügt, das für einen Kuss stand. Also hasste er sie zumindest nicht. Wenn er sie jetzt bitten würde, mit ihm auszugehen, würde sie wie aus der Pistole geschossen Ja sagen.

»Wie geht's dir?«, fragte er.

An seiner Stimme erkannte sie, dass er ihr gleich etwas eröffnen würde, was ihr nicht gefallen würde. »Gut. Viel zu tun. Und dir?« Bitte nicht schon wieder ein Rüffel!, dachte sie. Das könnte sie nicht ertragen.

»Gina, ich muss für eine Weile nach Edinburgh fahren.«

»Warum das denn?« Sofort fühlte sie sich im Stich gelassen.

»Ein alter Freund meines Vaters ist gestorben. Er war Antiquitätenhändler, und seine Frau hat mich gebeten, seine Lagerbestände durchzusehen. Ich soll mich um alles kümmern.«

»Aha.« Sie versuchte, emotionslos zu klingen, so als machte es ihr nichts aus, dass er sie mit der Organisation der Großveranstaltung allein ließ – die ganz zu seinen Gunsten abgehalten wurde. Ohne seine moralische Unterstützung, ganz zu schweigen von unmittelbarer Hilfe, fühlte sie sich doch ein wenig hilflos.

»Es tut mir schrecklich leid«, sagte er, als hätte er ihre Gedanken gelesen. »Das Ganze hat aber auch sein Gutes, denn wir können alle Antiquitäten kaufen, die wir haben wollen, und zwar zu einem guten Preis. Darunter werden auch hübsche Stücke sein, die wir bei der Veranstaltung bei Nicholas verkaufen können. Ich mache das aus Solidarität gegenüber meinem Vater, doch gleichzeitig ist es auch ein gutes Geschäft.«

»In Ordnung.«

»Und ich bin auf jeden Fall vor dem Event zurück, versprochen.«

»Oh.«

»Wenn ich sonst jemanden schicken könnte – und wenn die Witwe nicht ausdrücklich mich darum gebeten hätte –, dann würde ich hierbleiben. Allerdings hat ihr Mann das absolute Chaos hinterlassen. Wenn ich mich nicht um ihre Angelegenheiten kümmere, könnte sie alles verlieren, sogar ihr Zuhause.«

»Ist schon okay, ich verstehe dich gut. Du musst hinfahren. Für die Frau muss das ja schrecklich sein.« Dabei könnte *er* auch alles verlieren, sogar sein Zuhause. Sie liebte ihn dafür, dass er so herzensgut war, doch gleichzeitig hätte sie ihn am liebsten geschüttelt.

»Ich wusste, du würdest das verstehen«, sagte er. »Danke.«

Nach dem Telefonat redete sie sich ein, dass sie tatsächlich Verständnis hatte und nicht im Geringsten eifersüchtig auf eine arme Frau war, die gerade ihren Ehemann verloren hatte. Frankreich schien Lichtjahre zurückzuliegen. Doch es brachte nichts, diesem trüben Gedanken nachzuhängen. Sie musste sich jetzt darum kümmern, dass die Eintrittskarten für die Gilbert-und-Sullivan-Veranstaltung auch online verkauft werden konnten.

Gina war offensichtlich die Einzige, der bewusst war, wie wichtig es war, genug Tickets zu verkaufen. Nicholas war einfach nur hingerissen von dem Gedanken, sein Haus ins Zentrum der Aufmerksamkeit zu rücken. Die Gilbert-und-Sullivan-Gruppe konzentrierte sich darauf, ihre Performance zu perfektionieren, und Matthew hielt sich in Edinburgh auf. Allerdings war Gina bereits an seine Abwesenheit gewöhnt und stürzte sich einfach in die Arbeit. Das half ihr auch dabei, nicht die ganze Zeit an Matthew zu denken.

Als Erstes richtete sie ein PayPal-Konto ein, damit die Leute die Eintrittskarten online kaufen konnten. Dann rechnete sie vergünstigte Preise für bestimmte Personengruppen aus. Jedem, der einen Tisch über einen historischen Verein buchte oder eine Verbindung zur Gilbert-und-Sullivan-Gruppe besaß, wurde ein Rabatt eingeräumt. Außerdem beschloss sie, allen anderen Personen, die mithalfen, eine Vergünstigung anzubieten – natürlich durften es nicht zu viele werden. Sie setzte auch die Cateringschule, den Weinhandel und Antheas Auktionshaus auf ihre Liste.

Dann rief sie Anthea an, um ihr von ihren Plänen zu berichten. Die beiden Frauen waren inzwischen gute Freundinnen geworden. »Ich hoffe sehr, dass die Leute sich nicht vom Kartenpreis abschrecken lassen. Wir haben nur diese eine Chance – wir müssen das ganze Geld auf einen Schlag reinholen.«

»Was nicht einfach sein wird«, pflichtete Anthea ihr bei.

»Ich glaube, Nicholas denkt darüber nach, in Zukunft bei sich regelmäßig solche Veranstaltungen abzuhalten. Möglicherweise wird er das anders sehen, wenn das Event vorbei ist. Doch jetzt hat er mich angerufen, um mich zu fragen, ob ich glaube, dass der Bach-Chor auftreten und in kleinen Gruppen singen würde. Ich habe ihm geantwortet, dass ich keine Ahnung habe und er diese Leute einfach kontaktieren solle.«

»Ach Gottchen! Du Ärmste! Mit wem hast du denn schon Kontakt aufgenommen?«

»Mit allen historischen Vereinen für jede baugeschichtliche

Epoche, die man sich nur vorstellen kann. Andrew hat mir eine Liste von Personen zusammengestellt, die an der Musik interessiert sein könnten, und natürlich arbeitet er daran, Eintrittskarten für mindestens eine Busladung von Zuschauern zu verkaufen.«

»Hm. Es ist schade, dass Gilbert und Sullivan nicht jedermanns Fall ist. Manche Leute hassen die Musik sogar«, meinte Anthea.

»Das stimmt, und viele glauben, dass Opernausschnitte zur Aufführung besser geeignet wären. Doch wie ich auch schon Sally gesagt habe, müssten wir Opernsängern ein Honorar zahlen. Die Sänger der Gilbert-und-Sullivan-Gruppe dagegen treten umsonst auf. Und all diejenigen, die die Musik nicht mögen, kommen nur wegen des Hauses.«

»Ja, du hast recht. Also, ich gebe mir größte Mühe, um dich zu unterstützen. Weißt du was? Gerade ist mir eingefallen, dass meine Mutter mit einer Frau befreundet ist, die eine hohe Position beim Amt für Denkmalpflege und Naturschutz bekleidet. Vielleicht bringt sie auch noch ein paar Besucher mit.« Gina hörte, wie Anthea sich etwas notierte. »Viel Glück, Gina!«

Gina entwarf eine Tabelle, aus der sie die Gewinnschwelle ablesen konnte. Auf die Weise würde sie sofort wissen, ab wann sie Geld verdienen würden. Sie ließ durchnummerierte Eintrittskarten drucken und notierte sich sorgfältig, wer welches Nummernkontingent zum Verkauf erhalten würde. Dann eröffnete sie ein spezielles Twitter-Konto, meldete eine Facebook-Seite an und sandte entsprechende Links an alle Personen, von denen sie glaubte, dass sie Interesse haben könnten.

»Wahrscheinlich ist es gar nicht schlimm, dass Matthew bei dieser schottischen Witwe ist«, sagte sie später am Telefon zu Sally. »Ich habe so viel Arbeit, dass ich gar keine Zeit hätte, ihn zu sehen.« Sie hatte ihrer Schwester immer noch nicht gebeichtet, wie die Dinge zwischen ihnen standen. »Und an der Antiquitätenfront habe ich in letzter Zeit nicht viel geleistet. Als ich in der Stadt war, um zu sehen, wie der Ticketverkauf läuft, ist mir aufgefallen, wie wenig Waren wir nur noch haben. Wir haben einiges verkauft, was an sich ja gut ist, doch wir brauchen dringend neue Ware. Obwohl Bill mir was besorgt hat, ist der Lagerbestand niedrig.«

»Lass uns doch am Sonntag zu einem Flohmarkt gehen! Hier in der Nähe findet einer statt, ich habe einen Flyer gesehen, als ich den Wocheneinkauf getätigt habe«, schlug Sally vor. »Wir können die Mädels mitnehmen, uns ein paar lustige Stunden machen und vielleicht ein paar Sachen für unseren Stand erstehen.«

Gina öffnete den Mund, um zu protestieren. Bei einem derartigen Flohmarkt auf der grünen Wiese ließ sich bestimmt nichts Geeignetes finden; und im Grunde war sie viel zu beschäftigt, um sich einen Vormittag freizunehmen. Doch da ging ihr auf, wie langweilig sie geworden war. »Oh, das wäre nett! Aber ich muss relativ bald wieder zurück. Die ersten Online-Buchungen müssten bis Sonntag eingegangen sein, und ich muss die Tickets versenden.«

»Das klappt schon, diese Flohmärkte fangen immer früh an. Ich hole dich um acht ab. Na ja, halb neun reicht vielleicht auch. Und bring Taschen mit!«

Als sie zwischen den vielen Ständen hindurchwanderten, merkte Gina, wie gut es ihr tat, mal etwas anderes zu sehen. Sie waren beladen mit Tragetaschen und aßen Hotdogs. Sie war zuvor viel unterwegs gewesen, hatte Eintrittskarten an Leute ausgeliefert, die diese zu verkaufen hofften, hatten sich wegen des Essens mit den Caterern getroffen, hatte ein ortsansässiges Unternehmen dazu gebracht, frischen Apfelsaft zum Selbstkostenpreis anzubieten, und tausend andere kleine Dinge erledigt, die zu ihrem Job gehörten. Dieser kleine Ausflug an der frischen Luft wirkte richtig belebend. Ihre Nichten, die sich an ihren Buggys festhielten, hatten für wenig Geld jede Menge Plastikspielzeug erstanden. Zudem hatten Sally und sie ein paar Porzellanstücke gefunden, die zu ihren anderen Waren im Zentrum passen würden.

»Solange der gestrenge Matthew unterwegs ist, merkt er nicht, wenn irgendwelche Objekte nicht alt genug sind, um sie im Antiquitätenzentrum zu verkaufen.«

Gina lachte, doch plötzlich entdeckte sie, dass sie selbst in dieser Hinsicht auch ein bisschen pingelig geworden war. Eine ihrer Flohmarkt-Errungenschaften war eine Ausgabe von *Miller's Antiquitäten-Preisführer*, die noch ziemlich neu war und deshalb außerordentlich nützlich sein konnte. Und das bedeutete, dass sie Matthew sein Exemplar zurückgeben konnte.

Sobald Sally, die an diesem Sonntag zum Mittagessen bei ihren Schwiegereltern eingeladen war, sie zu Hause abgesetzt hatte, nahm Gina die neu erstandenen Sachen mit in die Küche, um sie gründlich abzuwaschen. Danach fuhr sie ihren Laptop hoch, um zu sehen, ob sich schon etwas getan hatte, seit die Homepage aktiv war.

Sie war begeistert. Zwanzig Eintrittskarten, zumeist paarweise, waren bereits verkauft worden. Das waren noch nicht sehr viele, doch sie konnten als Erfolg versprechender Beginn betrachtet werden. Obwohl sie sich selbst albern fand, füllte sie die ersten zwanzig Zeilen ihrer Tabelle aus, nachdem sie die Umschläge für die Tickets adressiert hatte. Diesen ersten Posten würde sie als gutes Omen nehmen. Die Tickets würden sich *bestimmt* alle verkaufen lassen. Die Veranstaltung würde *auf jeden Fall* ein großer Erfolg werden.

30. Kapitel

Gina erwachte furchtbar früh. Obwohl es noch stockdunkel war, wusste sie, dass sie nicht mehr würde einschlafen können. Ihre Gedanken ließen sie nicht mehr zur Ruhe kommen. Der Morgen der Veranstaltung war angebrochen. Heute war der Tag der Tage, und sie wusste immer noch nicht, ob sie einen Gewinn erzielen würden.

Sie bereitete sich eine Schale Porridge zu. Nach dem Frühstück fühlte sie sich ruhiger und ging nach oben, um ihre Tasche zu packen. Es könnte sein, dass sie keine Zeit mehr haben würde, um nach Hause zu fahren. Als alles eingepackt war, was sie brauchte, ging sie kurz unter die Dusche und kleidete sich dann an.

Schließlich war es Zeit, aufzubrechen. Bernard würde bestimmt um acht Uhr schon auf den Beinen sein und sie hereinlassen.

Die Caterer waren sehr früh eingetroffen. Vor dem Haus parkten bereits ihre großen Transporter, als Gina ankam. Die Wagen standen direkt neben der Küche, denn diese war – wie Bernard gestanden hatte – nicht zum Kochen für so viele Gäste geeignet.

»Sie meinten, so würde die Anlieferung weniger stören«, meinte Bernard, »auch wenn ich nicht sagen könnte, wie noch mehr Störung überhaupt möglich gewesen wäre.«

»Oh, Bernard, das tut mir sehr leid! Für Sie muss all das schrecklich sein«, rief Gina aus und setzte ihn im Geiste auf ihre Liste der Personen, denen öffentlich herzlicher Dank ausgesprochen werden würde. »Natürlich bedeutet das für Sie jede Menge

Arbeit. Daran habe ich überhaupt nicht gedacht, als ich den Vorschlag gemacht habe.«

Anmutig neigte Bernard den Kopf. »Nun, wir sind natürlich nicht daran gewöhnt, doch das Ganze hat Nicholas so viel Auftrieb gegeben, dass ich geneigt bin, Ihnen zu verzeihen. Allerdings habe ich ihm mitgeteilt, dass er mehr Leute einstellen muss, wenn er das Haus regelmäßig der Öffentlichkeit zugänglich machen will.«

»Wäre Ihnen das zuwider? Weil Sie doch daran gewöhnt sind, zu zweit zu sein?«

»Nein, ich glaube nicht. Solange Nicholas glücklich ist, bin ich es auch.«

Gina hatte ihm schon die Arme um den Hals gelegt und ihn an sich gedrückt, bevor sie sich Gedanken darüber machte, ob er mit diesem Ausdruck der Zuneigung und Dankbarkeit umgehen konnte. Zum Glück stieß er sie nicht empört von sich, sondern schmunzelte fein vor sich hin.

Die für das Catering verantwortliche Mitarbeiterin war eine Studentin, die zu Ginas außerordentlicher Erleichterung bereits in den Dreißigern war. Nachdem sie bisher in der Werbebranche tätig gewesen war, nahm sie jetzt an einer Umschulung teil. Sie war sehr gut organisiert.

»Tja, das muss man sein, wenn man Kinder hat«, erklärte sie, als Gina ihr ein Kompliment zu ihrem Klemmbrett mit den zahlreichen Listen machte, die sogar mit Ginas To-do-Listen konkurrieren konnten. »Wissen wir schon, wie viele Personen kommen werden?«

Gina zuckte mit den Schultern. »Ungefähr zweihundertfünfzig. Allerdings wollte die Freundin der Mutter einer lieben Bekannten einen ganzen Tisch voll Gäste mitbringen, aber sie hat das nicht bestätigt. Ich konnte nicht sagen, dass es jetzt zu spät ist, weil sie eine gute Ansprechpartnerin wäre, falls wir je wieder so etwas veranstalten würden.« Gina hörte sich selbst von »wir« sprechen, obwohl sie sich bis jetzt immer innerlich distanziert hatte, wenn Nicholas in seiner Begeisterung wieder von weiteren Events mit Musik und Verköstigung gesprochen hatte. Diesmal gab es für sie einen besonderen Anreiz, unentgeltlich so hart zu arbeiten – auch wenn der wahre Grund dafür schwer zu definieren war. Nahm sie all das aus Liebe zum French House auf sich, aus Zuneigung für die Händler oder aus Liebe zu Matthew?

Er hatte per SMS versprochen, rechtzeitig mit den Objekten für die Auktion einzutreffen; eine schriftliche Liste gab es auch dazu. Gina hatte Jenny angerufen, die ihr alles bestätigt hatte; sie würde jede Menge Kopien der Liste mitbringen. Anthea fand es ein wenig schade, dass die Besucher nicht viel Zeit haben würden, die Liste im Voraus zu studieren, doch sie wollte sich größte Mühe geben, so viel Umsatz wie möglich zu erzielen.

»Ganz ehrlich, wenn die Leute erst mal ein paar Gläser Champagner getrunken haben, werden sie sehr empfänglich für die Auktion sein«, hatte sie erklärt. »Zuerst bieten sie, damit die Dinge nicht nur für ein Butterbrot weggehen, und schließlich kaufen sie etwas, von dem sie selbst nicht wussten, dass sie es haben wollten. So läuft das bei Auktionen für einen guten Zweck. Wenigstens bekommen sie diesmal entzückende Antiquitäten.«

»Meinst du?«

»Oh ja! Matthew hat ein fantastisches Auge für Qualität.«

Da Gina sich trotz seiner langen Abwesenheit immer noch schmerzlich nach Matthew sehnte, reagierte sie mit einem kleinen Wonneschauer, als er so gelobt wurde. »Sofern er nicht zu spät kommt. Jenny hat mir mitgeteilt, dass er sich jetzt auf dem Rückweg von Edinburgh befindet.«

»Er kommt nicht zu spät, vertrau mir!«

Alle Helfer waren inzwischen eingetroffen. Gina machte sich

auf die Suche nach Sally, um zu sehen, wie sie mit dem Blumenschmuck weiterkam. Da sich unter Ginas Ansprechpartnern kein Florist befunden hatte, den sie für das Event hätten gewinnen können, hatte sich Sally bereit erklärt, die Blumen zu arrangieren. »Das wird kein Problem für mich sein«, hatte sie gesagt. »Aber die Arrangements müssten sehr groß sein, und das wäre teuer.«

Gina atmete tief ein. »Nein, sie dürfen nichts kosten, du müsstest die Blumen aus Nicholas' Gärten holen, und zufällig weiß ich, dass sie schrecklich vernachlässigt wurden.«

»Mach dir keine Gedanken!«, erwiderte Sally. »Solange ich mich dort austoben kann, werde ich schon zurechtkommen.«

Jetzt fand Gina ihre Schwester in einer Vorratskammer, umgeben von Blattwerk. »Hast du etwas für die Vasen gefunden, was nicht grün ist?«

Sally drehte sich mit der Gartenschere in der Hand um. »Es ist verblüffend! Der Garten ist voller wunderbarer Dinge – sogar zu dieser Jahreszeit –, und er ist so riesengroß, dass ich richtig verschwenderisch sein kann. Sieh dir mal mein Arrangement für den *The-Mikado*-Raum an.« Sie deutete auf eine chinesische Vase mit Zweigen, die über und über mit Blüten überzogen waren. »Ich weiß, dass *The Mikado* japanisch ist, aber wir wollen ja nicht puristisch sein.«

»Nein, auf keinen Fall«, sagte Gina. »Wie heißt die Pflanze?«

»Viburnum bodnantense«, antwortete Sally ein wenig blasiert. »Auch Winter- oder Duft-Schneeball genannt. Und Bernard hat mir einige wunderbare Vasen organisiert.«

»Nichts zu Wertvolles, hoffe ich«, meinte Gina.

»Nein. Das Schöne daran ist, dass sie alle leicht beschädigt sind. Bernard meinte, sie sind fast nichts wert.«

Als Gina wieder ging, lachte sie leise über ihre Schwester, die sich so darüber freute, mit beschädigten Dingen zu arbeiten. Als Nächstes überprüfte sie die Toiletten, die wie die transportablen WCs ebenfalls mit Blumen geschmückt werden würden. Dann war es Zeit zu kontrollieren, ob die Weinlieferung vollständig war.

Gina hatte eine Reinigungsfirma engagiert – eine begründete Ausgabe, weil die Mehrarbeit für Nicholas' langjährige Putzfrau allein nicht zu schaffen wäre. Jetzt erkannte sie, dass ihre Entscheidung goldrichtig gewesen war. Die Leiterin des Teams managte ihre Truppe mit ruhiger Effizienz, und sie legten ein beeindruckendes Tempo vor.

Nachdem sie dem Team versichert hatte, dass sie alle hervorragende Arbeit leisteten, suchte Gina die Küche auf, um zu sehen, wie Bernard und Nicholas zurechtkamen. Sie traf nur Ersteren an, der ihr erklärte, dass er Nicholas vorgeschlagen hatte, eine Ruhepause einzulegen – hauptsächlich, um ihn aus den Füßen zu haben.

»Tee?«, fragte Bernard und hob einen Wasserkessel hoch.

Gina nickte, setzte sich an den Tisch und zückte ihr Klemmbrett.

»Alles scheint gut zu laufen«, kommentierte Bernard und stellte ihr einen Teebecher hin. »Finden Sie nicht auch?«

»Ja. Ich wünschte bloß, wir hätten mehr für die Eintrittskarten verlangt.«

»Wirklich? Sie sind doch schon teuer genug.«

»Das stimmt. Jeder findet das, aber die Kosten summieren sich. Trotzdem glaube ich, dass es klappen wird.« Sie hatte die Hoffnung aufgegeben, jede Menge Profit zu machen, und wollte bloß noch kostendeckend arbeiten. Im Augenblick schien selbst das ein hochgestecktes Ziel zu sein.

Um fünf Uhr, als Gina gerade ihre nächste Kontrollrunde drehen wollte, kam Sally auf sie zu. »Komm mit, du ziehst dich jetzt um!«

»Oh, das ist noch nicht nötig! Ich muss erst um Viertel vor sieben fertig sein. Niemand wird vor sieben eintreffen.«

»Ausnahmsweise tust du jetzt mal das, was man dir sagt! Ich werde dir die Haare machen.« Sally hatte Gina am Arm genommen und führte sie entschlossen auf die Treppe zu.

»Das dauert bloß eine Minute. Ich habe sie heute Morgen erst gewaschen.«

»Was hast du denn damit vor?«

»Ich werde sie bloß zu einem lockeren Knoten aufstecken. Irgendwo habe ich ein Haargummi.«

»Zum Glück hast du eine Schwester, die diese Dinge ernst nimmt. Jetzt komm mit!«

Man hatte ihnen ein Schlafzimmer zugewiesen, und jetzt entdeckte Gina Dinge auf dem Frisiertisch, die sie nicht dorthin gelegt hatte.

»Setz dich!«, kommandierte Sally und drückte Gina entschlossen auf den Hocker vor dem dreigeteilten Spiegel. »Ich habe mir eine verstellbare Leuchte ausgeliehen, damit ich besser sehen kann. Außerdem habe ich dir ein Haarteil besorgt.«

»Das brauche ich nicht!«, rief Gina aus. »Es spielt keine Rolle, wie ich aussehe. Solange ich halbwegs elegant wirke ...«

»Du trägst das Kleid.«

»Oh, Mist, das Kleid!«

»Was ist? Hast du es etwa zu Hause vergessen?«

»Nein! Es ist in meiner Tasche, doch ich habe nicht mehr daran gedacht, es ändern zu lassen. Es wird mir nicht passen, Sally!«

»Mach dir keine Sorgen! Ich habe Nähzeug dabei, außerdem jede Menge Bänder und anderes Zubehör, das wir für deine Haare brauchen können. Jetzt bleib sitzen und lass dich in eine Lady aus der Zeit König Edwards verwandeln!«

»Ich glaube, ich sollte eher georgianisch aussehen oder den Regency-Stil wählen.«

»Aber das Kleid ist edwardianisch, darüber hinaus kennt ohnehin niemand den Unterschied. Zu beiden Zeiten waren die Kleider hochtailliert und nicht besonders ausladend.« Sally hob eine von Ginas Haarsträhnen an. »Eigentlich ist es schade, dass du deine Haare gewaschen hast, es hätte besser funktioniert, wenn sie nicht so weich gewesen wären. Na ja, ich habe ja Haarspray dabei.«

»Ich benutze nie Haarspray!«

»Jetzt schon.«

Eine Dreiviertelstunde später betrachtete Gina sich im Spiegel. Ihre Haare waren zu einem kunstvollen, eleganten Knoten hochgesteckt, der sich auch in einem Salon in *Downton Abbey* gut gemacht hätte. »Ich hätte nie geglaubt, so aussehen zu können«, staunte sie. »Du bist fantastisch.«

»Ich habe auf YouTube nachgesehen, wie man solche Frisuren hinbekommt«, erklärte Sally, die offenbar sehr zufrieden mit dem Ergebnis ihrer Bemühungen war. »Und dann habe ich das notwendige Zubehör gekauft. So, jetzt lass uns mal das Kleid anprobieren! Es wäre gut gewesen, wenn du es gleich aus der Tasche genommen hättest. Aber macht nichts, ich habe mir ein Dampfbügeleisen geliehen, um es wieder glatt zu bekommen.«

Sally hob die Tasche auf das Bett und nahm das Kleid heraus. Sie hielt es in die Höhe. »Es hat den Transport ganz gut überstanden. Doch wir bügeln es trotzdem gründlich auf, und dann kannst du es anprobieren. Geh jetzt vorsichtig unter die Dusche oder wasch dich, während ich mich darum kümmere.«

»Du kommandierst mit ganz schön herum, Sally«, stöhnte Gina, verschwand aber wie befohlen im Badezimmer.

Als sie kurz darauf zurückkehrte, sah das Kleid perfekt aus.

»Ich glaube nicht, dass es häufig getragen wurde«, kommentierte Sally. »Vielleicht sogar nur, während das Gemälde entstand. So, hinein mit dir!«

»Es wird nicht passen, ich weiß es!«, jammerte Gina, die inzwischen nervös geworden war. Sie schlüpfte vorsichtig hinein, als ihre Schwester es für sie bereithielt.

»Da hast du's!«, rief Sally aus und trat zurück. »Es passt wie angegossen.«

»Ich kann es nicht fassen. Bist du sicher, dass es wirklich bis oben geschlossen ist?« Gina fasste sich an den Rücken, um nach einer aufklaffenden Stelle zu tasten.

»Ja! Mir ist aufgefallen, dass du abgenommen hast. Sieh mal, ich habe diese Schuhe für dich gekauft, weil ich weiß, dass du nur deine Stiefel hast.«

Gina grinste ihre Schwester an und nahm die Schuhe. Sie waren relative flach, jedoch hübsch verziert: eine bezaubernde Mischung aus Komfort und Glamour. Und sie passten, als wären sie für sie gefertigt worden.

»Jetzt kümmer dich noch um dein Make-up, dann bist du fertig!«, sagte Sally.

Gegen ihren Willen war Gina beeindruckt. Jetzt entdeckte sie tatsächlich eine Ähnlichkeit zwischen sich selbst und der Frau auf dem Gemälde. Hoffentlich würde Nicholas zufrieden sein!

Sally zog sich nun ebenfalls um. Daher machte Gina sich allein auf den Weg nach unten. Sie hatte bereits die Treppe erreicht, als sie bemerkte, dass die Beleuchtung eingeschaltet war, die sie so sorgfältig geplant hatte.

Gina und Nicholas waren der Meinung gewesen, dass die Leute beim Betreten der Eingangshalle gleich das Gefühl haben sollten, eine Zeitreise zu unternehmen. Die anderen Räumlichkeiten würden wegen der Aufführungen gut ausgeleuchtet sein, und beim Abendessen würde man ebenfalls genug Licht haben, aber dieser erste Eindruck sollte die Gäste in die Erbauungszeit des Hauses zurückversetzen.

In einem der beiden offenen Kamine knisterte ein großes Feuer. Den anderen Kamin konnte man nicht benutzen, weil der Schornstein schadhaft war und das Brandrisiko für die Kostüme zu hoch war. Doch sie waren sich einig gewesen, dass sie ein richtiges Feuer mit knisternden Holzscheiten brauchten. Sorgfältig platzierte Kerzenleuchter erhellten die Halle. Obwohl Gina alles selbst geplant hatte und eigentlich wusste, was sie erwartete, wirkte das Ganze auf sie wie magisch verwandelt. Mit einem Lächeln im Gesicht stieg sie die Stufen hinunter.

Zwar hatte sie die beiden großen Männer gesehen, doch erst als sie die Hälfte der geschwungenen Treppe hinter sich gebracht hatte, drehte sich einer von ihnen um. Der Mann, mit dem Nicholas sprach, war Matthew! Gina blieb stehen, und die beiden Männer musterten sie schweigend. Plötzlich war sie befangen.

Als sie den Fuß der Treppe erreicht hatte, nahm Matthew schweigend ihre Hand. Er musste gar nichts sagen, seine normalerweise undurchdringliche Miene war voller Bewunderung und – oder bildete Gina sich das bloß ein? – Verlangen.

»Mein liebes Mädchen«, begann Nicholas, der einen Gehrock aus Samt und einen Hut trug, »Sie sehen sensationell aus. Ich sollte Sie malen lassen und das Bild neben dem meiner Großmutter aufhängen.«

Gina lächelte und schaute Matthew an, der immer noch schwieg, aber ihren Blick suchte.

Dann küsste er sie auf den Mund. »Ich habe dich vermisst.«

»Wirklich?«, hauchte sie.

Nicholas räusperte sich vernehmlich. »Ich sehe mal nach dem Wein.« Dann humpelte er davon.

Matthew nahm Gina in den Arm und küsste sie richtig.

Die gesamte Anspannung und die Sorgen, die sie während der vergangenen Wochen – eigentlich seit ihrer Rückkehr aus

Frankreich – gequält hatten, fielen von ihr ab und schmolzen mit dem Kuss dahin. Erst als er seine Hände in ihren Haaren vergraben wollte, wurde ihr bewusst, dass jetzt nicht der richtige Zeitpunkt für Zärtlichkeiten war.

»Ich habe dich auch vermisst, Matthew«, flüsterte sie heiser. »Aber gleich treffen rund zweihundertfünfzig Leute ein, um die ich mich kümmern muss.«

»Also habe ich keine Chance, dich die Treppe raufzutragen und dich im großen Schlafzimmer zu vernaschen?«

Sie kicherte. Die Bemerkung war so untypisch für Matthew, dass sie versucht war, es darauf ankommen zu lassen, ihre Röcke zu raffen und ihn im Laufschritt zu ihrem Schlafzimmer zu führen. Doch leider war das unmöglich. »Vielleicht später?«

Er schluckte. »Später auf jeden Fall.«

Genau in diesem Augenblick tauchte Sally auf. »He, ihr zwei, nehmt euch ein Zimmer!«

»Wir haben eins«, erwiderte Gina. »Aber leider haben wir keine Zeit, das auszunutzen. Matthew, hast du die Sachen für die Auktion mitgebracht?«

»Ja. Anthea wirft gerade einen Blick darauf.«

Nicholas kehrte in die Halle zurück, Bernard im Schlepptau, der ein Tablett mit gefüllten Gläsern trug. »Ich glaube, wir sollten alle zusammen in Ruhe ein Glas Champagner trinken, bevor die Schlacht beginnt.«

Obwohl Gina normalerweise nie trank, während sie arbeitete, nahm sie ein Glas. »Auf Nicholas und sein wunderschönes Fairfield Manor und auf einen erfolgreichen Abend!«

»Auf Gina und das French House und einen erfolgreichen Abend!«, konterte Nicholas und hob sein Champagnerglas.

31. Kapitel

»Würde es dir etwas ausmachen, mir zu zeigen, was wo aufgeführt wird?«, fragte Matthew, nachdem sie ihre Champagnergläser geleert hatten. »Ich bin so gar nicht informiert.«

»Kein Problem, komm einfach mit! Wie lief es in Edinburgh?«

»Richtig gut. Natürlich war das Timing nicht ideal, aber jetzt sind alle Angelegenheiten geregelt. Außerdem habe ich einige sehr schöne Stücke mitgebracht, manche davon wirst du später bei der Auktion sehen.«

»Du musst mir sagen, wie viel sie gekostet haben. Wir hoffen, damit Geld verdienen zu können – jede Menge –, doch wir müssen genau Buch führen.«

»Ich stifte die Sachen. Ist das für deine Buchhaltung in Ordnung?«

Gina beschloss, sich zusammenzureißen. Seit Matthew abgereist war, hatte sie versucht, ihre Gefühle für ihn zu unterdrücken und sie unter Arbeit und Sorgen zu vergraben. Doch nun, da er wieder bei ihr war und die Veranstaltung gleich beginnen würde, stellte sie fest, dass ausgerechnet jetzt alle Empfindungen wieder über sie hereinbrachen. Alles, was Matthew sagte, kam ihr hintersinnig vor, und wenn es mal nicht so war, schmolz sie vor Liebe dahin.

»Das ist in Ordnung«, antwortete sie schnell. »Und während die Leute ihre Drinks nehmen, führe ich dich herum. Pass auf – tritt nicht auf meine Schleppe!«

Als Erstes zeigte sie ihm das chinesische Zimmer, das man für die Aufführung der Operette *The Mikado* vorbereitet hatte. Der Parkettboden glänzte und reflektierte das Licht der Lichterketten, die Sally durch die Zweige gefädelt hatte. In Verbindung mit den kleinen Papierlaternen, einige beleuchtet (bei Sallys Lieblingsfirma gekauft), einige unbeleuchtet (von Sally selbst gefertigt), verwandelte die Dekoration den Raum in eine perfekte Mischung aus Bühne und historischem Salon.

»Bevor du etwas sagst, wir wissen, dass *The Mikado* in Japan spielt und das hier das chinesische Zimmer ist, doch wir wollen ja nicht zu pingelig sein«, sagte sie warnend. Sie gesellte sich zu den drei jungen Musikern, die sich hier gerade einspielten. »Geht's euch gut, Jungs? Wie kommt ihr zu eurem nächsten Auftritt?«

»Wir haben noch ein bisschen Zeit, bevor wir im Konservatorium sein müssen«, antwortete einer von ihnen, der noch wie ein Junge aussah.

»Woher kommt ihr denn?«, wollte Matthew wissen.

»Wir sind Musikstudenten. Andrew hat uns gebeten, hier aufzutreten. Es ist ein guter Gig, deshalb spielen wir unentgeltlich. Vielleicht bekommen wir ja auch eine warme Mahlzeit.« Er zwinkerte Gina zu.

»Natürlich«, erwiderte sie, die bislang nichts davon gewusst hatte. »Und ein Glas Wein.«

Als sie Richtung Wintergarten spazierten, sagte sie: »Es ist großartig, auch Musiker zu haben – vor allem, wenn sie kostenlos spielen –, aber ich bin nicht sicher, ob ich genug zusätzliche Mahlzeiten und Wein einkalkuliert habe. Da kommen Mehrkosten auf uns zu.«

»Bestimmt ist alles bestens. Wie viele Eintrittskarten sind denn verkauft worden?«

»Ich weiß es nicht genau. Manche Leute haben für kleine Gruppen gebucht, aber es könnte sein, dass sie die Zwölfertische nicht voll bekommen. Das ist der Schwachpunkt in der Organisation. Es wäre leichter gewesen, wenn uns mehr Zeit zur Verfügung gestanden hätte.«

Matthew öffnete die Tür zum Wintergarten. »Oh, wow!«, rief er aus.

Gina war hochzufrieden. Der Wintergarten wirkte nun wie ein Schiff, zuerst sollte hier *HMS Pinafore* und später *The Pirates of Penzance* zur Aufführung kommen.

»Ich verstehe bloß nicht, wie alle Gäste hier reinpassen sollen. Selbst ohne Bestuhlung ist doch höchstens Platz für ... fünfzig Personen.«

»Wir arbeiten im Schichtbetrieb. Es gibt ein Programm, und man geht auf Anweisung von Raum zu Raum. Alle Auftritte finden mehrmals statt. Das sollte funktionieren.« Sie war nicht vollkommen davon überzeugt, doch Andrew war sich sehr sicher gewesen. »Dann gibt es eine Pause für das Dinner, und danach steht die Auktion auf dem Programm.« Sie zwinkerte Matthew zu. »Komm, ich zeige dir, warum wir so froh sind, dass es nicht regnet!«

Sie führte ihn aus dem Wintergarten, verließ das Haus und schlug einen langen Weg zu einem Tempel ein. »Man muss schnell gehen, dann friert man auch nicht.« Allerdings zwang das entzückende traditionelle Kleid sie selbst zu einer langsamen und schicklichen Gangart.

Als sie den Tempel erreicht hatten, erklärte sie: »Das ist eines der größten Gebäude im Garten, ein Solist wird hier *The Moon and I* singen. Ein sehr schönes Stück, meiner bescheidenen Meinung nach. Und sieh mal, ein künstlicher Mond!«

»Alles ist wirklich sehr stimmungsvoll«, kommentierte Matthew heiser, nachdem er das Gebäude und die Bühne einer kurzen Inspektion unterzogen hatte. Dann zog er Gina in die Arme.

Als Sally ein wenig später auf ihre Schwester traf, zog sie sie schnell mit sich auf die Damentoilette, um Ginas Aufsteckfrisur wieder zu richten.

Wie Gina feststellen musste, war der Abend aus organisatorischer Sicht nicht perfekt. Die Leute hielten sich nicht an das Programm, sondern wanderten einfach von Raum zu Raum.

Allerdings amüsierten sich alle Gäste prächtig. Einige der Architekturinteressierten waren in Räumen verschwunden, die nicht für die Veranstaltung hergerichtet worden waren, doch als Gina herausfand, dass Nicholas sie führte, machte sie sich nicht zu viele Gedanken darüber. Die Sänger hatten ein begeistertes Publikum, und dafür war sie außerordentlich dankbar, und sie überzogen den vorgegebenen Zeitrahmen nicht.

Als es jedoch Zeit für das Dinner und die anschließende Auktion war, ließ Gina das ganze Haus durchkämmen. Sie wollte, dass alle Gäste anwesend waren, damit sie gesättigt und angeheitert genug waren, um bei der anschließenden Auktion auch wirklich großzügig zu sein.

Das Catering war nahezu tadellos. An den Plätzen der Vegetarier lagen kleine Osterglocken aus Stoff, damit das Servicepersonal Bescheid wusste. Alle anderen aßen ein köstliches Hühnchengericht. Wohin Gina auch sah, überall erblickte sie zufriedene, entspannte Gesichter.

Bei der Auktion war Anthea einfach wunderbar. Sie stand in einem langen, tief ausgeschnittenen, mit Pailletten besetzten Kleid auf dem Podium, das sie selbst hatte anliefern lassen. Mühelos zog sie die Aufmerksamkeit aller Anwesenden auf sich. Gina suchte sich einen Stuhl im hinteren Bereich des großen Saales, um Anthea bei der Arbeit zuzusehen.

Matthews Auktionsware war wie für den Abend gemacht. Es gab einige hübsche Schmuckstücke, nichts übermäßig Wertvolles, doch er hatte ein atemberaubendes Diamantencollier gefunden, das eine Reproduktion des Colliers war, das Audrey Hepburn in dem Film My *Fair Lady* getragen hatte. An diesem Abend, an dem alle Gäste ihre glamourösesten Kleider trugen, waren offenbar viele bereit, dafür zu bieten.

Einige antike Broschen und Krawattennadeln kamen an die Reihe. Die entspannte Rivalität unter den Bietern sorgte für angemessene Preise. Gina lehnte sich zurück, ordnete ihre Röcke und dankte Anthea schweigend für die Idee und für die brillante Ausführung. Sie bot sogar selbst für eine hübsche kleine Halskette, weil sie so gut zu dem entzückenden Kleid gepasst hätte, das sie heute Abend trug und in dem sie sich so besonders fühlte. Doch sie wurde schon früh überboten. Nicht schlimm, sagte sie sich.

Endlich fiel der Hammer zum letzten Mal, und ein Kricketschläger, der mit den Autogrammen eines schon lange nicht mehr existierenden, aber offenbar sehr erfolgreichen Teams versehen war, wechselte für viel Geld den Besitzer.

Der Abend war vorüber. Die Aufräumarbeiten hatten begonnen.

Sally kam auf Gina zu und warf ihr die Arme um den Hals. »Ich muss jetzt los, weil mein Taxi da ist, aber es war einfach großartig, meine Süße! Tausend Mal besser, als ich es mir je vorgestellt hätte.«

Gina drückte sie fest an sich. »Vielen, vielen Dank für die Blumen und deine Hilfe!«

Nie verließ sie eine von ihr organisierte Veranstaltung, bevor sie sich vergewissert hatte, dass alles in Ordnung war. Daher war sie eine halbe Stunde später immer noch damit beschäftigt, Leute aus dem Haus zu scheuchen, Handtaschen zu suchen und Taxis zu rufen. Als schließlich alle zahlenden Gäste gegangen waren, konnte sie sich um die Caterer kümmern.

»Ihr wart verdammt gut!«, sagte Gina, als sie der Teamleiterin den Umschlag mit dem Trinkgeld überreichte. »Ich werde euch eine hervorragende Referenz geben.«

»Ich freue mich sehr, dass Sie zufrieden sind. Wir alle haben viel gelernt und jede Menge nützliche Erfahrungen gesammelt. Und was für ein fantastischer Veranstaltungsort!«

Endlich waren nur noch Nicholas, Gina, Matthew und Bernard anwesend. Gina sammelte die letzten Gläser ein, Matthew war in der Küche, und Nicholas hatte eine Flasche Brandy geöffnet.

Bernard trat auf Gina zu. »Ich habe das Bett in dem Schlafzimmer bezogen, in dem Sie sich umgekleidet haben. Nicholas sagt, sie sollen kommen, einen Brandy trinken und dann wie geplant hier übernachten. Sie müssen vollkommen erschöpft sein.«

Gina lag bereits eine Ablehnung auf der Zunge, aber sie schwieg.

Bernard nahm sie galant am Arm. »Kommen Sie, die anderen sind schon beim zweiten Glas Brandy angekommen!«

Es war wunderbar, in der Küche zu sitzen, von den Resten der Nachspeise zu naschen und Brandy zu trinken. Ihre Schuhe hatte Gina schon lange ausgezogen. Doch da sie schon vor Tagesanbruch aufgewacht war, fielen ihr vor Müdigkeit die Augen zu.

»Es ist sehr nett, den Abend auf diese Weise zu beenden, aber ich muss jetzt wirklich ins Bett.« Sie stand auf.

»Ich zeige dir den Weg zu deinem Schlafzimmer«, sagte Matthew.

»Ich kenne den Weg, vielen Dank«, erwiderte sie steif und verließ die Küche, denn sie hatte plötzlich Hemmungen, sich vor den beiden alten Herren gemeinsam mit Matthew zurückzuziehen.

Zwei Sekunden später war sie wieder zurück. »Matthew, könntest du mir bitte mit dem Kleid helfen? Ich kann es allein nicht ausziehen.«

Nicholas prostete ihr mit einem verschmitzten Blick zu, und sogar Bernard lächelte wohlwollend.

Auf dem Weg die Treppe hinauf legte Matthew ihr eine Hand auf den Rücken. Sie war dankbar für die Unterstützung.

Während er die Häkchen an ihrem Kleid öffnete, zog sie die Haarnadeln aus ihren Haaren. Nachdem sie das Haarteil entfernt und sich die Zähne geputzt hatte, fiel ihr etwas ein.

»Ich habe gar kein Nachthemd dabei!«

»Ich bin überzeugt, dass du auch so zurechtkommst«, meinte Matthew.

Er schlug die schwere Bettdecke zurück, und sie schlüpfte in Schlüpfer und BH darunter. »Irgendwie wirkt es unpassend, nur in Unterwäsche in diesem prächtigen Bett zu schlafen. Ich sollte ein Nachthemd tragen, das bis zum Hals geschlossen ist.«

»Ich werde Nicholas nicht fragen, ob er dir eines leihen kann. Doch ich werde mich schnell bei Bernard erkundigen, ob er eine Zahnbürste für mich auftreiben kann.«

»Nimm meine!«, murmelte Gina. Und schon war sie eingeschlafen.

Als Gina aufwachte, lag sie allein im Bett. Hatte Matthew die Nacht neben ihr verbracht? Falls ja, warum hatte er sie dann nicht aufgeweckt, um mit ihr zu schlafen? Ach, weshalb war sie auch gleich eingeschlafen! Mit trüben Augen sah sie sich um und entdeckte eine Tasse Tee, die auf dem Nachttisch neben ihr dampfte.

Mühsam setzte sie sich auf.

Hinter der Teetasse lagen ein Umschlag und ein kleines Päckchen, wie sie erst jetzt bemerkte. Mit schwerem Herzen tastete sie nach dem Umschlag. War er von Matthew? Zwar hatte er sich sehr gefreut, sie wiederzusehen, und sie hatten sich geküsst, doch hatte er letzte Nacht nicht versucht, sich ihr zu nähern. Deshalb wusste sie immer noch nicht richtig, wie er über ihre Beziehung dachte.

In dem Umschlag befand sich ein Briefbogen mit dem Briefkopf von Fairfield Manor.

Es tut mir leid, falls ich dich geweckt haben sollte. Ich muss jetzt zurückfahren, und es hat mir das Herz gebrochen, dich schlafen zu lassen. Doch du verdienst so viel Schlaf, wie du bekommen kannst. Daher wollte ich dich nicht stören. In dem Päckchen ist ein kleines Geschenk als Dankeschön. Bestimmt erinnerst du dich daran, wie wir es in Frankreich entdeckt haben. Von einem Silberschmied in Edinburgh, einem Bekannten, habe ich einen Schlüsselanhänger daraus anfertigen lassen. Das Geschenk erinnert mich an dich: heiter und ruhig an der Oberfläche, aber darunter lebhaft und ein bisschen verrückt.

Bis bald,
Matthew

Gina lächelte, obwohl sie traurig und ein wenig verstimmt war, weil er sie nicht geweckt hatte: Gern hätte sie ihren wohlverdienten Schlaf gegen ein wenig Zärtlichkeit eingetauscht.

In dem Päckchen, das in eine Lage Seidenpapier gewickelt war, befand sich der kleine silberne Salz- oder Pfefferstreuer. Unwillkürlich musste sie lächeln. Der Silberschwan war entzückend, nützlich und wunderschön – aber was noch wichtiger für sie war: Er war ein Geschenk von Matthew.

Sie ließ sich in die Kissen zurücksinken und trank ihren Tee aus. Gleich würde sie nach Hause fahren und die Abrechnung machen. Hatten sie einen Gewinn eingefahren oder nicht?

32. Kapitel

Letztendlich dauerte es Tage, bis Gina ihre Berechnungen abschließen konnte. Sie musste alle Geldflüsse verfolgen, und das dauerte eben eine ganze Weile.

Abgesehen von Rechnungen und Zahlungen für die Eintrittskarten waren viele, viele E-Mails und Briefe eingegangen, in denen die Verfasser dem Team zu der Veranstaltung gratulierten. Fast allen hatte es sehr gefallen, und sie fanden, dass sie auf ihre Kosten gekommen waren – sehr zu Ginas Erleichterung.

Nicholas war hellauf begeistert gewesen. Er wollte Gina einstellen, um weitere Veranstaltungen zu organisieren: Opern, Musikabende, Theateraufführungen in historischen Kostümen. Er dachte sogar laut darüber nach, ob eine Ballettveranstaltung wohl gut ankäme. Während des Telefonats war Gina standhaft geblieben. »Mal sehen, wie das finanzielle Ergebnis dieses Abends ausfallen wird. Es ergibt keinen Sinn, große Events zu veranstalten, wenn sie nicht kostendeckend sind und ein bisschen Geld in die Kasse spülen.«

»Wir könnten mehr Eintritt verlangen. Für so etwas Exklusives sind die Leute bereit, richtig viel Geld hinzublättern. Es hätte ihnen nicht besser gefallen können. Oh – Noël Coward! Wie wäre es mit Coward-und-Novello-Abenden?«

Gina lachte, obwohl sie im Hinblick auf Nicholas' neu entdeckte Leidenschaft für Aufführungen standhaft bleiben wollte. »Ich würde mich sehr freuen, Sie bei all Ihren Plänen zu unterstützen, doch wie bereits gesagt: Lassen Sie mich erst herausfinden, ob das Ganze auch nur entfernt profitabel war. Bestimmt könnte man historische Vereine einladen, ihnen ein

Essen servieren und eine Führung anbieten – dafür könnte man bestimmt auch hohe Eintrittspreise verlangen.«

»Vielleicht sollte Bernard einen Kochkurs besuchen, das könnte Kosten sparen. Ich muss ihn mal fragen, wie es ihm gefallen würde, ein Meisterkoch zu werden.« Er schwieg kurz. »Obwohl es mir im Grunde am meisten gefallen hat, das Haus so herausgeputzt zu sehen. Es würde bei Weitem nicht so viel Spaß machen, wenn alles wie immer wäre.«

»Nun, wir werden sehen, in Ordnung?«

»Auf Wiedersehen, meine Liebe«, sagte er, nachdem sie noch ein wenig weiterdiskutiert hatten.

Sally war gleichermaßen begeistert gewesen. »Mein Gott, das war fantastisch. Wer hätte gedacht, dass es so gut laufen würde? Du hast es tatsächlich geschafft, dass die Gäste von Raum zu Raum gegangen sind, ohne ein Megafon einsetzen zu müssen. Du bist ein Genie, Schwesterherz! Ich finde, es wäre wirklich schade, wenn das Ganze nicht in irgendeiner Form wiederholt werden würde.«

»Versprich mir, nicht mit Nicholas darüber zu reden, der genau das Gleiche denkt, jedenfalls nicht, bis ich weiß, ob wir Geld verdient haben oder nicht.«

»Wir haben ein Plus gemacht, ich bin ganz sicher. Wir haben doch bestimmt alle Eintrittskarten verkauft, und sie kosten hundert Pfund pro Stück. Und so viele Leute haben unentgeltlich gearbeitet – da müssen wir einfach einen Gewinn erzielt haben. Es kann nicht anders sein!«

»Ich weiß nicht. Schrecklich viele Leute haben einen Nachlass erhalten, und all die Personen, die umsonst gearbeitet haben, mussten verköstigt werden und haben zum Teil sogar Wein bekommen. Bis ich alles ausgerechnet habe, kann ich nicht sagen, wo wir stehen. Aber wenn wir Verluste gemacht haben, muss das French House verkauft werden, und zwar sehr bald.«

Sally schwieg kurz. »Was sagt Matthew dazu?«

»Eigentlich habe ich mit ihm noch kaum darüber geredet.«

»Warum denn nicht, um Himmels willen? Ihr seid doch zusammen, oder etwa nicht?«

»Wenn wir hier gescheitert sind ... na ja, ich habe das Gefühl, dass er mich dann für eine Versagerin halten wird.«

»Bei der Feier war er reizend. Ich habe gesehen, wie er angeregt mit einer Gruppe älterer Damen geplaudert hat.«

Sallys Erstaunen über Matthews Fähigkeit, Konversation zu betreiben, amüsierte Gina. »Nur weil er nicht so eine große Klappe hat wie du ...«

»Oder wie du. Du hast übrigens sensationell ausgesehen. Du musst dieses Kleid unbedingt noch mal tragen.«

»Die Gelegenheit dazu bietet sich nicht besonders häufig, und außerdem ist es etwas empfindlich ...«

»Ich nähe dir ein Duplikat. Ich habe beobachtet, wie Matthew dich quasi mit raushängender Zunge angestarrt hat.«

Gina kicherte erneut. »Das klingt aber gar nicht nach ihm.«

»Du weißt, was ich meine. Ganz offensichtlich ist er total scharf auf dich.«

»Gut. So, Sally, ich muss weiterrechnen.«

»Sag mir Bescheid, wenn du zu einem Ergebnis gekommen bist! Wenn wir einen Gewinn gemacht haben, gibt es Champagner.«

»Auf jeden Fall. Dann bis bald!«

Am Spätnachmittag des nächsten Tages machte Gina sich auf den Weg zum French House. Zuvor hatte sie angerufen, um sicherzugehen, dass Matthew dort sein würde. Sie hatte keine guten Nachrichten.

»Ist er in seiner Wohnung?«, wollte Gina von Jenny wissen, die gerade kleine Figuren auf einem Tisch abstaubte. Vermutlich würde sie das Zentrum gleich schließen.

»Ja.« Jenny lächelte. »Das war ein wunderbarer Abend, nicht wahr?«

Gina erwiderte ihr Lächeln. »Oh ja, wirklich wunderbar.«

»Alle haben sich so gut amüsiert! Und was für ein fantastisches Haus! Natürlich hatte ich über Matthew und seinen Vater davon gehört, aber ich hätte nie gedacht, dass ich es einmal betreten würde. Es war großartig!«

Innerlich litt Gina Höllenqualen, doch sie musste mit Jenny weiterplaudern, als wäre alles bestens. Schon bald genug würde die langjährige Mitarbeiterin der Ballingers die Wahrheit erfahren, doch Gina musste es zuerst Matthew mitteilen.

»Soll ich einfach raufgehen?«, fragte sie schließlich, als Jenny das Event ausreichend gelobt hatte.

»Nur zu. Er weiß ja, dass du kommst.«

Als sie die Treppen hinaufstieg, war Gina nur froh, dass Andrew nicht da war. Natürlich hatten sie telefoniert, und er war mehr als begeistert von dem Abend gewesen. Gina hatte ihm Nicholas' Telefonnummer aus »Gründen der Vertraulichkeit« nicht gegeben, doch es war gewiss nur eine Frage der Zeit, bis Nicholas und er zusammenkommen würden. Und dann würden sie eine Musical-Variante von *Ein Sommernachtstraum* auf dem Rasen planen und Drahtseile spannen, damit die Elfen und Feen wirklich fliegen konnten. Bevor Matthew die schlechte Nachricht erfahren hatte, wollte sie mit keinem anderen darüber reden.

»Was macht denn dieser Hund da?«, sagte sie, sobald sie Matthews Wohnzimmer betreten hatte. Oscar stand auf und warf ihr einen vorwurfsvollen Blick zu. »Nicht du, Oscar. Ich meine diesen verdammten Foo-Hund!« Er stand mitten auf dem Wohnzimmertisch – sein Anblick zerrte an Ginas ohnehin schon angespannten Nerven.

Beschützend nahm Matthew die Porzellanfigur in die Hand und stellte sie auf ein Bücherregal. »Du hast den Hund von Anfang an nicht gemocht.«

Gina seufzte und rang sich ein Lächeln ab. »Das stimmt. Er passt einfach nicht zu dir. Er geht mir auf die Nerven.«

Matthew betrachtete sie aufmerksam. »Gehe ich recht in der Annahme, dass du schlechte Neuigkeiten mitbringst?«

Sie nickte.

»Ich kann nicht behaupten, dass mich das überrascht.«

Sein sachlicher Ton brachte sie auf die Palme. »Was meinst du damit?«

»Ich meine, ich bin nicht überrascht, dass wir Verluste gemacht haben. Oder können wir wenigstens die Kosten decken?«

Gina hatte sich allen gegenüber – außer Sally – unerschrocken und hoffnungsvoll gegeben. Sie hatte sich davor gefürchtet, Matthew mitteilen zu müssen, dass der Gewinn, den sie erzielt hatten, nicht hoch genug war, aber seine ruhige Unterstellung, dass die gesamte Veranstaltung eine einzige, riesige Zeitverschwendung gewesen war, gab ihr den Rest. Hatte er denn überhaupt kein Vertrauen zu ihr? Da sie seit einigen Tagen kaum geschlafen und nur wenig gegessen hatte, platzte ihr jetzt der Kragen.

»Ja, verdammt noch mal, wir haben kostendeckend gearbeitet! Wir haben Geld verdient. Nur eben nicht genug.«

»Komm, setz dich erst mal! Niemand stellt infrage, dass du einen richtig guten Job …«

»Behandele mich nicht so gönnerhaft! Ich weiß, dass ich einen guten Job abgeliefert habe, denn ich habe sehr hart dafür gearbeitet, so viel wie möglich umsonst zu bekommen. Und mir ist auch klar, wie leicht man dabei Verluste hätte einfahren können. Aber ich habe einen Gewinn erwirtschaftet.«

Matthew sah sie nur an. Sie ahnte, was er dachte: Er fand sie albern, weil sie glaubte, sie könne die Welt retten, indem sie eine Party organisierte. Offensichtlich wusste er es besser.

»Nur eben nicht genug.« Er schwieg wieder kurz. »Gina, ich weiß, wie hart du gearbeitet hast, du warst großartig, doch wir müssen uns den Tatsachen stellen. Ich kann es nicht länger hinauszögern. Du glaubst bestimmt, ich hätte Däumchen gedreht, aber ich habe mir große Mühe gegeben, die Angelegenheit juristisch zu blockieren. Nun, die Rechnung ist nicht aufgegangen, das French House muss verkauft werden.«

Er versuchte, es ihr schonend beizubringen, aber Gina hatte das Gefühl, als würde ihr ein Dolch ins Herz gestoßen. »Es muss eine andere Lösung geben! Kannst du nicht noch mal mit Yvette reden?«

Er schüttelte den Kopf. »Ich *habe* mit ihr geredet! Doch ich habe alles gesagt, was gesagt werden kann – ich werde nicht betteln. Es ist an der Zeit, den Tatsachen ins Auge zu blicken.«

Auf einmal fielen ihr ein paar Kartons auf. Offensichtlich hatte er bereits begonnen, seine Sachen zu packen. »Hast du schon mit Carmella gesprochen?«

»Noch nicht, aber ich werde es bald tun.«

Also war alles nur eine schreckliche Zeit- und Energieverschwendung gewesen. Obwohl sie sich solche Mühe gegeben hatte, das French House zu retten, musste es trotzdem verkauft werden. Es war zu viel. Gina stand kurz davor, in Tränen auszubrechen oder vollkommen die Beherrschung zu verlieren.

Es wurde ein Wutausbruch. Mit großen Schritten durchquerte sie den Raum und nahm den Foo-Hund vom Bücherregal. Dann schmetterte sie ihn auf den Boden, wobei sie im letzten Moment auf die Raumecke zielte, wo er nichts beschädigen würde. Den Lärm, den die Porzellanfigur verursachte, empfand Gina als außerordentlich befriedigend. »Es tut mir leid«, sagte sie, doch das war eine glatte Lüge. »Das musste jetzt sein.«

»Rainey hat mir diesen Hund geschenkt.«

»Ich kann mir nicht vorstellen, warum sie das getan hat. Er war so hässlich.« Zwar hatte Gina ein schlechtes Gewissen, aber richtig entschuldigen wollte sie sich dennoch nicht.

Matthew stand reglos da und zeigte noch nicht einmal jetzt

eine Gefühlsregung. »Es bringt nichts, sich aufzuregen und mit Dingen um sich zu werfen. Schließlich weiß ich schon lange, dass ich meine Sachen packen und das Haus verkaufen muss. Ich werde schon zurechtkommen.«

»Nun, wenigstens musst du jetzt dieses verdammte Schmuckstück nicht mehr einpacken.« Gina war immer noch wütend – auf Matthew, auf Yvette, auf die ganze Welt.

»Ich hole dir was zu trinken. Vielleicht beruhigst du dich dann wieder.«

Gina fand, dass es keine Worte gab, die weniger dazu angetan waren, jemanden zu beruhigen. »Weißt du was? Du hast verdammtes Glück gehabt, dass ich dir diesen blöden Hund nicht an den Kopf geworfen habe! Ich habe mein Bestes gegeben, damit diese Veranstaltung zu einem Erfolg wird ...«

»Sie war ein Erfolg – ein außerordentlicher Erfolg sogar! Niemand streitet das ab.«

»Und es war ungemein harte Arbeit.«

»Auch das streite ich nicht ab.« Allmählich sprang ihre Verärgerung auf ihn über. Steifbeinig ging er quer durch das Zimmer zu dem Tisch, auf dem die alkoholischen Getränke standen. Er nahm eine Flasche Whiskey und schenkte zwei großzügige Rationen ein.

»Aber du bist nicht bereit, selbst etwas zu unternehmen? Du wirst jetzt einfach hingehen und das Gebäude veräußern?«

»Ich habe dir doch gerade gesagt, dass ich alles versucht habe! Außerdem verstehst du gar nichts davon.« Er reichte ihr ein Glas.

Obwohl sie Whiskey nicht besonders mochte, nahm sie das Glas. »Dann erklär es mir! Warum zum Beispiel konntest du keine Hypothek aufnehmen?«

Matthew sprach ganz langsam, so als wäre sie begriffsstutzig. »Als mein Vater starb, musste ich enorm viel Erbschaftssteuer zahlen. Daher musste ich eine Hypothek aufnehmen, und ich kämpfe jetzt schon damit, jeden Monat die Raten aufzubringen. Ein Darlehen von weiteren dreißig Riesen wäre nicht möglich, selbst wenn die Bank damit einverstanden wäre. Es war schon schlimm genug, als ich mein Cottage verkaufen musste, um Yvette auszuzahlen. Und jetzt hat sie es auf dieses Haus hier abgesehen. Ich habe lange genug darum gekämpft, und in letzter Zeit habe ich mich häufiger gefragt, warum eigentlich.«

»Du hast dich nach dem Warum gefragt? Sieht das nicht ein Blinder? Es ist dein Zuhause, dein Geschäft – du bist hier aufgewachsen. Andere Leute brauchen es, um ihre Geschäfte abzuwickeln und ihren Lebensunterhalt zu verdienen. Und übrigens, wir haben Geld eingenommen. Es ist ein Anfang; vielleicht hilft der Gewinn aus der Veranstaltung bei den Verhandlungen mit der Bank.«

»Was meinst du?«

»Das Event hat fünftausend Pfund eingebracht.«

»Das war mir nicht klar. Ich habe einfach angenommen, dass du ...«

»Was? Dass ich hundert Pfund oder so verdient habe? Falsch, Matthew.«

»Ich habe doch gesagt, dass es mir leidtut!« Er runzelte die Stirn. »Auch wenn es sich vielleicht nicht so anhört. Und obwohl die Summe beeindruckend ist, reicht sie nicht aus.«

»Na ja, das mit dem Hund tut *mir* leid. Nicht sehr, aber ein bisschen. Ich habe nicht gewusst, dass er ein Geschenk von Rainey war. Ach, ich bin bloß so sauer darüber, dass du anscheinend aufgegeben hast.«

»Ich würde alles darum geben, den Verkauf des French House verhindern zu können. Ich habe mich nach Kräften bemüht – sogar furchtbar viel dafür aufgegeben. Aber man kann nur eine gewisse Zeit gegen Windmühlen kämpfen. Ich bin erschöpft, Gina. Selbst mit dem Erlös aus dem Event – ehrlich gesagt bin ich gar nicht sicher, ob ich das Geld überhaupt annehmen soll –

schulde ich Yvette immer noch fünfundzwanzigtausend Pfund. Sie wird nicht mehr länger warten. Es ist besser für mich, das Haus zu verkaufen, damit ich neu anfangen kann.«

Gina zerriss es das Herz, als sie die Resignation und die Teilnahmslosigkeit in seinem Gesicht erkannte. Doch sie gab sich immer noch nicht damit zufrieden. »Ich bin lieber dickköpfig, als mich selbst aufzugeben.« Sie trank einen Schluck Whiskey. Zwar schmeckte er ihr nicht, aber er verlieh ihr Mut und Kampfgeist.

Sie seufzte. »Wenn du mir sagst, wo ich einen Handfeger und eine Schaufel finde, kehre ich die Scherben des Foo-Hundes zusammen.«

»Ach was! Ich mach das schon.«

»Nein, das ist meine Sache. Schließlich habe ich ihn zertrümmert. Ist der Handfeger in der Küche?« Sie verschwand in der Küche und fand im Schrank unter der Spüle gleich, wonach sie suchte.

Als Gina zu Matthew zurückkehrte, stand er neben dem leeren Kamin, nippte an seinem Drink und brütete so düster vor sich hin, dass Gina am liebsten noch etwas durch die Gegend gefeuert hätte. Er wirkte wie ein Akteur in einem Theaterstück, stark, dunkel, schweigsam und stolz. Stolz war eine positive Charaktereigenschaft, doch Gina war der Meinung, dass Matthew auch wütend sein und endlich die Initiative ergreifen sollte.

Wie dem auch sei – das Werfen von Gegenständen war keine Lösung. Während sie sich hinkniete und die Scherben zusammenfegte, wurde ihr klar, dass der Verkauf des French House für Matthew noch viel schlimmer sein musste als für sie. Als sie gerade nach einem größeren Porzellanstück griff, hielt sie plötzlich inne. »Da ist etwas zwischen den Scherben – Papiere!«

Vorsichtig hob sie die Seiten auf und schüttete die daraufliegenden Scherben in die Kehrschaufel.

»Lass mich mal sehen!« In Sekundenschnelle stand Matthew neben ihr und nahm ihr die Papiere aus der Hand.

Gina war neugierig zu erfahren, um welche Unterlagen es sich handelte. Doch sie wollte nicht zu viel Hoffnung aufkeimen lassen. Sie richtete sich auf. »Und? Was ist es?«

»Da ist einmal ein Brief ...«

»Von Rainey? Meine Güte, Rainey und ihre Briefe! Und welchen Sinn sollte es haben, einen Brief zu schreiben, wenn man ihn dann in einem Porzellanhund versteckt? Wenn ich nicht so wütend gewesen wäre, wäre er vielleicht nie gefunden worden.«

Matthew murmelte etwas über eine seltsame Unterhaltung mit Rainey, die sie vor ihrem Tod geführt hatten und die jetzt einen Sinn ergab. »Das andere Schriftstück ist auf Französisch abgefasst und in einer schwer lesbaren Handschrift geschrieben«, erklärte er ihr.

»Oh. Wie enttäuschend!«

»Es war doch klar, dass es keine Schatzkarte sein würde, oder etwa nicht?« Matthew legte den Brief zur Seite und nahm das französische Schreiben genauer unter die Lupe.

»Darf ich mal sehen? Ich war in der Schule in Französisch gar nicht schlecht«, sagte sie, als sie die Spannung nicht mehr ertragen konnte. Dann fiel ihr wieder ein, dass Matthew fließend Französisch sprach, und sie trank noch einen Schluck Whiskey.

Er ging mit dem Brief zu einer Leuchte, wo das Licht besser war. Gina folgte ihm und versuchte, über seine Schulter zu spähen und einen Blick auf die Papiere zu erhaschen. »Jetzt verstehe ich, warum du gemeint hast, es wäre schwierig zu lesen«, sagte sie kurz darauf. »Das sieht wie ein Gedicht oder etwas in der Art aus. Es gibt eine Überschrift, und ganz offensichtlich handelt es sich um eine unfertige Arbeit, weil sich überall Korrekturen und Anmerkungen befinden. Gibt es eine Unterschrift?«

Matthew drehte das Blatt um. »Ja. Anscheinend wurde sie später hinzugefügt, denn die Tinte ist dunkler, doch die Handschrift ist dieselbe. Und das Gedicht ist datiert.«

»Was meinst du, was das heißt?«

»Jean Sowieso«, antwortete Matthew nach einer kurzen Pause.

»So weit war ich auch schon. Ich meine, wie lautet der Familienname?«

»Er beginnt mit einem R«, meinte Matthew. »Das hilft uns nicht weiter. Vermutlich handelt es sich um ein Gedicht, das einer ihrer vielen Liebhaber Rainey gewidmet hat. Offensichtlich ein Franzose.«

»Warte mal, mir ist da gerade was eingefallen.« Vage Erinnerungen schwirrten in Ginas Kopf herum. »Ich glaube, es gibt eine Familiengeschichte über Rainey und einen französischen Popstar. Und Claire hat erzählt, dass Rainey in Frankreich einen heimlichen Liebhaber hatte. Ich rufe Dad an, er könnte Genaueres wissen.«

Sie sah noch, wie Matthew den Brief öffnete, während sie wählte. Ihre Mutter meldete sich.

»Mum? Vermutlich kannst du mir nicht helfen, oder weißt du etwa, wie Tante Raineys französischer Freund hieß, der bekannte Popstar? Wenn du dich nicht erinnerst, kannst du dann bitte Dad an den Apparat holen? Ich muss unbedingt den Namen wissen.«

»Gina, Liebes, hallo! Nein, da kann ich dir nicht weiterhelfen. Ich rufe Dad, Moment! Es scheint ja dringend zu sein.«

Gina hatte genug Zeit, sich zu fragen, warum Matthew so amüsiert aussah, bevor ihr Vater an den Apparat kam. »Jean

Reveaux«, sagte er sofort. Also hatte die Familie den Namen von Raineys heimlichem Lover gekannt!

»Danke, Dad. War er berühmt?«

»Oh ja! Seinerzeit war er überaus erfolgreich. Und er hat immer noch viele Fans. Warum willst du das wissen?«

»Ich melde mich bald wieder, dann erzähle ich es dir«, wiegelte sie ab und beendete das Telefonat.

»Jean Reveaux«, sagte sie. »Er war sehr berühmt und hat auch heute noch eine Fangemeinde.«

»Wir googeln ihn«, schlug Matthew vor, der jetzt nicht mehr lächelte, sondern sich über die Augen wischte. Gina fragte sich erstaunt nach dem Grund. »Ich hole meinen Laptop aus dem Büro. In der Zwischenzeit solltest du das hier lesen.« Er gab ihr Raineys Brief.

Lieber Matthew,

wenn du diese Zeilen liest, dann hast du oder jemand anders den Foo-Hund zerstört, den du so sehr hasst. Ich wusste, dass du nicht in der Lage sein würdest, lange mit ihm zu leben! Du musst kein schlechtes Gewissen haben. Nur hätte ich gern selbst gesehen, wie lange du ihn in deiner Nähe ertragen kannst.

Ich bin mir nicht sicher, ob das, was sich außer diesem Brief noch darin befindet, wertvoll ist oder nicht, aber zumindest ist es außergewöhnlich und selten. Es handelt sich um Songtexte, die die Liebe meines Lebens für mich geschrieben hat. Ich musste Jean beinahe zwingen, sie mir zu überlassen; normalerweise bestand er stets darauf, alle Entwürfe zu verbrennen. Falls sie wertvoll sind, verkauf sie einfach! Geld ist immer nützlich.

Der andere Grund für diesen Brief hat mit meiner Nichte Gina zu tun. Über die geschäftliche Seite weißt du ja bereits Bescheid; ich hoffe bloß, dass dein gesunder Menschenverstand dir inzwischen über diese schreckliche Französin hinweggeholfen hat und du mittlerweile entdeckt hast, was für ein entzückendes Mädchen meine Gina doch ist.

Sie hat immer ein wenig im Schatten ihrer extravaganteren, jüngeren Schwester gestanden, finde ich, doch Gina besitzt den Mut einer Löwin und ein Herz aus reinem Gold.

Ich wollte dich nur darauf aufmerksam machen, falls es dir noch nicht selbst aufgefallen sein sollte. Natürlich käme ich nie auf die Idee, jemanden verkuppeln zu wollen (höchstens ein ganz kleines bisschen!!!).

Ganz liebe Grüße aus dem Jenseits,

Rainey, geborene Doris Ivy Rainbow

Gina kamen die Tränen. Sie stand auf, nahm ihr Whiskeyglas und trank es in einem Zug leer. Und was hielt Matthew von Raineys Worten über sie? Verfluchte er seine alte Freundin, weil sie sich einmischte? Oder freute er sich darüber, dass es Raineys Plan gewesen war, sie beide zusammenzubringen? Sie würde sich leichter tun, das herauszufinden, wenn sie sich absolut sicher sein könnte, wie Matthew zu ihr stand. Wo steckte er denn bloß so lange? Sie schniefte laut und nahm sich dann zusammen.

»Also«, sagte Matthew, als er einige Minuten später endlich wieder auftauchte. »Womit fangen wir an? Wikipedia?«

»Ja, warum nicht? Aber danach sehen wir bei eBay nach, um herauszufinden, ob die Songtexte einen finanziellen Wert haben.«

»Googeln wir den Namen zuerst mal und lassen uns überraschen, worauf wir stoßen!«

Wenige Sekunden später keuchte Gina auf. »Ich kann es nicht fassen! Offenbar war er richtig, richtig berühmt! Ich habe das Gefühl, wir hätten davon wissen sollen.«

»Ich auch«, stimmte Matthew ihr zu, der ihr über die Schulter blickte.

»Sie hat immer von ihrem Leben als Rock-'n'-Roll-Braut erzählt, doch ich habe nicht gewusst, dass ihr Freund ein französischer Rock-Gott war. Sie war wirklich gut darin, Geheimnisse zu wahren. Was machen wir denn jetzt? Wir müssen herausfinden, ob die Songtexte etwas wert sind«, meinte Gina.

»Das sind sie auf jeden Fall – für bestimmte Leute.«

Nachdenklich kaute Gina auf ihrer Unterlippe. »Ich rufe Anthea an. Sie hat vielleicht zumindest eine Vorstellung. Oder sie kennt jemanden, der uns mehr sagen kann.«

Als Gina das Telefonat beendete, tat ihr das Ohr weh, so fest hatte sie den Hörer dagegengepresst.

»Und?«, fragte Matthew.

»Nun, es gibt eine gute und eine schlechte Nachricht. Zuerst die gute: Anthea kennt tatsächlich jemanden, und die Songtexte könnten unglaublich wertvoll sein. Die andere Neuigkeit ist, dass es bald eine geeignete Auktion bei Christie's geben wird, leider jedoch schon sehr bald. Was wiederum die schlechte Nachricht ist.«

»Ich verstehe das Problem. Wenn wir die Texte in dieser Auktion unterbringen können, ist die Zeit vielleicht zu knapp, um sie ausreichend zu bewerben, sie in den Online-Katalog aufnehmen zu lassen und Interesse dafür zu wecken.« Er hielt kurz inne. »Und wann ist die nächste Versteigerung?«

»Erst in etlichen Monaten.«

»Wir haben nicht monatelang Zeit, denn ich brauche das Geld für Yvette ja schon recht bald. Und Songtexte sind auch nicht dazu geeignet, sie als Sicherheit für einen Kredit einzusetzen.«

»Vielleicht könnte ich …«, begann Gina.

»Nein. Auf gar keinen Fall.«

»Du weißt doch gar nicht, was ich sagen wollte«, protestierte sie.

»Nicht genau, aber ich wette, dass du einen Kredit aufnehmen willst oder etwas in der Art.« Er sah sie streng, ja beinahe zornig an. »Ich habe deine Güte in vielerlei Hinsicht schon überstrapaziert, doch das werde ich nicht annehmen.«

Gina verstand, dass es nichts bringen würde, das Thema zu vertiefen. Seine Weigerung, sich von ihr helfen zu lassen, frustrierte sie, gleichzeitig jedoch bewunderte sie ihn dafür, dass er sie nicht um seinetwillen in Schulden stürzen wollte.

»Was wollen wir also unternehmen?«, fragte sie, als sie ihre Stimme wieder unter Kontrolle hatte.

Matthew atmete tief ein. »Wir essen gleich etwas, trinken Tee, vielleicht auch noch einen Whiskey, und dann treffen wir eine Entscheidung. Ich koche etwas für uns, und du kannst weiter im Internet recherchieren.«

Während Matthew Rührei zubereitete, legte Gina einen Ordner an. Darin speicherte sie alle nützlichen Informationen, die sie finden konnte. Falls Matthew sich dazu entschließen sollte, die Songtexte trotz der Kürze der Zeit bei der Auktion anzubieten, wollte Gina alle wichtigen Informationen zusammenstellen, damit sie an Antheas Kontaktperson weitergeleitet werden konnten. Einfach um ihr die Arbeit ein bisschen zu erleichtern.

»Wie sieht's aus? Hast du dich entschieden?«, wollte Gina wissen, als Matthew mit zwei Tellern, einem Geschirrtuch über dem Arm und einer Flasche Wein ins Wohnzimmer zurückkehrte.

Er nickte und stellte die Teller auf den Wohnzimmertisch. »Die Entscheidung ist mir nicht schwergefallen. Einerseits gehen wir das Risiko ein, nicht genug für die Texte zu erzielen, andererseits werden wir auf jeden Fall etwas bekommen. Und wenn nur noch ein kleines bisschen fehlt – nun, ja, dann verkaufe ich Oscar oder so.«

Als der große Hund seinen Namen hörte, hob er kurz den Kopf. Doch dann ließ er ihn wieder sinken und seufzte tief.

»Klingt gut. Aber Oscar wird nie und nimmer verkauft. Es gibt bestimmt etwas anderes, was wir eher opfern könnten.«

Matthew setzte sich neben sie, nachdem er Messer, Gabeln

und Gläser geholt hatte. »Hau rein! Ich habe meine Meinung hinsichtlich des Getränks geändert. Wein ist ein guter Kompromiss, denke ich.«

»Ich koche später Tee. Ich sollte wirklich keinen Alkohol mehr trinken.« Sie spürte noch die Wirkung des riesigen Drinks, den er ihr vorher eingeschenkt hatte.

»Natürlich kannst du Tee haben. Es liegt ganz an dir, aber du musst dir keine Gedanken wegen Alkohol am Steuer machen.« Dabei sah er sie auf eine Art und Weise an, die sie gleichzeitig erröten und kichern ließ.

»Nein?«

»Nein«, erwiderte er fest. »Du fährst nirgendwohin. Ich lasse nicht zu, dass du mir noch mal durch die Lappen gehst. Du besitzt den Mut einer Löwin und ein Herz aus reinem Gold – ihr Brief hat mich zum Weinen gebracht. Ich weine sonst nie. Aber du bist es wert, dass man um dich weint. Also habe ich beschlossen, dass du die ganze Nacht hierbleibst – oder wenigstens so lange, bis du siebenundzwanzig Orgasmen gehabt hast.«

Gina stellte fest, dass sie ein wenig atemlos war. »Siebenundzwanzig? Das ist eine sehr spezielle Zahl.«

»Ich bin eben ein sehr spezieller Mann. Jetzt iss endlich auf!«

33. *Kapitel*

Am nächsten Morgen wurde sie von Oscar geweckt, der ihr seine feuchte Hundenase ins Gesicht streckte. Nachdem es ihr gelungen war, ihren Fuß unter Matthews Bein hervorzuziehen, warf sie einen Blick auf die Uhr neben seinem Bett. Es war sieben Uhr – eine vollkommen anständige Uhrzeit, um geweckt zu werden.

»Guten Morgen, Oscar«, sagte sie und kraulte ihm die Brust.

Matthew stöhnte und zog sie dann an sich. Zwar hatte sie nicht mitgezählt, doch Gina hatte das Gefühl, dass er nicht weit danebengelegen hatte, als er von siebenundzwanzig Orgasmen gesprochen hatte. Die Nacht war ein Traum gewesen. Gina wäre noch glücklicher gewesen, wenn sie sich nach ihrer Frankreichreise gar nicht erst zerstritten hätten, aber vielleicht hatten die Spannungen zwischen ihnen den Sex in der vergangenen Nacht ja noch wundervoller gemacht. Und jetzt verstand sie auch, was in Matthew vorgegangen war. Er war auf die lächerliche Idee gekommen, dass sie nicht mit ihm zusammen sein sollte, wenn das French House und sein ganzes Geld verloren waren. Das war so viktorianisch, so antik … Eben typisch Matthew.

»Du bist wirklich ein Idiot«, hatte sie ihm erklärt. »Es wäre mir sogar egal, wenn ich in einem Zelt leben müsste, solange ich nur mit dir zusammen bin.« (Obwohl sie natürlich ein absolut akzeptables Cottage gemietet hatte.) Ihre Worte hatten eine durchaus befriedigende Reaktion von ihm zur Folge gehabt; bei dem Gedanken daran musste Gina kichern.

»Es ist Zeit aufzustehen!«, sagte sie jetzt und entfernte seine Hand von ihrem Busen.

Doch er ließ sich nicht abwimmeln. »Dieses Bett ist ziemlich wertvoll. Vielleicht ist es das letzte Mal, dass ich dich darin lieben kann.«

Sie küsste ihn, blieb aber standhaft. »Falls du nicht planst, das Haus gleich heute zu verkaufen, müssen wir uns deswegen noch keine Sorge machen. Ich muss jetzt los. Zunächst einmal fahre ich zu Sally.«

»Warum genau?« Er stützte sich auf einen Ellbogen auf und sah zu, wie sie aus dem Bett schlüpfte und ihre Kleidungsstücke zusammensuchte.

»Ich habe ihr noch nicht berichtet, wie viel wir mit der Veranstaltung eingenommen haben – beziehungsweise nicht eingenommen haben. Und ich muss ihr von den Songtexten und Raineys Brief erzählen.« Gina warf Matthew einen kurzen Blick über die Schulter zu, bevor sie begriff, dass sie Gefahr lief, wieder ins Bett gezogen zu werden.

»Ich frage mich immer noch, warum Rainey Sally und dich nicht mit einbezogen hat. Warum hat sie die Texte mir allein hinterlassen?«

Gina zuckte mit den Schultern. »Ich weiß es nicht. Sie war schon immer ein wenig rätselhaft. Aber ich bin sehr froh, dass sie die Texte nur dir vererbt hat.«

»Oh?«

Sie nickte. »Denn anderenfalls hättest du darauf bestanden, den Erlös durch drei zu teilen. Möglicherweise hätte dein Anteil dann nicht gereicht, um Yvette auszuzahlen. Und du wärst eingeschnappt, wenn wir dir unseren Anteil überlassen wollten.«

Er runzelte die Stirn. »Bist du sicher, dass du nicht wenigstens noch rasch duschen und frühstücken willst?«

Gina schüttelte den Kopf. »Zum einen habe ich Bedenken, mich wieder auszuziehen, zum anderen möchte ich wirklich aus dem Haus sein, bevor jemand mich sieht.« Reumütig lächelte sie ihn an. »Bestimmt wissen die meisten inzwischen, dass wir –

na ja – zusammen sind, trotzdem möchte ich gern auf den Spießrutenlauf zwischen Chippendale-Möbeln und Sèvres-Porzellan verzichten.«

Als er leise lachte, beugte sie sich vor, um ihm einen Kuss zu geben. »Dann bis später! Und falls Anthea dich anrufen sollte, sagst du es mir, ja?«

»Selbstverständlich.«

Zwar dauerte es einige Minuten, doch schließlich gelang es Gina, sich von ihm zu trennen und das French House ungesehen zu verlassen.

»Oh, mein Gott, wie du aussiehst!«, rief Sally, als sie ihr – noch im Schlafanzug – die Tür öffnete.

»Was?« Gina hatte zwar nicht geduscht, aber sie war gekämmt, hatte sich die Zähne geputzt und das Gesicht gewaschen.

»Es ist ganz offensichtlich, was du letzte Nacht getrieben hast.«

»Meine Güte, wirklich?«

»'türlich. Du strahlst von innen. Komm rein, ich koche uns einen Tee! Ich bin gerade dabei, das Frühstück für die Mädels vorzubereiten.«

»Kann ich vielleicht schnell unter die Dusche springen? Eigentlich wollte ich damit warten, bis ich zu Hause bin, aber nachdem du erraten hast, was ich letzte Nacht getan habe …«

»Bitte, nur zu, aber beeil dich! Es könnte sein, dass Alaric auch gleich duschen will. Momentan liest er noch die Zeitung.«

Als Gina frisch geduscht wieder in der Küche auftauchte, waren ihre Haare noch nicht ganz trocken. Sie trug einen Schlüpfer von Sally, den sie sich, ohne zu fragen, ausgeliehen hatte. »Ich hoffe, es macht dir nichts aus.«

»Sofern du mir alles erzählst, sobald Alaric mit den Mädels zur Kita aufgebrochen ist …«

»Ich dachte, du willst sie bringen?«, protestierte Alaric.

»Stimmt, aber ich habe mich umentschieden. Ich muss mit Gina etwas Geschäftliches besprechen.«

»Tante Gina«, fragte Sephie. »Magst du Schoko-Flakes?«

»Nicht besonders, Süße«, antwortete Gina und schnappte sich einen Becher und einen Teebeutel.

»Ich mag sie sehl, sehl gelne«, sagte Sephie.

Alaric runzelte die Stirn. »Glaubst du, es ist ein Problem, dass sie das ›R‹ noch nicht vernünftig sprechen kann?«

»Nein«, erwiderte Sally. »Kommt, Mädels, Schuhe an und ab ins Auto!«

»Warte mal! Ich wollte doch noch duschen«, protestierte Alaric.

»Das kannst du doch erledigen, wenn du zurückkommst. Ich muss unbedingt mit meiner Schwester reden, und zwar jetzt sofort!«

Alaric zuckte mit den Schultern. »Ich habe keine Ahnung, was so dringend sein kann ...«

Als Sally ihre Familie schließlich aus dem Haus gescheucht hatte, setzte sie sich Gina gegenüber an den Küchentisch. »Das Wichtigste zuerst, ich folgere, dass die Dinge zwischen Matthew und dir gut laufen?«

Gina nickte heftig. »Oh ja. Sehl, sehl gut, wie Sephie sagen würde.« Gina seufzte voller Sehnsucht. Sie fragte sich, ob sie Sally von Raineys Brief an Matthew erzählen sollte, doch dann entschied sie sich dagegen. Das war eine Sache zwischen Matthew, ihr und ihrer verstorbenen Tante. »Aber es gibt noch mehr Neuigkeiten«, fuhr sie fort. »Welche möchtest du zuerst hören, die gute oder die schlechte?«

»Oh, die schlechte. Bringen wir es hinter uns! Wir konnten mit der Veranstaltung keinen Gewinn einfahren, und jetzt haben alle noch mehr Schulden als zuvor?«

»Nein! Ganz ehrlich, du bist genauso schlimm wie Matthew.

Wir haben Geld verdient – fünftausend Pfund! –, nur eben nicht genug.«

»Oh, prima! Dann ist das also die gute Nachricht?«

Gina schüttelte den Kopf. »Du kennst doch diesen schrecklichen Foo-Hund, der bei Matthew rumsteht …«

»Ich glaube schon.«

»Ich war gezwungen, ihn damit zu bewerfen – na ja, nicht ihn direkt. Jedenfalls ist dieser Hund kaputtgegangen. Und es war etwas darin …«

»Wirklich? Lass hören! Waren es Informationen über ein geheimes Bankkonto von Tante Rainey, und jetzt werden wir alle Millionäre?«

»Nein, Sally, lass mich doch einfach ausreden! Etwas viel Romantischeres.«

Während Gina erzählte, toastete ihre Schwester noch einige Scheiben Weißbrot.

»Dann sind diese Songtexte wirklich etwas wert?«

»Wir glauben, ja. Allerdings besteht ein gewisses Risiko, denn es findet zwar nächste Woche eine geeignete Auktion statt – was eigentlich ein richtiger Glücksfall ist –, doch vielleicht gelingt es nicht mehr, die Songtexte in den Katalog aufnehmen zu lassen. Und Anthea meint, dass wir möglicherweise nicht den vollen Wert bekommen, wenn nicht genug Interesse dafür geweckt werden kann. Das wäre eine Katastrophe.«

»Oh, nein! Wie ärgerlich! Wann weißt du Genaueres?«

»Anthea kümmert sich um die Angelegenheit. Sie wird mich oder Matthew anrufen.«

»Ach!«, meinte Sally auf einmal. »Das habe ich bei der ganzen Aufregung ganz vergessen. Du bist nicht die Einzige mit Neuigkeiten: Carmella hat einen Laden gekauft!«

»Wirklich? Du musst mir *alles* darüber erzählen.«

»Seltsamerweise ist es das Haus, das du für sie gesucht hast. Sie hat es sich angesehen und dann ein Angebot abgegeben.

Was sagt man dazu? Also werde ich meinen Traumjob trotzdem bekommen, auch wenn ich ein bisschen weiter fahren muss.«

Gina stand auf und umrundete den Tisch, um Sally zu umarmen. »Ich freue mich so sehr für dich.«

»Und ich mich für dich! Ich meine, wegen Matthew und dir.«

Die Schwestern lagen sich in den Armen, bis sie bemerkten, dass ihr Tee allmählich kalt wurde.

Schließlich fuhr Gina nach Hause, wo sie einige Büroarbeiten erledigte und ihr Cottage aufräumte. Danach beschloss sie, einen Kuchen zu backen. Immer noch kein Wort von Anthea. Gina schickte ihr eine SMS.

Die Antwort war ein knappes:

Ich arbeite daran, melde mich so bald wie möglich.

Daraufhin schnappte Gina sich noch einmal den Staubsauger und fuhrwerkte damit herum. Dann stieg sie in ihr Auto und kehrte wieder ins French House zurück.

Matthew war aufreizend heiter. Er hatte etwas gekocht und begrüßte sie mit einem Glas Wein und einem Kuss. »Hallo, du!«

»Hallo!« Einige Augenblicke voller Zärtlichkeit später sagte sie: »Hallo, Oscar! Wie war dein Tag?«

»Ihm geht's gut.«

»Anthea hat dich noch nicht angerufen?«

»Nein. Ich habe dir doch versprochen, dir dann gleich Bescheid zu sagen.«

»Ich weiß.« Gina seufzte und reagierte ihre Enttäuschung an ein paar Nüssen ab.

Um neun Uhr abends rief Anthea endlich auf Ginas Handy an. Matthew und Gina hatten *Siebzehn und vier* gespielt, um sich abzulenken.

»Okay, ich fasse zusammen, was ich rausgefunden habe«, sagte Anthea. »Ich habe mit meinem Freund telefoniert, der mir den Kontakt zu dem Auktionator vermittelt hat. Offenbar sind Songtexte von Jean Reveaux sehr selten. Ich habe die Informationen weitergegeben, die du zusammengestellt hast. Sie waren sehr hilfreich. Es gibt jede Menge Sammler dort draußen, aber man ist sich nicht hundertprozentig sicher, ob die Zeit reicht, um die Songtexte ausreichend zu bewerben. Möglicherweise lassen sich dann keine Höchstpreise erzielen. Ich soll euch fragen, ob ihr die nächste Auktion abwarten wollt, die im September stattfindet. Für den Fall könnten sie Spitzenpreise garantieren. Oder ihr lasst es darauf ankommen und schnappt euch den früheren Termin.«

»Kann ich dich in rund zehn Minuten zurückrufen?« Sie musste Matthew den aktuellen Stand der Dinge mitteilen. Schließlich musste er die Entscheidung treffen, ob sie die Sache jetzt durchziehen oder die nächste Auktion abwarten sollten.

»In Ordnung, dann bis später!«

»Eigentlich haben wir keine Wahl«, meinte Matthew, nachdem Gina ihm alles erzählt hatte. »Ich glaube, dass wir es jetzt durchziehen sollten, obwohl wir damit das Risiko eingehen, keine Höchstpreise zu erzielen. Dennoch sollten wir genug dafür bekommen. Wir müssen Christie's vertrauen, dass sie sich alle Mühe geben.«

»Bist du dir ganz sicher?«

Er nickte. »Ja. Ich möchte endlich wissen, wo ich stehe. Diese Unsicherheit – die genau genommen schon jahrelang anhält – muss ein Ende haben. Sie macht mich verrückt und bringt mich dazu, mich wie ein Idiot aufzuführen ... wie du mir so freundlich klargemacht hast. Und ich kann Yvette auch nicht länger hinhalten. Sie hat mir schon wieder eine E-Mail geschickt – und eine SMS; sie wird nicht lockerlassen, bis sie ihr Geld bekommen hat. Und selbst wenn Carmella das French House nicht mehr will, gibt es doch jede Menge anderer Interessenten.« Er warf Gina einen Blick zu, der ihr Herz höher schlagen ließ. »Es wäre sehr traurig, das Gebäude zu verlieren, aber davon würde die Welt nicht untergehen. Natürlich wäre es fantastisch, wenn diese Songtexte die Rettung bedeuten würden, doch falls nicht …« Wieder stockte er und nahm ihre Hand. »Na ja, wir stellen uns der Zukunft gemeinsam.«

Gerührt drückte sie seine Finger und nahm sich kurz Zeit, bevor sie antwortete. »In Ordnung, dann rufe ich Anthea an.«

Matthew zündete das Kaminfeuer an und schenkte ihnen Wein nach, während sie Anthea über seine Entscheidung informierte. Danach ließ sie sich auf das alte Ledersofa plumpsen und griff nach ihrem Glas. »Es ist so schön hier!«

Er setzte sich neben sie und nickte. »Besser, als es in jeder Villa sein könnte.«

»Und wir könnten die Stimmung in einem neuen eigenen Heim in einer Wohnsiedlung bestimmt nachempfinden, wenn wir müssten.«

Er runzelte die Stirn. Offensichtlich überforderte das seinen Sinn für Romantik. »Ein einfaches Arbeitercottage könnte ich mir schon vorstellen, aber ich bin nicht sicher, ob ich in einem Haus von der Stange leben möchte.« Dann lachte er. »Doch vielleicht könnten wir Sally dazu überreden, es zu verschönern.«

34. Kapitel

Eine Woche später brachte Matthew Gina und Sally zum Bahnhof. »Es tut mir so leid, dass ich nicht mitkommen kann, aber die Amerikaner haben schon vor einer ganzen Weile gebucht.« Er seufzte. »Ich lasse mein Handy eingeschaltet, also ruft mich an, sobald ihr etwas wisst!«

Gina küsste ihn auf die Wange. »Du musst nicht auf dem Bahnsteig warten. Ich finde es furchtbar, dort warten zu müssen, bis der Zug losfährt.«

Nachdem sie sich die ganze Zeit fröhlich und optimistisch gegeben hatte, was den Zeitpunkt der Versteigerung anging, konnte sie nun Sally ihre Sorgen anvertrauen.

»Das ist so nervenaufreibend«, sagte Gina kurz darauf, als sie sich ihrer Schwester gegenüber im Zug niedergelassen hatte. »Angenommen, sie würden völlig unter Wert verkauft?«

Sally seufzte und legte ihre Hand auf Ginas Handgelenk. »Dazu wird es nicht kommen.«

»Du hast gut lachen, du hast deinen Traumjob gefunden. Falls Matthew das French House veräußern muss ...«

»Dann werdet ihr beide irgendwo von vorne anfangen. Was er ja auch so sieht.«

Gina begann, Pläne zu schmieden, falls der Fall der Fälle tatsächlich eintreten sollte. »Vermutlich könnten wir unsere Lagerbestände auf Antiquitätenmessen verkaufen. Ich arbeite natürlich weiter. Das könnte sogar Spaß machen. Doch was passiert mit den anderen Händlern?«

»Sie werden schon klarkommen. Mal ehrlich, Gina, es besteht kein Grund zur Sorge. Dazu wird es nicht kommen.«

»Woher willst du das wissen?«

»Ich bin sicher, dass du alles getan hast, um so viel Interesse wie möglich bei potenziellen Käufern zu wecken.«

Ihr Job war ihr so sehr in Fleisch und Blut übergegangen, dass Gina sich manchmal fragte, ob es sich nicht um eine Art Zwangsneurose handelte. »Ich habe bloß eine Pressemitteilung an die Fan-Homepage geschickt. Außerdem habe ich mir Kontaktdaten für Sammler von Anthea geben lassen und sie auf die Songtexte aufmerksam gemacht – nur für den Fall, dass die Auktionatoren ihren Job nicht ganz so gut machen.«

»Angesichts der Tatsache, dass es sich um das beste Auktionshaus auf der Welt handelt, halte ich das für unwahrscheinlich. Aber ich kenne dich: Ein Job kann nicht als erledigt betrachtet werden, es sei denn, du hast es selbst gemacht.« Sally klang resigniert.

»Bin ich wirklich so?«

»Niemand behauptet, dass das schlecht ist. Und du bist auch nur im Berufsleben so ein Kontrollfreak. Den Rest der Zeit bist du eigentlich relativ normal.« Sie stand auf und nahm ihren Geldbeutel aus der Handtasche. »Ich hole uns mal was zu trinken. Möchtest du Tee oder Kaffee? Oder, weil wir im Urlaub sind, heißen Kakao?«

»Wir sind nicht im Urlaub. Was redest du denn da?«

»Ich arbeite nicht, ich muss mich nicht um die Mädchen kümmern – also habe ich Urlaub. Was darf's denn sein?«

Die Auktion lief bereits, als sie eintrafen, doch ihr Versteigerungslos war noch nicht an der Reihe. Sie kauften sich einen Katalog und fanden einen Stehplatz hinten im Raum für den Fall, dass sie schnell verschwinden wollten.

Im Saal war es viel ruhiger, als Gina erwartet hatte. Es herrschte nicht die lockere Atmosphäre, die sie aus den Auktionshäusern kannte, die in diversen Fernsehshows gezeigt wurden. In der Luft lag eine Spannung, die sie aufregend fand. Die Käufer – oder Zuschauer – waren wesentlich eleganter als jene bei Auktionen auf dem Land. Die meisten trugen Anzüge, mal abgesehen von den Künstlertypen in extravaganter Kleidung oder superdünnen, alternden Rockfans mit faltigen Gesichtern und gefärbten Haaren. Außerdem gab es einige gut aussehende junge Männer mit gepflegten Haaren und langen Beinen, die ständig mit dem Ohr am Telefon hingen und ganz offensichtlich hier arbeiteten.

»Ich frage mich, wie viele Bieter es für unsere Songtexte geben wird«, flüsterte Sally.

»Ich habe keine Ahnung, wie wir sie identifizieren sollten«, wisperte Gina zurück. »Sie tragen weder Baskenmützen auf dem Kopf noch Baguettestangen unter dem Arm, um sich als Franzosen zu erkennen zu geben.«

»Du bist blöd!« Sally versetzte ihrer Schwester einen kleinen Stoß.

Das Mindestgebot für die Songtexte lag bei fünftausend Pfund. Das war nicht annähernd genug, um den Fehlbetrag zu decken, doch Anthea hatte Gina versichert, dass ein eher niedriges Einstiegsgebot die Käufer ködern würde. Wie viel würden die Interessenten lockermachen? Würde es reichen?

Plötzlich wurde ihre Losnummer aufgerufen. »Oh Gott, mir ist schlecht«, stöhnte Sally, »und dabei betrifft mich das doch gar nicht direkt!«

Gina konnte nicht einmal mehr sprechen.

Der Auktionator blickte in das Buch vor ihm und dann auf den Computerbildschirm. »So, jetzt kommen wir zu den Songtexten von Jean Reveaux. Diese Objekte wurden erst spät in den Auktionskatalog aufgenommen, doch ist das Interesse an diesen sehr seltenen Songtexten hoch. Wie steht es mit den Telefonen?«

Als er aufsah, nickten einige der jungen Männer, um zu erkennen zu geben, dass sie mit den Bietern in Kontakt standen.

»Okay, wer bietet zehntausend Pfund?«

Gina krallte vor Aufregung ihre Finger in Sallys Arm.

»Du hast doch gewusst, dass das Mindestgebot nur eine vorsichtige Schätzung war – das haben sie dir doch gesagt«, flüsterte Sally.

»Aber gleich mit dem Doppelten einzusteigen!«

»Pst!«

Die Telefon-, Internet- und Saalbieter waren offensichtlich sehr interessiert. Der Preis stieg. Gina war wie gebannt.

»Die Telefonbieter sind alle ausgestiegen ...«, rief der Auktionator irgendwann. »Jetzt ist es an Ihnen im Saal. Zum Ersten ... zum Zweiten ... und zum Dritten! Für vierzigtausend Pfund.« Der Hammer krachte herunter. Peng. »Jetzt kommen wir zu Losnummer ...«

Sally führte die vollkommen fassungslose Gina aus dem Saal und steuerte mit ihr ein italienisches Restaurant auf der anderen Straßenseite an. »Zwei Espressi und zwei Brandy, bitte«, bestellte sie.

»Ich kann es kaum fassen«, flüsterte Gina, nachdem sie einen Schluck Espresso und einen Schluck Brandy getrunken und ihre Stimme wiedergefunden hatte. *»Vierzigtausend Pfund!«*

»Weit über der ursprünglichen Schätzung. Jetzt ruf schon Matthew an!«

Gina warf einen Blick auf ihre Uhr. »Er ist bis vier Uhr mit den Amerikanern unterwegs. Ich möchte ihn nicht stören, wenn er hinter dem Steuer sitzt.«

»Gina!«, rief Sally aus. »Bist du sicher? Er sitzt doch bestimmt schon auf glühenden Kohlen.«

»Vermutlich sollte ich ihm eine SMS schreiben. Dann könnte er anhalten.« Sie zog ihr Mobiltelefon hervor und schrieb schnell eine Nachricht. Danach warteten sie.

Schließlich meldete sich Matthew.

»Vierzigtausend Pfund! Ist das nicht fantastisch?«, jubelte Gina.

»Das ist wirklich unglaublich! Und das ist dein Verdienst.«

»Nein, das stimmt ganz und gar nicht. Die Songtexte sind einfach richtig selten, das ist alles«, widersprach Gina.

»Du warst es, die die Fans und die Sammler auf die Texte aufmerksam gemacht hat.«

»Davon solltest du doch gar nichts erfahren! Übrigens machen wir uns jetzt auf den Weg zum Bahnhof. Bist du zu Hause, wenn ich zurückkomme?«

»Realistisch betrachtet wahrscheinlich nicht, aber ich komme so schnell, wie ich kann.«

Alaric und die Mädels holten die Schwestern am Bahnhof ab und brachten Gina zum French House. Sie fühlte sich ein wenig leer. Ihre anfängliche Euphorie über den Verlauf der Auktion war verblasst. Irgendetwas fehlte. Sie versuchte, ihre Gefühle zu ergründen. Natürlich war sie niedergeschlagen. Alles, worauf sie lange hingearbeitet hatte, war nun erreicht, sodass sie sich jetzt ihres Antriebes beraubt fühlte. Und sie war müde. Sie hatte unglaublich viel gearbeitet und nicht sonderlich gut geschlafen – aus verschiedenen Gründen; wahrscheinlich brauchte sie einfach Urlaub. Vielleicht sollte sie ihre Eltern besuchen und ein paar Tage bei ihnen bleiben.

Als sie vor dem Zentrum anhielten, kletterte Gina aus dem Auto und verabschiedete sich. Voller Zuneigung betrachtete sie das French House. »Du bleibst so, wie du bist«, sagte sie lautlos. »Ich hoffe, du freust dich.«

Eigentlich hatte sie Matthew sehen und mit ihm feiern wollen, aber jetzt kamen ihr Zweifel. Außerdem könnte es noch sehr lange dauern, bis er nach Hause kam, falls er irgendwo im

Verkehr stecken blieb. Ein winziger Teil von ihr gab zu, dass sie nervös war. Angenommen, Matthew war ihr sehr für ihre Unterstützung bei der Rettung des French House dankbar … und machte dann auf weltmännische Weise Schluss mit ihr? Vielleicht brauchte er sie jetzt nicht mehr.

Ach, du liebe Zeit, du bist ja schon neurotisch!, schalt sie sich selbst. Sie musste tatsächlich sehr müde sein.

Vielleicht wäre es am besten, Jenny die gute Neuigkeit zu überbringen und dann mit dem Auto nach Hause zu fahren. Es hatte keinen Sinn, ewig auf Matthew zu warten, falls er wirklich spät kommen würde.

»Hallo, Jenny!«, sagte sie, als sie das Zentrum betrat. »Hast du's schon gehört?«

Jenny strahlte über das ganze Gesicht. »Oh, ja! Matthew hat mir eine SMS geschickt. Es ist einfach wunderbar. Du musst so glücklich sein.«

»Das bin ich auch, natürlich. Aber ich bin auch erschöpft. Ich bin nur gekommen, um mein Auto abzuholen und dann nach Hause zu fahren.«

Jenny schüttelte den Kopf. »Ich glaube, du solltest mal rauf in die Wohnung gehen. Da ist etwas für dich.«

Ginas müde Beine hätten gut darauf verzichten können, ins obere Stockwerk hinaufzusteigen, aber sie konnte schlecht Nein sagen. Irgendwie fühlte es sich falsch an, dass sie keine Freudensprünge machen konnte, obwohl das French House jetzt gerettet war.

Die Wohnungstür stand offen, und das Licht war eingeschaltet. Als sie hineinging, entdeckte sie, dass Dutzende von Kerzen und Teelichtern die Wohnung erhellten. Das Kaminfeuer brannte, und Oscar lag davor und schlief. Kaum hatte sie diesen unerwarteten Anblick in sich aufgenommen, als Matthew schon auftauchte und sie in die Arme schloss.

Er drückte sie ganz fest, hob sie hoch und drehte sich mit ihr im Kreis herum. »Meine Liebste, du bist so clever, ich bin so stolz auf dich!« Dann küsste er sie.

Erst Minuten später war sie wieder in der Lage zu sprechen. »Matthew! Ich habe nicht damit gerechnet, dass du schon hier bist. Ich dachte, du wärst noch in Leamington Spa oder sonst irgendwo.«

»Ich habe es geschafft, mich früher loszueisen. Die Amerikaner hatten vollstes Verständnis dafür. Sie waren der Meinung, ich müsste hier sein, um dich willkommen zu heißen.«

Jetzt fiel Gina auf, dass nicht nur überall Kerzen standen, sondern dass Matthew auch für ein riesiges Blumenarrangement und eine Flasche Champagner in einem Kübel gesorgt hatte.

»Es ist wunderbar, dass du hier bist«, sagte sie. »Ich bin innerlich gerade in ein Loch gefallen.«

»Natürlich bin ich da. Ich werde immer da sein.« Fragend blickte er auf sie herab. »Aber das weißt du doch, oder nicht?«

Gefangen von der Offenheit in seinem normalerweise undurchschaubaren Gesicht lächelte Gina und nickte. Ihre paranoiden Ängste verflüchtigten sich.

»Und, wie wäre es jetzt mit einem Glas Champagner?«, fuhr er fort.

»Ja, bitte. Das ist alles so schön. Die Kerzen, die Blumen, einfach alles.«

»Ich freue mich, dass es dir gefällt. Siehst du, ich kann auch romantisch sein. Ich bin nicht immer ein mürrischer, alter Esel.«

Erneut zog er sie mit festem Griff an sich. »Die Amerikaner haben mit Nachdruck darauf bestanden, dass ich den Rahmen perfekt gestalte.«

Fragend runzelte sie die Stirn. »Den Rahmen wofür?«

Er schwieg kurz. »Na ja, du weißt schon, für deine triumphale Heimkehr. Sie haben sich wahnsinnig über alles gefreut.«

Sie fand sein Verhalten ein bisschen rätselhaft. »Über den

Erhalt des French House?«, hakte sie unsicher nach. »Das glaube ich dir gern. War das die Gruppe, die du schon seit vielen Jahren kennst?«

Matthew nickte. Dann nahm er die Flasche aus dem Sektkübel und begann, den Drahtverschluss über dem Korken zu lösen. »Sie haben mir schon oft beigestanden.«

»Das ist, weil du immer schon so ehrlich und fair gewesen bist und nie jemanden übers Ohr gehauen hast.« Sie beobachtete, wie er den Korken mit einem sanften Ploppen herausgleiten ließ und dann den Champagner einschenkte.

»Yvette hat sich darüber immer geärgert. Sie hielt mich für verrückt. Doch ich glaube nicht, dass ich schlecht damit gefahren bin. Die Händler melden sich bei mir, wenn sie etwas Besonderes haben. Das funktioniert gut. Hier.« Er reichte ihr ein Glas. »Auf dich!«

»Und auf dich! Und auf das French House! Möge es weiterhin der Star unter den Antiquitätenläden der Stadt sein!«

»Du hast dich so sehr für die Rettung des Antiquitätenzentrums eingesetzt, alle wissen das außerordentlich zu schätzen. Wie sich herausgestellt hat, wussten alle Händler Bescheid; sie wollten es allerdings vor mir geheim halten, damit ich mir ihretwegen keine Sorgen mache.«

»Nun, offensichtlich bist du ihnen wichtig. Und ich liebe es, Projekte zu realisieren«, sagte sie und nippte an dem perlenden Champagner.

»Aber liebst du das Haus so sehr wie ich?«

»Natürlich! Ich habe so hart für seinen Erhalt gearbeitet. Allerdings muss ich zugeben, dass ...« Sie hörte auf zu sprechen.

»Ja?«

»Na ja, du weißt schon, ich liebe es wegen des großen Ganzen – all diese kleinen Antiquitätenhändler, die darauf angewiesen sind ...« Sie suchte Zuflucht bei ihrem Champagner, weil ihr bewusst war, dass sie Matthew um ein Haar ihre Liebe gestanden hätte. Doch es war nicht an ihr, damit zu beginnen, fand sie. »Also«, fuhr sie fort, um die Atmosphäre aufzulockern, »was wirst du mit dem Rest des Geldes anfangen, wenn du Yvette ausbezahlt hast? Ist dir klar, dass auch noch Gebühren anfallen werden, zum Beispiel die Verkaufsprämie?«

»Sicher. Nachdem alle Gebühren bezahlt sein werden, werde ich einige Reparaturen am Gebäude durchführen lassen, vielleicht auch ein paar Verschönerungsmaßnahmen. Und ich werde die Lagerbestände auffüllen.« Er zögerte. »Ich habe sogar schon etwas davon ausgegeben, um ehrlich zu sein.«

»Wirklich? Für eine Antiquität? Was ist es denn? Ich kann's kaum erwarten, das Stück zu sehen! Befindet es sich schon im Laden?«

»Nein, es ist hier.« Er führte sie zum Sofa und setzte sich ihr gegenüber. »Liebe Gina, ich habe keine großartige Erfolgsbilanz aufzuweisen, was das Thema Ehe angeht, doch nachdem ich dich kennengelernt und mich in dich verliebt habe, stelle ich fest, dass ich es noch einmal wagen möchte. Könntest du das eventuell in Erwägung ziehen?«

Gina konnte nicht mehr richtig atmen. Trotz allem, was zwischen ihnen vorgefallen war, war das ein Schock für sie. »Ich bin nicht ganz sicher, ob ich dir folgen kann. Hast du mich gerade gebeten, dich zu heiraten?«

»Ja, aber ich wollte es so formulieren, dass du ablehnen könntest, wenn du das willst.«

»Ich möchte nicht ablehnen! Aber ich will, dass du mich noch einmal klar und deutlich fragst und sozusagen in aller Form um meine Hand anhältst«

Er lächelte sein seltenes Lächeln, das auf sie wirkte, als käme nur für sie die Sonne hinter den Wolken hervor. »Gina, möchtest du meine Frau werden?«

Sie nickte. »Ja, bitte!«

Das Lächeln wurde noch strahlender, falls das überhaupt möglich war. Er wühlte in seiner Tasche. »Ich habe dir einen Ring gekauft, aber wenn du ihn nicht magst, kann ich ihn problemlos …«

»Weiterverkaufen. Und damit wahrscheinlich auch noch ein richtig gutes Geschäft machen.« Seltsamerweise lachte und weinte sie gleichzeitig.

Er lachte leise mit ihr. »Antiquitätenhändler verfügen über eine gewisse pragmatische Ader, doch ich hoffe, ich konnte dir auch meine romantische Seite zeigen.«

Sie erinnerte sich an ihre gemeinsame Zeit in Frankreich, an den Salz- oder Pfefferstreuer in Schwanenform, den Matthew zu einem Schlüsselanhänger hatte umarbeiten lassen. »Das konntest du, ja.«

Er öffnete die kleine Lederschatulle. Darin befand sich ein Ring mit mehreren Steinen in einer Reihe. Matthew nahm ihn heraus und suchte ihren Ringfinger. »Das ist ein georgianischer Freundschaftsring, das bedeutet, dass ein Rubin, ein Smaragd, ein Granat, ein Amethyst, ein weiterer Rubin und ein Diamant verarbeitet sind. Wenn du lieber einen einfachen Solitär haben möchtest – ein Freund von mir ist Juwelier …«

»Nein! Ich liebe diesen Ring, er ist wunderschön.« Sie betrachtete das Schmuckstück an ihrer Hand. »So einen Ring habe ich noch nie gesehen.«

»Ich kann nicht fassen, dass du Ja gesagt hast. Ich bin so glücklich!« Er griff nach der Flasche und schenkte Champagner nach. »Als wir uns kennengelernt haben, war ich innerlich an einem sehr finsteren Ort. Es war, als wäre ich erstarrt … versteinert fast. Deshalb ist es mir so schwergefallen, deine Neuerungen anzunehmen. Das muss dich bestimmt zur Weißglut getrieben haben. Und ich war fest entschlossen, mich nie wieder zu verlieben. Aber du hast diesen Plan zunichtegemacht. Und als ich dich dann in diesem Kleid auf der Treppe gesehen habe, war es endgültig um mich geschehen. Ich kann nicht fassen, dass du mich liebst. Mir ist bewusst, dass ich kein einfacher Mensch bin – obwohl ich wesentlich fröhlicher bin, wenn mir nicht gerade Obdachlosigkeit droht.«

Sie kicherte. »Ich nehme dich beim Wort.« Dann seufzte sie. »Ich hatte auch beschlossen, für immer Single zu bleiben. Nach Egan habe ich geglaubt, dass alle Männer schrecklich sind.« Sie biss sich auf die Unterlippe. »Du bist der Grund, warum ich meine Meinung geändert habe.«

»Es hat mir außerordentlich gefallen, wie du dich ins Antiquitätengeschäft gestürzt hast. Obwohl du nicht die geringste Ahnung davon hattest, hast du dich nicht entmutigen lassen.«

»Das klingt krass.«

»Überhaupt nicht. Du hast so hart gearbeitet und alles gelernt, was sich dir geboten hat. Ich habe deine atemlose Begeisterung geliebt. Eigentlich liebe ich alles an dir. Und das wird auch immer so bleiben.«

»Ich habe gerade daran gedacht, wie vorteilhaft es ist, mit jemandem verheiratet zu sein, der Antiquitäten mag. Denn er wird etwas Wichtiges erkennen: Je älter ich werde, desto wertvoller werde ich auch.«

Matthew nickte. »Ich bin sehr froh, dass du auch Antiquitäten magst …«

Da stöhnte Oscar auf, als langweilte ihn diese Unterhaltung maßlos. Und er hatte recht. Es war alles gesagt.

Matthew und Gina nahmen einander fest in den Arm. Beide hatten das Gefühl, dass sie nun genau dort waren, wo sie hingehörten.

Danksagung

Für die Entstehung dieses Buchs war die Unterstützung vieler Menschen erforderlich, und ihnen allen möchte ich an dieser Stelle danken. Da wäre erst einmal die wunderbare und sehr hilfsbereite Sheena Rand, die mich ursprünglich auf die Idee zu diesem Buch brachte, indem sie mir von ihrem inspirierenden Vater Colin Rand erzählte und davon, wie ihre Schwester Jill und sie seinen Antiquitätenstand erbten. Sie stellten sich der Herausforderung und wurden Antiquitätenhändlerinnen, obwohl sie nur sehr wenig von dem Metier verstanden. Dann nahm mein Freund und Nachbar Jonathan Earley mich zufällig zu genau dem Antiquitätenzentrum mit, in dem Sheena und ihre Schwester Jill ihre Objekte verkauften. Dort lernte ich den ruhigen, aber äußerst charmanten Peter Collingwood kennen, der mich zusätzlich inspirierte.

Eine zufällige Begegnung bei einem Literaturfestival brachte mich mit der wunderbaren und begeisterungsfähigen Natasha Roderick-Jones zusammen. Sie erklärte sich damit einverstanden, meine Recherche-Assistentin zu werden, und nahm mich nach Newark zur Antiquitätenmesse mit. Sie stellte mich Di und Ron Aldridge vor, die sich überaus hilfsbereit zeigten (sie führten Debatten über die Sprache der Antiquitätenhändler und brachten mir bei, wie man feilscht). Zwar weiß ich immer noch nichts über Antiquitäten, doch ich sehne mich danach, mehr darüber zu erfahren.

Später, als ich zu Recherchezwecken nach Frankreich reisen musste, erzählte Jo Thomas mir von Chez Castillon und brachte mich dorthin, wo ich dann Janie Millman und Mike Wilson kennenlernte. Sie sind die herzlichsten, fürsorglichsten und großzügigsten Gastgeber, die man sich nur vorstellen kann. Sie halfen mir bei meinen Recherchen und ließen mir genug Freiraum, um viel Schreibarbeit zu erledigen. Die Tatsache, dass ich mit Judy Astley, Kate Lace und Jane Wenham-Jones dort war, machte das Ganze nicht weniger kreativ und nicht weniger lustig. (Wenn man an den Wein denkt, ist es erstaunlich, dass wir alle so viel geleistet haben.)

Falls jemand darüber nachdenkt, einen Kurs in kreativem Schreiben zu belegen, sollte er sich die Homepage von Chez Castillon ansehen, www.chez-castillon.com.

Desmond Fjorde, Briony Fforde und meine ganze Familie tragen so sehr dazu bei, mir das Leben zu erleichtern. Ich danke ihnen aufrichtig dafür.

Außerdem möchte ich meinen wunderbaren Lektoren und Verlagsmitarbeitern für ihre unermüdliche Unterstützung danken. In willkürlicher Reihenfolge nenne ich Georgina Hawtrey-Woore, Selina Walker, Charlotte Bush, Amelia Harvell, Jen Doyle, Sarah Arratoon und alle anderen bei Cornerstone, die es sich offensichtlich zur Lebensaufgabe gemacht haben, sich um mich zu kümmern. Mein Dank gilt auch Richenda Todd, die meine Schnitzer mit so viel Fingerspitzengefühl wieder ausbügelt.

Nicht zu vergessen ist die fortwährende Unterstützung seitens Bill Hamilton und Sarah Molloy von A. M. Heath – ich bin so froh, euch zu haben!

Es ist schwer genug, ein Buch zu schreiben. Doch ohne die Liebe und die Unterstützung von allen, die ich aufgeführt habe, und darüber hinaus von vielen anderen Menschen, die nicht genannt wurden, wäre es völlig unmöglich. Ich danke euch allen.